国家社会科学基金青年项目
"亨利·菲尔丁小说研究"

华中师范大学中国语言文学一流学科建设文库

Moral Masquerade and
Ethical Construction:
A STUDY OF HENRY
FIELDING'S NOVELS

道德假面与伦理建构
亨利·菲尔丁小说研究

杜娟 ◎ 著

图书在版编目(CIP)数据

道德假面与伦理建构：亨利·菲尔丁小说研究 / 杜娟著. —北京：北京大学出版社，2021.4

ISBN 978-7-301-32042-6

Ⅰ.①道… Ⅱ.①杜… Ⅲ.①菲尔丁（Fielding, Henry 1707–1754）—小说研究 Ⅳ.①I561.074

中国版本图书馆CIP数据核字（2021）第040503号

书　　　名	道德假面与伦理建构：亨利·菲尔丁小说研究 DAODE JIAMIAN YU LUNLI JIANGOU: HENGLI·FEIERDING XIAOSHUO YANJIU
著作责任者	杜　娟　著
责任编辑	张　冰　吴宇森
标准书号	ISBN 978-7-301-32042-6
出版发行	北京大学出版社
地　　　址	北京市海淀区成府路205号　100871
网　　　址	http://www.pup.cn　新浪微博：@北京大学出版社
电子信箱	wuyusen@pup.cn
电　　　话	邮购部 010-62752015　发行部 010-62750672 编辑部 010-62759634
印　刷　者	三河市博文印刷有限公司
经　销　者	新华书店
	650毫米×980毫米　16开本　20印张　270千字 2021年4月第1版　2021年4月第1次印刷
定　　　价	78.00元

未经许可，不得以任何方式复制或抄袭本书之部分或全部内容。
版权所有，侵权必究
举报电话：010-62752024　电子信箱：fd@pup.pku.edu.cn
图书如有印装质量问题，请与出版部联系，电话：010-62756370

目 录

引 论 ……………………………………………………………… 1
　一、问题的提出与国内外研究现状 ……………………………… 1
　二、主要研究方法 ………………………………………………… 6
　三、研究思路 ……………………………………………………… 10

第一章　菲尔丁小说伦理的人性起点 ……………………………… 16
　第一节　反帕梅拉的创作冲动 …………………………………… 17
　　一、《莎梅拉》：菲尔丁的牛刀小试 …………………………… 18
　　二、《约瑟夫·安德鲁斯》与《帕梅拉》的互文关系 ………… 27
　　三、其他帕梅拉式的人物 ……………………………………… 40
　第二节　伪善对自然人性的背离 ………………………………… 48
　　一、普遍人性的性善论 ………………………………………… 49
　　二、现实人性的多样化与决定论 ……………………………… 60
　　三、人性的堕落：虚荣与伪善 ………………………………… 70

第二章　菲尔丁小说伦理的文本脉络 …… 82

第一节　逃婚的恋人:菲尔丁小说的伦理结构 …… 83
一、道德的实践者与观察者的双重结构 …… 84
二、逃婚:菲尔丁小说的伦理线 …… 93
三、恋人身份导致的道德困局 …… 102

第二节　伦理结:菲尔丁小说的伦理冲突 …… 111
一、利己与利人之争:安德鲁斯与亚当姆斯 …… 112
二、原欲与责任之感:汤姆·琼斯 …… 121
三、情感与理性之辩:威廉·布思 …… 132

第三章　菲尔丁小说伦理的思想建构 …… 145

第一节　菲尔丁小说伦理的核心价值 …… 146
一、忠贞 …… 146
二、谨慎 …… 156
三、仁慈 …… 164

第二节　菲尔丁小说伦理的心理学体系 …… 173
一、善的发生:道德情感 …… 174
二、善的保障:理性与后天理智 …… 185
三、善的回报:理性的快乐与道德自救 …… 195

第四章　菲尔丁小说伦理的内在矛盾 …… 205

第一节　伦理内涵指涉的模糊性 …… 205
一、同情的误导性 …… 206
二、荣誉的虚假性 …… 217
三、自爱的双重性 …… 230

第二节　伦理正义达成的传奇性 …… 242
一、发现与突转:各安其道的身份伦理 …… 243

二、"天意之手"的干预与宿命 …………………………… 251
三、家庭罗曼司与田园乌托邦 …………………………… 263

结语 "小说"道德:菲尔丁小说伦理的艺术之维 ……………… 274

参考文献 ………………………………………………………… 301

引 论

一、问题的提出与国内外研究现状

亨利·菲尔丁(Henry Fielding)曾在自己的小说献辞中称自己的创作目的是"扬善举德(recommend goodness and innocence)"①。他的作品与丹尼尔·迪福(Daniel Defoe)、塞缪尔·理查森(Samuel Richardson)等小说家的作品一起，共同构成18世纪蔚为大观的道德寓言小说的整体风貌。追溯国外的菲尔丁研究，菲尔丁小说中相关的道德问题历来是批评者的争论焦点，大致经历了一个从质疑、争议到认同、理解的过程，批评方法和角度也逐步多元化。一般来说，早期的研究者大多认为菲尔丁小说过于侧重恶行展示，以及没有

---

① 《汤姆·琼斯》献辞"献给财政五卿之一，尊贵的乔治·李特顿先生"，参见[英]亨利·菲尔丁:《弃儿汤姆·琼斯的历史》(上、下)，萧乾、李从弼译，北京:人民文学出版社1984年版，第4页。

一个完美的主人公形象,因此在道德上是危险的。其中的代表性人物当属塞缪尔·约翰逊(Samuel Johnson)。约翰逊贬斥菲尔丁作品中的"浪漫喜剧"口味"混淆了正确与错误的色彩"①,而更为看重理查森小说中的美德。他的比较也因此确定了后来菲尔丁道德争论的背景。就像罗纳德·鲍尔森(Ronald Paulson)和托马斯·洛克伍德(Thomas Lockwood)在写到菲尔丁的接受情况时说的那样:"最后,很多批评……被掩盖在理查森小说的批评之中,那里菲尔丁几乎总是作为'另一个'来帮助定义理查森,(正像理查森在许多菲尔丁的讨论中也是'另一个')。"②约翰逊断言在人物心理描绘上,理查森也远比菲尔丁成功——理查森"知道钟表是如何制造的",而菲尔丁却只能"告诉我们表盘上的时间"。③ 在约翰逊批评话语的影响下,早期研究视野下的菲尔丁小说呈现出一片道德暧昧不清、含混不明的景象。

20世纪上半叶,菲尔丁研究则主要集中于为菲尔丁小说中的道德正名。F. R. 利维斯(F. R. Leavis)在《伟大的传统》(*The Great Tradition*, 1948)中认为"菲尔丁开创了英国小说的大传统",但仍然批评菲尔丁小说的意趣和人性关怀过于简单。④ 伊恩·P. 瓦特(Ian P. Watt)在《小说的兴起——笛福、理查逊⑤、菲尔丁研究》(*The Rise of the Novel: Studies in Defoe, Richardson and Fielding*, 1957)中

---

① See Ronald Paulson and Thomas Lockwood, eds. , *Henry Fielding: The Critical Heritage*. London: Routledge & Kegan Paul; New York: Barnes & Noble Inc. , 1969, pp. 230—234.

② Allen Michie, *Richardson and Fielding: The Dynamics of a Critical Rivalry*. Lewisburg, PA: Bucknell University Press; London: Associated University Presses, 1999, p. 13.

③ See Ronald Paulson and Thomas Lockwood, eds. , *Henry Fielding: The Critical Heritage*. London: Routledge & Kegan Paul; New York: Barnes & Noble Inc. , 1969, p. 438. 原文摘自 James Boswell, *Life of Johnson*. Eds. G. B. Hill and L. F. Powell (1934), ii 48—49 (Spring 1768).

④ [英]F. R. 利维斯:《伟大的传统》,袁伟译,北京:生活·读书·新知三联书店2002年版,第5—7页。

⑤ 本书"理查逊""理查森"均指塞缪尔·理查森。

对约翰逊极端的评价予以了中和:菲尔丁的小说要么太真实,因而在道德上是危险的;要么是不够真实,因而在艺术上是有缺陷的。由此,瓦特虽然维护了菲尔丁道德学家的面貌,但认为菲尔丁的道德箴言贬低了虚构叙事,付出了损害"现实主义"的代价。他称笛福、理查森和菲尔丁共同代表了18世纪小说的兴起趋势,相对于前世文学表现出更多生活的真实深度的描写,为"形式现实主义(formal realism)"①,菲尔丁表面化地处理为"评价的现实主义(realism of assessment)",归因于他出于道德目的拒绝了"描述的现实主义(realism of presentation)"。② 20世纪60年代,鲍尔森在《菲尔丁批评论文选》(*Fielding*:*A Collection of Critical Essays*,1962)的导言中对20世纪20年代到60年代初的菲尔丁研究进行了整体的回顾。鲍尔森指出,"20世纪的菲尔丁研究证明了他是道德的,甚至部分削弱了其趣味性"。这是对19世纪认为菲尔丁是"有趣的,但是不道德的"批评视野的"一个重要的修正"。③

菲尔丁研究在20世纪下半叶经历了十分重要的转变。1987年,哈罗德·布鲁姆(Harold Bloom)编辑的《现代批评视野:亨利·菲尔丁》(*Modern Critical Views*:*Henry Fielding*)出版,其中收录了11篇论文,研究对象除了菲尔丁的小说之外,还涵盖其戏剧和杂谈。布鲁姆总结了自20世纪60年代以来20年间的研究状况,认为菲尔丁已经击败理查森,成为18世纪英国的经典小说家。艾伯特·瑞维诺(Albert Rivero)1998年主编的《亨利·菲尔丁论文集》(*Critical Essays on Henry Fielding*)是20世纪菲尔丁研究的另一重要论著。他在序言里认为20世纪最后二十多年的菲尔丁研究出现了两大研究

---

① [美]伊恩·P.瓦特:《小说的兴起——笛福、理查逊、菲尔丁研究》,高原、董红钧译,北京:生活·读书·新知三联书店1992年版,第27页。
② 同上书,第331—332页。
③ Ronald Paulson, "Introduction," *Fielding*: *A Collection of Critical Essays*. Englewood Cliffs: Prentice-Hal Inc., 1962, p.1.

新热点:一是归因于沃尔夫冈·伊瑟尔理论的影响,"文本中断和分裂(textual discontinuities and fissures)成为20世纪70年代的批评著述的优先关注点"①,菲尔丁的小说越来越不被视为道德格言的温和宝库,而更多地被看作是菲尔丁与读者论争文本的场所。二是在"菲尔丁基督徒化(Christianizing of Fielding)"说甚嚣尘上之际,马丁·贝特斯廷(Martin Battestin)新传记研究成果的出现则向我们展示了一个"更复杂的历史化的菲尔丁(a more complex historical Fielding)"②。而在研究专著方面,20世纪下半叶道德问题的专题研究主要有:莫里斯·戈尔登(Morris Golden)的《菲尔丁的道德心理学》(*Fielding's Moral Psychology*,1966),论者在约翰·洛克(John Locke)、伯纳德·曼德维尔(Bernard Mandeville)和沙夫茨伯里勋爵(Lord Shaftesbury)③这三大伦理学家的学理框架下研究菲尔丁的道德心理学体系,比较其异同,但在表述上显得并不太系统。论者回避了个人的评价,以至于其笔下的菲尔丁道德心理学难成体系,也因此无法形成对菲尔丁道德观念的完整把握和理解。穆丽尔·威廉斯(Murial Williams)的《婚姻:菲尔丁道德之镜》(*Marriage: Fielding's Mirror of Morality*,1973)主要研究菲尔丁的戏剧及小说创作在婚姻问题方面的论述。论者主要从婚姻法、离婚法、公众对婚姻和女性的态度,尤其是18世纪中产阶级的婚姻观念出发,认为菲尔丁笔下的作品较为全面和真实地体现了时代婚姻观念的转变。

我国的菲尔丁研究一直都颇有声势。受俄苏文论影响,中国学者早年颇为关注菲尔丁小说的社会批判功能,将菲尔丁视为18世纪成就最高的英国小说家。但是,视角的单一和内容的重复也因此成为国内研究的一大通病。在20世纪后期,菲尔丁研究一度沉寂,大家的关

---

① Albert J. Rivero, "Introduction," *Critical Essays on Henry Fielding*. New York: G. K. Hall & Co., 1998, p.3.
② Ibid., 4.
③ 原名 Anthony Ashley Cooper。

注热点更多转向19—20世纪的现当代西方文学。到了21世纪初,伴随着18世纪文化热的升温,菲尔丁再一次回到研究界的视野。近年来,国内学界在18世纪的英国小说研究方面做出了不少成绩,如刘意青主编的《英国18世纪文学史》(增补版)(2006)①并未受一般文学史的写法所限,比较系统翔实地展现了国内学者对18世纪英国文学的再阐释,其实也是一本特色鲜明的研究论著,比如第六章梳理了洛克、艾萨克·牛顿(Issac Newtown)、沙夫茨伯里和曼德维尔对英国启蒙运动的思想贡献,还在历数英国各小说家的成就时在一定程度上关照了菲尔丁和理查森之争,认为理查森"和菲尔丁分别成为后来英国,乃至西方心理小说和社会全景小说的两大源头"②。其他18世纪英国小说方面的专著主要有黄梅的《推敲"自我":小说在18世纪的英国》(2003)和曹波的《人性的推求:18世纪英国小说研究》(2009)两本。黄梅用"推敲自我"来评价18世纪英国小说,曹波则用"人性的推求"来概括18世纪英国小说的起源、崛起和流变,其观照角度不谋而合,都在于重视英国早期小说对人类经验的真实再现。在关于菲尔丁的专题研究方面,国内自新中国成立以来的专著有以下四本:萧乾先生所著的《菲尔丁——英国现实主义小说奠基人》(1984)以编年体的方式系统介绍了菲尔丁的生平和创作情况。由于这部著作融汇了萧乾先生对于菲尔丁作品多年的翻译体会,因此可以看成是一部菲尔丁的批评传记。韩加明教授多年来一直从事菲尔丁研究,继 *Henry Fielding: Form, History, Ideology*(1997)之后,他又撰写出版了《菲尔丁研究》(2010),该作以菲尔丁生平和整体创作历程为纲,囊括了对菲尔丁所创作的各类作品(如戏剧、小说、文学评论、社论、航海日记)的评述,资料丰富,文风平实,对菲尔丁研究做了不少查缺补漏的

---

① 该书为国家社会科学基金项目资助出版的五卷本英国文学史中的一部。
② 刘意青主编:《英国18世纪文学史》(增补版),北京:外语教学与研究出版社2006年版,第191页。

工作,在有些地方还对萧乾先生的错漏之处予以了纠正。笔者也曾在博士论文的基础上修改完成了论著《亨利·菲尔丁小说的伦理叙事》(2010)。该书主要从传奇角度切入,从菲尔丁对道德传奇的建构和颠覆中探寻他的伦理观念,"侧重从叙事的角度阐明,菲尔丁的小说如何通过叙事达到明确的道德训诫意图,并加深读者对文本内在的种种伦理问题的理解"①。当然,由于受限于伦理叙事的论证视角,该著作对菲尔丁小说中伦理体系的建构和何为菲尔丁小说的核心价值观等问题无法集中和深入地予以探讨,而这将是本书的主要研讨内容。本书力图全面系统地考察菲尔丁的小说创作,对作家的道德意识、伦理诉求以及承载其伦理思想的叙事艺术等问题做出详尽论述,而且还将以同时期的欧洲伦理思想史为参照,通过影响研究的方式,具体阐明菲尔丁伦理思想的价值内涵与历史变迁。

二、主要研究方法

本书主要采用文学伦理学批评方法,以文学伦理学批评的视角切入菲尔丁小说,无疑可以通过对作家伦理叙事的分析,提炼出英国知识分子在历史变革时期的道德思考与价值期待。这对于深入了解菲尔丁的文学史及思想史地位无疑有着重要的启示意义。所谓文学伦理学(literary ethics),"是一门应用伦理学知识解决文学道德问题的学科,作家创作作品的道德立场、读者阅读作品的道德情感、文学批评中的道德标准等问题,都属于文学伦理学的范畴。文学伦理学在性质上与医学伦理学、商业伦理学、教育伦理学类似,属于伦理学的一个分支"②。文学伦理学并不能被简单理解为伦理学在文学作品中的反映,那种依靠伦理学思想去解读文学作品的方法,实际上误解了文学

---

① 杜娟:《亨利·菲尔丁小说的伦理叙事》,武汉:华中师范大学出版社2010年版,第10—11页。
② 聂珍钊:《文学伦理学批评导论》,北京:北京大学出版社2014年版,第277页。

文本和伦理文本之间的复杂关系。一般来说,作家为了传达自己的伦理思想,就势必会在文学作品中塑造一些能够承载自己道德观念的人物、讲述一些足以反映自己善恶观念的伦理故事,但文学文本的特殊性,即在于叙事艺术有其自身的特点,它不会是伦理文本的简单载体,而是凭借叙述从对伦理事件的描写中去反映人物所处的道德境地。正是由于文学文本对人物存在状况的重视,才决定了它不会简单宣扬一种既定的伦理思想,而是会精雕细琢于人物在某种伦理处境的道德选择。从中所反映出来的伦理思想,作为一种叙事伦理学,显然会与伦理学家所树立的各种伦理思想体系有所区别。而文学伦理学批评的任务,就是从伦理的视角去解释叙事作品中的这些伦理现象。

至于文学伦理学批评(ethical literary criticism),则"是一种从伦理视角阅读、分析和阐释文学的批评方法。[……]它以文学文本为主要批评对象,从伦理的视角解释文本中描写的不同生活现象,在人与自我、人与他人、人与社会以及人与自然的复杂伦理关系中,对处于特定历史环境中不同的伦理选择范例进行解剖,分析伦理选择的不同动机,剖析伦理选择的过程,揭示不同选择给我们带来的启示,发现可供效仿的道德榜样,为人类文明进步提供经验和教诲"①。文学伦理学批评是基于人类独特的伦理属性的考察,认为人区别于动物的一点,就在于人除了满足生存需要之外,还具有天生的道德意识——这一道德意识乃是人之所以为人的重要原因,它并非来自后天的道德教导或外在社会道德规范的规训,因为即便是大奸大恶之徒,心中也有向善的冲动,也会自觉遵从社会道德规范的引导。而在文学作品中,人的这种伦理属性也就自然决定了作家对于社会人心的伦理观察和道德思考。本书在方法论上运用文学伦理学批评,正是为了抓住作家对于现实社会中伦理体系和道德观念的反映与再现。为达到这一目标,首

---

① 聂珍钊:《文学伦理学批评导论》,北京:北京大学出版社2014年版,第277—278页。

先需要厘定文学伦理学批评中道德与伦理这两个关键术语的区别和联系。

在具体用词上,道德与伦理息息相关,同时又有着某些细致区别。近年来,聂珍钊教授将道德(morality)定义为"一种善恶价值的判断标准,主要指对个人行为的正向价值判断以及个人行为的褒扬。在文学伦理学批评理论体系中,道德即善,它与恶相对,代表着人或社会的正面价值取向。因此,道德品质即指善的品质,道德行为即善的行为"①。至于伦理,主要指"文学作品中在道德行为基础上形成的抽象的道德准则与规范",是一种相对抽象的"道德价值判断与评价","因此伦理一般指已经形成并为人们所认同、遵守和维护的集体的和社会的道德准则与道德标准。相对于道德而言,伦理是对道德的理论归纳、概括和总结,并将个人的道德变成集体的与社会的道德。伦理是对道德的抽象化和理论化,它从集体与社会立场以及从理性的层面总结、解释和说明道德"②。

亚里士多德在《尼各马科伦理学》中说:"把'习惯'(ethos)一词的拼写方法略加改动,就有了'伦理'(ethikee)这个名称。"③后来罗马人用"moralis"来翻译"ethics",介绍该词的西塞罗说这是"为了丰富拉丁语"的语汇,它源自拉丁文"mores"一词,原意是"习惯"或"风俗"。因此,就西方词源学而言,伦理、道德是同义词,最初词意都是"风俗、习惯"。但从后期的发展来看,伦理强调的是社会人伦关系的行为规范,因此大多人认为属于社会的范畴;道德则是个人的。同样由于道德更多带有一些主观色彩,因此更多在评价领域内使用。伦理则较为中立和客观。文学伦理学批评认为,伦理是人社会化的第一步,也是人之所以为人、成为理性的人的第一步,因而伦理也是人区别于其他生物

---

① 聂珍钊:《文学伦理学批评导论》,北京:北京大学出版社2014年版,第247页。
② 同上书,第254页。
③ [古希腊]亚里士多德:《尼各马科伦理学》,苗力田译,北京:中国人民大学出版社2003年版,第25页。

的特殊属性。

"伦理是关于道德的哲学思考,[……]不同于与道德有关的经验学科的活动。"①刘小枫曾给过伦理这样一个定义,"所谓伦理其实是以某种价值观念为经脉的生命感觉"②,他还进一步将伦理学分为理性伦理学和叙事伦理学两类,"理性伦理学关心道德的普遍状况,叙事伦理学关心道德的特殊状况"。在他看来,小说之类的文学作品就是一种叙事伦理学。"叙事伦理学不探究生命感觉的一般法则和人的生活应遵循的基本道德观念,也不织造关于生命感觉的理则,而是讲述个人经历的生命故事,通过个人经历的叙事提出关于生命感觉的问题,营构具体的道德意识和伦理诉求。"③以此划分,菲尔丁的小说当然属于叙事伦理学的范畴,但实际状况却复杂得多。因为在菲尔丁笔下一直都存在着理性伦理学的思想建构,而他对于人物"道德的特殊状况"的描绘,又不止于"具体的道德意识和伦理诉求"。因为"道德首先是一种社会产物,它的产生、延续、裁定、变化、改进都由社会或通过社会完成"。而这种道德大多具有一种惰性,原因是"道德的连续性或道德的惰性是社会稳定的需要"④。

事实上,一个优秀的作家并不会仅仅满足于在小说创作中去真实再现当时的伦理现实和道德状况,他还会有一种挣脱既定伦理体系和意识形态束缚的本能冲动,在反思精神和反抗意识的引领下去关注人物的道德处境。对于这些思考在前面的作家而言,他们作品的思想价值多多少少都与作家超前的伦理思考相关。

---

① 刘时工:《爱与正义——尼布尔基督教伦理思想研究》,北京:中国社会科学出版社2004年版,第2页。
② 刘小枫:《引子:叙事与伦理》,《沉重的肉身》,上海:上海人民出版社1999年版,第3页。
③ 同上书,第4页。
④ 刘时工:《爱与正义——尼布尔基督教伦理思想研究》,北京:中国社会科学出版社2004年版,第3页。

三、研究思路

本书力图在以时间为轴的纵向考察中,梳理和厘清亨利·菲尔丁在创作中依据的伦理思考线索,以小说文本中人物的具体伦理境遇作为研究对象,依次对《约瑟夫·安德鲁斯的经历》(简称《约瑟夫·安德鲁斯》)、《弃儿汤姆·琼斯的历史》(简称《汤姆·琼斯》)、《阿米莉亚》这三部现实主义小说作品的核心道德价值观念做深入剖析,以及论述菲尔丁如何在经验主义哲学的指引下,利用既有的传统文学样式将社会图景编织进主人公的个体生命历程,使得那些历史的、政治的、经济的叙述成为对个体有所助益的道德体验和心灵财富。

本书在论证过程中将始终依据两条写作线索,一是因循菲尔丁的创作年表,从菲尔丁的小说创作历程入手,探寻菲尔丁小说中伦理建构的思路、核心价值和基本原则。相对于前人所做的研究,本书虽然也不回避人性讨论和文化建构问题,但更着重的是小说文本中对人类经验层面中道德的书写以及菲尔丁小说对于当时文化观念的传达。本书将始终坚持文本细读研究,将菲尔丁的道德关怀和小说作品的道德建构作为重点,阐述其是如何在认同民族文化传统的基础上展开道德讽喻的。二是在对菲尔丁小说的道德追问和伦理体系进行梳理时,将充分关注菲尔丁小说伦理建构的宗教问题,并对"菲尔丁基督徒化"的研究状况做出某种程度的回应。在国外研究中,亨利·菲尔丁小说的宗教特色是文本研究中的一个显命题,是任何菲尔丁小说的研究者都无法绕开也不应忽视的关键问题。马丁·贝特斯廷是"菲尔丁基督徒化"论点强有力的支持者。由于菲尔丁作品贝特斯廷版本的巨大影响力,基督教徒菲尔丁形象在国外批评界占据着优势地位。在广为流传的《约瑟夫·安德鲁斯》《莎梅拉》河畔版本(Riverside Edition of *Joseph Andrews and Shamela*,1961)的导言中,《威斯里安版菲尔丁作品集》(*Wesleyan Edition of the Works of Henry Fielding*)中的

《约瑟夫·安德鲁斯》(1967)和《汤姆·琼斯》(1974)所做的导言和注解中,贝特斯廷发展了他在评论《约瑟夫·安德鲁斯》的那本著作中,以及他在1960—1974年间在数篇论文中重申过的观点,认为宗教自由主义布道文是我们理解菲尔丁作品的最好语境。"贝特斯廷对这些小说所做的注解比起宗教自由主义布道文的脚注更为丰富,特别是他在导言里指出,菲尔丁的作品特别是小说从整体来说,只有将之视为作者基督人文主义的表现,才能获得确切的理解。"①而其他部分学者更看重在时代文化和古典文学背景中观照菲尔丁,如克劳德·罗森(Claude Rawson)和保罗·亨特(Paul Hunter)。②

罗纳德·鲍尔森认为:"菲尔丁在他的作品中关于基督教的部分既不是最典型的特征,也不是最有趣的特征。"③菲尔丁"基督徒化"引发的种种争议虽然也来源于批评者自身的伦理立场和对文学所持道德标准的差异,但显然也与菲尔丁小说内在的道德主题紧密相关。在批评史上,"菲尔丁基督化"始于为菲尔丁作品的道德正名阶段④,即力图通过阐述菲尔丁作品中的宗教道德元素来力证其作品是道德的,因此也不免有某种程度上的道德拔高。但从另一角度而言,也证明宗教问题是涵括在菲尔丁小说的伦理建构之中的。清理辨析菲尔丁小说复杂的宗教道德观念,有助于我们正确把握和深入了解菲尔丁作品

---

① Albert J. Rivero, "Introduction," *Critical Essays on Henry Fielding*. New York: G. K. Hall & Co., 1998, p. 4.
② 如"对一个秩序井然的新古典主义世界观的倡导则在克劳德·罗森《亨利·菲尔丁与压力下的奥古斯都理想》(*Henry Fielding and the Augustan Ideal Under Stress*, 1972)和保罗·亨特《偶然的形式:亨利·菲尔丁和环境链条》(*Occasional Form: Henry Fielding and the Chains of Circumstance*, 1975)的互相支持中出现"。参见 Albert J. Rivero, "Introduction," *Critical Essays on Henry Fielding*. New York: G. K. Hall & Co., 1998, p. 4。
③ Ronald Paulson, "Introduction," *Fielding: A Collection of Critical Essays*. Englewood Cliffs: Prentice-Hall Inc., 1962, p. 1.
④ 代表性研究成果主要是威尔伯·克洛斯(Wilbur Cross)所写的三卷本传记 *The History of Henry Fielding*. 3 vols. (New Haven: Yale University Press, 1918)和詹姆斯·A. 沃克(James A. Work)的论文《亨利·菲尔丁,基督审查官》("Henry Fielding, Christian Censor")。

的思想成就和文化价值。

瑞维诺指出,菲尔丁的基督徒化无法解释其作品中的文本差异和断裂,他在《亨利·菲尔丁论文集》序言中论述道:"'菲尔丁基督徒化'潮流似乎隐瞒了这些差异,认为菲尔丁在观点上要比他在文本中所显示的要更加一致。"①这一观点对笔者颇有启发,但是纵观菲尔丁的作品风格,他不是一个虔信宗教的道学家。与其说菲尔丁是一个僵化的宗教教条主义者,毋宁说他是一个关注宗教问题世俗价值的学者。基于 18 世纪英国社会的重大变革,许多知识分子都倾向理性主义和启蒙主义这两种在当时占据主导地位的文化思潮,而伴随着社会的进步和唯物主义思潮的流行,科学技术也成为当时的一种时代风尚。在文艺复兴时期和中世纪,伦理道德思想"总是和经院哲学及教会统治联系在一起"②,相较而言,18 世纪的英国社会在文化品格方面显然更具理性与科学气质。科学的论断是建立在"盖然性的基础上,按尝试的方式提出来的,认为随时难免要修正。这使人产生一种和中世纪教义学者的心理气质截然不同的心理气质"③。这样的一种文化品格较之以往有了重大区别,也深深影响了当时的伦理文化语境。无论是 17 世纪中叶盛极一时的理性主义,还是 17 世纪末、18 世纪初获得长足发展的经验主义,"都坚信就人类对世界的认识而言,存在着一个坚实可靠的观念基础"。只不过一个信赖人类的内在理性,一个认为"一切真正的知识都直接或间接地源于人体通过感官对世界的感知,是由不容置疑的感觉要素构筑起来的"④。换句话说,科学主义的实证精神和理性思想,对这一时期的各种知识体系都产生了深刻影响——即使伦理道德思想也无疑受到了科学理性精神的冲击。不过不容忽视的是,

---

① Albert J. Rivero, "Introduction," *Critical Essays on Henry Fielding*. New York: G. K. Hall & Co., 1998, p. 4.
② [英]罗素:《西方哲学史》(下卷),马元德译,北京:商务印书馆 2008 年版,第 5 页。
③ 同上书,第 4—5 页。
④ 刘亚猛:《西方修辞学史》,北京:外语教学与研究出版社 2008 年版,第 228 页。

植根于英国社会土壤的宗教思想,仍然以其特殊的方式存在于英国社会的方方面面,同样需要引起我们重视。或许是基于一种无神论的思想传统,中国学者在研究中很少提及18世纪英国社会的宗教问题。但从文化发展链条来说,宗教也是影响18世纪思想文化思潮的一个重要因素。只是相对于刻板僵硬的宗教教条,稍微开明的学者都采取了宗教自由主义和宗教宽容的立场。

  18世纪的英国有着深厚的宗教文化背景,主要有天主教、新教和英国国教三种宗教,英国每次政治权利的拉锯和争斗也往往和宗教相联系。17世纪的资产阶级革命是打着宗教的旗号的,1688年的光荣革命和1745年的詹姆斯党人叛乱都与宗教密切相关。宗教信仰是一个敏感又重要的话题。比如早在菲尔丁之前成名的作家笛福就曾经因为宗教问题而带枷示众,而他对英国天主教的不妥协态度影响了他创作的诸多因素,如与英国主流民众对中国文化的喜爱不同,他在自己的作品中刻意丑化了中国形象①。特雷·伊格尔顿(Terry Eagleton)认为,18世纪英国文学的兴起,"不仅涉及个人趣味,而且涉及某些社会群体赖以行使和维持其对其他人的统治权力的种种假定"②。这些"假定"自然也包括这一时期的宗教文化。曾有学者指出,在奥古斯都时期(1680—1750),对小说成形至关重要的不是"与宫廷和贵族社会有着密切关系的上层文化",而是"充斥坊间或经常出现在普通人家……[的]形形色色的宗教作品"③。而前述的种种宗教信

---

  ① 钱锺书在分析笛福的反华倾向时指出,原因之一在于笛福作为一个"不信奉英国国教者"(Dissenter),肯定不愿意相信天主教耶稣会对中国的赞美,故反其道而行之。参阅 Ch'ien Chung-shu, "China in the English Literature of the Seventeenth and Eighteenth Centuries," *Quarterly Bulletin of Chinese Bibliography*, new series, Vol. II, Nos. 1—2, 1941, p.14. 转引自杨乃乔主编:《比较文学概论》,北京:北京大学出版社2002年版,第227页。
  ② [英]特雷·伊格尔顿:《二十世纪西方文学理论》,伍晓明译,北京:北京大学出版社2007年版,第15页。
  ③ 黄梅:《推敲"自我":小说在18世纪的英国》,北京:生活·读书·新知三联书店2003年版,第14、18页。

仰背景和宗教文学环境，显然都对菲尔丁的小说创作，尤其是其中的伦理叙事产生了重要影响。受社会大环境的影响，宗教原型、宗教情结、宗教追问在亨利·菲尔丁的小说作品中均有不少的体现。菲尔丁在何种基础上以及用何种方式重构人类经验和道德蓝本的过程，需要我们更为精细的揣摩和体味，因此，笔者在文中虽然关注菲尔丁关于宗教的相关道德讨论，但并不完全依从宗教体系来分析论证，而只是厘清其中的宗教问题。相关讨论将有助于我们更为整体地把握菲尔丁的伦理价值体系，尤其是其中的矛盾性。

除此之外，本书还将特别关注菲尔丁与18世纪同时代作家如亚历山大·蒲伯（Alexander Pope）、笛福、理查森等，哲学家洛克、大卫·休谟（David Hume）等，伦理学家沙夫茨伯里、弗兰西斯·哈奇森（Francis Hutcheson）、曼德维尔等之间的传承、影响关系，挖掘菲尔丁小说作品中与其他学者之间的互文性，既揭示出其伦理阐释的独特性，也挖掘其伦理思想的普适性价值。马克思主义文论家伊格尔顿曾经指出："文学包括一整套意识形态方面的事物：杂志、咖啡馆、社会和美学方面的论述、宗教说教、经典著作的翻译、指导礼仪和道德的手册等等。"他认为，"在十八世纪，文学又不仅仅是'体现'某种社会价值准则；它同时又是进一步巩固和传播这些价值准则的重要工具。……鉴于有必要使日益壮大但又是相当粗俗的中产阶级与统治地位的贵族阶级和谐一致，传播文雅的社会风气、'正确的'鉴赏习惯和统一的文化标准，文学获得了新的重要意义"①。当然，伊格尔顿关于何为文学的看法要较为宽泛。他表示，文学的观念是变化的意识形态（例如偏见和信仰）的产物，"在十八世纪的英国，文学的概念并非像今天这样常常局限于'创造性的'或'想象性的'写作，而是表示社会上有价值的写作的总和：哲学、历史、杂文、书信以及诗歌等等。一篇文字是否可

---

① ［英］特里·伊格尔顿：《文学原理引论》，刘峰等译，北京：文化艺术出版社1987年版，第21—22页。

以称为'文学',并不在于它是不是虚构的——十八世纪对于新出现的小说这一形式是否可以算是文学,是非常怀疑的——而是在于它是否符合某种'纯文学'标准。换句话说,是否能够称之为文学,其标准非常明确,完全是思想意识方面的:体现某一特定社会阶级的价值准则和'口味'的写作方可称为文学,而街头小调、通俗传奇乃至戏剧,则没有资格称为文学"①。因此,菲尔丁小说的价值在于它不仅仅是个人化的写作,同时,它同其他作家、哲学家的著作一道,参与了18世纪英国文化的建构过程。本书的另一个研究目的则是在考察菲尔丁创作的伦理表征和文化特性的基础上,试图阐明其与18世纪英国民族文化的同构关系。菲尔丁虽然生活在英国工业革命的前夕,但英国社会处处酝酿着的改革情绪却是暗流涌动。许多知识分子也在这一重大的历史时刻即将到来之际,不断思考着英国社会的历史与未来。从这个角度说,菲尔丁对18世纪英国社会伦理现实和道德体系的书写与重构,不仅反映了18世纪个体道德体验和社会道德状况的复杂现实,从而在更高的层次上实践了现实主义作家对"真"的寻求;而且反映的正是知识分子亲身参与并在思想层面参与英国社会的现代化转型的一个历史进程。

---

① [英]特里·伊格尔顿:《文学原理引论》,刘峰等译,北京:文化艺术出版社1987年版,第21页。

第一章

菲尔丁小说伦理的人性起点

纵观菲尔丁的创作历程,会发现一个有趣的"巧合":那就是他的诗歌处女作和戏剧处女作均以"假面"命名——1728年,菲尔丁的文坛处女作诗歌《假面舞会》(*The Masquerade*)出版;1728年,他的首部戏剧《假面后的爱情》(*Love in Several Masques*)上演,连演4场,在当时获得了一定的成功。① 由此可见,假面现象是菲尔丁观察世界的独特视角;而道德假面,既成为菲尔丁小说的伦理起点,也是菲尔丁小说伦理叙事的一个逻辑起点。如前所述,道德与伦理两词同源,但使用的语境并不相同。菲尔丁作为作家,他伦理

---

① 萧乾先生在《菲尔丁——英国现实主义小说奠基人》中说连演了28场。对此韩加明在《菲尔丁研究》一书第8页予以了修正,并列举了贝特斯廷的权威传记予以佐证。(Martin C. Battestin and Ruthe R. Battestin, *Henry Fielding: A Life*. London and New York: Routledge, 1989, pp. 59—61.)

思考的起点却是从对道德这个经验世界的观察开始的。从描绘人物的道德假面开始,菲尔丁以批判伪善人格的方式,展开了他博大深邃的伦理之思。那么,菲尔丁的伦理叙事究竟如何起步于对道德这一经验世界的观察?他又是如何在揭穿道德假面的伦理叙事中,实践了自己"扬善举德"的创作初衷?若要解答这些问题,首先须从菲尔丁"反帕梅拉"的创作动机谈起。

第一节 反帕梅拉的创作冲动

众所周知,菲尔丁走上小说创作之路多多少少与理查森的书信体小说《帕梅拉》有关。当《戏剧审查法案》终结了菲尔丁的戏剧创作之后,他进入法律界。在短短不到三年时间,他就成为律师。由于收入仍无法供养家庭,为了谋生,他被迫成为一个雇佣文人。1739—1741年间,他编辑《战士》(*The Champion*)杂志,发表了一些旨在支持在野党反对罗伯特·沃波尔(Robert Walpole)的小册子和诗歌。但菲尔丁的文学生命最终是因为理查森的小说《帕梅拉》带来的灵感才重新焕发了生机。

1740年11月6日,理查森匿名出版了他的第一部小说《帕梅拉》。小说的原始标题是"帕梅拉,或美德有报。现在为了在青年男女的头脑中培养美德和宗教原则而首次出版。这一叙事有着真实、自然的基础(*Pamela: or Virtue Rewarded. Now first published in order to cultivate the Principles of Virtue and Religion in the Minds of the Youth of both Sexes. A Narrative which has its Foundation in Truth and Nature*)"。从标题来看,其基本意图是为两性所写的,具有道德、宗教意味的说教故事。该作讲述了年轻貌美的女仆帕梅拉在女主人去世后,受到女主人之子、新主人B先生的勾引胁迫,至死不渝地保卫自己的贞洁,最终感动男主人,并娶她为妻的故事。理查森塑造的帕梅拉是一个纯洁善良、勇敢忠贞、孝顺虔诚的完美女性形象,尤其是她的贞洁观更具有醒目的道德感染力。通过这部作品,理查森试图告诉读者,即便出身低微,保持美德(特指女性保持贞洁)也能获得人生的报偿。菲尔丁对《帕梅拉》简单粗暴的道德逻辑很是不满,他敏锐地觉察到其中的伪善意味,激发了他的创作冲动。因此,菲尔丁从批判伪善出发,陆陆续续创作了一系列小说作品,其伦理建构的起点便是这种反帕梅拉的创作冲动。

一、《莎梅拉》:菲尔丁的牛刀小试

《帕梅拉》出版后,赢得了许多读者的喜爱。由于深受读者欢迎,《帕梅拉》第二版于三个月后(1741 年 2 月 14 日)出版,到当年年底又出版了三个版本和一个完整版。与此同时,像当时大多数的畅销书籍一样,《帕梅拉》也引发了许多衍生文本的出现,而菲尔丁的《莎梅拉·安德鲁斯夫人的人生辩解书》(An Apology for the Life of Mrs. Shamela Andrews,简称为《莎梅拉》)是其中出版最早的一部。

《莎梅拉》于 1741 年 4 月 2 日问世;当年 10 月份,《莎梅拉》又出了第二版,但之后就没有再版。这部讽刺作品比另一较早的反帕梅拉文本《帕梅拉责难》(Pamela Censured,1741)还要早三周出版。其他衍生性文本如道德说教式批评的有《伊甸园的处女》(The Virgin in Eden,1741),类似的滑稽模仿则有《反帕梅拉,或假装清白被发现》(The Anti-Pamela; or, Feign'd Innocence Detected,1741)。毫无疑问,菲尔丁的回应最迅捷,而他的《莎梅拉》也成为众多衍生文本中最为成功的一部。菲尔丁对《帕梅拉》的嘲弄也因此让理查森耿耿于怀,理查森称菲尔丁的《莎梅拉》为"那本卑劣的小册子"[①]。即使是菲尔

[①] 转引自《帕梅拉》译者序,参见[英]塞缪尔·理查森:《帕梅拉》,吴辉译,南京:译林出版社 1997 年版,第 6 页。所有《帕梅拉》的引文均出自此书,之后仅在引文后用圆括号注释标注出处页码。

丁后来大力称赞《克拉丽莎》①,两人关系也未能真正缓解。

事实上,由于《帕梅拉》是匿名出版,菲尔丁并不知道这是理查森的作品。② 相反,《莎梅拉》的书名刻意模仿西伯自传(An Apology for the Life of Colley Cibber, 1740),且署名为科尼·考伯(Conny Keyber)。很有可能菲尔丁当时误认为《帕梅拉》是自己昔日的剧坛对手考利·西伯(Colley Cibber)所做③,因此才竭尽讽刺挖苦之能事。④ 菲尔丁后来在《约瑟夫·安德鲁斯》中更指名道姓地提及(参见第一卷第三章,第一卷第七章,第三卷第十三章标题,等等)。如第一卷第一章标题为"泛论一般传记作品,特别说起《巴玫拉》[即《帕梅拉》],附带

---

① 1748 年 10 月 15 日,菲尔丁写信给理查森,赞誉《克拉丽莎》里的人物"自然有趣",而且在寡妇贝维斯(Widow Bevis)的塑造上"富有真正的喜剧精神"。See Martin C. Battestin and Clive T. Probyn, eds., *The Correspondence of Henry and Sarah Fielding*. Oxford: Clarendon Press, 1993, p. 70.

② 1741 年,菲尔丁后来才从苏格兰诗人大卫·莫利特(David Mallet)、诗人兼评论家阿农·希尔(Aaron Hill)等人那里辗转得知《帕梅拉》的真实作者。See Thomas Keymer, "Introduction," Henry Fielding, *The History of the Adventures of Joseph Andrews, And of His Friend Mr. Abraham Adams; An Apology for the Life of Mrs. Shamela Andrews*. Ed. Douglas Brooks-Davies. Revised with a New Introduction by Thomas Keymer. New York: Oxford University Press Inc., 1999, p. xii.

③ 菲尔丁在奥利弗牧师写给提克尔泰克斯特牧师的第一封信中暗示了这点。See Henry Fielding, *The History of the Adventures of Joseph Andrews, And of His Friend Mr. Abraham Adams; An Apology for the Life of Mrs. Shamela Andrews*. Ed. Douglas Brooks-Davies. Revised with a New Introduction by Thomas Keymer. New York: Oxford University Press Inc., 1999, p. 312. 所有《莎梅拉》的引文均出自此书,之后仅在引文后用圆括号注释标注出处页码。

④ 据牛津版编者 Douglas Brooks-Davies 的注释,Conny Keyber 合并了康尼尔斯·米德尔顿(Conyers Middleton)和考利·西伯(Colley Cibber)两人的名字。康尼尔斯·米德尔顿是 18 世纪上半叶的自然神论者,其《对超凡力量的自由研究》(*A Free Inquiry into the Miraculous Powers*, 1749)曾在坊间引发热议;他对传记的撰写方法贡献巨大,他在所著《西塞罗的生活史》(*The History of the Life of Marcus Tullius Cicero*, 1741)的扉页自称是"剑桥大学主要图书管理员",菲尔丁在《莎梅拉》的献辞中对此进行了戏仿。参见 Henry Fielding, *The History of the Adventures of Joseph Andrews, And of His Friend Mr. Abraham Adams; An Apology for the Life of Mrs. Shamela Andrews*. Ed. Douglas Brooks-Davies. Revised with a New Introduction by Thomas Keymer. New York: Oxford University Press Inc., 1999, 第 404 页对第 305 页的注释。

提及考莱·薛勃[即考利·西伯]和别人(Of Writing Lives in general, and particularly of *Pamela*; with a Word by the bye of *Colley Cibber* and others [p. 15])"(第一卷第一章,5)①。里面论述道:"姑且把这些和许多别的书放在一边,我只提最近出版的两本,它们分别代表了善良男女的值得钦佩的典型(which represent an admirable Pattern of the Amiable in either Sex [p. 16])。第一本讨论男性德行的书,是那位大人物亲自写的,他自己过的生活就是书里所记载的,并且许多人认为,他那样生活的目的只是为了要写那本书。另外一本是一位历史学家介绍给我们的,他根据例行的方式借重了确实的文件和记录,我相信读者已经猜到了我指的是考莱·薛勃和巴玫拉[即帕梅拉]·安德鲁斯大姐的传记。"(第一卷第一章,6)

与《帕梅拉》相仿,菲尔丁采用书信体的形式创作了《莎梅拉》。在故事正文之前还有一封假托科尼·考伯致范妮小姐的献词和两封编者的信件。这个范妮(Fanny)是蒲柏在讽刺诗中给首相罗伯特·沃波尔的近臣哈维勋爵(Lord Hervey)所起的绰号,意在讽刺他的女性化(甚至双性人)特征。康尼尔斯·米德尔顿曾将《西塞罗的生活史》敬献给哈维勋爵,而"范妮"则隐含"女性阴部"之意,其中贯穿了菲尔丁在政治讽刺剧中惯于使用的反讽视角,个中嘲讽之情不言自明。

作为菲尔丁的一部练笔之作,《莎梅拉》这部作品在今天看来远不能称其为小说,不仅戏拟痕迹较重,情节粗糙散漫,而且由于运用了菲尔丁早年戏剧创作中常见的滑稽讽刺文体,因此对于女性主人公的嘲

---

① 所引《约瑟夫·安德鲁斯》的中文译文主要依据王仲年的译本(上海文艺出版社1962年版),部分词句按照现代汉语规范予以修改。王仲年译本是国内较为可信和比较完整的译本。本书中大多数《约瑟夫·安德鲁斯》的作品引文均出自此译本,仅在后文标注出处的章回和页码。部分参照伍光建译本《约瑟·安特路传》(作家出版社1954年版)和英文版,有修改和补充,并加注予以说明。英文均参见 Henry Fielding, *Joseph Andrews. Shamela*. New York: Oxford University Press Inc., 1999, 随文标注页码, 不另说明。

讽也显得比较浅白直露。小说叙事从两个牧师的书信交流开始。提克尔泰克斯特牧师写信给奥利弗牧师,觉得《帕梅拉》"这本书每一页似乎都有魔法"①,让他手不释卷,因此很乐意把该书推荐给自己的朋友,甚至打算将之作为礼物送给自己的教女,因为这个故事是他乐意给自己女儿的唯一的一本教导书(《莎梅拉》,311)。奥利弗牧师则回信说他对这段故事早就非常熟悉,因为故事就发生在他的周遭。也许是洞悉了故事的真实情况,奥利弗牧师说他不会给自己的女儿,甚至女仆看这本书,因为他认为"这本书给侍女们的教导就是,尽最大努力追她们的主人。这样做的后果是忽视她们各自的职责,尽可能地修饰打扮:如果主人不是傻瓜,她们就会被引诱堕落;如果主人是个傻瓜,那就嫁给他"(313)。出于这种道德义愤,奥利弗进而揭露说这个乡下姑娘的真实姓名叫莎梅拉,而不是帕梅拉。她的父亲早年在部队服过役,现在是做旅馆的马夫等一些小差使;母亲则是在剧院卖橙子的村妇(Her Mother sold Oranges in the Play-House)②,奥利弗甚至不知道她父母是否结过婚。为进一步证实自己的说法,奥利弗牧师还附上了莎梅拉写给母亲的信。就在莎梅拉写给母亲的第二封信中,菲尔丁惟妙惟肖地用"即时叙述(wrting, to the moment)"③的方式仿写了主仆之间的第一次见面:"帕梅拉,他说,(这是我在这儿的名字),你是你的老夫人最宝贵的;是的,承您夸奖,我说;而且我想你也的确当得起这句话,他说;谢谢您好心的夸赞,我说;然后他拉着我的手,而我装

---

① 菲尔丁在这里逐字逐句摘抄自《帕梅拉》第二版的第一封信。
② See Henry Fielding, *The History of the Adventures of Joseph Andrews, And of His Friend Mr. Abraham Adams*; *An Apology for the Life of Mrs. Shamela Andrews*. Ed. Douglas Brooks-Davies. Revised with a New Introduction by Thomas Keymer. New York: Oxford University Press Inc., 1999, p.314. 这里影射莎梅拉的母亲是出卖色情的橙子姑娘(orange wenches)。1660年左右,英国查尔斯二世复辟时代的戏院(Restoration Theatres)中向观众兜售饮料、食品的姑娘统称为橙子姑娘,多半兼卖色相。参见王仲年译本《约瑟夫·安德鲁斯》第217页注释1。
③ Richardson to Lady Bradshaigh, 14 Feb. 1754, *Selected Letters of Samuel Richardson*. Ed. John Carroll. Oxford: Clarendon Press, 1964, p.289.

作害羞的样子:主人,我说,我希望你不要太粗鲁,先生;不,他说,我亲爱的,然后他吻了我,都快让我窒息了——我装作生气的样子准备跑开,他又吻了我,呼吸急促,样子看上去傻极了。这时我——杰维斯太太进来了,破坏了整桩事情——这种打扰太让人不快了!"(315)

在批评界看来,《帕梅拉》是第一部真正意义上的现代小说,也是在散文虚构技巧和文学商品化浪潮下的最早的畅销书。伊恩·P.瓦特也在《小说的兴起——笛福、理查逊、菲尔丁研究》中高度评价了《帕梅拉》在小说发展史中的地位和贡献。认为《帕梅拉》是"描述的现实主义",而菲尔丁则是"评价的现实主义"。① 无可否认的是,尽管瓦特将历史社会学和文化社会学的角度引入小说研究,并对笛福、理查森和菲尔丁的小说做出了卓有成效的分析和评价,但是,他对于现实主义的认识还是颇为僵硬的。比如,他认为"笛福和理查逊的啰唆冗长,易于起一种保证他们的记录的真实性的作用",而"菲尔丁在文体上的长度又易于与他作为一个小说家的技巧相抵牾,因为一种独出心裁的视野选择摧毁了我们对由记录所得的现实的信任,或者至少是使我们的注意力由记录的内容转移到了记录的技巧上去"。② 瓦特由于过于推重"真实",而对现实主义作家对生活予以任何加工的叙事技巧评价甚低,这实际是一种按照社会真实的标准来要求小说而导致的结论。这里,菲尔丁通过戏拟戳破了"即时叙述"的自以为是的主观性谎言,他也嘲笑《帕梅拉》随时随地都能写的不可靠性。

当然,菲尔丁这种滑稽模仿的文风虽然读来让读者感到酣畅和淋漓尽致,然而却并非出于他的首创,兼之人物形象也比较模式化,因此显得缺少内涵。应该说,《莎梅拉》的大部分内容都在套用《帕梅拉》。不仅情节的开始点和《帕梅拉》一模一样(老夫人去世,新主人到来),

---

① [美]伊恩·P.瓦特:《小说的兴起——笛福、理查逊、菲尔丁研究》,高原、董红钧译,北京:生活·读书·新知三联书店1992年版,第331页。
② 同上书,第25页。

而且莎梅拉的形象其实也并没有脱离原著的范围,只是换了一个角度并赋予了她不同的阐释罢了。

原作中的帕梅拉对主人的调戏非礼的确表现出了一种模棱两可、欲迎还拒的特质。无论她后来表现出多少对 B 先生的倾慕之情,但如果对照她之前的言论,就会或多或少令人感到某些虚伪的意味。帕梅拉曾对管家杰维斯太太说过,"如果我是个出身高贵的小姐,而他事先想要粗鲁无礼地对待我,就像他曾经两次对待我的那样,那么,我不知道我是不是还要他来当我的丈夫;因为她若忍受得了那样一种侮辱,我就认为她不配当一位正人君子的妻子,就像一位想要进行这种侮辱的人,我就不会把他看成正人君子一样"(44—45)。从帕梅拉得知 B 先生要娶她时欣喜若狂的表现来看,在这个人物身上确实存在着某些言行不一的现象。B 先生在得不到帕梅拉的急躁和恼怒中,也曾称她是"这虚伪的小东西"(31)、"表里不一的伪君子"(196),指责她勾引威廉姆斯牧师来达到反抗他的目的。B 先生写信给帕梅拉说:"刚愎、冒失、狡猾、但却愚蠢的帕梅拉,你做得真好,在为时不算太晚的时候,使我深信,我过去心肠太软,所以才错以为你是一面镜子,相信它反映出你羞怯、端庄与清白无瑕的优秀品质。表里不一的伪君子!心灵卑劣的女孩子!使你产生忧虑的原因是身份,而不是男人。"(196)这里充分显示出帕梅拉表面恪守身份伦理,其实对上层社会的地位有觊觎之心。而那位邪恶的朱克斯太太在赞誉她美貌的同时,也说帕梅拉疑心很大,自己从没见过这么会耍阴谋诡计的小东西。"还依旧这么多疑!我这辈子从没有看到过这样的人!"(175)"哎呀,您这样小小的年纪,竟这样有计有谋,这样小心提防,这样狡猾老练!"(175)但理查森在处理帕梅拉面对 B 先生时所表现出来的种种机心时,将它描绘成了一种道德智慧。在理查森笔下,帕梅拉不仅巧妙地向 B 先生展示了自己的美貌与贞洁,而且还极有分寸地控制住了与主人之间的安全距离,这是一种"懂得经营自己的美德"①。从某种程度上说,帕梅拉事实上已经"开始左右事态的发展,由一个表面上被动的抗拒者成长为一个实际上主动的引诱者"②。"她独白的背后已被作者安插了'功利化的美德'的潜文本。"③

不过,帕梅拉这一形象的争议还不止于此,除了心机较重以外,她也表现出了某些爱慕虚荣的特点。这一点主要表现在她对装饰的偏好上。帕梅拉十分在意自己的穿着,即使在她就要辞职返乡之时,虽然手头没有什么钱,她还是添置了一身自己觉得适合回家的衣服,并几乎是沾沾自喜地细致打扮着自己(参见第二十封、二十四封信),"当我把一切都穿着打扮完毕以后,我把系有两条绿色带子的草帽拿在手里,然后对着镜子上下左右地打量着自己,得意得像什么似的。说实话,我在这一生中从没有这样喜欢过我自己"(56)。新婚后,帕梅拉也"花费了不少时间来选择我的新衣款式"(536)。的确,《帕梅拉》全篇都以女主人公的口吻讲述,难免带上褊狭主观的色彩。理查森爱好刺探隐私的癖好似乎也给帕梅拉增添了一些虚荣的色彩。

正是由于帕梅拉身上存在着如此大的争议,菲尔丁才会在《莎梅拉》中对这一人物进行了辛辣嘲讽。他几乎把帕梅拉为人所诟病的缺点全部放大。在理查森的《帕梅拉》中,帕梅拉的伦理身份是多重的,也有过身份转换——接受 B 先生的求婚成为他的妻子之后,帕梅拉与 B 先生之前的伦理关系由主仆关系变成了夫妻关系。由于帕梅拉的道德争议之处主要在于她结婚之前,我们在这里主要探讨她婚前的伦理身份。"伦理身份有多种分类,如以血亲为基础的身份、以伦理关系为基础的身份、以道德规范为基础的身份、以集体和社会关系为基础

---

① 曹波:《人性的推求:18 世纪英国小说研究》,北京:光明日报出版社 2009 年版,第 111 页。
② 同上。
③ 胡振明:《对话中的道德建构:十八世纪英国小说的对话性》,北京:对外经济贸易大学出版社 2007 年版,第 119 页。

的身份、以从事的职业为基础的身份等。"①帕梅拉在婚前至少具备三种伦理身份,分别是"以血亲为基础"的女儿的伦理身份、"以道德规范为基础"的信徒的伦理身份,以及"以从事的职业为基础"的仆人身份。无论是作为这三个伦理身份中的哪一个,帕梅拉都表现得恪守本分、无可挑剔,既是一位孝顺的女儿,也是虔诚的信徒,同时又是维护主人的体面、能干的女仆。对此,菲尔丁在《莎梅拉》中对帕梅拉的形象进行了全方位的解构。

《莎梅拉》的核心内容就是莎梅拉和她母亲之间的通信。与其说莎梅拉是一位尊重母亲意见的女儿,不如说她们是一桩阴谋的同盟者。莎梅拉在信中得意扬扬地分享她勾引鲍培先生的计划,并笼络自己的母亲。但在她成功达成与主人结婚的目的之后,却把母亲视为绊脚石一脚踢开。在给母亲的最后一封信中,莎梅拉让母亲隐瞒她们之间的关系,而且只用 20 镑就打发她。正是这种过河拆桥的做法,才让她母亲对她失望透顶,将信件交给了奥利弗牧师。奥利弗牧师才因此得到了这些珍贵信件的原本。

在理查森的笔下,帕梅拉虔诚祷告上帝,祈求上帝的指导,把一切视为上帝的考验和恩赐,父母也反复告诫她"愿上帝指导你,让你得到最好的结果"(《帕梅拉》,21)。她"每小时做一次祷告","希望上帝的恩泽将会帮助我"(55),熟知福音书,并能运用才华自行加以改编以便鼓励自己坚守贞洁,除此之外,她甚至将 B 先生的"幡然悔悟与改过自新"都归结于"上帝的仁慈"(70)。在《莎梅拉》这部作品中,莎梅拉与情夫却从未遵从过宗教戒律。菲尔丁借女主人公和威廉姆斯牧师的偷情事件,彻底颠覆了其道德楷模形象,也消解了其原本具有的宗教色彩。相对于理查森小说中帕梅拉和威廉姆斯牧师之间的朦胧情愫,《莎梅拉》则将这些似是而非的口头指控落到了实处,描写莎梅拉早就

---

① 聂珍钊:《文学伦理学批评导论》,北京:北京大学出版社 2014 年版,第 263—264 页。

和威廉姆斯牧师熟识，并生过孩子。在鲍培先生送她去别院后，莎梅拉与威廉姆斯牧师还曾约会，两人之间牵扯不断。为了让丈夫证明自己全无忌妒心理，她让鲍培自愿同意让威廉姆斯牧师和她同坐一驾马车，自己却在马车内亲吻情人，嘲笑丈夫的无知无觉。这些场景片段都进一步暴露了莎梅拉肮脏的灵魂。

当面临 B 先生的威逼利诱时，理查森笔下的帕梅拉曾为自己的欲拒还迎进行了自我辩护，是因为自己的仆从身份而导致的身不由己。因为帕梅拉出身低微，"在一位这样高贵的先生和一位这样可怜的女孩子之间存在着极大的距离"，如果她太把 B 先生对她的暧昧当回事，那么也太"自夸自负，太不自量了"。(13—14)按照她的说法，她之所以没有强硬地当面回绝 B 先生，是因为她的仆人身份不允许她对主人不敬，帕梅拉"希望他会让善良的杰维斯太太给我一份品德证明书，因为我担心我会被人们认为是由于不诚实的行为而被解雇的"(32)。可是《莎梅拉》中却显示她是主动设计了对 B 先生的勾引计划，也进一步戳破了她不管是身为仆从还是情人身份的虚伪性。她和杰维斯太太一起欲擒故纵，合谋蒙骗主人。但当她发现鲍培先生的信中暗示出结婚意图后，马上就把和鲍培先生结婚看成自己的主要目标。用莎梅拉自己的话说，"我曾经想凭借自己的姿色赚点钱，现在我要借自己的霉德(Vatue)发大财"(329—330)。她自导自演了假溺事件，促使鲍培先生对她更加割舍不下，最后和她结婚。结婚后，她过着奢侈放纵的生活，一连三天找鲍培先生要一百镑；莎梅拉遭到拒绝后又假装昏厥，软硬兼施，终于迫使鲍培先生答应她的经济要求。《莎梅拉》还介绍了《帕梅拉》这本书的出版缘由。原来是鲍培先生出于对莎梅拉的迷恋，才先有了这个异想天开的想法，他甚至还提议让威廉姆斯牧师来写，威廉姆斯则转而推荐给了别人。

英国学者伊恩·P. 瓦特曾在《小说的兴起——笛福、理查逊、菲尔丁研究》中为帕梅拉的前倨后恭辩护说："那种模棱两可不一定产生于帕美拉[即帕梅拉]这一角色的有意识的两重性，而是帕美拉据以行动的那种女性原则所固有的。"①因为如果"一个姑娘允许自己在她的情人实际求婚之前便产生对他的爱情……是不道德的,也是不高明的"②。在男权主流文化的影响下,18世纪的英国社会一方面要求女性贞静顺从;另一方面又要求女性应当具备一定的性吸引力,以获得男性的青睐。这就注定了女性在顺应主流文化方面不得不摇摆不定,在性格心理方面形成了模棱两可、暧昧不明的道德灰色地带。但是,菲尔丁却洞悉这一跨越阶级障碍的婚姻的交易性质,进而对帕梅拉一方面以贞洁形象示人,另一方面却工于心计的伪善表现予以了揭示。这种帕梅拉式的伪善,也因此成为菲尔丁伦理探索和道德建构的起点。在之后的作品中,菲尔丁通过对一系列戴着道德面具的人物形象的塑造,批判了社会中普遍存在的一种道德假面形象。

二、《约瑟夫·安德鲁斯》与《帕梅拉》的互文关系

1742年2月22日,菲尔丁的《约瑟夫·安德鲁斯和他的朋友亚伯拉罕·亚当姆斯的历程》(The History of the Adventures of Joseph Andrews, And of His Friend Mr. Abraham Adams,简称为《约瑟夫·安德鲁斯》)出版。这是菲尔丁的第一部现实主义小说作品,但构思的出发点依旧是反帕梅拉的,滑稽戏拟(burlesque)仍是菲尔丁的创作初衷:书中叙述约瑟夫受到鲍培夫人的引诱,"很显然是《帕梅拉》故事的男性版本(male version)"③。小说的男主人公约瑟夫·安德鲁斯被作家设定为帕梅拉的弟弟,鲍培夫人的侄儿则正是娶了帕梅拉的B先生。这种亲缘关系的安排使得理查森的《帕梅拉》又一次成为菲尔丁小说的互文性作品。小说开篇就说:

---

① [美]伊恩·P. 瓦特:《小说的兴起——笛福、理查逊、菲尔丁研究》,高原、董红钧译,北京:生活·读书·新知三联书店1992年版,第185页。
② 同上书,第183—184页。
③ Alyson Parker, The Author's Inheritance: Henry Fielding, Jane Austen, and the Establishment of the Novel. DeKalb: Northern Illinois University Press, 1998, p.64.

至于女读者从安德鲁斯大姐的传记中所得到的教训,那部作品的二版和以后各版所载的绝妙文章和书札作了充分的说明,这儿也不必重复了。我现在介绍给大家的真实历史,是那部书可能给人家的大益处的一个例子,也是我刚才说过的实例强似口训的一个例子:因为下文就有交代,约瑟夫·安德鲁斯先生主要是念念不忘他姐姐贤德的好榜样,才能在偌大的诱惑中守身如玉。我要补充的话只是,这种男性纯洁的品性,对于男女双方,无疑地,在要求上是一致的,在德行上是同等光彩的,可是那大道歉家(Apologist)为了示范于读者而给予他自己的种种德行中,唯独遗漏了这一项。(第一卷第一章,7)

在《帕梅拉》里,女主人公在婚后和丈夫的姐姐戴弗斯夫人和解后,曾自述家世,说起自己有两个哥哥,但在她的讲述中,哥哥们早亡,还欠下了许多债务——"他们[指帕梅拉的父母]曾养育了很多孩子,我是最小的一个,也是唯一还活下来的一个。他们的不幸是由于他们为我两位不幸的哥哥做了力不胜任的事情;我这两位哥哥都已去世了,他们夫妇两人不得不偿还他们的债务"(520)。因此,《约瑟夫·安德鲁斯》中的人物关系设定(姐弟)与《帕梅拉》中(兄妹)不尽相同:《帕梅拉》中哥哥早夭,帕梅拉是最小的孩子;而《约瑟夫·安德鲁斯》中帕梅拉又成了约瑟夫的姐姐,菲尔丁做了一定的创造性发挥。但是,约瑟夫最初是马夫,后被B太太看中做了贴身男仆,对约瑟夫百般引诱的情节,很有可能来源于《帕梅拉》中的B先生和姐姐戴弗斯夫人的一段争辩——戴弗斯夫人为弟弟秘密娶了一个女仆感到愤怒,她质问这件事情的荒唐,然后问道:

"假定我嫁给父亲的马夫,"她说,"那你对这件事会说什么?"
[……]
"戴弗斯夫人,你所说的情况与我的情况是有差别的,难道你由于高傲就看不到它了吗?"

[……]

"那么我来告诉你差别在哪里,"他答道,"一种情况是:一个男人跟一个女人结了婚,不论这个女人将成为什么样的人,他都提高了她的身份;他接受她进入了他自己的阶层,不论这个阶层是什么。另一种情况是:一个女人虽然曾经出身于一个高贵的家庭,但通过一个卑贱的结婚却贬低了自己的身份,从自己原先的阶层下降到她屈身俯就与她结婚的那个男人的阶层。当斯图尔特王族与身份较低的海德家族(我的意思是说,相比起来低一些)联姻时,有什么人称那位女士为王后陛下或约克公爵夫人时曾经迟疑不决过呢?又有什么人曾经认为她的两个女儿,已故的女王玛丽与女王安妮由于父亲与母亲的身份不相等而不合乎王室成员的要求呢?当家道中落的贵族进入城市,娶了一位富商的女儿为妻时,不论这位贵族是公爵或伯爵,难道他的配偶不是由于他的选择而立刻变得尊贵了吗?谁在称她为公爵夫人或伯爵夫人时还曾迟疑不决呢?"(479—480,着重号为书中原有)

B先生的回答既表现出他在阶级等级上的优越性,也反映了当时社会男女两性在婚姻中的不平等现象。他还进一步表示,"戴弗斯夫人,我跟母亲的侍女结婚与你跟一位肮脏的马夫结婚,这二者之间的差别,你现在看到了吗?母亲的侍女在心灵与容貌上具有使任何阶层增光的魅力,而一位马夫所接受的教育、所进行的谈话、所接触的机会,使他除了在肮脏的工作中,产生一种低级的趣味外,还会有什么优点呢?"(480)B先生对因生活所迫未能接受教育的下层人民表示出了相当的鄙夷。如果说,帕梅拉以强硬的贞洁征服了自己的主人,表明了下层人比上等人可能更具道德[①],同时也反映了作者对阶级局限性

[①] 书中其实也有不少高度评价下等人道德的言论,如"一个境况贫寒、才疏学浅的人,只要清白无罪,那就比那些拥有巨大财富和高超智慧的罪人具有许多优势"(31),"身份低下的一些人们具有的美德是许多身份较高的人们都无法夸耀的"(487),等等。

的突破意识的话,那么看了这段话后便会了解,对于作者而言,帕梅拉的道德优越性,如贞洁能干其实只是归功于老夫人对她的培养,小说中并没有抬高下层人民道德水准的平等意识。从表面上看,B先生似乎是被帕梅拉所征服的,但实际原因却不过是因为他的社会等级较高,因此能够随着自己的心愿随意娶妻罢了。也难怪在菲尔丁《约瑟夫·安德鲁斯》之中,他让鲍培先生训斥约瑟夫不可随便结婚——"既然承你拿我跟你姊姊的婚姻来赌我的嘴,我不得不把我们之间的大区别讲讲明白;凭我的家道,我可以随心所欲地做;如果我不照自己的意思做,而你偏要照你自己的意思做,同是愚不可及的事儿"(第四卷第七章,322)。

对于B先生这种纡尊降贵的行为,帕梅拉是心领神会的。在还未举行婚礼之前、仅仅口头有婚约的时候,她称B先生为自己的恩人而不是爱人,甚至与上帝相提并论①。即便到了婚后第三天,她还在信中对自己的父母说:"我被这样宽宏大度地提高了地位后到现在还没有安定下来,因此我还必须继续写下去,直到以后安定下来,你们可以和我共享我婚后的幸福时为止,那时候你们将和我一道为这位世上最好的丈夫时时刻刻赐予我的大量恩惠而感到快乐。"(414)可见这种超越等级的、不般配的婚姻多么脱离现实,也让帕梅拉时刻意识到了危机感和不安全感。婚后帕梅拉在B先生姐弟争吵中听到了"萨莉·戈弗雷小姐"的名字,她却不敢直接问B先生,事后B先生虽然坦诚交代了事情的始末,但他认为萨莉·戈弗雷小姐的家庭图谋在前,他也不必再和他们讲道德,自始至终并未认为这是他的一个道德污点。后来,帕梅拉又发现B先生的私生女,几乎没有任何心理波折就接纳了这个孩子,原谅了B先生。如此种种,充分说明男女两性在性道德方面的标准是不平等的。针对这一问题,菲尔丁将约瑟夫设计为鲍培夫

---

① 如"我对上帝的仁慈和世界上那位最好恩人的恩惠,却是不知如何去感恩戴德!"(388)

人的马夫可谓是其来有自;他强调坚贞不是只对女性的要求,也应对男性提出相同的标准,很明显也是从《帕梅拉》中获取的创作灵感。

此外,我们还可从约瑟夫名字的来源来进一步说明这部作品与《帕梅拉》之间所具有的创作关联。理查森笔下的帕梅拉在小说里伶牙俐齿,口才甚佳,有较高的文化修养,而且还往往能合适地引经据典,如她打算自溺于池塘时,又鼓励自己继续忍受苦难以通过上帝的考验,她提及"约瑟不正是由于受到不公道的监禁反而得到晋升的吗?"(207)这里提及的约瑟是《圣经》记载的一个经受考验、美德有报的例子。埃及法老的内臣、护卫长波提乏(Putifarre)买了雅各和拉结的儿子约瑟(Giuseppe)做奴仆,对他非常信任,派他管理家务。约瑟生得秀雅俊美,波提乏的妻子爱上了他,要和他同寝,约瑟不从,她恼羞成怒,反向自己的丈夫诬赖约瑟调戏她,要和她同寝。她的谎言激怒了波提乏,就把约瑟囚在监狱里。后约瑟替法老解梦受宠,不仅被无罪释放,还被任命为埃及宰相,当时他只有30岁。① 帕梅拉用约瑟的典故鼓励自己坚守贞洁,虽然现下困厄,但必将有"守得云开见月明"的时候。由于菲尔丁从帕梅拉的故事中看出了某些功利主义的意味,正如小说的副题"美德有报"一样,在理查森笔下,"美德"这一高尚的道德律令变成了帕梅拉谋求利益回报的手段。因此,菲尔丁将自己的主人公命名为约瑟夫,意在一方面强调其俊美坚贞堪比《圣经》里的人物,主张男女两性应该有着同样的道德标准;另一方面也隐含着他对"美德有报"中功利意味的嘲笑之情。约瑟夫是帕梅拉的弟弟,他坚守自己的贞操,坚决不受鲍培爵士夫人的色诱。但是,坚守这一美德不一定有相应的回报,约瑟夫并未因此时来运转,而是不得不辞工返回家乡。

菲尔丁对社会等级规范的难以跨越显然认识清醒,同时他也对好

---

① 约瑟被勾引和无罪入狱事见《旧约·创世记》第三十九章,解梦和出狱事见第四十至四十一章。

人不见得有好报的世态颇有感喟。约瑟夫力拒鲍培夫人的挑逗，执意返回故乡，是因为约瑟夫"最值得景慕的""最有德行的姊姊"帕梅拉的教导，正是"依仗了你的榜样，我才能抵抗财色的种种诱惑，才能保持我洁白无瑕的德行"（第一卷第十三章，51），使得约瑟夫立志不"玷污""由她[指帕梅拉]保持的清白家风"（第一卷第八章，32）。但他也暗讽了帕梅拉贞洁的道德目的并不单纯，就是为了获得相应的物质回报。为此，菲尔丁在小说的中途引入了范妮·戈特威尔（Fanny Goodwill）①这一人物②，以此证明他的决绝并不像帕梅拉那样是为了图谋财产或地位，而是出自真挚的爱情。约瑟夫的"清白贞洁（Innocence and Virtue [p.51]）"③是要献给他的所爱范妮。作家之后又运用自己惯用的喜剧手法，写到约瑟夫并非帕梅拉的亲弟弟，在亚当姆斯牧师的帮助下，他与自己钟情的女子范妮有情人终成眷属。

另外，这两部小说至少有两个重复出现的人物可堪对照：一是《帕梅拉》中的B先生和《约瑟夫·安德鲁斯》中的鲍培（Booby，意为"蠢货""笨蛋"），两者为同一人；二是帕梅拉。而鲍培先生在《约瑟夫·安德鲁斯》中主要是与帕梅拉作为夫妻同进退的。因此我们将主要考察两部作品中的帕梅拉形象有何不同，从中可以看出理查森和菲尔丁各自所存有的、不同的道德思考。

在理查森的笔下，帕梅拉在很多方面堪称完美。她年轻，"十五岁刚刚出头"（12）；美丽，戴弗斯夫人认为帕梅拉"是她这一生中所见到过的最漂亮的妞儿"（7），那些前来拜访的有身份的夫人们也说她是"我们这个郡里最美的美人"（46）；能干，在老夫人的调理下，不仅掌管"料理写信、算账的工作，还使我成了个能缝善绣的针线好手"（1），B

---

① 直到小说第三卷第十二章才透露范妮的姓氏为"Goodwill"（283），其余多作"范妮"。
② 第一卷第五章鲍培夫人问约瑟夫"有没有恋爱过"（18），约瑟夫回答说"像他这么年轻的人，要考虑这种事情还早呢"（18）。
③ 王仲年译文为"清白和道德"（第一卷第十三章，51）。"virtue"本来就有贞洁和道德两个意思。

先生夸赞她"你的字很漂亮,拼写也很正确"(3);帕梅拉待人接物有礼貌知进退,"既谨慎又谦逊,跟所有的男仆都保持着疏远的关系"(8),"仿佛生下来就是个贵妇人一样"(22)。帕梅拉孝顺父母,对主人恭顺,对宗教虔诚。而她身上最为核心的道德观便是女德的贞洁。B先生终于放下自己的高傲承认爱上了帕梅拉并娶她为妻,"不仅是由于她美丽的容貌,而且还由于她高尚的心灵与无瑕的贞洁"(308)。小说除了描写帕梅拉如何严守贞洁通过了B先生的考验外,还花了很多笔墨来写帕梅拉婚后的生活:她如何以自己的风度折服那些贵族人士、她成功地调和了B先生与姐姐戴弗斯的争吵以及她宽宏大量地接纳了B先生的私生女。她在婚前不仅是贞女形象,而且婚后她在丈夫面前表现出谦卑顺从的性格,甚至把B先生平时教导她的话都记下来作为自己的行为准则,堪称是完美无瑕的女德典范。

反之,在《约瑟夫·安德鲁斯》这部作品里,菲尔丁写到帕梅拉时,仍然是语带讥讽的,表现出和莎梅拉形象的一致性。在小说的前半部分,帕梅拉并未正式出场。约瑟夫由于受到鲍培夫人的引诱感到苦闷,因此两次写信给自己的姐姐帕梅拉。他在第一封信中表示在鲍培夫人家里待不长了,想让帕梅拉替自己在乡绅家里或邻近上等人家里另外找事,约瑟夫在信中说,"如果你快要跟威廉姆斯结婚的传说是事实,我很愿意做他的书记;你知道我能够胜任那个职务,我能读,也能编排赞美诗"(第一卷第六章,21)。小说里并未描写帕梅拉在回信中具体写了什么,而是在约瑟夫的第二封信中提及"我所以能够抵御诱惑,完全由于他[指亚当姆斯牧师]的卓越的讲道和勉励,再加上你的信札"(第一卷第十章,33),又说,"我相信,亲爱的姊姊,在种种考验中,你凭了天恩一定能保全您的德行;我诚恳地请你替我祷告,让我也能保全我的德行①"(第一卷第十章,33)。这里,菲尔丁一方面借帕梅

---

① 如前,这里的"德行"译为"贞洁"似乎更为合适。

拉亲弟弟的角度,暗示帕梅拉和威廉姆斯的暧昧关系并非捕风捉影。另一方面,根据上下文语境,可知帕梅拉在回信中做了一些贞洁的道德训诫,此时的帕梅拉应该还未和鲍培先生结婚。

到了小说的后半部分,约瑟夫、范妮与亚当姆斯牧师都返回家乡,鲍培夫人也下乡阻止约瑟夫和范妮二人成婚。此时鲍培夫人的侄子带新妇帕梅拉到访,小说才有对帕梅拉的直接描绘。菲尔丁仍是漫画式的勾勒,戳穿了帕梅拉的道德假面。一是表面谦恭下面的自傲。由于鲍培先生称赞范妮的美貌,帕梅拉表示自己丈夫"在女人身上往往走眼,把她们的美貌说得过火"(第四卷第六章,313)。她和鲍培夫人两个出于共同的妒忌心理,"两个女人的眼睛都盯着镜子;[……]两人一面细细打量自己的面孔,一面把对方的妩媚恭维了一番"(第四卷第六章,313—314),也充分显示出帕梅拉自恃貌美但又故作矜持的虚荣做作;帕梅拉自诩自己现在身份高贵,因为"她从前可以跟我相比","但我已经不是巴玫拉[即帕梅拉]·安德鲁斯了,我现在成了这位先生的太太,因此,是在范妮之上。——我希望我的一举一动不至于染上像样的骄傲,可是我同时总得记住自己的身份,不要怀疑上帝在这方面的恩助"(第四卷第七章,323)。二是表面虔诚下面的自私。她极力和鲍培先生一块劝阻约瑟夫和范妮成婚,说:"弟弟,你还是好好祷告上帝,帮你克服那种痴情,不要耽溺在里面。"(第四卷第七章,323)这里表现出上帝不过是她实现自利目的的工具罢了。三是表面贞洁背后的淫欲。当知晓范妮可能是约瑟夫的胞妹时,亚当姆斯牧师为了劝慰这对苦命恋人,在布道时大谈无欲之爱:

> 亚当姆斯开始大谈精神恋爱,从那上面很快就转到另一世界上的欢乐,结尾强调说,这个世界绝没有所谓快乐的东西。听到这儿,巴玫拉和她的丈夫眼对眼笑了。
>
> 这一对快活夫妻提议休息(因为没有别人作出丝毫需要休息的表示),[……](第四卷第十三回,352)

而终于到了约瑟夫和范妮两人身份谜团揭开,破除一切障碍成婚的当天,在庄严的教堂婚礼场合,帕梅拉夫妇又忍不住发笑,亚当姆斯牧师有着"道地的基督徒的虔诚","他公开责备鲍培先生和巴玫拉不该在这种神圣的地方和这种严肃的场合失礼发笑"(第四卷第十六章,365)。

除此之外,菲尔丁塑造了范妮这一蕴含了作家正面道德理想的女性人物来达到与帕梅拉的形象对照。范妮和帕梅拉虽然同为女仆出身,也同样美丽不可方物,虔心信教①,但范妮却是一个有血有肉、身体健壮的女性,这一点也似乎更符合现实中女仆的常见形象,而非像帕梅拉那样弱不禁风和矫揉造作。小说第一次详细描写范妮的样貌是第二卷第十二回,她和亚当姆斯一行因为遇雨,便到一家小酒店歇息。不论是店主夫妇、女仆,还是担任向导的少年,"从没见到过抵得上她一半美丽的人"②(第二卷第十二章,151)。作者描摹她的"身材婀娜苗条",她的两臂"虽然由于劳动的关系,皮肤稍微有些发红;可是如果她的衣袖捋过胳膊肘儿,或者围巾露出她脖子的任何一部分,就显露一片洁白,连上好的意大利颜料也望尘莫及"(第二卷第十二章,152)。范妮的美貌并非完美无缺,然而却有一种自然的风味。"她的嘴唇红润,根据一般娘儿们的意见,认为下唇太突出。她的牙齿洁白,但不能说是绝对整齐。天花只在她的下巴颏那儿流露一个痕迹,要不是她左颊上原来就有一个笑靥,和它贴近的话,这个痕迹大得可以给错认为笑靥,因之前者只尽了烘托后者的作用。她脸上的皮肤稍稍受到太阳的损害,可是白里泛红,即使是最高贵的名媛淑女也愿意拿自己的洁白来交换;除了这些,虽然天生十分羞怯,她还有一副几乎难以置信的敏感的面容;她微笑时的一股甜劲儿是既不能仿效,也无

---

① 范妮多次在困境中祷告上帝,如约瑟夫被强盗打得满脸是血,范妮"便捶胸跌脚,祈求一切人力和神力来卫护他"(第四卷第七章,325)。

② 译文有修改,王仲年译文为"抵得上她一半美貌的人从没见到过"。

法形容的。"(第二卷第十二章,152)菲尔丁从现实主义的创作原则出发,塑造了一个更为真实的女性形象。但他也保留了从古典史诗、传奇继承而来的浪漫笔法,认为从范妮无与伦比的美貌中可以看出她先天的高贵风度——"她有种优于人工习得的天生的高贵(She had a natural gentility, superior to the acquisition of art),人人看见,无不惊讶"①。

在小说中,范妮是作为约瑟夫倾心相与的恋人出现的。因此她可贵的品质也主要体现在她用专一热烈的爱情回应了男主人公的爱慕。她闻说了约瑟夫的不幸遭遇,便立刻放下工作,"也不跟什么人商量,立刻动身去找约瑟夫了。尽管她在牧师面前羞于承认,她对约瑟夫的爱情炽热得难以形容,同时又是最纯洁最细腻的。我们既然相信这种羞涩会使女读者赞美她的品格,也不至于使熟悉年轻女性的男读者发生很大的惊异,我们就不必费事来称道它了"(第二卷第十章,142)。这两类女主人公的形象差异正体现了菲尔丁在《约瑟夫·安德鲁斯》中反帕梅拉的创作意图。正如大多数批评者指出的那样,在理查森小说中,"模式化的女主人公必定十分年轻,非常缺乏经验,身体和精神的素质都非常娇弱,以致面对任何求爱的表示都要晕倒;她在本质上是被动的,在婚姻缔结之前,她对倾慕者缺乏任何感情"②。在面对危急时,帕梅拉的救命稻草就是一遇到威胁便晕死过去——这种富家小姐式的危难应急方式显然不符合她卑微的社会地位,因为如果真的饱受了劳动的磨砺和生存的艰辛的话,那么帕梅拉是不大可能如此脆弱的。③ 在理查森的《帕梅拉》中,B先生也曾议论,"至于帕梅拉,她很幸

---

① Henry Fielding, *Joseph Andrews. Shamela*. New York: Oxford University Press Inc., 1999, pp.159—160.

② R. P. Utter & G. B. Needham, *Pamela's Daughters*. New York: The Macmillan Company, 1936.转引自[美]伊恩·P.瓦特:《小说的兴起——笛福、理查逊、菲尔丁研究》,高原、董红钧译,北京:生活·读书·新知三联书店1992年版,第177页。

③ 曹波:《人性的推求:18世纪英国小说研究》,北京:光明日报出版社2009年版,第112页。

运地掌握了一种诀窍,只要她什么时候愿意,她就能在什么时候昏迷过去"(68)。相较于此,范妮身材健美丰满,虽不能算得上强壮,但也还能抗拒文弱男子的暴行,如贵族少年狄达伯初遇范妮,欲行非礼,书中写道,"可是她用足力气撑拒,我们的纨绔子既不是大力士赫克里斯一类的人物,范妮勉强把他拦住了。这位年轻的绅士挣扎得上气不接下气,也就放了她[……]"(第四卷第七章,323)。与此同时,菲尔丁虽不夸大范妮的娇弱,但也不完全回避晕倒的类似描写。在《约瑟夫·安德鲁斯》中,约瑟夫和范妮相见后,两人定下鸳盟。在如此激动的场合,范妮也只不过"几乎"晕了过去——"范妮架不住百般软言蜜语,终于把她整个的心灵献给了约瑟夫;她几乎在他怀里昏了过去"(第二卷第十三章,162)。小说里确凿写到范妮晕倒事件的只有三处:第一处是范妮去寻找约瑟夫·安德鲁斯,意外听见客店里有人在唱情歌,范妮留心听,忽然面无血色,晕倒在椅背上,原来这唱歌的就是她朝思暮想的恋人约瑟夫。(第二卷第十二章)第二处描写的起因是贵族小哥狄达伯觊觎范妮的美色,对她无礼。约瑟夫因此和他打在一处,虽然他的身材、体力要远远胜过这位文弱做作的贵族青年,但看见狄达伯拔出了腰刀,又"气势汹汹地说,非把约瑟夫碎尸万段不可",范妮禁不住"倒在亚当姆斯太太的怀里,昏了过去"(第四卷第十一章,342)。另有一次是范妮得知自己是约瑟夫的妹妹而晕倒。显然,小说里的晕倒都出自范妮对爱人约瑟夫·安德鲁斯的顾念和担心,进一步完满了范妮作为坚贞爱人的道德楷模形象。正如笔者之前曾论述过的,"从表面上看,菲尔丁与理查森在塑造女性人物方面的差异,似乎仅仅体现了双方截然不同的女性观,但若深入考察,便可发现这一差异实则标志了两位作家在道德诉求方面的价值分野。对理查森而言,女性人物的循规蹈矩、谨守妇道显然代表了18世纪英国社会清教徒式的道德观念;而菲尔丁塑造的女性人物则因其独立自主的道德实践,从而具有了某种启蒙主义的道德色彩"①。

　　此外,理查森笔下的帕梅拉表现了出众的知识水平和认识能力,她花了大量时间写信,"把精力主要用在笔上,而不是用在针线上"(45)。对主人提到的柳克丽霞等典故②一点就透,"写的诗歌押韵押得很好"(565)。但是,菲尔丁笔下的范妮是目不识丁、大字不识的,书中写道:"读者也许会奇怪,那么恩爱的一对情人别离了一年之久,为什么不通音问;其实把他们难住的有一个原因,也只有这个原因;那就是可怜的范妮既不能写,也不识字;更不肯托付一个代笔先生来传达她那些微妙纯洁的情意。"(第一卷第十一章,41)菲尔丁认为美德并非由书面知识培养得来,而是需要在经验中学习和成长。因此,菲尔丁就特意宣扬了在朴质的劳动者身上,同样会具有令人动容的美德力量。可以看到,菲尔丁笔下的范妮尽管不懂得那些书面的大道理,她在个人道德上却一样无可挑剔。亚当姆斯牧师盛赞"她是一个最温和、最忠实、最可贵的年轻姑娘"(第四卷第二章,300)。鲍培先生初次看见范妮,也表示"这种又温柔又纯洁的美貌女子,态度又这么文雅,我从没见过"(第四卷第五章,312)。

　　当然,我们也应看到,菲尔丁从当时大多数保守英国绅士的立场出发,对女性学习和具备知识持有一种狭隘的偏见。菲尔丁在塑造其他的女性人物时,往往对其所谓的学识和见解的反差大加讽刺。例如在《汤姆·琼斯》中魏斯顿乡绅那位"博览群书、见识甚广"(第六卷第二章,257)③的妹妹,在三个月内竟然看了五百本书(第十一卷第八

---

　　① 杜娟:《亨利·菲尔丁小说的伦理叙事》,武汉:华中师范大学出版社 2010 年版,第 86 页。
　　② 古罗马历史传说中有名的烈女形象,莎士比亚曾从中取材写了《鲁克丽丝受辱记》(*The Rape of Lucrece*,1594)。《帕梅拉》中的叙述(第一卷第十五封信)参见[英]塞缪尔·理查森:《帕梅拉》,吴辉译,南京:译林出版社 1997 年版,第 26 页。
　　③ [英]亨利·菲尔丁:《弃儿汤姆·琼斯的历史》(上、下),萧乾、李从弼译,北京:人民文学出版社 1984 年版,第 257 页。凡《汤姆·琼斯》的作品引文均出自这个版本,随文标注章节和页码,不另加注。

章,580)的费兹帕特利太太,曾被怀疑为琼斯生母、"勤勉好学"(第一卷第六章,23)的珍妮·琼斯,《阿米莉亚》中被誉为"优秀的学者"(第六卷第七章,292)①的贝内特太太/阿特金森太太,等等。相较而言,笛福对此要开明许多,他在《论妇女教育》("The Education of Women",1698)一文中表示:"我常常觉得,我国虽然是一个文明的基督教国家,却流行一种世界上最野蛮的风俗,那就是不让妇女享受知识的种种利益。我们天天责备妇女愚蠢、无礼;其实,我相信,只要女人能跟男人一样得到受教育的机会,她们在这方面的过失怕比我们要少得多呢。"②菲尔丁在小说中对那些卖弄学识、矫揉造作的女性人物加以嘲笑,一方面固然反映了对并非出自天然的学识的不信任,另一方面显然受到了作家顽固保守的男权主义思想的影响。如在《汤姆·琼斯》中,奥尔华绥先生对苏菲亚的称赞也特别提到"她向来不卖弄机智","对于男人的见解,她确实一向都极为尊重——这是作一个贤惠妻子所必不可少的品质"(第十七卷第三章,875)。而在《阿米莉亚》中,哈里森博士反诘阿特金森太太"学问可以使一个女人得到一种合理而无害的消遣"(第十卷第一章,476)的观点,认为"女人有了学问可能会有不方便的地方。例如,一位有学问的女士嫁给了一位没有学问的丈夫,她会不会容易看不起他?"(第十卷第一章,476)菲尔丁笔下的范妮的纯朴温顺,也是为了反衬出帕梅拉这一类知识女性的虚荣和造作。

由此我们可以发现,虽然菲尔丁的《约瑟夫·安德鲁斯》已经具备独立的现实主义小说特质,但由于与《帕梅拉》的互文关系,嘲讽帕梅拉这类人物的伪善道德仍是作家主要的创作意图。

---

① [英]亨利·菲尔丁:《阿米莉亚》,吴辉译,南京:译林出版社2004年版。凡《阿米莉亚》的作品引文均出自这个版本,随文标注章节和页码,不另加注。
② 转引自[英]维吉尼亚·吴尔夫:《普通读者——吴尔夫随笔》,刘炳善译,北京:中国国际广播出版社2009年版,第43页。

三、其他帕梅拉式的人物

在菲尔丁笔下,类似帕梅拉式的人物不在少数。其实如果仔细分析,就可以发现理查森笔下的帕梅拉虽然对上层社会进行了反抗,但她最终仍旧选择了妥协,嫁与道德堪忧的 B 先生为妻。这说明对于帕梅拉这种出身底层却十分渴慕上层社会的人来说,上层社会认可的道德观念和行为准则却有着极大的吸引力和约束力——"上层道德"①区分了人的等级,将帕梅拉隔绝出了她所向往的那个阶层。由此造成的后果,就是假如帕梅拉还想试图进入上层社会,就不得不以"上层道德"去要求自己,而这么做显然又脱离了帕梅拉自己的真实生活,因此她只能戴上上层社会的道德假面,以一种伪善的道德去进行人格表演。从本质上看,帕梅拉一直都依附于各式各样的社会成见和家庭要求,她的抗争大多都是出于对社会规则的遵守,难得有明确的自我意识。因此,她的性格也往往显得优柔寡断。比如在答应 B 先生求婚这一环节时,帕梅拉也没有过多考虑 B 先生的内在本质,较之此前的抗拒,帕梅拉如此突兀的态度转变,只能说明此人貌似坚贞不屈,实则机心深重。不过作品中帕梅拉圆满的人生结局,似乎从另一个侧面表明了伪善这一道德方式在现实世界中所具有的某些先天优势。

《帕梅拉》人物形象的矛盾性和分裂性,在一定程度上恰恰启发了菲尔丁进行伦理思考和道德超越的创作灵感。坚守某种道德原则,并不能保证道德目的的合理性。帕梅拉式的伪善人物便是洞悉了道德手段和目的背离的真相,表面顺应世人接受的道德原则,却服务于自身的利己目的,即达到某种现实的利益,由此戴上了道德假面,混淆了道德的纯粹性,并使得人们的道德追求陷入了功利主义。为澄清道德本源,菲尔丁从他小说创作的初始阶段便展开了对于伪善道德的严厉

---

① 如《约瑟夫·安德鲁斯》中鲍培夫人就诧异约瑟夫还要讲求道德,参见王仲年译本第一卷第八章,30—31 页的叙述。

抨击。在《约瑟夫·安德鲁斯》之后,菲尔丁一发不可收拾,又相继写下了《汤姆·琼斯》与《阿米莉亚》,小说中类似于帕梅拉式的人物比比皆是。

值得注意的是,在菲尔丁的小说中,这种类似于帕梅拉式的伪善者形象并不仅仅局限于某一阶级或某一类人群。尽管菲尔丁本人出身于一个破落的贵族家庭,但他却并未用狭隘的阶级论来划分人物的道德属性。或者我们可以说,亨利·菲尔丁尽管具有深厚的古典文学素养,却并没有贵族阶级一贯的保守立场。在菲尔丁看来,像布利非这等道德伪善之徒就不一定出身下层,而上流社会人士也会因其道德的败坏而被菲尔丁冠之以"群氓"的称谓。① 对比伦理学家曼德维尔将群氓称之为"既粗鲁且无教养"②,是"大人物"的对立面③的说法,到底谁才具有根深蒂固的阶级意识就可一望而知了。

菲尔丁在《汤姆·琼斯》中曾借叙述者之口说,"下层社会的各行各业中间倒有着多种多样富有风趣的人物。但是在上层社会里,除了少数追逐名利的野心家和更少数的贪图玩乐者之外,其余的都只是一味崇尚虚荣和盲目模仿"(第十四卷第一章,728)。这种不按照阶级身份进行道德评判的做法,其实充分说明了菲尔丁在价值立场方面的唯道德论色彩,即判断一个人是否有道德的价值标准,仅仅在于道德个体的品行如何,而与其出身问题无关。也就是说,"尽管菲尔丁有强烈的阶级意识,但在具体的创作过程中,这种阶级意识却往往被道德意

---

① 《汤姆·琼斯》中曾说明"所谓穷人,这里指的是在英语中通称为群氓的那个人数众多而且可敬的集合体"(第十二卷第一章,606)。但同时在作品原注中,菲尔丁这样解释"群氓":"在我们的作品里,每逢使用这个词儿,指的就是各阶层中不道德、无见识的人;常常把最上层的许多人都包括在内。"参见[英]亨利·菲尔丁:《弃儿汤姆·琼斯的历史》(上、下),萧乾、李从弼译,北京:人民文学出版社1984年版,第35页注释。
② [荷]伯纳德·曼德维尔:《蜜蜂的寓言——私人的恶德,公众的利益》,肖聿译,北京:中国社会科学出版社2002年版,第104页。
③ 同上书,第127—128页。

识所压倒"①。由此,他才评论道,作为历史学家(historian),和上流社会和下层社会两种人往来"有助于改善历史学家做人的态度"(第九卷第一章,474)。"[……]实际上这两种人的愚蠢处只有在相互对照下才能彰显出来。譬如说,正是在下等人朴素淳厚的衬托下,上流社会的矫揉造作才更加突出,显得异常可笑。同样,下等人的粗野也只有和上等人的文雅相互对照之下,才越发触目。"(第九卷第一章,474)菲尔丁出于对所处英国社会的细致观察,写出了伪善在不同社会阶层的不同表现——上层贵族的伪善是遮掩腐败的,中产阶级的伪善是修饰冷酷的,下层阶级的伪善是沾染势利的。

　　上层贵族过着浮华奢靡的生活,但又要顾全自己的名誉,因此大多数戴上了言行不一致的道德假面,以掩盖自身的道德沦落和不检点。这一特点"与其说是堕落,毋宁说是愚蠢,只配用轻浮浅薄来形容"(《汤姆·琼斯》第十四卷第一章,729)。在菲尔丁笔下的上层贵族中,《约瑟夫·安德鲁斯》中的汤麦斯·鲍培爵士夫人可堪代表。她爱慕约瑟夫的美色,又鄙夷他的出身;既想满足自己的欲念,又担心世人的指摘,尤其"一想起她珍贵的名誉已经落在用人手里,就觉得苦恼"(第一卷第九章,36)。因此她不可能表现出自己欲火炎炎的态度,而是在言语上三番两次委婉地暗示,希望约瑟夫能明白自己的意图。小说写到她晚上单独传唤约瑟夫到她的卧室,首先试探他是否能保守秘密,然后才在床上略微露出自己雪白的脖颈,"假装吃惊"地说:"我在干什么呀?我光着身子躺在床上,把自己交托给一个男人;假使你对我的节操有什么恶意的企图,我怎么保护自己呢?"(第一卷第五章,19)佯装无辜来予以某种暗示。眼见这一办法没什么效果,鲍培夫人又以关怀体贴的口吻安慰约瑟夫,说:"我是说,如果那些企图要暗算我的节操,它们可能没有恶意,不过世人要那么说。那你要说,世人绝

---

① 杜娟:《亨利·菲尔丁小说的伦理叙事》,武汉:华中师范大学出版社2010年版,第45页。

不会知道这件事;那岂不是要靠你保守秘密了吗?"(第一卷第五章,19)除此之外,鲍培夫人的引诱还伴有威胁和恐吓,首次勾引不成,鲍培夫人轰走了传说中与约瑟夫有私情的女仆,装作无意地把手放在约瑟夫手上,说:"你是个漂亮的小伙子,前程远大;你可能走运发迹的——"(第一卷第八章,30)用可能得到的物质实惠来引诱他。当约瑟夫不为所动时,鲍培夫人马上说刚才的话不过是试探;并假借他的无礼赶走了约瑟夫。

即便到了小说后半部分,约瑟夫已经因为和帕梅拉的亲缘关系,成为鲍培夫人侄儿的小舅子。但勃发的情欲和贵族道德尊严的交战仍使得夫人"脸色一阵白一阵红的变了两次"(第四卷第六章,317)。由于女仆史立蒲斯洛蒲(Slipslop)在谈话中提到鲍培夫人爱上了约瑟夫·安德鲁斯,鼓动夫人赶走范妮,夫人觉得让下人刺探到了自己不可告人的隐私,不禁气愤地骂史立蒲斯洛蒲:"你是低级动物,和安德鲁斯是同类,你是下等爬虫,普通院子里的野草。"(第四卷第六章,317)鲍培夫人还自我辩白道:"我相信,只要我行为端正,那种丧尽天良的谣言毁不了我。我的行为当中难道有什么放荡轻浮的地方吗;难道我学过你见惯的某些人的榜样,放任自己去干不要脸的事情吗,我即使跟自己的丈夫也没有过呀。"(第四卷第六章,317)"自从他〔指鲍培爵士〕死后,你知道,虽然差不多有了六个礼拜(还差一天),在我这个饭桶侄子来到之前,我没有接见过一个客人。我只跟一批朋友来往。——这种行为还怕人来责难吗?居然冤我不但有那种我素来看不入眼的热情,而且把那种热情用在一个我怎么都瞧不上眼的家伙身上!"(第四卷第六章,317)

值得注意的是,鲍培夫人的伪善已经深入无意识层次,以至于在揣摩他人内心心理时,以己度人,认为对方也是出于虚情掩盖了自己的真实心意。如小说写到她在轰走约瑟夫之后,懊悔不已,"她把他的冷淡归诸他的年轻、愚蠢、畏惧、宗教信仰等等,可是绝没有想到他不好女色,也没有想到他不爱自己,否则立刻会引起她的蔑视和忿恨"(第四卷第一章,296)。对此,菲尔丁上升到普遍人性的层面予以了精辟界定——"习惯对于思想的影响极大,它所引起的事情稀奇古怪,无所不有,任怎么说,也不会说得过火。[……]行骗的人也会遭到同样的后果,他们欺骗相识的人成了习惯,久而久之便在自己身上使出骗功来了,他们多年来想骗街坊相信,他们的能力、才具和德行都高人一等,最后竟然连自己都信以为真(尽管自骗自的话是多么虚妄)"(第四卷第七章,319)。他认为不少女子从小被教导要提防男人,长大后虽然觉得男人可以亲近,但由于习惯使然,"她们仍旧怀着那种强有力地印入她们柔弱心灵的怕人谴责的想头,同伴每天说起的嫌恶男人的话大大助长了那种观念。她们现在唯一的顾虑就是怎样避免这个谴责;为此,她们对于那种怪物仍旧装出同样嫌恶的样子:她们越是爱他,厌恶的样子越装得起劲。她们持续不断地欺骗别人,最后骗上了自己,却是相信她们所爱的东西就是所恨的东西"(第四卷第七章,320—321)。正是出于这样的心理,鲍培夫人越是要轰走约瑟夫,其实心中越是爱慕,祛除不了。而她为了阻挠约瑟夫和范妮成婚,最开始也是打着关怀范妮的借口,说:"其实说到那个姑娘,我没听说有什么不好的地方。史立蒲斯洛蒲跟我说,她是在我家养大的,原本安分守己,后来迷上了那个家伙,也就被他带坏了。唔,如果他不再去招惹她的话,她或许还有出息。"(第四卷第二章,300)鲍培夫人为了满足自己的私欲,一计不成,又生一计。不仅动用法律监禁二人,还指使侄儿鲍培先生和贵族小哥狄达伯为约瑟夫的成婚设置障碍。

《汤姆·琼斯》中的白丽洁·奥尔华绥小姐在出身和伪善的表现上也与鲍培夫人近似。她本是汤姆·琼斯的亲生母亲,但为了撇清干系,她在奥尔华绥先生面前故意大骂汤姆·琼斯"可怜的、不知名姓的妈妈","骂她是个不要脸的淫妇,胡作非为的女痞子,不知廉耻的婊子,坏透了的荡妇,下流的浪货……总之,举凡正经女人咒骂那些丢尽女性颜面的贱东西时所惯于使用的叫法,她全使用上了"(第一卷第四章,19)。显然,这番道德表演不过是掩饰作为私生子母亲的不洁身份才表现出对不贞的道德义愤。这位表里不一的白丽洁小姐,其伪善的道德假面也是为了掩盖其腐化堕落的生活方式。

在菲尔丁笔下,资产阶级的伪善则往往出于经济考量的需要显得冷酷。《约瑟夫·安德鲁斯》中的律师史高特心中并无法律公正的观念,而是视他的衣食父母——鲍培夫人的话为金科玉律。在他看来,"这个国度里的法律并不那么粗俗,会让一个微贱的家伙来对抗像夫人这样有财产有地位的人"(第四卷第三章,304)。因此,在夫人的授意下,他控告约瑟夫和范妮"割下一根榛树枝,据他估计价值在一个半便士左右"(第四卷第五章,308),要把他们两个人送监。还说监禁"已经是从宽处理;因为假定我们管它叫小树,他们两个都得绞死"(第四卷第五章,309)。他表现出的自私冰冷,让小说叙述者忍不住跳出来评论道:"这个史高特先生是那些既没有法律知识、也没有受过法律教育的家伙之一,他们蔑视国会的条例,假充内行,在乡下执行律师职务,骗得了律师的称号。他们是社会的蟊贼、律师界的耻辱,他们原不属于律师界;律师界有了这批恶棍,才招致善良人的不满。"(第四卷第三章,305)又如《汤姆·琼斯》中的布利非大夫和布利非大尉两兄弟都是爱财之人。当布利非医生发现有可能赢得白丽洁小姐的欢心时,不禁懊悔自己娶亲太早。于是在他的策划下,弟弟布利非大尉前来探望,骗取了白丽洁小姐的"爱情",来达到侵占奥尔华绥家财产的目的。叙述者用反讽的语气说,自从布利非大尉来到了奥尔华绥府上,"远在他发现白丽洁小姐对他有任何倾心的表示以前,他就已经神魂颠倒地爱上了——那就是说,爱上了奥尔华绥先生的家宅、花园、田亩,以及祖传下来和佃租出去的产业。大尉对这一切爱得如此之热烈,纵令叫他娶隐多耳的女巫作为附带条件,只要能跟这些房屋田地成为终身伴侣,他大概也会欣然同意的"(第一卷第十一章,43—44)。布利非大尉和白丽洁秘密结婚后,为了表示自己在这桩差距太大的婚事中毫无干系,布利非医生又装作对此一无所知,要和自己的兄弟断绝关系;而他那位不相伯仲的弟弟也巧妙地利用了这一点,对医生越来越冷淡,终于逼迫布利非医生离开。这两位布利非先生的伪善均是为了掩饰自己的贪财之心。但是布利非大尉显然技高一筹,因为他除了贪财之外,"为人还极其傲慢凶悍"(第一卷第十二章,51),也忌妒医生比他高的学问和天分。忌妒的情感"再夹杂上鄙夷"(第一卷第十二章,51),"又欠了情分"(第一卷第十二章,52),足以使他完全不顾念血肉亲情,不见容于自己的兄弟。可因为布利非医生本人扮演的角色也不光彩,只得打落了牙齿和血吞,为了避免触怒奥尔华绥,布利非医生"跟他兄弟分手的时候,他还装得春风满面,而大尉扮演得也跟他一样精彩"(第一卷第十三章,51)。若以父亲的出身论,小布利非的确更有中层资产阶级的伪善特点,"布利非是个十分精明的孩子,银钱上头最仔细不过"(第三卷第六章,124—125)。虽然他像他父亲一样贪财冷酷,外表却是一个"举止文雅"的"正派绅士"(第十二卷第十章,640)。在幼年时就能在斯奎尔和屠瓦孔之间长袖善舞、左右逢源。小说写道,"虽然他才十六岁,却有本领在两位水火不相容的先生之间两面讨好。见了这一位,他是满口宗教;见了那一位,他就满口道德。倘若两位都在座,他就一言不发"(第三卷第五章,113)。长大之后,他知道琼斯是他的同胞兄弟,仍不遗余力地陷害琼斯,只是为了独吞财产。为此,他不仅隐瞒了母亲的遗嘱,而且虽然他不爱苏菲亚,但单单出于对琼斯的仇恨,他就决意在苏菲亚那里得到胜利。而阿米莉亚的同胞姐姐贝蒂小姐也是一个"最为狡猾的伪善者"(第二卷第七章,85),她曾帮助阿米莉亚逃跑,表现得像是他们"最为诚挚的朋友"(第二卷第八章,88),其实不过想离间阿米莉亚和母亲的关系。之后她又卑鄙地篡改了母亲的遗嘱,侵吞了阿米莉亚的财产。

此外,菲尔丁的小说里还写了一些平民伪善者,如精明世故的旅店老板、忠诚又爱财的仆人、虚伪奸诈的食客,等等。下层人物的伪善由于涉及他们的一些具体生存困境,因而在表现形式上就有些两面派特征。约瑟夫·安德鲁斯遇劫后被众人送到最近的一间小店,店主婆托瓦斯太太(Mrs. Tow-wouse)长相、脾气无一不刻薄冷酷。她先前因觉得约瑟夫是个穷汉,并不怜悯他,连件汗裯、一口茶都不肯供应,还想要轰他出店。后来看到约瑟夫追回了失物,而且亚当姆斯牧师认识约瑟夫,可能"身份要比他们估计的高贵",态度立马发生转变,"那位落难的先生既然被送到她家里来,她如果不尽一个基督徒的责任,天理难容。她生来就嫌恶流氓光棍;至于怜悯一个不幸的基督徒的时候,她也不甘人后"(第一卷第十五章,59),照顾约瑟夫·安德鲁斯也变得格外殷勤了起来。《汤姆·琼斯》中的德波拉大娘"素有教养","精明强干、具有真正大政治家风度",因此她一发现白丽洁小姐夸奖珍妮,马上看风使舵,"迎合主子的心意"(第一卷第八章,33)。这绝对不是她自认谦卑,相反,正由于她在伺候主子时"格外卑躬屈节",往往就要到街上找比她身份地位更低的下层民众找补——"发泄一通,消消怒气,排遣一下心中的郁闷","这一带没人对她不是又怕又恨的"(第一卷第六章,23)。《约瑟夫·安德鲁斯》中的史立蒲斯洛蒲大娘路遇被驱逐的约瑟夫和亚当姆斯牧师,就在亚当姆斯牧师面前一味说自己女主人的不好:"如果她自己保管钥匙,穷人就得不到好处了,因为一向都是我在布施。说起我那位过世的男主人,他倒是世人中间的一个老好人,假使不受人钳制,他一定做了无量善事。"(第二卷第三章,95)亚当姆斯牧师疑惑道,以前记得史立蒲斯洛蒲"常常称赞太太,责备老爷的"(第二卷第三章,95)。她竟然面不改色地说:"我从前怎么个想法也搞不清了[……]以我而论,我什么话也不说[……]"(第二卷第三章,95)史立蒲斯洛蒲这一"翻手为云覆手为雨"的功夫练得炉火纯青,竟然能当面翻供,难怪与同样虚伪的鲍培夫人沆瀣一气,不禁让人叹为观止。菲尔丁也写了那些专以利益婚姻为目标的平民男子,如

《汤姆·琼斯》中的费兹帕特利先生,谈起恋爱来"像马基雅弗利那样诡计多端"(第十一卷第四章,567)。他在巴斯遇见魏斯顿和哈丽特姑侄时,马上向魏斯顿姑姑献殷勤,可背着姑姑就完全是另外一副样子,"把以前装作用在姑姑身上的爱情全贯注在"(第十一卷第四章,568)哈丽特小姐身上。最终他看中了哈丽特小姐手中的现款可供他即刻还清债务,才舍弃有产业的魏斯顿姑姑和哈丽特结婚。结婚后这位费兹帕特利马上暴露出他阴沉乖张的本性,原来的活泼快乐全是假象。用书中哈丽特·费兹帕特利夫人的话来说——"一个男人怎么能够在外面,在朋友当中经常保持着假面具,而只把那丑陋的真面目留在家里呢?"(第十一卷第五章,573)

综上所述,伪善之风已遍及社会的各个阶层、各个角落。无论是爱情、婚姻,还是亲情、友情、普通的人际交往,都被伪善之风所浸染。而这些当面一套、背后一套的伪善人物,因为带着道德假面,又带有极大的欺骗性和危害性。由此,我们也可以理解,菲尔丁为何会在自己的作品中不遗余力地予以批判,他指出,"伪君子给宗教和道德带来的真正的损害远甚于最狡黠的流浪汉或不信教的人"(《汤姆·琼斯》第三卷第四章,108)。

第二节　伪善对自然人性的背离

作为一位对人物的道德品性有着深入观察的作家,菲尔丁为什么会在自己的小说创作中格外关注伪善问题?他对伪善的揭露,以及从伪善问题出发所展开的道德思考,又有着怎样的伦理价值?对于这一问题,其实可从人性的角度加以解释和说明。大致从 17 世纪开始,欧洲资产阶级的伦理学家们就不断致力于从人性问题中去寻找道德的根源。如在当时的英国社会,"以健全政权机构为目的的人性探讨十分兴盛"①。作为一位以小说叙事讲述道德问题的伦理学家,菲尔丁显然也未脱离这一整体性的思想潮流。他在《汤姆·琼斯》第一章就开宗明义地宣称,"这里替读者准备下的食品不是别的,乃是人性(Human Nature [vol. 1, p. 1])②"(第一卷第一章,9)。从人性出发讲道德,"在中西历史上是个共同传统"③。在中国,人性问题也是哲学领域的古老话题。儒家主张人之初性本善,后来的恶则是人受到外部环境影响的结果,所以提倡教化。法家主张人性恶,所以主张用严刑峻法来维系社会。菲尔丁在自己的小说中对于伪善道德的持久批判,不仅仅是因为作者独特的创作兴趣,也是由于在菲尔丁的道德哲学中,伪善乃是对人性这一道德根源的背离。

一、普遍人性的性善论

在菲尔丁生活的时代,大多数的哲学家和文学家们都将人性视为一种多元架构,兼有善恶两种成分。沙夫茨伯里"把人性看成是多要素结合而成的综合体,利己与利他,自爱与仁爱并存。但人们依靠道德感,在利己与利他、自爱与仁爱之间建立了一种恰当的平衡与和谐"④。蒲伯则在他后期创作的书信体诗《人论》(Essay on Man, 1733—1734)中对人性进行探讨,认为生命的元素是激情(And Passions are the elements of Life)⑤。人性则被自爱和理性两大原则主导(Two Principles in human nature reign;/Self-love, to urge, and

---

① 黄伟合:《欧洲传统伦理思想史》,上海:华东师范大学出版社1991年版,第165页。
② 《汤姆·琼斯》英文均据 Henry Fielding, The History of Tom Jones, 2 vols., introduction by George Saintsbur. London: J. M. Dent & Sons Ltd.; New York: E. P. Dutton & Co. Inc., 1909. 不另作注,仅随文标注卷次和页码。
③ 黄伟合:《欧洲传统伦理思想史》,上海:华东师范大学出版社1991年版,第64页。
④ 转引自周中之、黄伟合:《西方伦理文化大传统》,上海:上海文化出版社1991年版,第213页。
⑤ Alexander Pope, "Epistle Ⅰ," Essay on Man. Pennsylvania: Pennsylvania State University Press, 1999, p. 9.

Reason, to restrain)。① 休谟"既强调人性中的自私原则,又重视人性中的同情原则"②,认为人性是"一个多元素组合而成的实构"③。另外,值得注意的是,曼德维尔在《蜜蜂的寓言——私人的恶德,公众的利益》(*The Fable of the Bees*:*or*, *Private Vices*, *Public Benefits*, 1714)里虽然持性恶论,但充分意识到了人性恶的辩证价值。他认为人的自私是一种强大的驱动力,人对自身利益的追求能够促进社会的不断发展和繁荣("私人恶德即公共利益")。显然,菲尔丁受到了以上这些思想的影响,但是对人性有着自己的考虑和思索。④

所谓人性,即人的本质属性。马克思认为,人性具备两个层次,即人的一般本性和每个时代历史地发生了变化的人的本性。那么,我们对人性的认识也应在一般本性和历史的人性中展开。菲尔丁对于人性的认识,实际上具备了现实层面和理想层面两个层次。值得注意的是,在菲尔丁的小说《汤姆·琼斯》中,奥尔华绥先生为孩子延请了两位老师,一位是侈谈道德的斯奎尔先生,一位是虔诚信教的屠瓦孔先生。这二人"一见面就非争辩不可,因为两个人的观点完全相反":"斯奎尔认为人类的本性就具备一切崇高的德行,犯罪是违背了本性,正如奇形怪状不是人体的本来面目一样。屠瓦孔的看法恰恰相反。他认为自从亚当犯罪以来,人的心灵就成为罪恶的渊薮,必须仰赖神的恩宠才能得到洗涤和拯救。(Square held human nature to be the perfection of all virtue, and that vice was a deviation from our nature, in the same manner as deformity of body is. Thwackum, on the contrary, maintained that the human mind, since the fall, was nothing

---

① Alexander Pope, "Epistle Ⅱ," *Essay on Man*. Pennsylvania: Pennsylvania State University Press, 1999, p.9.
② 黄伟合:《欧洲传统伦理思想史》,上海:华东师范大学出版社1991年版,第188页。
③ 同上。
④ 笔者的论著《亨利·菲尔丁小说的伦理叙事》曾在第一章第三节论及菲尔丁的人性观和自然人性。当时笔者认为人性是善恶杂糅的状态,菲尔丁的道德讨论基于人性观,他对人性持乐观主义态度。在本书中,笔者对此观点进行了部分修正。

but a sink of iniquity, till purified and redeemed by grace. [vol. 1, p. 78])"(第三卷第三章, 105－106)这两位在小说里当然都不是作为正面人物出现的,其个性都存有明显的缺陷,不足以代表作家的观点,但是小说却暗示,由于屠瓦孔持性恶论,所以"他总是从坏的方面去看琼斯,并且以为奥尔华绥也是如此"(第四卷第十一章,176)。而认为人性本恶无疑就宣告了除了惩罚和悔过,人不可能有任何实质性的向善行为。小说最后也揭示,恰恰是持性善论的斯奎尔良心发现,为汤姆·琼斯重获奥尔华绥先生的信任立下了功劳。因此,菲尔丁固然看到了现实层面人性善恶并存的状况,但在考察人的本性时,却表现出与宗教原罪说的分野,十分坚定地抱持性善论的观点,同时反映了他作为一个道德家的理想主义倾向。正如伊恩·P. 瓦特曾指出的,"菲尔丁实际上和理查逊一样,也是个道德家,尽管是另一种道德家。他相信道德决不是根据公众舆论而对本能进行压抑的结果,道德本身乃是一种向善或仁爱的自然倾向"①。正是因为此,我们要注意到菲尔丁谈论人性时对于现象和本质的严格区分。

《阿米莉亚》中,哈里森博士曾说人不同于神灵的十全十美,难免具备弱点,据《圣经》记载,"我们当中最优秀的人一天也要犯各种过失二十次"(第九卷第十章,469)。菲尔丁在这里表现的是对人性现象的考察。因为就在同一部小说中,当阿米莉亚在伤心失望中认为"就内心来说,所有的人类几乎都是道德败坏的无赖"时,菲尔丁又借助哈里森博士之口予以驳斥说:"不要对伟大的造物主做出这样不光彩的结论。人的本性本身决不是邪恶的(The nature of man is far from being in itself evil [p. 381])②;它充满了仁慈、博爱和怜悯,它渴望赞扬和荣誉,它避开可耻和丢脸的丑事。不良的教育、不良的习惯和不良的风

---

① [美]伊恩·P. 瓦特:《小说的兴起——笛福、理查逊、菲尔丁研究》,高原、董红钧译,北京:生活·读书·新知三联书店 1992 年版,第 325 页。

② 《阿米莉亚》英文均据 Henry Fielding, *Amelia*. Ed. David Blevett. Harmondsworth: Penguin Books, 1987, 以后随文标注页码, 不另做注。

俗败坏我们的本性,似乎把它轻率地驱向邪恶。世界的统治者们,我担心还有所有的僧侣们,都要对人性的恶劣状况负责。他们不去尽最大的力量阻止邪恶,而却很容易地纵容它。"(第九卷第五章,437)也就是说,菲尔丁坚信人性中的善才是本性,每个人都有趋善避恶的本能,能够凭借自身的道德追求,去逐步克服人的弱点。"人性的核心是善"①,当菲尔丁在使用"人性(human nature)"一词时,几乎可以将之作为善的同义语。如在《汤姆·琼斯》里,菲尔丁写道,即便最善良的人也有一些"小小的<u>人性所防备不了的</u>②瑕疵(those little blemishes quas humana parum cavit natura[vol. 2, p. 16])"(第十卷第一章,509)。显然,这里所说的人性就是与道德瑕疵相对应的善。

  谈到菲尔丁对于人性的看法,就不得不提到与他同时代的一位伦理学家曼德维尔。曼德维尔出身于荷兰鹿特丹的医生世家,1685—1691 年间在莱顿大学修习医学和哲学并获医学博士学位。他从青年时代起就定居英国,一边行医,一边著述。《蜜蜂的寓言》是他的主要著作。这个寓言的构思,在他的心中酝酿了 24 年之久,最早的版本以讽刺散文诗《抱怨的蜂巢,或骗子变作老实人》(*The Grumbling Hive; or Knaves turned Honest*)为名于 1705 年出版。1714 年修订再版,他在原诗之外又加进"道德的起源"和一些注释,改名为《蜜蜂的寓言——私人的恶德,公众的利益》。这本书招致了众人的反感,引发了人们的道德讨论,因此造成其读者多、争议大的局面,在曼德维尔生前该书就出了五版。曼德维尔认为,"没有伟大的邪恶,/头脑中的理想就是空想。/欺诈、奢侈和傲慢必须存在,/因为我们从它们中得到利益"③。"道德是谀谄和自豪感相配合生出来的有

---

  ① 聂珍钊:《文学伦理学批评导论》,北京:北京大学出版社 2014 年版,第 273 页。
  ② 原文为斜体的,在本书中加下划线标识,后同。
  ③ 周辅成主编:《西方著名伦理学家评传》,上海:上海人民出版社 1987 年版,第 283—285 页。转引自周中之、黄伟合:《西方伦理文化大传统》,上海:上海文化出版社 1991 年版,第 182 页。

政治作用的孩子。"①菲尔丁对曼德维尔的理论并不陌生。但是,从他文学家理想而感性的眼光看来,若就此认为"在人类的胸膛里,根本没有爱这种情感","证明人性中实际上无所谓道德或仁慈,认为人类一切善行都出乎自我炫耀(by showing that there were no such things as virtue or goodness really existing in human nature, and who deduced our best actions from pride [vol. 1, p. 203])"(《汤姆·琼斯》第六卷第一章,253),那也太绝对了。正是从性善论出发,菲尔丁多次在作品中驳斥以曼德维尔为代表的某些持人性恶观点的哲学家们。善行并非只是出于自我炫耀,恰恰相反,"有些人(谅必不在少数)胸膛里存在着一种仁慈友爱的情感,它从促使旁人幸福中得到满足;而只有在这种满足——诸如朋辈间的友情,父母儿女间的天伦之爱以及一般的慈善举动——中,才能感到巨大而激烈的喜悦。这种情感倘若不称之为爱,我们就再也找不到旁的称法了"(第六卷第一章,254—255)。

其实,菲尔丁与曼德维尔伦理观念的差异,本身就体现于作品的情节内容之中。借助琼斯与山中人之间的道德辩论,菲尔丁间接表达了对于曼德维尔理论的反驳。小说中的山中人在讲述了自己的经历后,在言语中将人视为"愚昧而卑劣的动物"(第八卷第十五章,464)。作为一位性善论者,琼斯显然难以接受"山中人"贬低人类本性的做法。他认为是山中人"择友不慎,吃过坏亏",因而错误地"把人中败类的所作所为,看作人类的特征"(第八卷第十五章,464—465)。琼斯说:"我认为(并且也希望是这样)您在最后对人类所表示的憎恨未免太笼统了。[……]只有从一个物种最好、最完美的个体中探求出来的东西,才能被视为这一物种的特征。[……]根据两三个这类事例就马上加罪于整个人性,那是十分不公正的。"(第八卷第十五章,464—

---

① 周中之、黄伟合:《西方伦理文化大传统》,上海:上海文化出版社1991年版,第184页。

465)琼斯借此批判山中人对人性的悲观看法——"任何人都没有权利来断言人性必然是、而且普遍都是恶的"(第八卷第十五章,465);此处所传达的道德观念,显然与曼德维尔的性恶论截然相反。

有批评者认为曼德维尔的性恶论是反对基督教道德的,但仔细分析便可发现,曼德维尔其实是在神学背景下展开他的人性观点的,他并不表示出对基督徒的反感,而是在作品中予以界定:"我所说的人,既非犹太人,亦非基督徒,而仅仅是人,处于自然状态、并不具备真正神性的人。"①也就是与神性相比,人性远非完美。"人的本性自亚当堕落以来始终如一,其优点和弱点在世界各地一直皆显而易见,且并不因年代、气候或信仰不同而有别。"②人性尽管邪恶,曼德维尔也并不因此就偏废对人的道德要求,他认为,人的自私本是天生,善乃是后天规训的理智结果,这也应成为社会要求的、普遍的道德原则。也就是说,在社会中首要的准则是"在一切社会(无论大小)当中,为善乃是每个成员的责任:美德应受鼓励,恶德应遭反对,法律当被遵守,违法当受惩罚"③。如此,方能促进社会的公益。相形之下,菲尔丁虽然也受到宗教的影响,但却在此表现出几分与传统宗教观念的分野。虽然他也承认与神性相比,人性是不完善的,但他主要仍在与兽性的区分中提炼出人性本善的观点。人"与禽兽之间的主要分野"(the most essential barrier between us and our neighbours the brutes)在于趋善避恶的"行为准绳"(active principal [vol. 1, p. 119]),"倘若只具备人的外形,而又不受这一准绳的约束",菲尔丁认为宁可"把他看作从人群中逃到禽兽那边去的叛徒",根本不配人类的称谓,甚至"在禽兽当中他们也算不得佼佼者"。(《汤姆·琼斯》第四卷第六章,154)同样,当《阿米莉亚》中的特伦特上尉用"人性"替奸淫行为辩护时,布思的回

---

① [荷]伯纳德·曼德维尔:《蜜蜂的寓言——私人的恶德,公众的利益》,肖聿译,北京:中国社会科学出版社2002年版,第31页。
② 同上书,第178页。
③ 同上。

答是,"也许这是,但这是堕落的人性,它已丧失了它的全部价值和尊严,不再可爱,而且降低到跟最卑劣的畜生同等的水平了('It is human nature.''Perhaps it is,'cries Booth;'but it is human nature depraved, stript of all its worth, and loveliness, and dignity, and degraded down to a level with the vilest brutes'[p.446])"(第十卷第七章,516)。也就是说,部分人身上的恶并不是人的本性,菲尔丁将这种恶的表现斥为兽性,并认为人性是人类的天然向善之心。他在《约瑟夫·安德鲁斯》的序言中也说,"这儿所能找到的邪恶,与其说是出于本性,不如说是人类的脆弱或缺点的偶然结果(That the Vices to be found here, are rather the accidental Consequences of some human Frailty, or Foible, than Cause habitually existing in the Mind [p.8])"(原序,8)。菲尔丁的这一观点可与蒲伯相互参照。蒲伯在《人论》书信二则中讨论了作为个人的人的本性与处境,他处于中间的地位,既是神又是兽,既有灵又有肉——"From brutes what men, from men what spirits know"①,但在自然链条中和相对的处境下已经是神造的趋于完美的生物。②

诚如巴鲁赫·德·斯宾诺莎(Baruch de Spinoza)所言,"惟符合人本性的东西才是善的,凡是可以确认为有助于使我们接近我们树立的人性模仿的东西就是善的"③。这也是菲尔丁提倡自然人性的原因。18世纪启蒙主义文化运动把人性从宗教和社会的人为约束中解放出来,开始强调它的自然属性。"'自然',按照亚里士多德的理解,是指

---

① Alexander Pope,"Epistle Ⅰ," *Essay on Man*. Pennsylvania: Pennsylvania State University Press, 1999, p.7.
② "Say rather, Man's as perfect as he ought;/ His knowledge measur'd to his state and place,/ His time a moment, and a point his space." Ibid., 6.
③ 黄振定:《上帝与魔鬼——西方善恶概念的历史嬗变》,长沙:湖南大学出版社2003年版,第9页。

在构成和作用上与人的技巧无关的那部分世界。"①让-雅克·卢梭(Jean-Jacques Rousseau)强调回归自然,他宣称"出自造物主之手的东西,都是好的,而一到了人的手里,就全变坏了"②。而休谟认为"自然"一词有三种含义:既可指与神迹对立的自然界,也可指与稀少、不常见相对立的平凡常见之物,还可指与人为相对立的自然而然之意。③ 菲尔丁则在小说中提倡自然人性,所谓自然人性,就是淳朴的、美好的和健康的人性。或者可以这样说,人性善始终是自然地合乎人性,人性恶则违背自然。④ 这一观点说明,人可从自然之性推导出道德之性。正如有论者曾指出,"到18世纪中叶,道德改良和人性净化成为横扫一时的社会话题,于是作为改良范本的'道德模范'应运而生。理查逊笔下的主角本质上都是旨在树立光辉榜样的'道德人',[……]而菲尔丁则对人性持'自然'的态度,认为现实的人本质上是善良的,但总是免不了无关紧要的瑕疵,所以他笔下的主要的人物都是瑕不掩瑜的'自然人'"⑤。在菲尔丁的小说中,他笔下的男女主人公均隶属于这样的"自然人"谱系:约瑟夫·安德鲁斯和范妮、汤姆·琼斯与苏菲亚、威廉·布思与阿米莉亚。与中国传统思想往往把人性的内容归结为道德之性不同,"西方传统思想,出于论证其个人主义、功

---

① [美]托马斯·L. 汉金斯:《科学与启蒙运动》,任定成、张爱珍译,上海:复旦大学出版社2000年版,第116页。

② [法]卢梭:《爱弥儿(论教育)》,李平沤译,北京:商务印书馆1996年版,第5页。

③ 参见[英]休谟:《人性论》(下册),关文运译,北京:商务印书馆1997年版,第514页。

④ 《约瑟夫·安德鲁斯》第三卷第一章"赞美传记的小引"将传记家分为两类,一类是模仿自然的,另一类则"信笔所至、随意发挥"(193),"他们不需要自然或史迹的帮助,便能记载从来没有过、往后也不可能有的人物和事实;他们的主角都是凭空捏造出来的,他们的材料都是从混乱的脑子里拼凑起来的"(195)。对于后者,"我们可以拿巴尔扎克形容亚里斯多德[即亚里士多德]的话应用在他们身上,说他们是第二天性(因为他们跟第一天性脱离了关系)"(195—196)。

⑤ 曹波:《人性的推求:18世纪英国小说研究》,北京:光明日报出版社2009年版,第215页。

利主义价值观的需要,更倾向于把人性说成为自然之性"①。菲尔丁也相信人自然有向善之心和趋善避恶的本能,只要诉诸本能和常识,人就能判定善恶的原则。因此,菲尔丁往往强调他笔下的完美人物出自天然。《汤姆·琼斯》中的苏菲亚无论多么可爱完美,"确实是从自然中临摹下来的"(第四卷第二章,136)。

除此之外,菲尔丁也在小说中的一些地方区分了"人性"与"本性"(或"天性")。"本性即本能,指人的自然属性。"②如告子说"生之谓性"。告子又说:"食色,性也。"(《孟子·告子上》)告子所说,都是指与生俱来的天性。③ 在菲尔丁笔下,本性指的是人身上的动物性本能,包括对于温饱、性爱的欲望,对子女的舐犊之爱,等等。正是如此,《约瑟夫·安德鲁斯》中那位泼辣的店主婆责骂女仆蓓蒂(Betty)和男主人有染,尤其轻视蓓蒂的出身和人品,骂她是"母狗"(She-Dog)和"一个以 B 开头的单音字(It was a monosyllable, beginning with a B—)"④(第一卷第十七章,77)。对于这种人格侮辱,起先并不作声的蓓蒂忍不住辩解道:"即使我做了一点坏事,也不是开天辟地第一个;即使我干了些不应该的事,你也不能含血喷人乱骂的呀;我的上——上头人比我还不——不如。"(第一卷第十七章,77)还说:"我不受这个贱名,若是我做了坏事,我到了那个世界去受罪。但是我所做的事,并不是反背天性的(but I have done nothing that's unnatural [p.72])。"(卷一第十七回,55)⑤

蓓蒂不愿意被骂"母狗",但同时又辩称这一私通行为是符合天性的、自然的(natural,双重否定的肯定),恰好反映出人身上其实有着和

---

① 黄伟合:《欧洲传统伦理思想史》,上海:华东师范大学出版社 1991 年版,第 24 页。
② 聂珍钊:《文学伦理学批评导论》,北京:北京大学出版社 2014 年版,第 247 页。
③ 同上书,第 273 页。
④ Henry Fielding, *Joseph Andrews. Shamela*. New York: Oxford University Press Inc., 1999, p.12. 这个词应指 Bitch,意同 whore(淫妇)。
⑤ 因论述需要,此处用的是伍光建译文,王仲年译文为"假使我犯了罪,我到了阴世自己负责;可是我做的事并不违天悖理"(第一卷第十七章,77)。

动物相通的"兽性因子"的存在。文学伦理学批评认为,"本能是人与其他动物都具有的能力,属于兽性的一部分"①。如果借用斯芬克斯的寓言来说明人对自我形象的认知,那么人是人性因子和兽性因子的集合体。"'斯芬克斯因子'由两部分组成:人性因子(human factor)和兽性因子(animal factor)。这两种因子有机地结合在一起,构成一个完整的人。"②斯芬克斯因子充分说明了人身上为何有着动物性本能的存在,但人类高于一般动物则在于人性因子能够控制兽性因子,"从而使人成为有伦理意识的人"③。蓓蒂放纵了自己的情欲,但仍出自人自然的欲望。从小说对蓓蒂的性情描绘和对老板娘形象的刻意丑化来看,菲尔丁对蓓蒂无疑是同情的,并反映出他对天性的尊重和理解。天性指的是人正常的生存欲望,"你绝不能将他的天性一笔勾销"④。在亨利·菲尔丁看来,不违背人的天性的行为顶多是一时的迷误,还算不得大是大非的过错。而蓓蒂遵循自己内心欲求,其实也就是遵从自然天性而行动,并不能简单地被斥为不道德。同样,奥尔华绥对珍妮曾作出这样的训诫——"倘若你像某些毫无心肝的母亲那样,不但丧失了贞操,好像连自己的天性也丧失了,竟然把这个小可怜儿一丢了事,那我倒会十分震怒的"(《汤姆·琼斯》第一卷第七章,26)⑤。如果连动物都有的舐犊之爱都没有的话,人也会变得毫无人性(inhuman)。

因此,菲尔丁对于人身上客观存在的动物性本能是予以尊重和认可的。如果出于某种道德洁癖而完全忽视人的本性,无疑是极为荒唐

---

① 聂珍钊:《文学伦理学批评导论》,北京:北京大学出版社2014年版,第247页。
② 同上书,第38页。
③ 同上。
④ [荷]伯纳德·曼德维尔:《蜜蜂的寓言——私人的恶德,公众的利益》,肖聿译,北京:中国社会科学出版社2002年版,第124页。
⑤ 英文原文为"I should indeed have been highly offended with you had you exposed the little wretch in the manner of some inhuman mothers, who seem no less to have abandoned their humanity, than to have parted with their chastity"。

和不合情理的。但他也同时意识到,本性与人性又是不同的。文学伦理学批评认为,所谓人性,"并非指人的本性,而是指人区别于兽的本质特征,即人之所以为人的本质属性,因此人性指的是人的道德"①。另一方面,菲尔丁也指出,如果人只有这种动物性本能,完全放弃理性意志的约束,那么就等同于畜类,甚至有时连动物都不如。如《约瑟夫·安德鲁斯》中,威尔逊(Wilson)曾对一个善于卖俏的时髦女人萨菲拉(Saphira)做出如下的判断:"若是把天下的动物,按着用处分,给这种女人的品级,还够不上许多动物。这种人,除了天性(Instinct)之外,是毫无所有。"(卷三第三回,148)②因为与动物相比,萨菲拉还有"矫揉造作(Affection)"这一恶习。正因为如此,威尔逊才用"彻头彻尾的卖弄风情的女人(Conquette achevée)"来形容萨菲拉,并评价说是"另具一格的愚蠢(a particular kind of Folly)"(第三卷第三章,220)。威尔逊认为这种行为连虚荣都说不上:"它是由于虚荣心在作怪,可是它大部分的行动都够不上那个低微的动机;举例说,有几种荒唐的做作和把戏,远比那些最可笑的鸟兽所表现的愚蠢,使看见的人认为,那个傻东西的目的只是要引起我们的轻蔑。真的,它的特征是矫揉造作,而这种矫揉造作又为任情恣性所左右(and it led and governed by Whim only [p.182])。"(第三卷第三章,221)菲尔丁在这里谈论本性的同时,其实已涉及伪善是人性的背离这一问题。

综上而论,菲尔丁从人性的角度去思考道德问题,既是受到了18世纪欧洲启蒙主义思想的深刻影响,同时也反映出他试图以性善论观

---

① 聂珍钊:《文学伦理学批评导论》,北京:北京大学出版社2014年版,第274页。
② 此处引用为伍光建译文。王仲年译文为:"如果一切生物是根据有用的程度来厘定等级,我知道很少畜类愿意处在狐媚子之列;其实,这种东西除了直觉之外也没有什么可以自负。"(第三卷第三回,220-221)王仲年译文的"直觉"不如"天性"传达出"Instinct"的含义。英文原文为:"Were all Creatures to be ranked in the Order of Creation, according to their Usefulness, I know few Animals that would not take place of a Coquette; nor indeed hath this Creature much Pretence to any thing beyond Instinct." See Henry Fielding, *Joseph Andrews. Shamela*. New York: Oxford University Press Inc., 1999, p.182。

念重构道德价值的伦理诉求。但问题就在于,尽管人性本善,但在现实生活中,人性问题却显然更为复杂。菲尔丁也通过人物的某种类型化叙述,充分反映了现实人性的复杂和多样性,同时表达了某种先天决定论的观念。

二、现实人性的多样化与决定论

与本质层面的性善论不同,在现实层面,菲尔丁注重对于千变万化的不同人性的现象考察,而不同于哲学家对于一般规范性的探索。他将现实人性视为一种多样化的状态。德国的人类文化哲学家恩斯特·卡西尔(Ernst Cassirer)在《人论:人类文化哲学导引》(An Essay on Man,1944)中曾指出不存在永恒不变的人的本质。"人的突出特征,人与众不同的标志,既不是他的形而上学本性也不是他的物理本性,而是人的劳作(work)。"[1]卡西尔强调动态的人性观,人性并不是一种实体性的东西,而是人类自我塑造的过程。人性的完善是人在不断的自我修为和自我认知中发展和深化的。也就是说,当我们考察现实生活中的人性时,它是由每个具体、独立个体的行为决定的。因此,菲尔丁在《汤姆·琼斯》里写道,"渊博的读者不会不晓得在'人性'这个总名称下面也包含着千变万化。一位作家要想将人性这么广阔的一个题材写尽,比一位厨师把世界上各种肉类和蔬菜都做成菜肴还困难得多(nor can the learned reader be ignorant, that in human nature, though here collected under one general name, is such prodigious variety, that a cook will have sooner gone through all the several species of animal and vegetable food in the world, than an author will be able to exhaust so extensive a subject [vol. 1, p. 2])"(第一卷第一章,10)。"邪恶和愚蠢不管达到怎样骇人听闻的地步,也

---

[1] [德]恩斯特·卡西尔:《人论:人类文化哲学导引》,甘阳译,上海:上海译文出版社2013年版,第115页。

不难使人们信以为真,因为人性中邪恶的一面对这种信念给予了有力的支持(Knavery and folly, though never so exorbitant, will more easily meet with assent; for ill-nature adds great support and strength to faith [vol.1, p.318])。"(第八卷第一章,385—386)而在《阿米莉亚》这部作品中,叙述者自述:"我们的任务是履行一位忠实的历史学家的职责;那就是按照事实,而不是按照我们的愿望来描述人性(to describe human nature as it is, not as we would wish it to be [p.434])。"(第十卷第四章,502)因此,也难怪莫里斯·戈尔登认为:"当菲尔丁做抽象的理论思考时,他更多倾向于沙夫茨伯里的人性架构,但在实践领域,却更接近曼德维尔。"① 戈尔登做如此论断,自然是没注意到菲尔丁探讨人性的现象层和本质层的区别问题。

由于哲学家关注的只是抽象的、单一的本质层,因此会将人性视为一种有规律的普遍性存在。可在文学家菲尔丁的眼中,尽管人性本善,现实中的人性却是千变万化的,每一个体都富有差异性。"人之为人的特性就在于他的本性的丰富性、微妙性、多样性和多面性。"② 菲尔丁更感兴趣的是变化了的人性,也就是"现实的人性"。因此在作品人物身上呈现出人性的多样化特征。戈尔登敏锐地注意到菲尔丁小说的这一特性,然而又错误地认为,"人性的道德基础的近乎决断性的多样化使得菲尔丁与霍布斯-曼德维尔集团、沙夫茨伯里等人都不尽相同,因为后两者都将人性视为人类相同的基础成分"③,未能明确多样化只是体现在菲尔丁讨论人性问题的现实层次。现代生物学的研究成果早就表明:"实在并不是唯一的和同质的东西,而是无限多样化

---

① Morris Golden, *Fielding's Moral Psychology*. Amherst: The University of Massachusetts Press, 1966, p.23.
② [德]恩斯特·卡西尔:《人论:人类文化哲学导引》,甘阳译,上海:上海译文出版社2013年版,第20页。
③ Morris Golden, *Fielding's Moral Psychology*. Amherst: The University of Massachusetts Press, 1966, p.21.

的。有多少种不同的生物体,实在也就具有多少种不同的组合与样式。"①因此,菲尔丁塑造的人物群像里,不仅正面人物具有难以宽恕的道德瑕疵,反面人物也存在在恶中体现的良心发现等现象,皆可说明人性的复杂和道德处境的微妙。因此,我们对菲尔丁所持有的人性说,不能拔高视为哲学观念,而是一个作家观察世界,特别是进行道德考察的合适视角。

作为现实主义作家,菲尔丁当然注重外部环境对人性的影响。如威尔逊乡绅和山中人的交友不慎为他们后来一度沉沦酿成大错,伦敦的浮华风气也影响了阿米莉亚和布思的家庭,等等。但我们的确也要注意到,菲尔丁在人性方面还信持一种先天决定论(前文中引述《汤姆·琼斯》中的"ill-nature"也暗示了这一点)。例如作为同母异父的两兄弟,汤姆·琼斯和布利非同在奥尔华绥乡绅家中长大,同受两位教师的教诲,但性情却全然不同:

> 从很小的时候,这孩子就露出种种为非作歹的倾向,[……]他已经犯过三次盗窃案:偷过人家果园的果子;从庄稼人院子里偷过一只鸭子;并且从布利非少爷的口袋里扒过一只皮球。
>
> 而且,要是跟他的同伴布利非少爷的优良品质一比较,这个小伙子的劣迹就更显得严重了。布利非少爷的性格跟小琼斯完全不同。不但家里人夸奖,就是左邻右舍也交口称赞。说起来他真是一个气质非凡的孩子,既稳重,又懂得分寸,而且虔诚得简直不是他那点年纪的人所能做到的。这些品质使得认识他的人没有不爱他的,而汤姆·琼斯则是一个万人嫌。(第三卷第二章,99—100)

叙述者故作正经地道出琼斯和布利非两人气质的不同,一个淘气顽皮

---

① [德]恩斯特·卡西尔:《人论:人类文化哲学导引》,甘阳译,上海:上海译文出版社2013年版,第40页。

一个稳成持重,但将偷果子说成"盗窃案"一般严重,又说布利非"虔诚得简直不是他那点年纪的人所能做到的"。叙述者的倾向就跃然纸上了:汤姆性情活泼,孩子间的玩闹事件无伤大雅;但布利非就显得有几分阴险了,这种扒过他口袋里皮球的事情显然也只有布利非本人投诉。这二人生长环境相同,个性迥然有异——除却先天的因素,无法予以解释。

《约瑟夫·安德鲁斯》中亚当姆斯和约瑟夫曾辩论过公共学校的教育与私塾相比孰优孰劣的问题。如小说家借约瑟夫·安德鲁斯之口道出:"我记得从前在马厩干活的时候,如果一匹小马生性驽钝,随便怎么管教也不能使它驯服;我认为人类也是这种情形:假使一个孩子生来淘气邪恶,尽管私的不能再私的学校也不能把他改好;相反地,如果他天性正直,不论你把他放在伦敦,或者随便什么地方,都可以放心,他决不会有被人带坏的危险。"(第三卷第五章,243)这也就是亨利·米勒(Henry Miller)曾指出的,菲尔丁的小说人物"几乎先天具有向善或向恶的倾向……后天的教育和环境只是增强或改善了它"①。甚至在经过一番人生的历险后,小说人物的性格也不会有太大变化。如布利非失去继承权后,他仍保持了对于权力天生的敏感意识和对金钱贪婪的渴望,布利非不仅试图在下届国会选举时买下一个议员席位,还加入了卫理公会,希望借此可以娶到一位富孀。菲尔丁的这种性格先天决定论之所以被人认为武断,实际上也有着一些具体的历史原因。据考证,菲尔丁受到了当时流行的四种体液说(humoral theory)的影响。②

体液说约创立于2500年前的古希腊,是希波克拉底(Hippocrates)在古希腊医生恩培多克勒(Empedocles)"四根说"的基础上提出的。希

---

① Henry Knight Miller, *Essays on Fielding's Miscellanies: A Commentary on Volume One*. Princeton: Princeton University Press, 1961, p. 215.
② George Sherburn, "Fielding's *Amelia*: an Interpretation," *Fielding*. Ed. Ronald Paulson. Englewood Cliffs: Prentice-Hall Inc., 1962, p. 149.

波克拉底认为人的气质由人体混合比例的体液(humours)决定,而人体含有四种不同的液体,分别是产生于心脏的血液(blood)、产生于脑的黏液(phlegm)、产生于肝脏的黄胆汁(yellow bile)和产生于胃的黑胆汁(black bile)。其中,血液占优势的人属于多血质,黏液占优势的属于黏液质,黄胆汁占优势的人属于胆汁质,黑胆汁占优势的人属于抑郁质。每一种体液在希波克拉底看来,也都是由寒、热、湿、干四种性能中的两种性能的混合体。如血液具有热-湿的性能,因此多血质的人温而润,气质好似春天一般;黏液具有寒-湿的性能,黏液质的人冷酷无情,气质好似冬天;黄胆汁具有热-干的性能,胆汁质的人热而燥,气质犹如夏季;黑胆汁具有寒-干的性能,因此抑郁质的人气质如秋天一般。希波克拉底的理论后来被罗马的医生盖伦(Galen)所发展并进一步发扬光大,一度主导了西方的医学理论界长达 2000 年的时间。虽然该理论在 17 世纪已开始式微,但到了 18 世纪,体液说仍是医师在学理上的主要来源,他们在吸收了牛顿的粒子学说之后,以液体(体液)与固体(纤维)的互动来解释影响人体功能的体液,并将疾病的原因归咎于人的饮食生活习惯、性行为和情绪的失衡。一直到 19 世纪之后,随着解剖学与细胞学的兴起,体液说才渐渐落伍。希波克拉底也因此被尊为"医学之父"。在《约瑟夫·安德鲁斯》的第一卷第十三章,医生就曾指出约瑟夫的伤危险性很大,"如果他体液(humours[p.50])的成分发生了恶性变化,热点增高,不久就会神志昏迷,不能做遗嘱了"(50)。下一章(第一卷第十四章),作者又戏谑地写到了亚当姆斯牧师和外科医生的学术争辩。因为亚当姆斯牧师质疑外科医生的诊断,但他又表示他对医学的了解"是在书本里学来的"(第一卷第十四章,55)。医生忍不住打趣道:"那你一定读过加仑[即盖伦]和希波格拉底斯[即希波克拉底]啦!"(第一卷第十四章,55)当亚当姆斯牧师说并没有读过,而且他相信"有许多外科大夫也从没念过这些人的著作"(第一卷第十四章,55)时,医生颇为自得地说:"幸亏我受过教育,我把它们读得滚瓜烂熟,并且难得不把它们随身带在口袋里的。"(第一卷第十四章,55)这位医生是否自夸或医道高超尚且不论,但这段描写已经清楚地表示出,盖伦和希波克拉底的理论在18世纪仍被奉为医学权威。与菲尔丁同时代的作家劳伦斯·斯特恩(Laurence Sterne)也曾在《多情客游记》(A Sentimental Journey Through France and Italy,1768)里写道:"任何人都可以偶尔做一件出于好心的事,但是,不断做事,说明也跟气质有关。"①当约里克面对美丽的侍女时,小说中也写道:"有一种令人愉快的半内疚的脸红,那主要怪血液,不能怪那个男人。"②显然,气质、血液会影响个性和行为的观点是被18世纪的人们所广泛接受的。

  如前面分析过的那位客店女仆蓓蒂就是受到过热的体液影响。据小说描述,蓓蒂正值二十一岁的青春年少,比起女主人的严酷和男主人的温暾来,"生性和蔼、慷慨、慈悲(She had Good-nature, Generosity and Compassion[p.73])"(第一卷第十八章,78)。她在客店的三年时间里曾与很多客人有染。连男主人也垂涎于蓓蒂的美色,蓓蒂不得不迁就就范,结果被店主婆撞破后责骂。小说家对此深感惋惜地评论道,"但是不幸得很,她身体当中也有那些热情的因素(her Constitution was composed of those warm Ingredients[p.73]),这些因素在宫廷或者修道院的纯洁环境中,多少也许控制得住,但是在危机四伏的客栈里当个女仆,却绝对经不起考验了;客栈里的女仆每天动辄受到各种情郎的诱惑,受到丘八老爷的富于危险性的爱慕,他们有时候一住就是整整一年;尤其是,容易招惹跟班、驿车马夫和酒吧间侍者的爱抚,大家都用亲嘴、恭维、行贿,以及爱情军械库里找得出来的各种武器向她们发动全面进攻"(第一卷第十八章,78)。也就是说

---

  ① [英]劳伦斯·斯特恩:《多情客游记》,石永礼译,北京:人民文学出版社1990年版,第72页。
  ② 同上书,第126页。

她养成这样轻浮的习气,一方面与她身处客往客来的旅店相关,另一方面也源于她自身"过热"的性情。若依据体液说,我们可以合理地推测出蓓蒂是胆汁质:她的热情大方和性欲的突然勃发应该都受到黄胆汁的影响,因此才不知节制和收敛,乃至最终被客栈女老板赶了出去。

受此医学理论的影响,菲尔丁在处理人物形象时,也倾向将人物按照这种热-寒的性情加以区分,因此他的人物形象谱系,虽然并未明确指出是属于哪种体液类型,但却具有了一种善恶对立的模式化倾向。在他笔下,偏冷的黏液质和抑郁质的人往往表现出出冷和干的寒性,更多属于在道德上有明显过错,性情也不那么温和的反面人物。他们动作的迟缓或迟钝往往是心中精于算计的结果,如布利非心中都是理性的盘算,所作所为中规中矩,难以寻到错处,亦很难看出他对谁有多少温情。而多血质和胆汁质的人往往本性善良,待人热情,只不过一个性情活跃,动作灵敏;一个性情急躁、动作迅猛。后者常常因急躁闹出不少笑话,因此带有一定的喜剧性特征,如《汤姆·琼斯》中的理发师巴特里奇。尤其是多血质,大多为理想的道德楷模形象所具备的气质特点。因为,"人们根据气质的分类给疾病命名,但没有说多血质是一种疾病,因为人们不认为血液是有害的液体"。相反,"在黏液、黄胆汁和黑胆汁这三种液素中,如果其中的某个液素占上风,就会导致身体紊乱,表现为一种疾病。这些液素是'恶劣情绪'的根源"[①]。我们有理由相信,那些道德完满、不急不躁、如春风般和煦的道德楷模形象就是多血质人格,他们偶尔的过错可能是因为"多血质的人其实拥有复杂的气质"[②]。

因而,在菲尔丁的小说里,几乎毫不费力就可辨认出两类人物阵营:一类是善良的、正义的、富于同情心的,比如亚当姆斯牧师、苏菲

[①] [德]沃尔夫·勒佩尼斯:《何谓欧洲知识分子:欧洲历史中的知识分子和精神政治》,李焰明译,桂林:广西师范大学出版社2011年版,第38页。

[②] 同上。

亚、汤姆等;另一类是虚伪的、邪恶的、自私自利的。菲尔丁也曾在作品中声明:"我描写的不是人,而是风俗;不是个别的人,而是一个种类(I describe not Men, but Manners; not an Individual, but a Species [p.164])。"(《约瑟夫·安德鲁斯》第三卷第一章,197)这种人物设置当然能够明确导入作家的道德意图,但也因此带来审美上的公式化,以及伦理考虑上的简单化。为此,一些批评家多诟病菲尔丁对人物性格的简单处理。如约翰逊博士曾贬抑菲尔丁笔下的人物塑造和人性刻画而赞扬理查森,他认为理查森的小说才深入了人物的心理,借思罗尔夫人(Mrs. Thrale)的话说:"理查逊挖掘的是生活的核心……而菲尔丁只满足于外壳。"① 约翰逊博士还表示:"由于理查逊的叙述程序,是以深刻探索主人公对经历的反映为基础的,因此其中包含着许多在《汤姆·琼斯》的段落中所没有的细微的感情色彩和性格特征。"② 不过,若因此认为菲尔丁笔下的人物欠缺性格深度却是不确切的。固然,受早期戏剧创作的影响,菲尔丁喜爱通过人物的表面行动暗示人物心理,也偏爱夸张的戏剧场面。这种喜剧式的夸张点染情节有时会使得人物情感转变过大,挫伤了人物性格的真实。但是他笔下的人物是高度概念化和典型化的,并不平板和片面。英国史学家爱德华·吉朋(Edward Gibbon)在自传中就高度评说道:"以描写人性著称的《汤姆·琼斯》,其寿命将超过埃斯珂里宫殿和奥地利的国徽。"③ 与理查森相比,虽然菲尔丁对于人物的处理方式可能更为概念化一些,但这种概念化却也有其积极的一面,因为概念化人物往往在代表性上更具包容度,同时也更能表现出人性的典型性。较之理查森,菲尔丁可能并不是一个那么纯粹的小说家,但他在作品里所叙述的故事情节

---

① 参见[美]伊恩·P.瓦特:《小说的兴起——笛福、理查逊、菲尔丁研究》,高原、董红钧译,北京:生活·读书·新知三联书店1992年版,第300—301页。
② 同上书,第308页。
③ 转引自[英]亨利·菲尔丁:《弃儿汤姆·琼斯的历史》(上、下),萧乾、李从弼译,北京:人民文学出版社1984年版,前言,第4页。

以及人物形象却因其这种普遍性从而更具有了伦理学意义上的讨论空间。就此而言,菲尔丁显然是一位比理查森更具自觉意识的写小说的伦理学家。

那些诟病菲尔丁小说人物过于类型化的看法,其实并未注意到这样一个事实,即菲尔丁对于人物类型化的处理方式,只不过是为了突出人在善恶追求方面的先天本性,至于他们具体的行为方式,则要在人物所处的道德处境中去加以解释。换言之,当菲尔丁将人性设定为道德观察的叙述视角时,也就决定了他对人物具体道德处境的描写以及对人物行为方式的价值评判,仅仅是为了表现现实人性的多元与复杂。好人的道德瑕疵,恶人的良心发现,又岂能是简单的类型化叙述所能体现?从这个角度来说,菲尔丁小说人物的类型化问题,其实远比批评者所设想的还要复杂。

譬如在《汤姆·琼斯》中描写品德臻于完美的奥尔华绥先生时,菲尔丁把他塑造成了一位几可与太阳争辉的完美人物,称"在人间,只有奥尔华绥先生这位仁慈为怀的人,才能跟太阳比灿烂,争光辉",奥尔华绥先生的美德高山仰止,"一段描写使读者几乎跌断脖子"①(第一卷第四章,17)。在他身上似乎具备了一切美好的德行,绝少所谓的道德瑕疵。但是,尽管奥尔华绥先生被作家处理成了一位高大全的善人形象,他其实也具备某些人性弱点。比如他长期受到布利非的蒙蔽,对琼斯在他病重时酗酒感到万分痛心,但在面对琼斯时,"由于不好意思,故意把牵涉到他自己的那部分略去,而那恰恰是构成琼斯罪过的主要情节"(第六卷第十一章,294)。这一欲盖弥彰的行事方式显然寓示了人性的复杂。按理说,奥尔华绥先生作为一个道德可堪垂范的典型人物,在他身上却仍然存在着某些弱点或道德瑕疵。菲尔丁如此设置这个人物形象,显然有着他在道德观察方面的良苦用心。因为从奥

---

① 参见[英]亨利·菲尔丁:《弃儿汤姆·琼斯的历史》(上、下),萧乾、李从弼译,北京:人民文学出版社1984年版,第一卷第四章标题及第18页。

尔华绥先生的人性弱点中不仅可以看到现实人性的复杂,也能在某种程度上为琼斯的人性弱点做出道德辩护——既然完美如奥尔华绥先生也有着现实人性的一些弱点,那么尚未成长为道德英雄的琼斯又何尝不能年少轻狂?

在《汤姆·琼斯》第十四卷第一章,菲尔丁认为作家只能模仿自然,"按照书本和舞台上的原型塑造出来的人物自然也站不住脚。约翰·范布勒爵士(Sir John Vanbrugh)和威廉·康格利夫(William Congreve)模仿的是自然,可是谁要再去模仿他们,就绝不会逼似目前的时代"(第十四卷第一章,727)。要达到这个目标,除了天资和学识之外,就是要对人性有透彻的了解。① "不论人性已经被作家描绘得多么细腻,真正实际的规律却只能在大千世界中去领会。"(第九卷第一章,473)正是由于人性的复杂,"老实说,真实的人性在作家笔下之不多见,正如在店铺里轻易买不到巴荣纳火腿或波洛尼亚香肠一样(In reality, true nature is as difficult to be met with in authors, as the Bayonne ham, or Bologna sausage, is to be found in the shops [vol.1,p.2])"(第一卷第一章,10)。这就是说,只有通过对现实人性的深刻观察,菲尔丁才能设身处地地进入笔下人物的道德处境中去,并以理解之同情的笔触去揭示人物的道德状况,就像蓓蒂那样,虽然她违背了女性的贞洁,但也不能就此断然判定其道德堕落。如果从自然人性的角度考虑,蓓蒂只不过是顺应了自己的天性,这比起那些具有伪善道德,并以这种道德假面示人的上层人来说,显然更具道德性,由此也再度证明了菲尔丁对现实人性多样化问题的考虑,确实有其复杂的思想原因。更为重要的是,只有掌握了这一点,读者才不会对菲尔丁笔下人物的道德状况做出简单的价值评判,任何一个人所做出的价值选择,其实都与人物所处的道德处境有关。从某种程度上来说,

---

① 参见《汤姆·琼斯》第九卷第一章"谈谈哪些人够资格和哪些人不够资格写这样的历史"。

菲尔丁对普遍化伦理标准的回避,对个人道德处境的重视,以及对人物自然本性的认可等等,皆能说明其伦理思想中所具有的启蒙主义和理性主义因素。

三、人性的堕落:虚荣与伪善

在《约瑟夫·安德鲁斯》的序言中,菲尔丁宣称"这部作品的范围只以荒唐可笑为限(Ridiculous)"(序言,5)①,又进一步阐明了荒唐可笑的来源的原因:

> 真正的"荒唐可笑"的来源只能是矫揉造作(affectation)[……]产生矫揉造作的原因有二,不是虚荣(vanity),就是虚伪(hypocrisy)②;因为虚荣策动我们去冒充虚妄的身份,以骗取赞美;虚伪就唆使我们用德行的外衣来掩饰我们的罪恶,以躲避谴责。这两个原因虽则常常被人混淆(因为要辨别它们是相当困难的),由于它们的出发点(Motives)截然不同,它们的作用(Operations)也截然不同:说真的,因虚荣而产生的矫揉造作,比较因虚伪而产生的矫揉造作更接近于真实;因为虚荣不像虚伪那样,跟自然有着尖锐的矛盾(as it hath not that violent Repugnancy of Nature to struggle with, which that of the Hypocrite hath)。还应该注意的是,矫揉造作并不是绝对否定了那些伪装的品质:所以,当它产生于虚伪的时候,它和欺骗很相似(it be nearly allied to Deceit);可是当它只产生于虚荣的时候,它的性质就近于夸示了(it partakes of the Nature of Ostentation):打个比喻说吧,一个虚荣的人假装慷慨,比起一个贪婪的人同样做作,显然是有区别的;那个虚荣的人本质上虽则不是他所伪装的那种人,也没有他所伪装的那种德行,不足以使人相信,

---

① 英文参见 Henry Fielding, *The Adventures of Joseph Andrews*. London: Oxford University Press, 1945, p.4。

② 这里的虚伪就是伪善。

然而矫揉造作对他倒不像对那个外表与内心截然相反的贪婪的人那么不相称。[pp.6－7](序言,5－6)

菲尔丁在这里非常明确地指出:荒唐可笑源于装模作样,而装模作样又出自两个原因——一种是虚荣,装无作有,装出令人同情的虚假特性,以获得称赞;一种是伪善,以有作无,用相对应的美德来遮蔽恶行,以回避批评。而为什么虚荣至少要好于伪善,是因为动机(Motives)和效用(Operations)不同,因而性质(Nature)也不尽相同——虚荣的性质是"炫耀卖弄(Ostentation)",与真实人性的向善之心比较接近;而伪善的性质是"矛盾悖反(Repugnancy)",也就是完全出于恶意,存心作假,不仅违背自然人性,而且还会令人十分厌恶。

在谈及这两种人性的堕落现象时,菲尔丁慨叹说:"啊,虚荣心(Vanity)!你公认的力量和辨明的作用是多么小!你在不同的伪装下欺骗人类是多么放肆、不负责任啊!有时你藏在怜悯的面容下,有时装作慷慨大方的态度;不仅如此,有时自大狂妄,穿上只隶属于英雄道德的华丽装饰。你这可憎、善变形的怪物!神父们责骂它,哲学家们鄙视它,诗人嘲笑它;没有一个可怜人肯当众承认它,但是却不私下里享受虚荣的快乐的?世上大多数的人平素所做的就是为了取悦你,无论是下层卑贱的小偷,还是最伟大的英雄。小到偷鸡偷狗,大到掠夺城池,都为的是浮荣。"(卷一第十五回,66)①虚荣和伪善的相似与不同应该并非菲尔丁的独创发现。早在1720年,曼德维尔在《蜜蜂的

---

① 这里使用的伍光建译本。王仲年译文为:"虚荣呀!你的力量多么难以认识,你的作用多么不易觉察!你多么任性地装成许多样子来欺骗人类!你有时候假充怜悯,有时候假充慷慨;不但如此,你甚至厚脸无耻地带上那些仅属于壮烈德行所有的辉煌装饰。你这可恶的畸形怪物!牧师指摘你,哲学家轻视你,诗人嘲笑你;在大庭广众之间,哪一个自暴自弃的无赖肯承认跟你打过交道?可是在私下里不为你所陶醉的人有几个?不,你是大部分的人追求了一辈子的对象。为了讨得你的欢心,每天都有人在做罪大恶极的坏事:下至最卑鄙的盗贼,上至最伟大的英雄,都逃不出你的手掌心。无论窃钩也好,窃国也好,他们唯一目的和唯一报酬往往都为了要得到你的青睐。"(第一卷第十章,62)英文参见 Henry Fielding, *Joseph Andrews. Shamela*. New York: Oxford University Press Inc., 1999, p.60。

寓言——私人的恶德,公众的利益》中也有提及虚荣:"自傲与虚荣正是他们[指军官]按照人们期望的样子行事的最强大动机。"①《约瑟夫·安德鲁斯》发表于1742年,大约五年之后,约翰逊博士在编撰英语词典的同时(1747—1755年间),还写了一系列的双周刊散文,称之为《漫步者》(Rambler),这些散文大多涉及道德和宗教主题,一直写到了1752年,结集出版后获得广泛欢迎。其中第20篇写道:"矫揉造作总是要与虚伪区分开的,[……]虚伪是邪恶的必要负担,装腔作势是愚蠢的必要标志;[……]轻蔑是对做作适当的惩罚,憎恨是对伪善公正的判决(Contempt is the proper punishment of affectation, and detestation the just consequence of hypocrisy [No. 20])。"②显然,在18世纪,矫揉造作的社会歪风十分盛行,让不少有识之士忧心忡忡;虚荣与伪善的危害性已成为伦理学家、文学家和思想家们的共识。

《约瑟夫·安德鲁斯》中有两大段重要的插入式故事。其中之一是丽奥诺拉(Leonora)的故事(参见第二卷第四章、第六章)。这位富翁的女儿高挑貌美,神情活泼,有很多追求者,"这种美貌的欺骗力更甚于引诱力;它所表现的愉快常常被误认为是和蔼,活泼被误认为真正的领悟(the Good-Humour which it indicates, being often mistaken for Good-Nature, and the Vivacity for true Under-standing [p. 87])"(第二卷第四章,96)。她舍弃了对自己情深义重且订有婚约的青年律师霍雷休(Horatio),转爱上了从巴黎回来的浮华青年贝雅铭(Bellarmine),不过是因为贪恋贝雅铭给她带来的地位和物质享受,以及满足她的虚荣心。书中描写丽奥诺拉的心理:"霍雷休多咱③才有

---

① [荷]伯纳德·曼德维尔:《蜜蜂的寓言——私人的恶德,公众的利益》,肖聿译,北京:中国社会科学出版社2002年版,第92页。
② "The Folly and inconvenience of affectation," *Rambler*, No. 20. Saturday, May 26, 1750. See *The Works of Samuel Johnson, LL. D.*, vol. 1. in Nine Volumes. Oxford: Talboys and Wheeler; and W. Pickering, London, 1825, p. 102.
③ 多咱,方言,是早晚的意思。引者注。

这份能耐,能给我这种众人羡慕的机会呢?他能给我车马,或者贝雅铭能让我支配的别的东西吗?做一个穷律师的妻子,跟做一个贝雅铭这样的富家公子的太太,其间的区别多么大啊!如果我嫁了霍雷休,我能夸胜的人只不过是一个;但是嫁了贝雅铭,我就成为所有熟人的羡妒的对象。那是多么幸福啊!"(第二卷第四章,106)可惜这位贝雅铭也不过是看中了这门婚事可能带给自己的利益,一旦发现丽奥诺拉没有嫁资,便马上抽身回到巴黎,还假装写了封情意绵绵的信来告别。虽则,丽奥诺拉最终的悲惨境遇令人不免同情,但作者对丽奥诺拉的自私本性是批判的:书中一再描写丽奥诺拉的两面态度,如她"一面假装对那个陌生人的爱慕漫不经心,一面要表示由于那种爱慕而产生的得意,把屋子里的女人都压了下去"(第二卷第四章,104)。又如,虽然丽奥诺拉想到霍雷休可能因她而导致不幸却冷酷地表示:"即使他要死,我怎么管得了?难道我得牺牲自己去迁就他吗?"(第二卷第四章,106)如此势利凉薄的女人得此结局也算罪有应得了,她将婚姻看作交易的功利主义态度与帕梅拉的待价而沽又有何区别呢?或者,在某种程度上我们可以说,丽奥诺拉不过是一个"不走运"的帕梅拉,她的所作所为已经不仅仅是虚荣,而是伪善了。

在菲尔丁看来,像帕梅拉为了结婚而保持贞洁,带有有意欺瞒之意,在道德上就具有某种强烈的功利主义色彩,属于"以有作无"一类。那么丽奥诺拉、鲍培夫人也和帕梅拉相仿,是"伪善,以有作无"的伪君子。而约瑟夫和亚当姆斯在冒险旅途中的所见所闻则大多是虚荣者的故事。比如假装热心公益的巴纳贝斯(Barnabas)牧师和外科医生(第一卷第十五章)、假装勇敢的打鸟人(第二卷第七章至第九章)、假装慈善的屈鲁力勃牧师(Parson Trulliber)①(第二卷第十

---

① 屈鲁力勃(Trulliber):人名由拉丁文 Trulla 和 liber 两字拼成,有"小器"之意,影射菲尔丁童年时的牧师奥利弗牧师(Parson Oliver)。参见王仲年译本注释(第二卷第十四章,165)。

四章)和假装慷慨的某乡绅(第二卷第十六章)等人,皆是菲尔丁所讽刺的"好名的,装无作有"之徒,说起来还是为了博得好名声,但又名不符实罢了。

小说《约瑟夫·安德鲁斯》另一段浓墨重彩讲述的插入式故事是威尔逊乡绅的历史(参见第三卷第三章)。这位威尔逊出身很好,上过公学,十六岁丧父,继承了一笔家产。由于缺乏管束,他不到十七岁便离开学校,带了六镑闯荡伦敦。他在伦敦学了些时髦学问,便看不起道德学问,整日地吃喝玩乐,出入剧院、咖啡馆、拍卖场等浮华场所,无耻地追求女人,如此这般鬼混了三年。但威尔逊这样做无非是为了赢得一点虚名,正如他自己所说:"我老实告诉你,别人的话我管不了,但是据我知道,她们都是纯洁的黄花闺女。我追求的只是和她们偷弄风情的名声,我得到的也只是这种名声;即使在那一件事上,我也许是自鸣得意,因为我拿出情书给他们看的那些人,很可能像我一样明白,信是捏造的,是我写给我自己的"(第三卷第三章,213—214)。对此,亚当姆斯评论道:"这比畜生的生活还不如,比草木的生活也高不了多少。"(第三卷第三章,215)威尔逊先是引诱了一个清白人家的姑娘和他私奔,造成她道德沦落,在监狱里了却残生,后来仍不知悔改包养情妇。在这样堕落的生活中,他自己得了三次恶疾,后来又混迹于律师公会、无神论者俱乐部、赌会、妓院等场所,丧尽了家财。威尔逊在穷困潦倒之中去创作过戏剧、翻译书籍。好不容易积攒了一点小钱买了彩票,又不得不转卖他人。命运给他开了一个大大的玩笑,这张彩票意外中了三千镑,威尔逊却走投无路被关入监牢。幸运的是,得了资产的那位酒商朋友的女儿赫丽德·哈堆(Harriet Hearty)爱上他,不仅救他出了牢狱,还与他结了婚。婚后日子过得倒也其乐融融,但他们经营酒肆过于实诚,不见容于其他欺诈为生的生意人,资产反而日益减少。威尔逊这时饱阅世情,看清"尘世的欢乐主要是愚蠢,生意经大多是欺诈;两者都只是虚荣;寻欢作乐的人较量花钱的本领,大家弄得倾家荡产,做生意的人妒忌人家挣钱,互相诋毁"①(第三卷第三章,234)。因此结清了营生,带着妻儿到乡下隐居。威尔逊先生在回顾往事的时候,已经对人性有了清醒的认知,也明白自己的年少荒唐愚蠢"只是虚荣心罢了"(第三卷第三章,215)。这段插入式故事不仅以威尔逊自己弃恶从善的遭遇讽喻了人性,也一并嘲笑了那些虚荣作假之人,批判了伦敦社会的浮华风气。

在菲尔丁看来,爱慕虚荣之人的可怕之处,并不仅仅在于人性弱点的伪装,更在于可能因此而导致作奸犯科、败坏道德。"虚荣是情欲中最坏的东西,更容易玷污人的心灵(… that Vanity is the worst of Passions, and more apt to contaminate the Mind than any other);因为,无可否认,自私固然是非常普遍,因此,我们自然憎恨和妒忌那些拦在我们和我们所想望的好东西之间的人。现在,以情欲(Lust)和雄心(Ambition)来讲,对我们有妨碍的人就不多,即使贪婪(Avarice)也不至使我们觉得有很多人对我们有妨碍;但是虚荣的人要出人头地;别人有一点优越或者值得称赞的地方,便成了他仇恨的对象(but the vain Man seeks Pre-eminence; and every thing which is excellent or praise-worthy in another, renders him the Mark of his Antipathy. [p. 186])"(《约瑟夫·安德鲁斯》第三卷第三章,225)。不仅是上述伪君子,即便天真淳朴如亚当姆斯牧师者,有时也不能避免自己的这一缺陷。他自认为是空前绝后、古今无二的好教师,所以偏执地认为私塾比公共学校要好。"真的,如果这个好人有个狂信(Enthusiasm);或者世人所谓弱点(Blindside)的话,那就是:他认为教师是世界上最伟大的人物,而他自己则是教师中最伟大的;即使亚历山大大帝率领大

---

① "In short, I had sufficiently seen, that the Pleasures of the World are chiefly Folly, and the Business of it mostly Knavery; and both, nothing better than Vanity; The Men of Pleasure tearing one another to pieces, from the Emulation of spending money, and the Men of Business from Envy in getting it."英文参见 Henry Fielding, *Joseph Andrews. Shamela*. New York: Oxford University Press Inc., 1999, p. 194。

军相逼,他也决不放弃这两个观点。"(第三卷第五章,244)①菲尔丁对于亚当姆斯牧师的嘲讽之言表明,虚荣心已经构成了一种最为普遍的人性弱点。甚至阿米莉亚也有小小的虚荣心,即"听到对她外貌的恭维,心中暗暗地感到高兴"(《阿米莉亚》第四卷第七章,201)。

在《阿米莉亚》中有一个较为重要的插入式情节,即是布思的前任恋人马修斯小姐的人生历史故事。作为一位大家闺秀,马修斯小姐是一位心性虚荣且争强好胜之人。在当时的社交场上,约翰逊小姐和马修斯小姐"在人们的称赞上,在美貌上,在服装上,在财产上,从而在大家的爱慕上"(第一卷第七章,34)都是势均力敌、不相上下的。而马修斯小姐因为布思在一次舞会上帮助她胜过了自己的劲敌约翰逊小姐,也从此对布思另眼相看。由此可见,她之所以钟情布思,只不过是自己的虚荣心使然。由于布思那时已经爱上了阿米莉亚,马修斯小姐才不得不把这段感情深深地隐藏起来。同样也是出于虚荣心和忌妒心,马修斯小姐才会憎恨姐姐的所有赞美者,而她家的常客——一位骑兵旗手赫伯斯给了马修斯小姐偏爱,认为马修斯小姐在音乐上胜过她姐姐,马修斯小姐也就爱上了他。而这位赫伯斯用假意属意于他人的方式去激起马修斯小姐的爱意,后来又与他人成婚。在了解真相之后,马修斯小姐由于控制不住自己的极度愤怒,用刀刺伤了赫伯斯,并因此锒铛入狱。在马修斯小姐的爱情经历中,爱这一原本纯洁的朴素情感,早已被满足虚荣心的欲望所替代。在菲尔丁看来,当爱情也已沦为虚荣的奴婢时,恰恰说明了虚荣的可怕之处——它不仅会遮蔽人的理性认知,而且更能借助与他人的爱情关系,损害他人的情感和财富利益。就此而言,虚荣无疑成为菲尔丁展开道德批评的一个重要对象。

与虚荣相比,伪善的害处显然更大,这一点主要表现为对他人利

---

① 英文参见 Henry Fielding, *Joseph Andrews. Shamela*. New York: Oxford University Press Inc., 1999, p. 202。

益的侵害和欺诈方面。如果从宗教的视角来看,伪善向来是一个不可饶恕的罪过。《圣经·马太福音》第二十三章中说:"抄经士和法利赛派啊,你们这些虚伪的人有祸了!因为你们好像刷了白灰的坟墓,外面好看,里面却充满死人的骨头和各种不洁的东西。你们也一样,你们的外表在人看来正义,其实内心充满虚伪和不法。"(23.27—28)①在《神曲·地狱篇》中,但丁也在神学的基本框架下花了不少篇幅描写人的道德恶行,他说"欺诈是人类特有的罪恶,它更为上帝所憎恶"②。中文译本的注释进一步阐明,"兽类只有力气,惟独人类赋有理性和智力;兽类只能以暴力伤害,人类则除暴力外还可用欺诈手段,欺诈是滥用理性和智力,乃人类特有的罪恶,因此比用暴力伤害更为上天所不容"③。也就是说,理性本是人区别于野兽的方面,但是滥用理性,刻意欺瞒,有悖于基督教的博爱。伪善者因为涉及欺骗之类的大罪④,被投到下层地狱第八层的"恶囊"(Malebolge)中受苦。但丁构想地狱里的刑罚大都是报复刑(Contrapasso),即"一报还一报"的原则。报复可能采取和导致罪人犯罪的欲望相似的方式,地狱里伪善者的魂灵"披着克吕尼修道院为僧侣们做的那种式样的带风帽的斗篷,风帽低低地垂到眼睛前面。斗篷外面镀金,亮得令人目眩;但里面完全是铅,重得出奇"⑤。在这里,镀金影射这些鬼魂们是虚有其表的"正人君子",铅则暗示了他们的罪恶大多都被善良的外表所掩盖。《神曲》中的伪善者穿着修士式样的斗篷,模样谦恭,眼睛向下,缓步而行,像宗教节日列队行进的僧侣们一般,这说明但丁认为中世纪的伪善者大多

---

① 《圣经》新世界译本,第 1237 页。此版本《圣经》仅为内部流通,无出版信息。
② [意]但丁:《神曲·地狱篇》,田德望译,北京:人民文学出版社 1990 年版,第十一章,第 75 页。
③ 同上书,第 78 页注释。
④ 但丁对地狱罪行的区分根据亚里士多德《尼各马科伦理学》(*Nicomachean Ethics*)、《政治学》(*Politics*)中的相关学说,把罪分为无节制、暴力、欺诈三种,欺诈罪行最重,也译为"放纵、恶意和疯狂的兽性"。参见《神曲·地狱篇》第十一章,第 76 页。
⑤ [意]但丁:《神曲·地狱篇》,田德望译,北京:人民文学出版社 1990 年版,第 174 页。

是僧侣和教士,他们在社会和政治生活等方面作恶多端,危害极大。①他描写的两个伪善者典型——"快活修士"卡他拉诺和罗戴林曾担任波伦亚最高行政长官,暗中支持归尔夫党扩充势力,引发市民暴动,放逐吉伯林党人。而提议"一个人替百姓死"的该亚法和其他参加公会的人因为对耶稣之死负有罪责,赤身被钉在地上,那些披着铅斗篷的灵魂都得踩着他的身子慢慢走过去。作品还在古代神话、维吉尔史诗和中世纪传说的基础上,重塑了格吕翁(Geryon)形象,将之作为第八层地狱的守护者和欺诈者的象征——"那个象征欺诈的肮脏的形象就上来了,把头和躯干伸到岸上,但没有把尾巴拖上岸来。它的面孔是正直人的面孔,外貌是那样和善,身体其余部分完全是蛇身;它有两只一直到腋下都长满了毛的有爪子的脚;背上、胸部和左右腰间都画着花纹和圆圈儿。鞑靼人和突厥人织成的织物,都未曾有过比这更多的色彩、底衬和花纹,阿拉科涅也没有织出过这样的布"②。通过这些富有道德寓意的现实原型和夸张荒诞的象征形象,但丁深刻揭示了伪善者的邪恶本质。

除了但丁之外,17世纪的古典主义剧作家莫里哀(Molière)在《伪君子》(*Le Tartuffe*, 1664)中也塑造了一个典型的伪善者形象。该剧主人公答尔丢夫在初稿中也是个教士,只不过后来剧作家为了不触犯教会争取公演,才将答尔丢夫的身份改为了修士。由此可见,在18世纪之前,伪善者形象已经普遍存在于宗教领域。这主要是受到了宗教讲究虔诚信用的道德观念影响。到了18世纪,随着社会经济的蓬勃发展,伪善者阵营里也逐渐多了一些颇具时代特色的政客和商人形象。

与这些同样关注伪善问题的文学家相比,菲尔丁在描写和攻击伪

---

① [意]但丁:《神曲·地狱篇》,田德望译,北京:人民文学出版社1990年版,第二十三章及相关注释。
② 同上书,第124页。

善时视野更加开阔。由于他笔下的伪善涉及各个社会阶层,因此菲尔丁在描写人物的善恶冲突和进行伦理讨论时,并未局限于对个体道德善恶问题的思考,而是将之视为流行的社会病在道德个体层面的真实投射。这样一来,伪善的危害和祛除伪善的紧迫感也就随之加深了。这一点与菲尔丁创作上的全景风格也有一定的关系,若与理查森的小说比较,更能见出这一特点。如《帕梅拉》全书多达四十万字,大部分都是帕梅拉的心理活动,情节也主要围绕帕梅拉和B先生的关系变化而展开,很难看到男女主人公情感关系主线之外的风土民情、社会现实,这当然是理查森过于关注心理描写所造成的,由此造成了小说叙事的重复与冗长,一定程度上忽略了当时的社会环境对帕梅拉心理情感特质的影响。国内以往的研究之所以格外看重菲尔丁的社会批判功能,针对的正是菲尔丁小说相对于理查森等作家的艺术突破。正如安德烈·莫洛亚(André Maurois)在《狄更斯评传》(*Un Essai sur Dickens*, 1927)里指出,"理查逊开了心理小说的先声,菲尔丁创了叙事体小说的先河"①。这就意味着阐明伪善的危害,以及破除伪善的恶劣影响,便具有了通过完善个体道德去改变社会现状的现实主义价值。当然菲尔丁有时候笔触游离过开,中心人物之外的情节讲述得过长,字数过多,但因为他和理查森关注的方向不同(向外/向内),由此造成的文体缺陷就不同于理查森的冗长和重复,而是松散和散漫了。针对两位作家的创作问题,贬抑理查森而褒奖菲尔丁的学者都大多"不满理查生把道德问题仅仅局限于男女两性之间,要求人们更多地去关心社会问题,把对待下层劳动人民的态度,当作进行道德评价的标准,从而使道德问题包含了深刻而广泛得多的社会内容"②。按这一说法,在讨论伦理问题时,菲尔丁较之理查森显然更具有一种现实

---

① [法]安·莫洛亚:《狄更斯评传》,王人力译,上海:上海译文出版社1986年版,第77页。

② 参见刘乃银:《论菲尔丁的小说〈约瑟夫·安德鲁斯〉》,《南京师大学报》(社会科学版)1994年第3期,第76页。

主义的关怀精神。

值得注意的是,也是出于对虚伪人性的愤慨,菲尔丁曾经在《阿米莉亚》中表示,"即使是民事方面的伪证也是罪大恶极的违法行为,应当受到最大的惩罚。"(第一卷第四章,17)但当时的刑法却恰恰相反,因为生存被迫偷了面包的盗窃罪是重罪,"按照法律是不能保释的;而提供伪证不过是轻罪。因此即使受到控告,却还是能得到保释的"(第一卷第四章,17)。"现在对所有伪证罪的惩罚都只是给犯人上颈手枷和流放七年而已,而且由于这是个可以否认和可以保释的罪行,所以人们时常想出好多方法来逃避任何惩罚。"(第一卷第四章,17)如果联系菲尔丁的律师和法官的身份,他在这里所发的议论就绝对不是泛泛而谈,而是有的放矢了。菲尔丁对盗窃重罪的判决心怀不满,"因为从一个人那里拿走一点财物,怎么能跟断送他的生命、损害他的名誉和毁坏他的家庭相比较呢?"(第一卷第四章,17)在菲尔丁看来,大多数盗窃行为是出于贫困,为了生存不得已而为之。因此,他在1753年专门写了《关于切实为穷人提供生计以改进其道德并使之变为社会有用成员的建议书》(*A Proposal for Making an Effectual Provision for the Poor*),主张建立一个大型习艺所,收容那些愿意劳动却没有工作的人,来降低犯罪率。而伪善却是人性的堕落,是不折不扣应该予以唾弃并施以惩戒的道德重罪。

18世纪的道德哲学家曼德维尔认为:"道德美德皆为逢迎骄傲的政治产物。"[①]也就是说人的本性是骄傲的,出于虚荣逢迎的需要才会控制自己的本性产生道德。与曼德维尔认为虚荣是人的本性相反,菲尔丁虽然承认有时人会有一些小小的虚荣心,但虚荣与伪善还是有本质上的不同,伪善是对自然人性的背离和破坏,是败坏社会风气的罪魁祸首。"淫荡、虚荣、贪婪和野心正日益猖獗,并得意洋洋地击败了

---

① [荷]伯纳德·曼德维尔:《蜜蜂的寓言——私人的恶德,公众的利益》,肖聿译,北京:中国社会科学出版社2002年版,第37页。

人类的愚蠢和软弱,造成了人类的毁坏和没落。"(《阿米莉亚》第四卷第四章,185)而只要犯下罪行,"欺诈和虚伪"就会成为罪行"软弱和不可靠的盟友;它在黑暗中浑身哆嗦、鬼鬼祟祟地行动,害怕每一线亮光,惟恐它会暴露它,让它遭受到羞耻和惩罚"(《阿米莉亚》第四卷第五章,187)。既然菲尔丁将自己的道德追求建立在了思考人性与道德的关系层面,那么我们就可以理解菲尔丁为什么会异常关注伪善问题。实际上,菲尔丁对于伪善的道德批判,业已成为他在小说中进行伦理建构的起点。反对伪善,是出于对人的自然本性的呵护,而健康健全的伦理建构都应本着人类本于内心的生命欲求,实践个体内在生命欲求与外在道德律令的价值平衡。

第二章

菲尔丁小说伦理的文本脉络

在亨利·菲尔丁笔下，小说的虚构性和创造性融为一体，同时也兼具历史的写实性和社会的批判性。在整个启蒙时代，那种认定历史是以"客观真实"地构建过往为目标的一门科学的基本观点，迅速不断地扩展其影响。[①] 这无疑对菲尔丁的现实考察和伦理书写也带来了重要影响。菲尔丁在表达自己的道德观察和伦理诉求时，其实并未像其他作家那样完全将希望寄托于对人物性格的描写之上，或许是为了与理查森的心理现实主义有所区别，菲尔丁尤为注重对人物所处生活环境的叙写。这里所谓的生活环境，既可以大至人物生活其间的社会环境，也可以小至人物在依据本性做出价值选择时所处的道德处境。这种将人物形象塑造置放于复杂

---

① 刘亚猛:《西方修辞学史》，北京：外语教学与研究出版社2008年版，第8页。

环境的做法,可以说恰恰体现了菲尔丁较为成熟的现实主义观念。正如莫里斯·戈尔登指出的,"菲尔丁的伟大天赋并不在于对某个人物复杂性格中本质天性的洞察力,而是通过表现人物在社会中的处境,他们身上发生了什么和可能发生什么,从而展示出存在感的反讽能力"[1]。基于这一现实主义的文学观念,菲尔丁在讲述人物的道德成长时,十分擅长通过一些叙事场景的描写来展示人物性格,推动情节发展,特别是借助个体的选择和成长提出一些重要的伦理问题并予以解答。

第一节　逃婚的恋人:菲尔丁小说的伦理结构

文学伦理学批评所提出的伦理结构(ethical structure),"指的是文本中以人物的思想和活动为线索建构的文本结构。伦理结构有四种基本构成:人物关系、思维活动(包括意识结构和表达结构)、行为和规范"[2]。聂珍钊教授认为,"思维活动主要指人物的逻辑思维过程,其中包括情感的产生和变化、逻辑判断、逻辑推理以及由此产生的意志"[3],主要基于文本世界的人物心路历程来予以分析。然而笔者认为,这种思维活动因为涉及表达结构,也与作家选择何种叙事方式来讲述故事密切相关。菲尔丁的《约瑟夫·安德鲁斯》在文论上的重要贡献,即是提出了"散文体喜剧史诗(Prosaic-comic-epic Writing)"这一概念。不过即使在讨论"散文体喜剧史诗"这一概念时,菲尔丁也不忘表达他的某些道德意图。有论者指出,"亨利·菲尔丁的和塞缪尔·理查逊写于十八世纪四十年代的小说,构成了后者所说的'新型作品'。他们的小说并非抛弃了笛福所创的自传模式,而是将其发展

---

[1] Morris Golden, *Fielding's Moral Psychology*. Amherst: The University of Massachusetts Press, 1966, p.148.
[2] 聂珍钊:《文学伦理学批评导论》,北京:北京大学出版社 2014 年版,第 260 页。
[3] 同上。

完善并最终超越了"①。这种新型散文叙事作品"用简单的方法表现自然事件,引人入胜却不标新立异"②。理查森和菲尔丁的小说结构精巧,也符合他们的道德教诲意图。不同的是,理查森选择了书信体和即时讲述的方式向我们展开人物的深层心理;而菲尔丁则采用了道德实践者和观察者的漫游结构,逃婚是其中主要的伦理线,身份谜团乃至恋人身份与其他身份的矛盾冲突构成小说的主要悬念和道德试验场。

一、道德的实践者与观察者的双重结构

在 21 世纪的读者看来,菲尔丁的小说可能太过于简单了,一些当时堪称完美的结构设计今天看来也流于机巧。可是,如果我们从整个欧洲小说的发展史来看,就会确信这样一点,即菲尔丁小说对于英国小说,甚至是西方小说发展来说是一个值得关注的起点。这不仅包括他的道德主题,也包括他在作品中经常使用的一些叙事模式,这些都深刻影响了后来的作家。塞缪尔·柯勒律治(Samuel Coleridge)说:"我认为《俄狄浦斯王》《炼丹术士》和《汤姆·琼斯》是迄今为止结构最为完美的三部作品。"③英国作家威廉·萨克雷(William Thackeray)曾认为《汤姆·琼斯》"每一情节都有前因后果,不带偶然性,它们对故事进程都起了推动作用,联结成一个整体"④。这种叙事的连贯性,显然推动了小说的发展。特别是那些早期受菲尔丁影响的作家,大多是在模仿和同构菲尔丁作品的基础上开始自身的小说创作的。如与菲尔丁同时代的托拜厄斯·斯摩莱特(Tobias Smollett),虽然常与菲尔

---

① [英]安德鲁·桑德斯:《牛津简明英国文学史》(上),高万隆等译,北京:人民文学出版社 2000 年版,第 448—449 页。

② 同上书,第 449 页。

③ 转引自[美]伊恩·P. 瓦特:《小说的兴起——笛福、理查逊、菲尔丁研究》,高原、董红钧译,北京:生活·读书·新知三联书店 1992 年版,第 310 页。

④ 转引自[荷]米克·巴尔:《叙述学:叙事理论导论》(第二版),谭君强译,北京:中国社会科学出版社 2003 年版,第 19 页。

丁在评论刊物上展开辩论和交锋,但他的小说结构却与菲尔丁颇为类似,在关注个体道德的同时,也格外重视对社会全景的展示。在他的作品《兰登传》(*The Adventures of Roderick Random*,1748)里,分明可见很多菲尔丁式的情节元素,甚至连他的讥诮和讽刺都与菲尔丁如出一辙。19世纪的狄更斯也是从小就爱读菲尔丁的小说,成年后还给自己的儿子取名为亨利·菲尔丁·狄更斯,其早期的著名作品《奥利弗·忒斯特》(*Oliver Twist*,1838,又译《雾都孤儿》)尤其与菲尔丁的写作模式相近。至于20世纪的很多作家,则大多是在悖谬和反讽菲尔丁作品的基础上接受其深远影响的。如约翰·巴思(John Barth)在《烟草代理商》(*The Sot-Weed Factor*,1960)一作中,也有意识地模仿了菲尔丁的小说《汤姆·琼斯》,其中暗含的大量意外或巧合因素都与菲尔丁作品类似。但对于菲尔丁来说,这些意外和巧合都是上帝意图的组成部分;相较之下,巴思却试图表明这些意外并不总是可信,它会造成人物身份的混乱不堪,最终主人公艾卜尼泽·库克从一个天真的傻瓜成长为一个精于世故的人。这部作品对菲尔丁小说叙事模式的颠覆,显然有着独特的象征意味和哲学文化背景。20世纪的非理性主义思潮让人对世界的认知和理解有了根本的变化,不再同于18世纪理性文化的强烈认同感。他们认为,当代世界没有意图可言,宇宙则是不可预测、无从捉摸的。如果说《汤姆·琼斯》描绘的是一个有秩序、有意义的世界的话,那么《烟草代理商》所呈现的却是一个过于复杂的世界,人们很难把它理性化、理想化。在别无选择的境遇下,人们只能接受现代生活的混乱和荒诞作为世间唯一有意义的生活方式。这本书也标志着巴思与传统小说技巧的分裂。这些例子足以表明,在西方小说的发展史上,菲尔丁的小说既是传统小说样式的典范,也是某些现代小说的文学资源,甚而可以看作某些现代性经验的认知起点。

在菲尔丁的文学构想中,一些古典文论,尤其是亚里士多德和贺拉斯的文论观点都占有极为重要的地位。亚里士多德的《诗学》主要讨论了史诗与悲剧的概念,而菲尔丁却力图将这两个文类综合起来,充分反映了他试图创造新的文学表现形式的野心。如果仔细辨别,当可发现菲尔丁所谓的散文体喜剧史诗,与悲剧相对应的"喜剧"只是在风格和技巧层面的要求,史诗才是其文体创新的主要目标。正是基于这一原因,菲尔丁才会在构建史诗的过程中,格外关注人物的思想和活动线索,并通过对他们生活经历的反映,在考察其道德状况、锤炼道德善行的过程中,试图建构起他的伦理思想体系。而这一过程,就反映在道德主体作为观察者和实践者身处其中的伦理结构之中。

在《约瑟夫·安德鲁斯》的前言中,菲尔丁略为自得地说道:"有可能仅仅是英国读者会觉得这几卷小书的作者有点不符合他们头脑中关于传奇文学的想法,以几句与此种写作方式有关的话为前提恐怕并不为过,我记得,迄今为止,在我们的语言中我尚未看到过此种企图(which I do not remember to have seen hitherto attempted in our language)。"①在《汤姆·琼斯》中,他又标榜自己是"一种新的写作领域的开拓者(the founder of a new province of writing [vol. 1, p. 39])"(第二卷第一章,57)。那么,菲尔丁所说的散文体喜剧史诗究竟有何具体内涵?

首先,"散文体"和"史诗"应该结合起来理解(epic in prose)。一般认为,18世纪开创了欧洲的散文时代,因为之前的文坛都是以诗歌创作为主,诗被视为文学的正宗。作为一个受古典传统浸淫的作家,菲尔丁不可能无视这一传统,况且他也有很大的创作野心,因此他称自己的作品为"散文体史诗"就表达了一种试图和《荷马史诗》分庭抗

---

① Henry Fielding, *Joseph Andrews*. *Shamela*. New York: Oxford University Press Inc., 1999, p. 3. 伍光建译本并未译出。王仲年译本则为"普通的英国读者,对于传奇的看法,可能跟这些小册子的作者不同;从而指望在这本书里发现一些找不到的,作者根本也不打算给他的消遣;我认为应当先把这类作品简略的交代一下,因为据我记忆所及,到目前为止,我国文学中还没有人尝试过"(原序,1)。

礼的文学抱负。这一点正如他在《约瑟夫·安德鲁斯》的序言中所表示的那样,散文这一文体并不输于诗歌,用散文来写作,他同样可以创作出不比《荷马史诗》逊色的伟大作品。

其次,菲尔丁独尊史诗这一文类的原因大致有三:第一,史诗和小说同属叙事文类。西方文学的文体分类历来就有诗歌、戏剧和小说的三分法。其中诗歌偏于抒情文类,戏剧和小说则偏于叙事文类,史诗和小说一脉相承。其实更准确的说法是史诗、传奇和小说都偏重叙事。而对于这一点,菲尔丁在晚年也有所认识,他在生前所写的最后一部作品《里斯本航海日记》(*Journal of a Voyage to Lisbon*, 1755)中,严厉批评了自己曾经推崇过的史诗艺术,认为史诗包含了太多的传奇成分:"传奇不可能是真正的历史,前者是后者的混淆者和腐蚀者。……与那些受到历代称颂的诗相比,如果荷马曾用朴实的散文写过一部他的时代的真正历史,我会更尊重更热爱他。"①第二,史诗隐含了"历史"之意,本身就符合菲尔丁的现实主义追求。菲尔丁反复声明他的创作与那些传奇的不同之处就在于"模仿自然",这里当然指的是对历史和现实社会的关注,模仿自然亦即反映现实。第三,小说具备史诗反映生活的广度。"戏剧中的穿插都很短,史诗则因这种穿插而加长。"②从菲尔丁的创作实践来看,他的大多数作品,也确实体现出了史诗所特有的宏阔内容。除此之外,菲尔丁小说的分卷分章、"从中间开始讲述",以及英雄式的讽喻手法等等,也都受到史诗叙事模式的影响。《约瑟夫·安德鲁斯》原分两册十二开本出版,第二卷第一章的标题就是"关于分卷分章",将这种卷章之分直接追溯到荷马、维吉尔和弥尔顿。(84—85)有批评家指出,《汤姆·琼斯》模仿古典史诗分

---

① 转引自[美]伊恩·P. 瓦特:《小说的兴起——笛福、理查逊、菲尔丁研究》,高原、董红钧译,北京:生活·读书·新知三联书店1992年版,第293页。
② [古希腊]亚理斯多德、[古罗马]贺拉斯:《诗学 诗艺》,罗念生、杨周翰译,北京:人民文学出版社1962年版,第59页。

为十八卷。① 而《阿米莉亚》中,虽然菲尔丁并未言明,显然其结构主要是脱胎自维吉尔的《埃涅阿斯纪》(*Aeneid*, 19 BC)。②

最后,菲尔丁称他的创作为"喜剧的(comic)":尽管这个词具有"滑稽的"和"喜剧的"两重含义,但不论从字面上还是从菲尔丁的创作实践来看,翻译为"喜剧"显然更为恰当。特别是"喜剧"这个词反映了菲尔丁小说创作与其戏剧创作之间的历史渊源。作为一名以戏剧创作踏入文坛的作家,菲尔丁的小说创作也深受戏剧影响。从他现存的戏剧作品来看,那些以滑稽戏谑的方式讽刺社会现象的喜剧明显居多。此外,菲尔丁的小说均是团圆式结局,非常符合喜剧惯有的结尾方式。在人物形象的塑造方面,菲尔丁设置了众多"低一等"的普通人物形象,这既是启蒙时代的文学要求,也符合古希腊喜剧和悲剧对人物类型的区分。更为重要的是,菲尔丁的小说创作在手法上也多以讽刺为主,符合喜剧的创作风格。从效果上来看,由于菲尔丁的小说大量使用了悬念、发现、突转、巧合、误会等戏剧手法,并将之贯穿到《汤姆·琼斯》的主要情节中去,因此一些出人意表的发现与突转就能贯穿全文,由此所产生的结构张力也十分巨大。甚至可以这样认为,菲尔丁的这些戏剧手法将小说线性的延展情节以横向组织的方式编织了一个紧密的情节网络,使小说原本的线性结构也不至于单调,而是显得更加紧凑复杂和波澜起伏。

在《约瑟夫·安德鲁斯》的序言中,菲尔丁说:"如今,一部滑稽传奇就是一部散文体的滑稽史诗;其与喜剧的区别正如严肃史诗与悲剧的区别:它的情节更广大更复杂,也包括了范围更大的事件,引进了更

---

① 参见黄梅:《推敲"自我":小说在18世纪的英国》,北京:生活·读书·新知三联书店2003年版,第217页。

② 持这一观点的批评家较多,如 Maurice Johnson, *Fielding's Art of Fiction*. Philadelphia: University of Pennsylvania Press, 1961, p. 140, 又如 Irvin Ehrenpreis, *Literary Meaning and Augustan Values*. Charlottesville: University Press of Virginia, 1974, p. 16。

多种类的人物。它在情节和行动上有别于严肃传奇,在这方面,它们有时是严肃的、庄重的,有时是轻松的、滑稽的;人物上的区别,是通过引进生活方式更低下的底层人物形成的,而严肃传奇则把最崇高的人物置于我们的面前;最后,在情感与措辞方面,以滑稽取代了崇高。"① 就此而言,"散文体喜剧史诗"因其表现内容的宏阔、人物形象的生动真实以及充满生活气息的现实主义品格,最终支撑起了菲尔丁借助小说情节去传达自己伦理思考的叙事意图。

菲尔丁进行小说创作的目的是描摹世情,讽喻人们改过自新。他说作者描绘这些卑鄙小人,"不是为了把一个可怜的家伙暴露给一小撮和他相识的伧夫俗子;而是给成千成万的人在密室里当作镜子,让他们可以端详自己的缺陷,努力减少,那么一来,私下起了悔恨之心,当中就能避免侮辱。这就是讽刺家(Satirist)和毁谤家(Libeller)的区别,也划清了他们之间的界限,因为前者像父母似的,为了一个人自己的利益私下纠正他的过失;而后者却像刽子手似的,把那个人露体示众,给别人做个榜样"(第三卷第一章,197—198)②。这段话充分说明了菲尔丁作为一个道德观察者和实践者的叙事意图,他的喜剧式讽刺并不是单纯为了揭露和批判,而是将人物置放在道德之镜面前,以此达到散文体喜剧史诗描摹道德现实、弘扬美德善行的创作目标。

与笛福、理查森的小说惯于从人物的视角展开故事讲述不同,菲

---

① Henry Fielding, *Joseph Andrews. Shamela*. New York: Oxford University Press Inc., 1999, pp. 3—4. 伍光建译本并未译出。王仲年译本则为"一部滑稽的传奇是一部散文的喜剧史诗,它跟喜剧有所区别,正如严肃的史诗跟悲剧不同;它的情节比较广泛绵密;它包含的细节五花八门;介绍的人物形形色色。它跟严肃的传奇不同的地方在于结构和情节:一方面是庄重而严肃,另一方面轻松而可笑;它在人物上的区别是介绍了下层社会的角色,因而也介绍了下层社会的风习,反之,严肃的传奇给我们看到的都是最上等的人物。最后,在情操和措辞方面,它采取的不是高深的,而是戏谑取笑的方式。在措辞上,我以为有时候大可以运用游戏文章;本书将有许多这一类例子,譬如交锋接仗的描述,以及某些别的地方,也不必向清雅的读者指出了;那些谐模(parodies)或者游戏文章主要是给消闲解闷的"(2)。

② 英文参见 Henry Fielding, *Joseph Andrews. Shamela*. New York: Oxford University Press Inc., 1999, pp. 164—165。

尔丁的小说通常以第一人称单数"我"和第一人称复数"我们"作为叙述者展开故事,表现出叙述者对于故事的宏观掌控。而他在《约瑟夫·安德鲁斯》《汤姆·琼斯》中每卷序言除了评点故事细节外,也常常以作者身份现身说法表达自己对于小说这一新兴文体的认识和理解。这一在同时代读者那里被视为"多余(invariable superfluous)"①的序章,在20世纪读者反应批评兴起后却引发了评论家的强烈兴趣,认为其独具美学价值,这里自不用赘言。我们在这里主要考察的是,从文学伦理学批评的视角而言,这种凸显叙述者身份的散文体喜剧史诗为菲尔丁道德主题的阐述提供了双重视角,承载了道德观察和道德实践齐头并进的平行任务。比如在《汤姆·琼斯》中,作者频频现身的叙述视角几乎贯穿了这部长达十八卷的史诗性作品。不过,由于叙述者并不完全等同于作者,文中的叙述者"我"和"我们"因此可以看作是一个冷静的旁观者——他看得到小说中人物的言行举止,甚至是人物的命运和选择;他既是无所不知的上帝,同时也是将故事转述给读者的中间人。实际上,菲尔丁自己也清楚地意识到了叙述者和作者的区别,在第三卷第七章,菲尔丁把标题拟为"作者在本章中亲自登场",其中这样写道:

> 将来读此书的心地纯良的青少年,倘能正确地理解我们所记载的这些事例,那会对他们大有裨益[……]贤明的弟子,倘若你们仔细读下去,就会找到足够的例子证明我这话不假。
>
> 请恕我以合唱队的身份在舞台上出现了一会儿。[……]这些话我又没法叫任何一位演员替我说,只好自己来向大家交代。
> (第三卷第七章,121)

在这段话中,叙述者充当了多重角色:"我"既可以做故事的讲述

---

① Jo Alyson Parker, *The Author's Inheritance: Henry Fielding, Jane Austen, and the Establishment of the Novel*. DeKalb: Northern Illinois University Press, 1998, p. 65.

人,又是中途现身打断故事进程的评论家,在一定程度上还影射了故事背后的作者。从叙事学角度说,区分作者和叙述者身份的叙述意识,实际上标志着一种叙述的自觉。但菲尔丁的特殊之处在于,一方面,他通过作者现身的方式区分开了作者与叙述者,另一方面,菲尔丁又在叙事中有意混淆了叙述者和作者的身份。这么做的目的,其实是想在读者和作者之间建立一种亲切的关系,进而使读者在阅读作品时仿佛身临其境,宛如身边真实地站立着一位讲故事的叙述人。

菲尔丁对于叙述者和作者身份的区分与混淆极为重要,可以这样理解,区分意味着菲尔丁某种叙述的自觉,他以叙述者身份展开故事进程时,实际上就充当了道德实践的一个主体角色,并与主人公和其他人物一道共同面对着道德困境与价值抉择;混淆则意味着菲尔丁对接受美学的某种经验式体察,他能够深切感受到读者的阅读心理,通过混淆作者和叙述者的方式,菲尔丁就极易将读者纳入作品所营构的道德氛围中。此时叙述者和作者身份的混淆也无疑标识了菲尔丁的道德观察者身份。只不过与那些不具有叙述自觉意识的作家相比,菲尔丁是在意识到了作者和叙述者身份区别的前提下的形式混淆,就此而言,菲尔丁不仅以叙述者和作者身份的混淆充当了道德观察者角色,而且也以自觉的叙述意识使叙述者成为故事中的道德实践者。

在这样一种道德观察者和实践者常常同时现身的叙述方式中,菲尔丁又惯于以外聚焦去讲述作品故事。在叙事学理论中,从叙述者和故事的位置划分来看,聚焦可分为外聚焦和内聚焦。那些专注于叙述进程的故事讲述者,被称为"叙述聚焦者"。外聚焦是聚焦者处于故事外,站在旁观者的角度,客观交代故事的发展。外聚焦的便利之处在于所有情节、事件和人物都是出自叙述者的亲见亲闻,容易让读者产生信任感。用这种方式讲述故事的《汤姆·琼斯》可以更广阔地展现社会生活,也能帮助菲尔丁更好地驾驭庞杂的人物与复杂的事件。这种灵活和可变的叙述视角,显然令叙述者可以从高高在上的俯瞰中洞悉被叙述的故事,并且也可以通过限制视角的转换,观察各种人物隐秘的心理活动或者事件的秘密,而读者也能跟随着叙述者的叙述对所有故事背后的细节和真相都一目了然。这么做的目的,既可以让人物成为道德的实践者,同时也方便菲尔丁和一些人物叙述者以道德观察者的身份随时随地发表自己的看法,进而以此强化故事本身的道德内涵。就凭这一点来看,虽然菲尔丁以及一些叙述者的评判有时会延缓或破坏故事的发展进程,但这种夹叙夹议的行文方式,却很好地起到了传达菲尔丁道德观念与伦理思想的叙事功能。如在刻画塾师斯奎尔和屠瓦孔这两个人物形象时,菲尔丁对他们各自作为哲学家和神学家的身份进行了反讽,并借助叙述者插入了自己的评论,表示出各不偏废的伦理观念:

> 在我往下叙述之前,请允许我先解释两句,免得少数读者由于热心而发生误会;因为我不愿得罪任何读者,尤其那些殷切关怀道德或宗教事业的人。
>
> [……]
>
> 恰恰相反,正是为了发扬道德、宣传宗教,我才把两个冒充道德及宗教的捍卫者的生平事迹记载下来。背信弃义的朋友是最险恶的敌人。
>
> [……]
>
> 总而言之,这里所揭露的不是道德或宗教,而是道德及宗教信仰的缺乏。要不是屠瓦孔过于轻视道德,斯奎尔过于轻视宗教,要不是他们二人都把善良的天性忘得一干二净,他们就不会成为书中被描绘成嘲笑的目标了。下面我们言归正传。(第三卷第四章,108—109)

在这里,叙述者通过嘲讽斯奎尔和屠瓦孔的虚伪道德来阐明自己的观念,即宗教和道德缺一不可。尽管人不可避免地在人性上会有某些缺陷,但重要的是人的真实。亚当·斯密认为,是否能得到那个"公正的旁观者"的同情,是判断一个行为是否具有道德恰当性的基本前提。那个公正无私的旁观者就是人的"是非意识""内心的居民",只要符合这个条件,利己、利他、正义和自我控制等都是道德的。① 而菲尔丁的小说主人公也往往是个公正无私的旁观者。通过他们的观察可以判断其他人的行为是否道德,也可通过想象中的换位思考,在一定程度上促使主人公自己发生道德转变。如主人公和次要人物的相似性本身也就起到了道德警示作用。类似这些议论都体现出小说的叙事结构是一种双重叙事结构,而小说人物兼具了道德观察者和实践者的双重身份。

二、逃婚:菲尔丁小说的伦理线

所谓伦理线(ethical line),指的就是文学文本的线性结构:"在通常情况下,伦理线属于文学文本的纵向结构。从文学伦理学批评的观点看,[……]几乎所有的文学文本都存在一个或数个伦理结。伦理线的作用就是把伦理结串联起来,形成错综复杂的伦理结构。在文学文本的伦理结构中,伦理线的表现形式就是贯穿在整个文学作品中的主导性伦理问题(leading ethical track)。例如,莎士比亚的《哈姆雷特》全剧围绕哈姆雷特为父复仇的问题展开,因此哈姆雷特为父复仇就是这部悲剧的伦理主线。"②伦理线构成了叙事作品的主要线索。在菲尔丁的小说创作中,他常用的伦理线就是男女主人公的逃婚故事。在这当中,婚姻成为一个反映人物道德状况的伦理场域。

与理查森小说"求婚"的"行动线"不同③,菲尔丁小说的情节主线

---

① 参见[英]亚当·斯密:《道德情操论》,蒋自强、钦北愚、朱钟棣、沈凯璋译,北京:商务印书馆2016年版。主要见于第三卷"论我们评判自己的情感和行为的基础,兼论责任感"。
② 聂珍钊:《文学伦理学批评导论》,北京:北京大学出版社2014年版,第265页。
③ 曹波:《人性的推求:18世纪英国小说研究》,北京:光明日报出版社2009年版,第104页。

则是"逃婚"。这一区别深刻反映了两位小说家的观念分歧。在对待婚姻问题时,理查森看重的是"美德有报",婚姻成为奖赏人物美德的一个现实回馈。比如帕梅拉因为自己的顺从,最终通过婚姻获得了幸福;而忤逆的克拉丽莎则没有这么幸运,她的结局说明,女性只有遵从传统的伦理道德,才能从婚姻中获得圆满结局。理查森笔下的这一婚姻模式,显然寄托了当时一种普遍的社会心理,"美德有报"也因此具有了一种物质奖励的意味,其中的功利主义和现实性毋庸置疑。相较之下,菲尔丁的小说则以爱情作为主要内容,强调婚姻中的情感问题。他站在年轻子女的一方,主张爱情自主和婚姻自由。比如苏菲亚因为不满意父亲安排自己嫁给布利非而大胆出逃,即便违背父亲的意愿也在所不惜。她对于爱情的渴望和对包办婚姻的抗拒态度,充分反映了菲尔丁对人物道德处境的重视。在这一逃婚场景中,苏菲亚违背父亲的意愿,从表面上看似乎有悖于子女孝顺父母的道德要求,但她对自己内心本性的遵从,却反而通过保持忠贞的方式获得了作家的价值认同。由此可见,判断一个人是否道德,并不取决于社会主流的道德观念,而是要视人物所处的具体道德处境来决定。这当然是菲尔丁在剥离了普遍道德律令下的一种伦理体察,他不仅关注人物的道德状况,而且也更强调对人物所处道德环境的书写。在不同的道德处境下,人物有时会做出一些看似不道德但实际上却是更高善行的价值选择。而逃婚恰是菲尔丁表达自己这一伦理诉求的重要叙事场景。

无论是苏菲亚出逃伦敦,后来才获得父亲魏斯顿的许可与汤姆·琼斯结合,还是阿米莉亚在母亲悔婚后与爱人私奔,后虽得到母亲许可结婚,但母亲心中毕竟生了嫌隙,为后来她的姐姐直斥她结婚之事忤逆母亲、篡改遗嘱的阴谋奠定了基础。阿米莉亚直到婚后多年方才发现母亲的真实遗嘱,得知母亲已经原谅他们,这类情节的描写皆属"逃婚"的情节模式。在《约瑟夫·安德鲁斯》中,情形稍显复杂和特殊。不仅男主人公约瑟夫的身世不明,就连女主人公范妮的身世也异常神秘。"她是一个孤苦伶仃的弃儿,据她知道,一个亲人也没有。"(第三卷第九章,270)约瑟夫出于对范妮的爱情,拒绝了鲍培夫人的求欢,便踏上了回乡的路程。在路上偶遇亚当姆斯牧师和范妮后,由于他们二人并无家长在堂,当时两人便拟定成婚。可是这种计划却遭到了亚当姆斯牧师的反对,他强调在上帝面前结合的宗教婚姻才是合法的,力劝他们二人结婚必须返回故里,在正式的宗教仪式下完婚。如果联系亚当姆斯牧师将教区的居民都看成自己的子女①,他对约瑟夫和范妮的规定,也类似于父亲或教父对子女的婚姻要求。于是,约瑟夫和范妮的婚礼不得不被延迟,而他们作为道德观察者经历的种种英国社会道德怪现状的历史,也得以在这种延宕的框架下显现。等到他们好不容易返回故乡,又受到被鲍培夫人指使的帕梅拉夫妇的干预。由于约瑟夫的姐姐帕梅拉和鲍培夫人的侄儿联姻,抬高了他们的家世,因此他的姐夫鲍培和姐姐帕梅拉认为约瑟夫不该"跟一个地位比你低得多的姑娘成亲"(第四卷第七章,322),这样才不至于失掉身份尊严。他们都自恃为一家之主,并以约瑟夫父母的立场劝约瑟夫放弃对范妮的爱情。② 直到约瑟夫的身世被揭开,他和范妮才在约瑟夫的亲生父亲威尔逊乡绅的主持下举行了婚礼。因此,在《约瑟夫·安德鲁斯》中,虽然不能算逃婚,但在类似于父辈家长的干预下,婚姻被延迟的线索仍然隐隐贯穿于整个故事之中,是小说的主要情节线索。③

逃婚情节模式所具备的伦理意味是多方面的。首先,它揭示了菲

---

① "他时常管他们叫作孩子;他解释说,这个称呼的意思只是指他的教友,"又说:'凡是上帝交给他监牧的人,他一视同仁,以那种关系来看待他们'。"(第二卷第十六章,176)"这两个穷苦的年轻人是我的教友,我把他们当自己的孩子那么看待爱护。"(第三卷第二章,205)亚当姆斯牧师返回故里,"他们像孝顺的儿女围在慈爱的父母膝下似的团团围住他,纷纷表示敬爱和亲热"(第四卷第一章,295)。

② "你的爹娘知道了也会伤心,他们现在一心期望你在世界上崭露头角。"(第四卷第七章,322)

③ 此处论述相对于笔者在《亨利·菲尔丁小说的伦理叙事》中的观点有所丰富和发展,该书并未考虑亚当姆斯牧师作为教父的身份以及对约瑟夫婚姻的干预问题。具体参见杜娟:《亨利·菲尔丁小说的伦理叙事》,武汉:华中师范大学出版社2010年版,第87页。

尔丁小说以婚姻为目的的爱情自主主题。诚如穆丽尔·威廉斯所说，婚姻是菲尔丁的道德之镜，"当时的作家很少在这个问题上比菲尔丁讲得多。作为一个律师和治安法官，菲尔丁精确地意识到了婚姻中的法律和道德意味；作为一个作家，他将它放置在纯粹人性影响和当代背景中予以反映"①。也正因如此，爱情故事才会在菲尔丁小说中成为主要伦理场域。菲尔丁的爱情观具有强烈的现实色彩，他认为"爱情才是美满婚姻的唯一基础"（《汤姆·琼斯》第十七卷第三章，879），爱情本身就蕴涵着道德价值。在他笔下，男女主人公们往往因为追求理想爱情而踏上冒险之旅，旅程也以获得圆满爱情或成家为结束。

　　在这里，我们有必要回顾一下 18 世纪关于婚恋问题的文化语境。在历史学家们论及 18 世纪婚姻决定权的分配问题时，出现了一些细微的分歧和争议。如劳伦斯·斯通（Lawrence Stone）认为，"封闭的讲究家庭生活的核心家庭"（the closed domesticated Nuclear Family）②在 17 世纪晚期出现，18 世纪时已经定型。在婚姻伴侣的选择方面，一般由孩子自己做出选择，有了较大的自由。而阿兰·麦克法兰（Alan Macfarlane）却认为，在英国，婚姻由男女双方同意而非由父母来安排是三大前提之一。这种"婚姻是一桩契约，只涉及夫妇自身"的原则，从 12 世纪起就完全确立起来了，一直到 18 世纪中叶都没有发生变化。③ 但显然不管这些争议如何，18 世纪相对于原来的时代而言，子女在婚姻方面有了更大的选择权利。英国法律规定，男女二十一岁成年，有自主权。④ 因此，本着现实主义的精神，菲尔丁在小说中讨论婚姻问题时，借约瑟夫反驳鲍培先生之口道出："我不晓得［……］我的爹

---

　　① Murial Brittain Williams, "Introduction," *Marriage : Fielding's Mirror of Morality*. Alabama : University of Alabama Press, 1973, p.1.
　　② Lawrence Stone, *The Family, Sex and Marriage in England 1500—1800*. New York: Harper & Row, 1977, p.7.
　　③ 参见傅新球：《英国社会转型时期的家庭研究》，合肥：安徽人民出版社 2008 年版，第 110—111 页。
　　④ 参见王仲年译本《约瑟夫·安德鲁斯》第三卷第三章，第 212 页注释。

娘有什么权力来左右我的主意,我也没有义务必须牺牲自己的幸福去满足他们的妄想和奢望。"(第四卷第七章,322)对于婚姻是基于浪漫爱情还是现实考虑、选择权利是归于父母还是孩子这一问题,菲尔丁的回答是婚姻必须建立在爱情之上,父母即便有反对的权利,也无权强迫自己的孩子和一个没有爱情,甚至令他厌恶的对象结婚。他在《汤姆·琼斯》中借人物之口表示,"夫妻间的幸福完全系于双方的感情"。"尽管由父母来包办是不明智的,然而作子女的在这类事情上还是应该征求一下父母的意见;严格说来,父母也许至少应该有否定的权利。"(第十四卷第八章,761)由此,菲尔丁笔下对爱情和逃婚的肯定,就具有了一种反抗父权和包办婚姻的解放意味。

饶有趣味的是,如果联系菲尔丁自己早年的罗曼司经历,似可找到这个情节模式的根源。据记载①,亨利·菲尔丁十九岁时,曾爱上了居住在莱姆里杰斯的(Lyme Regis)的莎拉·安德鲁(Sarah Andrew)小姐。这位美丽的十六岁少女是一个孤儿,也是一份丰厚遗产的女继承人。莎拉是否爱菲尔丁,并无书面证据流传下来。但这位小姐的监护人是她的两个叔叔,他们想让她嫁给自己的儿子,因此对菲尔丁的追求表示坚决反对。于是,在一个星期天,菲尔丁带着自己的男仆约瑟夫·利维斯(Joseph Lewis)铤而走险,袭击了载着安德鲁小姐和叔叔安德鲁·塔克(Andrew Tucker)的马车,企图把安德鲁小姐劫走。这次谋划当然是不成功的,事后,塔克先生还在治安法官处状告菲尔丁,菲尔丁并未现身法庭去聆听指控。当地言之凿凿地盛传,年轻气盛的菲尔丁在墙上写下了对安德鲁·塔克和其子约翰·塔克(John Tucker)的漫骂之词。于是,这段罗曼司就这样不了了之了。后来,安德鲁·塔克将莎拉移居到安全的地方,由另一位监护人安布

---

① 参见 Murial Brittain Williams, *Marriage : Fielding's Mirror of Morality*. Alabama : University of Alabama Press, 1973, 第一章(Chapter 1: "Fielding's Marriages")中的叙述,详见第 10—11 页。

罗斯·洛兹(Ambrose Rhodes)照看,而后者马上让莎拉在第二年就嫁给了自己的儿子。可以想见,这一事件对年轻的菲尔丁的打击是巨大的,他在自己的小说里义无反顾地站在了子辈一方,主张青年男女应该有爱情的自主权,无疑是受到了他这段经历的影响。而他由于深受18世纪启蒙思想的影响,也强调对于个人选择权的尊重。但现实往往是十分残酷的。虽然18世纪的英国子女婚配,"尤其相对于欧洲大陆而言,他们具有较大的自主权",但是这种自主权也是相对的,"社会上层的自主权相对较小,社会中下层则较自由;相对于女儿来说,儿子的自主权要大"①。在18世纪的英国,子女的婚姻,尤其是女儿的婚姻仍然是扩大家族势力、增加家庭财富的手段,如果未经家长许可自由恋爱、自主婚姻,还可能被剥夺继承权。这点,在菲尔丁创作的《汤姆·琼斯》中耐廷盖尔先生和南锡的故事,以及《阿米莉亚》中阿米莉亚和布思的遭遇上,都有十分清楚的反映。

其次,逃婚这一伦理线还反映了男女双方对爱情的坚守程度,不仅展示了男女双方的鲜明个性,而且也揭示出了他们的道德状况。尽管菲尔丁在他的几部主要作品中都设置了女主人公的私奔情节,但由于她们各自所处的具体环境有所不同,因此她们的道德处境也迥然相异。以《汤姆·琼斯》和《阿米莉亚》中女主人公的私奔事件为例,从中不仅可以看出她们对待爱情的坚贞态度,而且也能反映出在道德考验下女性英雄所遭受的现实磨难。从表面上看,这两部作品的私奔情节并无太大区别,但若细致考察,便可发现其中的不同之处。在《阿米莉亚》中,当女主人公和布思相爱并订下婚约后,阿米莉亚的母亲又试图悔婚,这一行为显然已背叛了诚信美德。按照哈里森博士所说,"每一个当父母的,对儿女的婚事有权拒绝,但一旦表示同意之后,就无权撤回;除非当事人行为上有什么过失提供了可以撤回的理由,那才另当

---

① 傅新球:《英国社会转型时期的家庭研究》,合肥:安徽人民出版社2008年版,第111页。

别论"(第二卷第五章,75)。既然阿米莉亚的母亲悔婚在前,那么阿米莉亚与布思两人随后的私奔也就无可非议,更何况他们只是在阿米莉亚的奶娘家度过了一夜而已。有关这一私奔事件,菲尔丁并未以其一贯的叙事方式大加评论,而是仅仅用事实陈述的描写方式回避了他一贯的道德审视。在经过哈里森博士的调停后,这一事件也很快得以解决,阿米莉亚和布思两位有情人终成眷属。需要注意的是,菲尔丁在描写私奔事件时,之所以选择放弃价值评判,盖因之前父辈对于诚信道德的背叛,已然令不道德的私奔事件转变成了一种道德抗争,从这个角度说,菲尔丁尤为重视人物所处的具体处境,即便私奔这一看似有悖道德的伦理事件,也会因人物所处的特殊境况而发生一种价值转变。

不过,男、女主人公的"私奔"事件在《汤姆·琼斯》中就显得更为复杂,而作家也通过叙述者的评论,对这一事件及人物的道德状况进行了深入审视。隐含其中的道德辩护立场,庶几可见菲尔丁体察人物具体生存处境的实践伦理学思想。在这部作品中,苏菲亚的道德处境和阿米莉亚截然不同。尽管她和汤姆·琼斯两人早已相互确认了对方在自己心里的位置,但他们之间并无爱情或婚姻的口头约定,因此苏菲亚的出逃严格来说其实是对父亲的背叛。书中写到苏菲亚来到厄普顿客栈,得知汤姆·琼斯也在此,却意外发现琼斯与沃特尔太太偷欢,所以留下手笼,愤而离去。对于苏菲亚为何来到和琼斯的同家客栈,她是不是有意尾随?读者未免会产生这样的怀疑。为此,叙述者详细补叙了"女主人公离家以及她来到厄普顿镇的经过"(第十卷第九章,547)。原来,苏菲亚的确曾有心追随琼斯,当她得知引路人曾为汤姆·琼斯带过路,便下意识地要求他带自己和女仆也去同一个地方。当苏菲亚来到汉布鲁克村后,她又派女仆昂诺尔大姐去打听琼斯走的那条路。如果从道德角度加以考察的话,那么苏菲亚不惜以私奔的方式去追赶琼斯,虽然体现了她对爱情的忠贞,但与此同时也背负上了有失体统的道德罪名。评论者不得不现身评论道:"近些日子,由于希冀与恐惧、对她父亲的孝心和敬爱、对布利非的憎恨以及对琼斯的同情和(我们何必不说出实话)爱情,苏菲亚百感交集,已经给折磨得心慌意乱了。由于她父亲、姑妈和所有的人,尤其琼斯本人的行径,把她对琼斯的一腔爱情烧成一团火焰。她的心神混乱得确实不知道自己该做什么,该到哪里去,或者毋宁说是对这两者的后果也无所谓了。"(第十卷第九章,546)但是一旦女仆暗示这样有失体统,苏菲亚马上从善如流地接受了女仆"谨慎、贤明的劝告"(第十卷第九章,546),决定去格洛斯特,从那里直奔伦敦。但由于路上碰到一个相熟的律师,担心她父亲会从这人口中追问出她们的去向,才又折转厄普顿,到达了琼斯也借住的那家客栈。如此一来,苏菲亚的出逃严格说来并非私奔。

一方面,叙述者描绘苏菲亚出于自然本性,勇敢地去寻求自己的幸福;而另一方面,在短暂的迷误后,她为了保护自己的名誉,并没有尾随琼斯。这些潜藏于出逃行为中的种种人物心理及内心冲突,恰恰说明在判定一个人的道德状况时,还须考虑其具体的生存处境。菲尔丁对苏菲亚这种犹豫与谨慎的细节描绘,不仅反映了人物所处的真实的道德困境,而且也有助于他对人物展开道德辩护。而之后琼斯为了苏菲亚放弃了从军的念头,尾随苏菲亚来到伦敦。他的诚心悔过和对苏菲亚的追求,也在一定程度上改变了苏菲亚出逃事件本应具有的不道德因素。在出逃开始时,苏菲亚的道德状况显然处于一种受人责难的境地,但随着情节的发展,尤其是当琼斯转而追求苏菲亚的时候,她的道德就无从指摘了,尽管叙述者又一次现身说明:"我想她倒并不怎么怕被琼斯追上。说句老实话,我相信她还巴不得给他追上哩。作者即使把她这个愿望隐瞒起来,也算不得欺哄读者,因为这是她内心深处的一种隐秘而又自然的情绪,理性往往也不摸底。"(第十一卷第三章,564)这种女主人公道德状况的反转,固然有菲尔丁制造故事悬念的因素,但更主要的却是通过苏菲亚情感经历的变化,衬托出了其内在的道德逻辑。就此而言,菲尔丁对苏菲亚具体生存处境的考察,是评判其道德状况的主要依据。这显然是一种道德观念的叙事实践:过去伦理学家对普遍主义道德规范和道德原则的倡导,在作品中显然已被菲尔丁人本主义的伦理诉求所取代。

最后,菲尔丁设置的逃婚模式也引出了主人公踏上冒险生涯的情节线索,并借此展开了对于英国社会生活的全方位反映。在这一情节设置中,菲尔丁充分借鉴了流浪汉小说的故事结构。尽管有学者认为,《阿米莉亚》这部小说主要是描写布思上尉和阿米莉亚的婚后生活,菲尔丁"放弃了早期小说惯用的史诗旅行形式"①。但这部作品在叙事结构上却与以个人经历为纲的《奥德赛》及《埃涅阿斯纪》十分相似。布思上尉很少在家,一直在监狱和教化所之间遭遇了很多凶险事故。而妻子虽然在家,却面临着接二连三的诱惑与陷阱。阿米莉亚就在这样的道德考验和诱惑中不断坚守着忠贞的美德。因此,也有评论家认为,"在《阿米莉亚》中,旅程的发生是比喻的而不是事实上的"②。英雄处变不惊,在和普通人不同的生活经历中不断跨越着层层障碍与阻挠,恰恰是流浪汉小说常见的故事结构。所不同的是,菲尔丁笔下的主人公们旅程的最终目标是获得美德。正如有论者指出,"在莎拉·菲尔丁、亨利·菲尔丁和托拜厄斯·斯摩莱特的小说中,流浪汉式的英雄已经发生了改变。他不再是一个积极活跃的人物,而主要表现为被动,不断地被欺骗、戏弄和蒙蔽。小说里的英雄们从他们的旅行和冒险经历中获得了某种关于世界的知识,而不是与他们对应的流浪汉角色所追求的财富或权力。这种知识使他们得以锤炼个人美德,

---

① [英]安德鲁·桑德斯:《牛津简明英国文学史》(上),高万隆等译,北京:人民文学出版社 2000 年版,第 458 页。

② James J. Lynch, *Henry Fielding and the Heliodoran Novel*: *Romance*, *Epic*, *and Fielding's New Province of Writing*. Rutherford, NJ: Fairleigh Dickinson University Press; London: Associated University Presses, 1986, p.17.

这种个人美德被清楚地描绘为对于在复杂状况下本质上软弱的个体来说可能是唯一的德行"①。换句话说，不同于传统流浪汉小说主人公对于财富和权力的追逐，从生活磨难中获得认知世界的种种知识，并逐步锤炼出完美的道德品格，才是菲尔丁仿写流浪汉小说的价值取向。由此可见，菲尔丁小说中的逃婚情节模式，实际上构成了一个伦理场域：它既是衡量男女主人公道德状况的标尺，同时也是锤炼人物道德善行的试验场。菲尔丁借助这一情节模式深刻表达了他对于道德实践问题的观察与思考。

三、恋人身份导致的道德困局

菲尔丁建构双重伦理结构和逃婚线索的一个着眼点，就是由主人公的爱人身份所衍生出来的伦理问题。"在文学文本中，所有伦理问题的产生往往都同伦理身份相关。"②伦理身份虽然有多种分类依据，但受制于菲尔丁叙述的男女主人公的情爱故事，他笔下主人公的主要伦理身份便是恋人身份。在他们的伦理意识中，对爱人的忠贞是他们道德的首要原则和基本前提。正是由于此，这种恋人身份的道德要求在小说里与其他伦理身份形成了尖锐的矛盾冲突。

在《约瑟夫·安德鲁斯》中，男主人公的爱人身份导致的伦理要求主要和他作为仆人的社会身份形成了冲突。如果将菲尔丁的创作因素（后来才加入范妮这一人物）排除在外，我们似乎也可从他们的爱情关系尚不明朗的角度提供对这一故事情节的另一种理解。也就是说，约瑟夫之所以没有在鲍培夫人面前提起自己的爱人范妮，是因为他们的爱情尚未成熟，出于保护自己爱人名声的考虑，约瑟夫·安德鲁斯不宜对外宣称他们的关系，也不能因此力拒鲍培夫人的骚扰。菲尔丁

---

① Liz Bellamy, *Commerce, Morality and the Eighteenth-century Novel*. New York: Cambridge University Press, 1998, pp. 63—64.

② 聂珍钊：《文学伦理学批评导论》，北京：北京大学出版社2014年版，第263页。

笔下的约瑟夫·安德鲁斯之所以忍气吞声与鲍培夫人周旋,并非因为他的性格迟钝麻木或卑微懦弱,而是因为受制于他的仆从身份,所以不敢当面忤逆鲍培夫人的意愿。如他曾在给帕梅拉的信中三番两次地说,"我向来不喜欢泄露我主人家的秘密"(第一卷第六章,21)。"我写的话请千万别告诉人家,因为我不愿意人家说我泄露我们府邸里的事情。"(第一卷第六章,21)鉴于此,当鲍培夫人遮遮掩掩地勾引约瑟夫时,他为了主人的声名着想才佯装不知,并以此来保护自己。这种看似暧昧的做法,实际上具有双重的道德自律功能。① 可即便如此,他虽然守住了自己的清白贞洁之身,却没能解开其中的伦理困境。约瑟夫·安德鲁斯被剥去号衣,扫地出门,而且还未能得到鲍培夫人给的品行证书。在小说的后半部分,约瑟夫·安德鲁斯和范妮历经波折,好不容易返回乡间居住地准备结婚,但这块土地仍然隶属于鲍培夫人的产业。鲍培夫人的律师恶意诬告约瑟夫和范妮折了树枝,要把他俩送入监牢。由此可见,即使成为自由民,但由于农民自己没有土地,不得不依靠租赁关系来讨生活,约瑟夫仍然在一定程度上未能完全脱离与鲍培夫人的主仆关系,不得不仰人鼻息。这种自由民并不自由的情况正是由于下层民众较低的阶级地位决定的。要不是约瑟夫的身世揭露,这对情人恐怕很难在这样的情况下得偿心愿。

如前所述,在《汤姆·琼斯》中,我们已经分析了苏菲亚出逃伦敦实际上是对父亲魏斯顿乡绅的孝道的背叛。但其实苏菲亚本是个孝顺的姑娘,"她用极大的孝心来报答他[指魏斯顿乡绅]的疼爱,事事都尽到了作女儿的责任。由于对父亲的爱,使她在尽孝上头丝毫不感到勉强,而是十分愉快"(第四卷第一章,172)。即便魏斯顿乡绅逼迫她嫁给布利非,苏菲亚也并没想过违抗他的心意。她说:"我自己的毁灭倒还在其次,一想到由于我而使得我爹痛苦,我就不忍心。"(第六卷第

---

① 参见杜娟:《亨利·菲尔丁小说的伦理叙事》,武汉:华中师范大学出版社 2010 年版,第 33 页。

八章,283)"我宁愿死掉也决不犯对您失敬的罪过。"(第七卷第五章,325)但是面对忠于爱情还是恪守孝道这样的伦理两难,苏菲亚几乎无路可走,只好倚赖父亲对她的疼爱,希望各退一步。她对姑妈说:"既然我已经答应我爹永远不会违背他的愿望而嫁给一个他所不同意的人,想来我也可以指望他永远不会违背我的愿望来硬强逼我嫁给一个我所不同意的人。"(第七卷第三章,318)可她设想的解决之道是一厢情愿的,反而加快了魏斯顿乡绅督促他们结婚的速度。当得知第二天早上就要行婚礼,苏菲亚最终决定出逃,投奔伦敦的一位贵夫人。应该看到,苏菲亚作为爱人身份的伦理要求虽然短暂地"占了上风"(第十卷第八章,636),但由于她没有尾随琼斯,因此也并不算完全违背孝道。直到奥尔华绥先生亲自来替琼斯求婚,苏菲亚也回答说:"我一直恪守一个坚定不移的原则:不得他的同意,我决不嫁人。我认为这是子女对父母应尽的责任。我希望不曾有任何东西足以使我不再遵循这一原则。"(第十八卷第九章,949—950)直到后来获得自己父亲的首肯,苏菲亚才半推半就地答应了婚事。琼斯也是如此,尽管他爱慕苏菲亚,但知奥尔华绥重病,"琼斯马上就把爱情抛在脑后,[……]一路上我相信他一次也没想到过苏菲亚"(第五卷第七章,223)。后来他被赶出家门,决意放弃苏菲亚,除了自己前程未卜,会毁了苏菲亚的终生外,他也"想到这样做会激怒奥尔华绥先生,搅得他老人家不得安宁,也有力地制止他去采取后一个步骤"(第六卷第十二章,296)。而伴随汤姆·琼斯的身世之谜的揭开,他们二人最终得到了奥尔华绥先生和魏斯顿乡绅的许可,顺利成婚。

相较而言,在《阿米莉亚》中,与爱人身份形成冲突的主要是作为朋友的伦理要求。布思为人随和,交友广泛,因为他认为,"结识一位好朋友就像获得一大笔财产一样困难"(第三卷第八章,129),所以也格外看重朋友之间的情谊;阿米莉亚也尊重丈夫的朋友,总是在家里极为殷勤和客气地接待她丈夫的朋友。但是这些朋友并非都是贤能之人,不少人对阿米莉亚的美貌和贞洁有强烈的占有欲。如他们到达蒙彼利埃后便认识了一位巴吉拉德先生,布思很喜欢和这位"富于机智、活泼愉快的法国人"(第三卷第八章,129)谈话,可阿米莉亚对他们的亲近关系感到不安,认为布思和巴吉拉德先生相处剥夺了他陪伴自己的时间,最后她终于十分认真地要求布思退掉住房,"言辞的激烈程度"是布思以前从没有见到过的(第三卷第八章,130)。布思虽然觉得阿米莉亚不讲道理,但还是出于爱意同意搬到城市的一个边远地区去住。因为"我们对一个人如果爱得不深,那就决不会迁就她的不合理要求"(第三卷第八章,130)。正当他为如何告诉巴吉拉德搬迁原因而感到为难时,这位法国朋友突然也变得冷淡了,陷入和一位伯爵夫人的私通事件之中。直到他们新居的邻居——巴思上校因为牵涉尊严和荣誉而决斗才揭开事情的真相。原来这位巴吉拉德曾企图破坏阿米莉亚的贞洁,但阿米莉亚却不愿冒着"诋毁"布思朋友的危险来坦白真实情况,担心布思的怀疑会引发诸如决斗之类的致命后果,所以在布思面前,阿米莉亚对巴吉拉德先生"在外表上只好显出彬彬有礼的样子",但是这样做,她又不免担心,"他会把这解释成一种鼓励"(第三卷第八章,140)。所以只能听任布思觉得她不通情理,借搬迁来疏远和这位浪荡子的关系。

在现实生活中,"漂亮的妻子是许多虚假友谊产生的根源和结合剂,她时常也很容易把真正的友谊摧毁"(第八卷第八章,393)。在这之后,小说中出现的勋爵、詹姆斯上校也都伪装为这个家庭的朋友,其实也企图占有阿米莉亚,如同贝内特太太匿名写给阿米莉亚的短信表示的那样——"破坏无邪的贞洁是它真实用心,但打出的幌子却是亲密友情"(第六卷第九章,300)。布思将鲍勃·詹姆斯上校视为最好的朋友,"很少有人爱一个朋友胜过他爱詹姆斯的"(第五卷第六章,241)。但这位詹姆斯上校也垂涎于阿米莉亚的美貌。而阿米莉亚虽然有所察觉,但出于对丈夫性格的了解,她认为"她绝对有必要把她对上校的看法向丈夫隐瞒"(第九卷第二章,422)。除此之外,"詹姆斯表面上对布思和她赐予了极大的恩情,这样就使她陷入了左右为难的处境;对一位贞洁自持的女人来说,这是最为可怕的两难处境,因为它时常使那些假装殷勤的男子洋洋得意,有时对他们还很有利"(第九卷第二章,422—423)。最终阿米莉亚求助于哈里森博士,才让自己小心地避开了对她贞洁的引诱和威胁。布思直到最后"也丝毫不知道詹姆斯上校曾要求跟他决斗"(第十二卷第八章,630)。在这一过程中,布思也由于不能拒绝那些狐朋狗友的诱惑而负债累累,更使得他和阿米莉亚的家庭和婚姻濒临走投无路的边缘。因此,如何处理爱人和朋友间的伦理冲突便成为《阿米莉亚》这部小说着重反映的情节内容。

在菲尔丁小说的伦理结构中,道德观察者与实践者在很多时候都处于一种重合状态,有些人物,特别是那些具有明确道德观念和价值判断力的主人公们,往往既是道德实践的参与者,同时也是道德的观察者。在恋人的流浪过程中,他们的道德实践和道德观察也形成了一定的对比和映衬,从而反映出作家的道德教诲意图。如前文提到的丽奥诺拉—霍雷休的故事便与约瑟夫—范妮的爱情故事形成了对比;汤姆·琼斯—苏菲亚的爱情故事与耐廷盖尔先生—南锡形成了映衬;贝内特太太的遭遇与阿米莉亚的经历也形成了对比。这种对比和映衬不仅突出了主人公身上作为恋人身份的忠贞伦理,而且这些人物的遭遇也对主人公的道德成长起到了一定的警示作用。甚至因为这些次要人物和菲尔丁笔下的道德英雄在性格气质上有一定的相通性,所以也可视为"男女英雄人物的形象变身"[①]。由于《亨利·菲尔丁小说的伦理叙事》的相关章节论述过相关问题[②],这里我们仅就丽奥诺拉—

[①] 杜娟:《亨利·菲尔丁小说的伦理叙事》,武汉:华中师范大学出版社2010年版,第101页。

[②] 参见杜娟:《亨利·菲尔丁小说的伦理叙事》,武汉:华中师范大学出版社2010年版,第100—113,135—137页的相关论述。该著作主要论述了苏菲亚与费兹帕特利夫人、阿米莉亚与贝内特夫人、琼斯与耐廷盖尔的相似性,以及其中蕴含的道德警示意味。

霍雷休的故事做出一点阐释和补充。

在亚当姆斯道听途说的这个故事中,霍雷休对于丽奥诺拉的感情之诚挚,不亚于约瑟夫之对范妮。霍雷休在写给丽奥诺拉的情书中,表白了自己真诚深沉的爱情理想——"爱情需要人类所有的美德,才能获得充分发挥。爱情所关切的主要是被爱恋的人的幸福,她能给我们以愉快的机会,让我们勇敢地卫护她,慷慨地满足她的需要,同情她的忧伤,感激她的美意;同时发挥其他各种美德,谁不肯尽心尽意在这方面努力,谁就不配情人的称呼;所以,为了尊敬你的微妙淑静的心灵,我把纯洁的爱情培养在自己心里"(第二卷第四章,100)。他的一片痴心都系于丽奥诺拉,在这封信里一览无余。可是他却错看了这位他所爱慕的女子。她的虚荣善变在面对霍雷休表白时的故作愤怒中就有些端倪,等到二人好不容易定了亲,霍雷休为了两人的未来,很辛苦地在外地打拼,力图在事业上有所精进时,丽奥诺拉就移情别恋了。其原因只不过是因为在舞会上,"自己受到那位漂亮的陌生人的爱慕,和全场妇女的嫉妒"(第二卷第四章,104)。叙述者评论道:"这一来,霍雷休用叹息和眼泪、爱情和温柔,花了水磨功夫才得来的成果,一下子就给那个法国式的英国人贝雅铭用欢乐和殷勤夺过去了。换句话说,淑静花一整年工夫才造就的成绩,厚脸只用二十四小时就把它推翻了。"(第二卷第四章,105)丽奥诺拉本就不太坚决,又受了她伯母的劝,鼓励贝雅铭向他父亲提亲。两人会面时意外被霍雷休撞破,导致第二天霍雷休在客店刺了贝雅铭一刀,幸而并未致命。在这场情变风波后,"丽奥诺拉一旦突破了习俗和礼教加在女人身上的束缚,她的热情就一发不可收拾了"(第二卷第六章,121),丽奥诺拉多次去客店探病,"她从早到晚差不多都待在受伤的情郎的房间里"(第二卷第六章,122)。可丽奥诺拉的父亲是个非常好财的老头,等到贝雅铭伤愈后去向丽奥诺拉的父亲提亲之时,他答应了亲事,却不打算给丽奥诺拉嫁妆。得知这一情形,贝雅铭就此不告而别,丽奥诺拉也只好从此过上避世的生活。而她之前的恋人霍雷休"始终没有结婚,全心全意致力于自己的事业","最奇怪的是,他一听到丽奥诺拉的名字就要叹息,而且尽管她对他无情无义,他从没有说她一句坏话"。(第二卷第六章,126)这个令人唏嘘的故事中,导致丽奥诺拉最后的悲剧主要是因为她的贪慕虚荣和爱财,从而与忠贞的范妮形成了对照。

约瑟夫与亚当姆斯、范妮相遇后,他们在路上遇见的劫掠之灾,有多次都是因为范妮的绝色姿容引起的。小说第三卷第六章至第十二章,重点描写了一个打猎的地主对范妮起了占有之心,因此假装好意请他们三人去家里吃喝,想把亚当姆斯和约瑟夫灌醉之后,对范妮为所欲为。这位地主"年纪四十光景"(第三卷第七章,256),家道殷实,担任国会议员,"但他有一个特点,分外爱好人类中可笑可恶、不合情理的品质;所以,他结交的朋友多少都带着这种成分,凡是生性越那么样,他就越喜欢"(第三卷第七章,257)。未曾想亚当姆斯力大无穷,连地主养的"一个退休的老年军官、一个演员、一个无聊诗人、一个江湖医生、一个不高明的琴师和一个跛腿的德国跳舞教师"(第三卷第七章,257)等人都不是亚当姆斯牧师的对手。后来他们三人匆匆离去,投宿客栈。未料这位地主还未死心,派人再次尾随而至,在客栈又挑起一场血战。三人不敌,亚当姆斯和约瑟夫都被缚在客店房间的床柱上,范妮被他们绑在马上劫走。幸好遇上了鲍培夫人管家的马车,范妮才得以脱险,并回到客栈解救了亚当姆斯和约瑟夫。这帮无耻之徒前来劫持范妮时,提出的借口就是"她是被他们从爹娘那儿拐来的;随便怎么打扮,她的神气还是掩饰不住,足够表明她的身份远在他们之上"(第三卷第九章,270)。而约瑟夫一直被视为亚当姆斯牧师的仆人。(第三卷第六章,255)因此,在退休军官看来,范妮"完全出于无知"才会爱上约瑟夫这样的"可怜虫"(that pitiful Fellow [p.233]),还说:"难道我这样称呼他,你见怪了吗,小姐? 随你怎么喜欢他,一个伺候人家的家伙还有什么好称呼的呢?"(第三卷第十二章,282)虽然范妮不便在外人面前承认她的爱情,但是她并不像丽奥诺拉那样折服于乡绅的阔气豪华,她不停的反抗和呼救终于让她盼来了一线生机,为人所救。之后面对狄达伯和他的仆从的骚扰,范妮表示"即使他的主人,或者国内最高贵的爵爷要跟她结婚,她也照样拒绝"(第四卷第七章,324)。可见,虽然范妮的社会地位不高,但她对爱人的忠贞却是纯粹的。

除了这些身份不同导致的外在的伦理冲突之外,这些道德英雄的恋人身份的伦理要求还受到其他不检点因素,如乱伦与花柳病的威胁。这里的乱伦威胁在一定程度上来源于主人公的身份谜团。在菲尔丁笔下,不论是《约瑟夫·安德鲁斯》还是《汤姆·琼斯》,主人公都在不同程度上存有身份之谜。主人公的这种身份未明,极易在引起他者道德质疑的同时,也面临一种以乱伦为标志的可能的道德困境。约瑟夫·安德鲁斯和汤姆·琼斯都曾险些犯下了乱伦的罪过。比如在《约瑟夫·安德鲁斯》中,一个小贩子披露说"他能够告诉她[指范妮]爹娘的来历"(第四卷第十二章,346),揭露范妮的父母"是安德鲁斯,[……]他们有一个名字很古怪的女儿,叫作巴蜜拉或者巴玫拉[即帕梅拉],叫法个个不同(for that they had a Daughter of very strange Name, *Paměla* or *Pamēla*; some pronouced it one way, and some the other [p.285])"(第四卷第十二章,347)。亚当姆斯跪在地上祈祷,庆幸道,"幸亏这件事发现得早,因而避免了乱伦的罪孽"(第四卷第十二章,347)。这一切皆源于约瑟夫的身世不明——正是因为这种身世谜团,约瑟夫和范妮相爱就不得不冒着乱伦的危险。虽然随着菲尔丁对主人公身份谜团的揭晓,读者的这种道德忧虑也随之烟消云散,但身份不明可能具有的伦理后果,却借着情节的急转直下,给读者留下了极其深刻的阅读印象。

至于汤姆·琼斯这位菲尔丁笔下最重要的道德英雄,也因身世问题一度陷入了可能的乱伦困境。琼斯在流浪旅程中曾遭遇到一起偶然的抢劫事件,他毫不迟疑地从强盗手中解救了沃特尔太太。但本应感激琼斯搭救的沃特尔太太,却倾慕于琼斯的英俊外表而有意去勾引他,两人一拍即合,最后在旅店里有了一夕之欢。只是由于要追随苏菲亚,琼斯未等和沃特尔太太告别就匆匆离去。其间由于种种意外发生,琼斯的仆从巴特里奇也未看清楚沃特尔太太的容貌,直至后来琼斯入了监牢,沃特尔太太前去探望之时,巴特里奇才惊讶地发现,原来她就是传说中琼斯的亲生母亲。当巴特里奇告诉琼斯,"您同您自己的生母睡了觉了"(第十八卷第二章,911),琼斯也"好一阵子吓得说不出话来"(第十八卷第二章,911)。菲尔丁行文至此,可以说已将琼斯置入了一个道德绝境,因为相较于母子乱伦,琼斯之前的风流韵事等道德瑕疵似乎也已算不得什么了。琼斯嚷道:"一切灾难都是我自己招来的。所有降在我身上的这些横祸都只是我自己的愚蠢、堕落行为的下场。"(第十八卷第二章,911)

从阅读心理来说,读者当然不会相信琼斯会犯下如此深重的道德罪孽,但他们却会忍不住替琼斯感到万分担忧:这个正处在道德成长过程中的道德英雄,究竟怎样才能摆脱可能的乱伦危险,并走出几乎已成绝境的道德困局?读者的这份道德忧虑,其实恰恰是菲尔丁所期望的阅读效果。因为菲尔丁设置人物身份谜团的做法,就是为了让主人公陷入各种道德困境中,而主人公们只有通过对抗困境,以提升自身道德修养的方式才能走出困境,进而成长为完美的道德英雄。在此过程中读者产生了道德忧虑,也因此在阅读过程中形成了一种道德观察。他们与主人公一道,共同承担了身世未明以及其他道德瑕疵的现实后果。在这当中,菲尔丁对于读者道德忧虑感的激发,不仅寄托了一种道德教化的叙事功能,而且也在制造阅读悬念、强化对人物认同感的过程中,使读者参与了小说人物的道德实践。

"不过由于乱伦事件毕竟带有浓烈的原始色彩,它本身并不常见于文明社会,因此菲尔丁在讲述主人公的乱伦威胁时,也多多少少采用了戏剧化的叙事方式。随着他的现实主义文学观日渐成熟,菲尔丁也逐步放弃了对乱伦事件的描写,转而通过更加现实主义化的方式去对两性关系提出道德警示。"①如《约瑟夫·安德鲁斯》中的威尔逊和《阿米莉亚》中的贝内特太太,他们都有因自身的不检点染上性病的经历。尽管菲尔丁为避免触犯大众视听,并未将性病设置在他笔下的主要人物身上,但从性病书写中体现出来的道德警示,显然比设置假想的乱伦事件更具有现实价值。由是观之,菲尔丁的散文体喜剧史诗,不仅通过改造传奇中的乱伦故事,而且也在次要人物的性病书写中描写了对恋人们的忠贞伦理提出的威胁,促使人物在自己的冒险生涯中注重自身的道德磨炼。

第二节 伦理结:菲尔丁小说的伦理冲突

菲尔丁的小说创作历来就以矛盾冲突的起承转合与高潮迭起而著称。那些极具戏剧张力的故事情节和个性鲜明的人物形象,无一不受到了他早年艺术经验的影响。作为一名从戏剧转入小说创作的作家,菲尔丁在小说情节的设置和艺术表现手法上都借鉴了自己早期的戏剧作品。这一点"体现在《汤姆·琼斯》中最具体的文学债务是负于戏剧"②。不少中外学者都曾关注过这一问题③,不过大多从叙事视角的戏剧化(全知全能的叙述者)、戏剧性的故事结构(悬念、巧合)、滑稽

---

① 杜娟:《亨利·菲尔丁小说的伦理叙事》,武汉:华中师范大学出版社2010年版,第48页。
② [美]伊恩·P.瓦特:《小说的兴起——笛福、理查逊、菲尔丁研究》,高原、董红钧译,北京:生活·读书·新知三联书店1992年版,第294页。
③ 如:"《汤姆·琼斯》给读者印象最深的是他对每一场景、每一幕(不妨把每一章看成一个场景,每一卷看成一幕)都做了戏剧化的处理。" Neil Compton, *Henry Fielding: Tom Jones: A Casebook*. London: Macmillan and Co., Ltd., 1970, p. 68. 阿尼克斯特(Anikst)在《英国文学史纲》中说菲尔丁是近代第一个自觉地运用戏剧手法写长篇小说的作家。参见戴镏龄等译,北京:人民文学出版社1980年版,第217—218页。

的喜剧语言、类型化的戏剧人物等外部因素考察他小说的戏剧性问题。但如果从文学伦理学批评的角度来看,菲尔丁对小说戏剧化的处理方式,却折射出了作品中普遍存在的价值冲突和众多的伦理结设置样式。那么,何为伦理结?

伦理结(ethical knots)"是文学作品结构中矛盾与冲突的集中体现。伦理结构成伦理困境,揭示文学文本的基本伦理问题"①。而文学伦理学批评的任务,"就是通过对文学文本的解读而阐释伦理线上伦理结的形成过程,或者对已经形成的伦理结进行解构"②。在一部作品中,伦理结通常是通过伦理线串联在一起的,"伦理线对于伦理结的作用在于把伦理结串联或并联起来,组合成作品的完整结构"③。因此,为了充分理解菲尔丁小说的道德主题,就有必要以文学伦理学批评的方法去解构其作品中普遍存在的伦理结。概括而言,菲尔丁小说的伦理结主要由利己与利人、原欲与责任、情感与理性等相互矛盾的价值冲突所组成,如能对这些伦理结进行深入辨析,当能更好地理解菲尔丁在小说中如何建构其伦理思想。

一、利己与利人之争:安德鲁斯与亚当姆斯

如前所述,约瑟夫·安德鲁斯以《圣经》里的约瑟为原型,是一个坚贞的道德楷模形象,但他在其他方面的道德意识也不遑多让。书中给予他很多溢美之词,说虽然他出身低微,但"他长得那么文雅(genteel),连亲王把他认作儿子,也不会失面子,可不是吗?他的举止跟受过优等教育的人不相上下。他因为地位关系,应付上级的时候,处处有一种谦逊的态度,然而并没有卑躬屈节的奴仆习气,在那些人身上那种习气给人叫作循规蹈矩。他的一举一动当中丝毫看不出畏

---

① 聂珍钊:《文学伦理学批评导论》,北京:北京大学出版社2014年版,第258页。
② 同上书,第259页。
③ 同上。

惧之类的卑劣动机,却看得出尊敬和感激,而且处处惹人爱怜。——再说他的德行,他对爹娘孝顺,对姊姊热诚,对朋友有义气,为人又勇敢善良"(第四卷第六章,315)①。

从约瑟夫给姐姐帕梅拉所写的信中可以看出,他很早就知道了鲍培爵士夫人的企图。他并不是对人情世故丝毫不知,如他在信中说夫人和爵士"从来没有相敬相爱过",是毫无爱情的,"如果她不是这么高贵的一个夫人,我真要以为她倾心于我了"(第一卷第六章,21)。第一卷第十回又说"假使忧郁的约瑟夫曾误解了鲍培夫人的意思,他就不可能充分了解这本书的主旨。既然约瑟夫没有早点察觉到它,那么读者将乐于归咎于是约瑟夫不愿谴责夫人会有这种过错"②。因为地位低下,必须遵从奴仆对主人忠诚的道德规范,约瑟夫·安德鲁斯不得不巧妙地迂回应对。一方面,安德鲁斯对鲍培夫人唯唯诺诺,诚惶诚恐;另一方面则佯装无知,委婉拒绝了鲍培夫人的非分要求。

他一直在明知夫人包藏不轨之心的情形下故意装傻充愣,但在作家笔下,他在鲍培夫人的步步紧逼下,还是终于说了一句响当当的话:"即使是这样[指夫人说的胡思乱想的欲望],我希望自己能够把它们控制住,决不让它们胜过我的德行。"(第一卷第八章,31)③对此,鲍培夫人十分诧异,脸色煞白,就连当时最著名的风俗画家威廉·贺加斯(William Hogarth)也描摹不出这种惊讶。鲍培夫人哑口无言了两分钟后才清醒过来说,"我再也不能容忍。你的德行——这种厚脸皮简直叫人受不了!你居然胆敢装腔作势,在一位太太纡尊降贵,抛开面子,拿她权力所及的最高贵的恩惠赐给你的时候,你的德行还抗拒得

---

① 英文参见 Henry Fielding, *Joseph Andrews. Shamela*. New York: Oxford University Press Inc., 1999, p.258。

② 英文参见 Henry Fielding, *Joseph Andrews. Shamela*. New York: Oxford University Press Inc., 1999, p.40。伍光建译本译为:"话说约瑟自然是很晓得鲍培夫人的意思,他原是早就晓得,不过不肯说夫人曾有这种过犯。"(卷一第十回,25)

③ 伍光建译本为:"况我不懂因为我是个男子,或是因为我是个穷汉子,为什么我就应该抛弃我的道德,去解她的欲火,让她享快乐呢?"(卷一第八回,20)

了她的意旨吗？她既然克服了自己的德行,难道要在你的德行上碰壁吗？"(第一卷第八章,31－32)若是依从鲍培夫人的强盗逻辑,也就是她为了约瑟夫"牺牲"了自己的名誉和道德,约瑟夫何以如此"自私",仍"爱惜"自己的道德？

的确,如果从道德实践的结果角度看,在约瑟夫所面临的这些诱惑中,如果他放弃自己的道德原则,答应这些女性的非分要求,那么从客观效果上说,约瑟夫对自己道德原则的放弃,反而成为一种满足了鲍培夫人和史立蒲斯洛蒲等人的利他主义。更为重要的是,约瑟夫拒绝鲍培夫人的诱惑实际上是出于一种利己主义的自我保护意识。他非常清楚,一旦顺从了鲍培夫人,那么自己的忠贞美德就会被彻底祛除,因此拒绝行为本身就是约瑟夫对自我美德的保护。

表面上看,对约瑟夫来说,利己的道德坚守和利他的道德堕落,实际上构成了他在深陷道德困境时所必须要进行选择的一个价值难题。但如果考察到鲍培夫人所谓的"牺牲"不过是为了满足个人欲望,是明显的自利动机;而约瑟夫所谓的"利己主义",却是主人公完善自己道德品行的催化剂。这一道德悖论就不攻自破了。但是,菲尔丁设置这一充满吊诡意义的对话的深层含义在于——利己与利他有何区别和联系？什么才是真正的利他主义？什么又才是真正的利己主义？我们也不难得出结论,也就是利己与利人的价值分野并不在于客观结果,而在于主观动机。

但是,作为一个文学家,菲尔丁毕竟不能在小说里做抽象的思辨和辨析,而只能用人物所处的客观情境和活动来予以形象呈现,有时难免会偏离其美德有报的创作初衷。与伦理学家出于道德责任而一味标榜利他主义的观念不同,菲尔丁并未明确说明利他与利己的价值高低,而是通过描写人物具体的道德困境,生动阐明了他对道德实践问题的重视。所谓利人/利己,都并非一种绝对的道德律令,它的价值属性,往往要由人物所处的具体道德处境来决定。这当然反映了菲尔丁一贯的现实主义的伦理思想。菲尔丁有意设置对话凸显鲍培夫人思路的矛盾性,客观造成了利人与利己之间的价值冲突,而在这一利己与利人的伦理结困境中,约瑟夫为了保全个人道德,最终也付出了被解雇的沉重代价。

同样,通过讲述约瑟夫的冒险旅程,菲尔丁还在一个主人公自救与救人的叙事场景中,深入阐释了利己与利人之间的复杂关系。作品中写道,当约瑟夫刚刚踏上冒险旅程时就遇到了两个劫匪。事件虽然简单,却被菲尔丁描述得一波三折。小说讲述,约瑟夫面对敌众我寡的局面,倾其所有,将他身上总共不到 2 金镑的财产给了他们,只是祈求他们给他几个先令做路费。但是这两个劫匪并不知足,还要剥去他身上的衣服。可怜"他的上衣和裤子是从朋友那儿借来的,借而不还未免难以为情,所以答道,希望他们别坚持要他的衣服,一则值不了多少钱,二则夜晚很冷"(第一卷第十二章,43)。强盗冷酷地拒绝了他,在这样的情形下,约瑟夫才奋起反抗,他打倒了一个强盗,可惜仍抵不过在旁边偷袭的另一个强盗。可怜的约瑟夫被乱棍打得昏迷不醒,那两个贼人只道他死了,将他推入沟中,约瑟夫身上的衣服也被剥走。这里的情节有个值得注意的细节,也就是当约瑟夫本人的利益受到妨害时,他并未顽抗;只是面临身上从同事那里借来的衣服也要被强盗夺去时,约瑟夫才反抗。这一处情节的道德含义不言自明:他人的利益高于自己的利益,利他的美德重于利己的美德。

当约瑟夫好不容易醒转来,便向路过的马车和行人呼救。此时主人公狼狈不堪的境地,也被菲尔丁设置成了一面考量他人道德状况的明镜。马车里的乘客,在对待救助与否这一关键问题上,纷纷阐述了自己的道德立场。有一位车夫担心误了车时,何况救了他也没人出他的车费;有位老头担心他们也会被连累受劫;有位女乘客不愿意与裸体的男人同车;值得注意的是,真正督促众人救助约瑟夫的是位学法律的年轻人,可他并不是出自人道主义精神,而是出于他对法律的理解,因为"现在他们可能被证实是最后跟他在一起的人;如果他死了,他们多少要受些牵连。所以他认为,为他们自己着想,如果办得到的话,最好搭救那个可怜虫的命;即使他死了,也不至于让陪审委员抓住他们见死不救的把柄"(第一卷第十二章,44)。出于法律的威慑,众人才勉强允许约瑟夫上车。可是当约瑟夫发现车上有女客时,便坚持要有衣裳蔽体方肯上车。叙述者对这一行为大加赞赏,认为"这个青年就是那么有分寸(perfectly modest [p.46]);可爱的巴玫拉[即帕梅拉]纯洁无瑕的榜样和亚当姆斯先生卓越的讲道,在他身上产生了那么伟大的效果"(第一卷第十二章,45)。众人不愿意借大衣给约瑟夫御寒遮丑。反倒是另一位车夫"自动脱下他唯一的大衣",声称"他宁可一辈子穿了衬衣赶马车,而不忍让一个同胞那么受难"(第一卷第十二章,45)。可是好心人毕竟不多,当可怜的约瑟夫抵御不住寒冷,试图向客人讨口酒喝时,一位女客却推脱说,她一生未喝过一滴酒,但再次遇到强盗后,这位标榜自己滴酒不沾的女客却急忙拿出一个酒壶,希望逃过此劫。至于那位学过法律的年轻人,更是在强盗走后才宣称自己原本有枪,只是因为怕惊吓了女客,所以才无奈放走了强盗。

在约瑟夫路遇劫匪这一事件中,菲尔丁辛辣嘲讽了诸多言行不一的伪君子形象,但就其叙事意图而言,却是为了阐释利己与利人之间的价值冲突。如果以这些路人为道德主体,那么他们拯救约瑟夫的动机便是一种利己主义,正是因为害怕受到法律中见死不救这一条款的惩罚,车夫等人才对约瑟夫进行了施救。这种并非出于道德动机的"善行",固然称得上是好事,但正因其道德动机的利己主义本质,才会遭到菲尔丁的辛辣嘲讽。与约瑟夫出于道德保护的利己主义不同,这些路人的利己主义更接近于世俗意义上对自我现实利益的保全。这一缺乏道德内涵的利己主义说明,菲尔丁实际上是在不同语境下理解利己或利他主义的。譬如约瑟夫在身受重伤的前提下还谨守礼法,不愿裸体与女客人同车,就是菲尔丁所称赞的一种利他主义。约瑟夫穿衣服的细节,证明他无论身处何地都时刻考虑着利他的价值选择。就像他不愿冒犯同车的女士那样,约瑟夫用自己的个人美德维护了他人的尊严。显然,真正的美德并不是以自我为中心的道德准则,而应该是像关心自己的利益一样热切地为他人谋福利。比对上文所述的利己与利人之争,当能明了菲尔丁对利己与利人之间价值冲突的描写,如何以一种伦理结的结构形式,引发了读者对于道德价值相对性的现实主义考量。

1742年发表的《约瑟夫·安德鲁斯》远远早于亚当·斯密(Adam Smith)发表的《道德情操论》(*The Theory of Moral Sentiments*, 1759),但是值得注意的是,他在这部小说中已经提出了一个和后来的亚当·斯密的道德哲学相似的思路,即构建自律性道德来解决利己与利他的矛盾。如笔者之前曾在《亨利·菲尔丁小说的伦理叙事》中论证过,约瑟夫·安德鲁斯的"道德勇气主要体现在道德自律方面"[①]。他年幼时被主人派到了马号管理赛马,他将马儿调教得很好,在赛马活动中屡屡夺魁,因此,自然成为赌马之辈希望贿赂的目标。但是,约瑟夫·安德鲁斯表现出了引人注目的道德自律品性。曾有人企图贿赂他,却遭到了他的严词拒绝。约瑟夫作为鲍培夫人的贴身随从来到了伦敦,尽管他在这个大千世界里有时也学学时髦,但凡是赌钱、粗口骂人、喝酒等这些道德恶习,安德鲁斯无论如何都不会去学习。由此可以看出,不论外界环境充满了何等诱惑,约瑟夫·安德鲁斯都能恪守个人原则,绝不为利益出卖人格。亚当·斯密认为,自律型道德因为能够使人们充分地认识到它体现着自身的需要,所以才能够在具体实践中身体力行,自觉地追求高尚的道德境界。也正是由于这个原因,自律型道德与他律型道德相比,能够更好地解决利己与利他的冲突,但这也并不意味着自律型道德就是以欲望为特征的。因为人是目的

---

① 杜娟:《亨利·菲尔丁小说的伦理叙事》,武汉:华中师范大学出版社2010年版,第32页。

而非手段,所以人最重要的价值不是满足自己的欲望,而是实现自己作为人的价值,即创造作为人的各种可能性,使自己获得全面的发展。①

应该承认,当约瑟夫·安德鲁斯踏上回家旅途后,小说的主人公已经转移到了亚当姆斯牧师身上。至此,菲尔丁才完全摆脱了理查森式叙事模式的影响,开始转向独具个人特征的创作。早在小说开头几章,作者已经向我们介绍了亚伯拉罕·亚当姆斯牧师。他在村子里当副牧师有三十五年,学问很好,

> [……]是个渊博的学者。他精通希腊文和拉丁文;此外,他还懂得许多东方语言;并且能够阅读和翻译法文、意大利文和西班牙文。他埋头苦读了多年,积累了丰富的知识,那种知识即使在一所大学里也是难得遇见的。他又是一个相当明达、很有才能、性情和蔼的人;同时却跟一个刚生到世界上的婴孩一样,对于世故人情一窍不通(He was besides a Man of good Sense, good Parts, and good Nature; but was at the same time as entirely ignorant of the Ways of this World, as an Infant just entered into it could possibly be)。因为他从不存心欺瞒人家,所以永远不疑心人家有这种企图。他是出奇的慷慨,友善和勇敢;但是淳朴是他的特质(He was generous, friendly and brave to an Excess; but Simplicity was his Characteristic [p. 19])。(第一卷第三章,11)

这里的"慷慨,友善和勇敢"已经表明了亚当姆斯身上的利他美德。亚当姆斯牧师本是去伦敦刻印他的三本经义,结果在客店意外遇到受伤的约瑟夫。他马上决意陪他养伤,还把随身的九先令三个半便士全数供约瑟夫使用。(第一卷第十五章,60)亚当姆斯不仅陪约瑟夫直到他伤口痊愈,还替他结清房费饭钱,把余钱送给约瑟夫做一天的路费,自

---

① 参见贾旭东:《利己与利他——"亚当·斯密问题"的人学解析》,北京:北京师范大学出版社2002年版。

己却打算步行到伦敦去卖他的经论。

如果说,约瑟夫·安德鲁斯以保护自己美德为目的的律己性人格,尽管与路人的世俗意义上的利己主义不同,仍难免有一丝合理利己主义色彩①;那么,亚当姆斯牧师身上的美德,便是全然的利他主义。菲尔丁以他和约瑟夫·安德鲁斯共同作为主人公(小说题目和序言都有暗示②),也含有将他二人的利他主义与他们路上所见的利己主义形成对照的意识。如亚当姆斯牧师返乡路上遇到的一对陌生食客,他们对同一个乡绅的评价如此不同,以至于亚当姆斯认为"他们的话不对头,说的是两个绅士"(第二卷第三章,92),等到他们追问店主,店主说的又和那两人不同。原来此人并非地方的治安官,既不残暴也不宽厚,亚当姆斯不由得感慨:"人们为了一点儿意气(from a little private Affection [p. 84]),或者更坏的,为了一点儿私仇,竟会刁恶到这种地步,对他们邻居的人格都说假话。"(第二卷第三章,92)一群网鸟的少年将亚当姆斯视为歹徒抓住后,便开始为分赏多少争执不休。(第二卷第十章,140-141)与这些利己主义者不同,亚当姆斯牧师虽然穷困,但常常接济他人;他一向把自己教区的居民看成自己的子女,难免就照应不了自己的家庭。虽然他的大女儿、二儿子都要依仗鲍培夫人谋个差事,亚当姆斯也不肯放下自己的原则不去给约瑟夫和范妮证婚,以致开罪了鲍培爵士夫人。面对鲍培夫人赤裸裸的威胁说要辞去他的教职,亚当姆斯牧师却单纯应对说:"我所服侍的主人决不会因为我尽责而辞掉我的;假定那位博士(由于我一直没有能力缴纳执照费)认为应该解除我监牧的职务,我想上帝会另外照顾我的。[……]我相信,

---

① 例如从强盗手里搜出金子失而复得之后,约瑟夫·安德鲁斯既不肯用度,"也不肯交给人家保管"(第一卷第十五章,59)。

② 如:"至于亚当姆斯这个人物,在整书中最是显眼(as it is the most glaring in the whole),我认为无论什么现有的书籍中是找不到替身的。我打算把他写成一个十足淳朴的人物(a Character of perfect Simplicity);他的善心好意既然会被忠厚的人们所称赞,我也就希望诸位牧师先生不至于见怪;只要他们配得上神圣的职位,没有人比我更尊敬他们的了。"(原序,8)

只要我们老老实实用手来挣得我们的面包,上帝会帮助我们。只要问心无愧,我永远不怕人家怎样对付我。"(第四卷第二章,301—302)

当然,由于受到偏爱的喜剧精神的制约,菲尔丁并未专注于亚当姆斯这一主人公形象刻画的完美性,他笔下的亚当姆斯牧师原本应作为道德楷模而出现,却或多或少带上了些堂吉诃德的滑稽色彩。这种滑稽首先是来源于他的形象:"他头上的睡帽压住假发,身上的短外套半遮着法衣;那种打扮,再加上脸上够滑稽的神情,引得即使不喜欢观察的人也朝他看上一眼。"(第一卷第十六章,66)纵然他随身携带一本手抄的厄思基勒斯①诗集,别人却把他"错认作到附近市集里去的裁缝之类的人;因为他路上穿的是一件宽大的、缝着黑纽扣的白色短大衣,头上戴着短短的假发,帽子既没有黑袋子,也没有黑色的地方"(第二卷第三章,94),全不像个牧师。其次是来源于他的行为夸张失度,又十分健忘。一开心就"并拢指头,打一个榧子(那是他的习惯),心花怒放地在屋子里踱了两三圈"(第一卷第十七章,72)。他打算去伦敦卖他的经论,却忘在家中并未带在身上,只好和约瑟夫一起回乡。他结清了住店费用,却忘记付草料钱,使得约瑟夫在客店耽搁了一会。最后,也是最为重要的,这种滑稽来源于他的完全不通人情世故,因此在人际交往中造成了不少误会,也营造出一种典型的戏剧反讽效果。在小说第二卷第八章,亚当姆斯向打鸟人叙述的历史揭示,他原来的好运气不过是因为他有一位"有地位的""在市厅里当参议员"(第二卷第八章,130)的侄子。而其他那些貌似很尊重他的乡绅、教区长和爵士不过也是想借他侄子的势力来达到名利目标。另外,小说也常常用动机和结局的悖反来增强喜剧效果。由于亚当姆斯牧师以己度人,以为其他人都是如他一般全心向善的,因此在现实中往往碰壁,如他想用自己的经论向店主通融,借三个基尼(第一卷第十六章),不料他自

---

① 即古希腊诗人埃斯库罗斯。

己视为珍宝的经论在店主看来就是破纸一叠,值不了多少钱财。由于亚当姆斯牧师的利他人格无法被那些自私自利之徒所理解,因此就显得傻气和好笑。在鲍培夫人眼里,他们是"生平少见的、最可笑的"一家人,牧师的年薪不足二十镑,也无法支持一大家子(一妻六子)的用度,"那么穷相毕露的家庭,教区里再也找不出第二家了"(第四卷第九章,332)。

从人的自然天性来说,利己乃是一种自我保全的生命本能。但在菲尔丁笔下,这种自然天性和生命本能已然经过了道德实践的后天锤炼,进而演变为一种推动道德成长的重要力量。就此而言,菲尔丁所说的利己主义,常常与那种注重个人现实利益,特别是以物质追求为标志的世俗意义上的利己主义有所区别。约瑟夫这种以保护自己美德为目的的合理利己主义,以及亚当姆斯牧师的纯粹天然的利他主义,显然都为我们树立了一个与世俗的自私自利截然不同的道德标杆。

二、原欲与责任之惑:汤姆·琼斯

在亨利·菲尔丁笔下,人物的原欲与责任也扭结成了一系列相互冲突的伦理结。原欲,意指人自身的原始生命力,举凡那些发自人生命本能的爱恨情仇,皆属这一本我的精神范畴。而责任是人凭借后天的道德实践所习得的一种使命感,它规范人的社会属性,引导人克服生命本能中的某些不道德欲望。从这个角度说,在原欲与责任之间本身就具有一种矛盾关系。菲尔丁将这一矛盾引入人物的道德困境,从而编织了一系列足以考验人物道德成长的伦理结。

在《汤姆·琼斯》中,琼斯在幼时"确实是个轻率浮躁的少年,举止随便,嬉皮笑脸"(第三卷第四章,113)。那时汤姆·琼斯就犯过对信义理解不当、放纵酗酒的错误;但更为严重的是,汤姆·琼斯成人后,作为恋人,他虽然自始至终保持着对苏菲亚的爱情,但在情欲上却无法自控。一开始受到农家女毛丽的吸引,在流浪过程中又受到珍妮的色诱,到了伦敦因为贝拉斯顿夫人在资金上的扶助又落入其情色陷阱。在塑造汤姆·琼斯这一道德英雄形象时,菲尔丁并未回避这一人物对自我原欲的沉迷。如果比对约瑟夫·安德鲁斯无懈可击的完美品德,当可发现菲尔丁在主人公的形象塑造上发生了重要变化——汤姆·琼斯无论如何都称不上是一位道德楷模。在他身上,伴随着道德成长的,总存在原欲冲动的道德瑕疵。

这种将人物凡人化、进而讲述其道德成长过程的叙述模式,其实并不是菲尔丁独创。在他之前,笛福也曾在《辛格顿船长》(*Captain Singleton*, 1720)、《摩尔·弗兰德斯》(*Moll Flanders*, 1722)、《杰克上校》(*Colonel Jack*, 1722) 和《罗克萨娜》(*Roxana：The Fortunate Mistress*, 1724) 中塑造了一些具有道德瑕疵的人物形象。但是,在主人公,尤其是正面主人公身上融汇这些道德瑕疵,将是一件非常冒险的事情。笛福塑造的这些人物尚且是作家不怎么认同的恶人形象①,但是由于其中对于恶德的描绘,以至于当时笛福的传记作者托马斯·赖特(Thomas Wright)都认为,笛福的这些书"都不是放在客厅桌子上的作品"②。吴尔夫认为客厅里的桌子并不是文学趣味的终审裁判官,但也认为笛福的这些作品至少在"表面上内容粗鄙(their

---

① 如维吉尼亚·吴尔夫为笛福笔下的摩尔·弗兰德斯进行了一定程度的辩护,认为她的人生悲剧"都是由她的不幸出身造成的结果,并非表示对她的内心热情不屑一顾"。但吴尔夫同时也表示,"因此,我们对于他那些人物所进行的这种说明很可能使他迷惑不解。我们现在所发现的这些意图,怕是作者当时连对于自己也要小心翼翼加以掩盖的。不过,既然我们对于摩尔·弗兰德斯的佩服超过了对于她的责难,我们也就无法相信笛福自己心里真正认为她犯了多大的罪,或者说,他在为这些化外之民而思考时,一点儿也没有觉察到自己已经提出了很多深刻的问题,并且虽未明白指出但也暗示出来一些跟他自己公开表白的信仰背道而驰的答案。参见[英]维吉尼亚·吴尔夫:《笛福》("Defoe"),《普通读者——吴尔夫随笔》,刘炳善译,北京:中国国际广播出版社 2009 年版,第 43 页。也就是说,笛福在道德层面上并不十分认同摩尔·弗兰德斯这一形象。

② "are not works for the drawing-room table",转引自[英]维吉尼亚·吴尔夫:《笛福》("Defoe"),《普通读者——吴尔夫随笔》,刘炳善译,北京:中国国际广播出版社 2009 年版,第 33 页。

superficial coarseness)"①。而与笛福相似,菲尔丁在描绘人物的道德历程方面也招致了女性作家"粗鄙"的批评。在据信由简·奥斯丁(Jane Austen)的长兄亨利(Henry Austen)所写的《奥斯丁传略》("Biographical Note",1818)中,该文披露了奥斯丁对菲尔丁小说的看法:"她[指简·奥斯丁]对于菲尔丁的任何一部作品,评价就不是那样高了。她毫不做作地避开一切粗鄙的东西。她认为,像这样低下的道德标准,即使写得真实、俏皮、幽默,也是无法补救的。"②

但是,菲尔丁甘冒这种危险塑造一个有缺点,甚至是严重污点的主人公,一方面是因为他从《约瑟夫·安德鲁斯》中对喜剧精神的偏好转向了《汤姆·琼斯》中的现实主义描绘,在人物身上蕴含了更多的现实主义书写,而且菲尔丁也在古典文论中找到了这一创作的理论依据。亚里士多德曾表示,剧作家描写的应是"一种介于两种人之间的人,这样的人不十分善良,也不十分公正,而他之所以陷于厄运,不是由于他为非作恶,而是由于他犯了错误"③。就《汤姆·琼斯》这部作品的主人公的道德状况而言,这一错误即为他对自我原欲的沉迷。另一方面,则是亨利·菲尔丁认为,塑造一个有缺陷的人物,更能增强小说的道德教诲价值——"只要一个人物的品格里有一些善良的成分,足以引起好心人的钦佩和爱戴,即使有一些小小的<u>人性所防备不了的</u>瑕疵,它们依然会激起我们的同情而不是憎恶。其实,再没有比这种人身上看到的缺陷更有助于提高道德的了,因为那些缺陷会造成一种惊骇之感,比起邪恶透顶的坏蛋所犯的过失对我们更能发生作用,长久在我们脑际萦回。"(第十卷第一章,509)因此,菲尔丁在人物塑造与

---

① [英]维吉尼亚·吴尔夫:《笛福》("Defoe"),《普通读者——吴尔夫随笔》,刘炳善译,北京:中国国际广播出版社2009年版,第33页。
② [英]亨利·奥斯丁:《奥斯丁传略》,文美惠译,载朱虹编选:《奥斯丁研究》,北京:中国文联出版社1985年版,第8页。
③ [古希腊]亚理斯多德、[古罗马]贺拉斯:《诗学 诗艺》,罗念生、杨周翰译,北京:人民文学出版社1962年版,第38页。

道德教诲方面显然更为自觉,他对人物因原欲与责任冲突所构成的伦理结的叙述,可以说典型地反映了主人公道德成长的艰难历程。

在《汤姆·琼斯》中,汤姆是个出身低微的私生子,后来被奥尔华绥乡绅收为养子。他一方面天性善良、正直勇敢、行侠仗义、慷慨大方,另一方面却又任性风流、轻率莽撞。后者作为一种道德瑕疵,对于琼斯的道德成长可谓是意蕴复杂。我们可以发现,琼斯的所谓的道德瑕疵其实与他的善良本质并不矛盾,而仅仅是过度和使用不当的结果。爱情的确产生于性欲,因为人的肉欲就是人的本能的体现。"那种完全脱离肉体、纯粹寄托在精神上的柏拉图式的高雅爱情是只有女性才具备的禀赋。"(第十五卷第五章,842)曼德维尔也有类似的言论,他认为爱情的目的不是为了纵欲。"将爱情与欲望混为一谈者,乃是将爱情的原因错当成了它的结果。"但同时他也表示:"体格健壮、精力充沛的胆汁质的人,以及面色红润者,无论他们享受的爱情何等高洁,也不会将一切与肉体相关的思想和愿望统统排除。"[①]按照之前论述过的体液说,无疑琼斯属于"性情较热的"人,因此对肉欲的欲望也较为炽烈。但是,在乔治·拜伦(George Byron)看来,汤姆·琼斯并不缺乏向善的本质和道德成长意志,只是他身上的德行还"仅仅是存在于气质中的一种情感,而不是一种原则"[②]。参照拜伦的这段自况叙述,琼斯之所以犯下这些道德迷误并不是出于邪恶,而是因为他身上的德行还未成长为一种成熟的可资指导的道德原则,从而产生可担当的道德责任意识,因此未能约束自己的原欲本能,有时也难免会犯下一些错误,诸如对自身原欲的沉迷等等。相反,如果琼斯能够看到自己的道德瑕疵,那么他善良的本质反而能够有助于提高道德,逐渐克服这些道德瑕疵。

[①] [荷]伯纳德·曼德维尔:《蜜蜂的寓言——私人的恶德,公众的利益》,肖聿译,北京:中国社会科学出版社2002年版,第111页。

[②] [法]安德烈·莫洛亚:《拜伦传》,裘小龙、王人力译,杭州:浙江文艺出版社1985年版,第68页。

约翰逊博士认为,"男人的主要优点就在于能够抵御本性的冲动"①。对菲尔丁来说,琼斯的道德瑕疵就是一种情感使然,他所犯下的道德过错也并非一种原则性的罪恶,而是由生命原欲诱发的偶然事件。在小说中,不论琼斯怎样和其他女性逢场作戏,内心里都自始至终地爱着苏菲亚。他和毛丽等人的纵欲之举,虽然使自己背叛了爱情的忠贞美德,但这种情感的迷误却始终无损于他对苏菲亚的一片丹心。问题的关键就在于,琼斯背叛爱情固然是一种不道德的行为,但他为了苏菲亚所付出的一切,却又不能不令人感佩他对爱情的忠贞。在一些批评家那里,对汤姆·琼斯身上明显的道德过错和隐含叙述者对汤姆的赞美之间是存在悖论冲突的。如威廉·燕卜荪(William Empson)就指出,读者经常感觉到菲尔丁以某种方法赞扬汤姆的行为,不管其结果是健康还是不道德的,同时书中又有汤姆做了错事的断言。之所以出现这种情形是因为"菲尔丁是习惯的双重反讽者"②。但修辞技巧并不能完全解释汤姆的不道德行为和道德意愿之间的错位问题,而若我们从伦理结的角度入手,便能理解琼斯其实就是一个在道德成长旅程上的迷途羔羊,在无法抵御生命原欲的冲动中屡屡犯下了道德过错,但随着自身道德的不断完善,琼斯最终却成长为一个道德英雄。在这一过程中,琼斯的原欲和对爱情应有的责任感相互冲突,扭结而成的伦理结生动体现了他那段令人惊心动魄的道德成长。

在琼斯的道德历练中,责任这一美德虽然屡屡受到了生命原欲的本能性冲击,但它却是促进主人公道德成长的一个决定性因素。可以这样说,如果没有责任的道德约束,那么琼斯也就会抵御不住生命原欲的诱惑,从而也无法成长为完美的道德英雄。责任确保了道德的秩序,人只有讲求责任意识,那么才会在尽职尽责的道德实践中去追求

---

① 转引自[美]伊恩·P. 瓦特:《小说的兴起——笛福、理查逊、菲尔丁研究》,高原、董红钧译,北京:生活·读书·新知三联书店1992年版,第172页。
② William Empson, "Tom Jones," *Using Biography*. Chatto & Windus: The Hogarth Press, 1984, p.132.

善本身。

但在菲尔丁笔下,讲求责任并不是一件简单的事情,因为在很多时候,主人公主观的责任意识并不一定能导致善的结果。当责任与后果之间发生冲突时,菲尔丁往往以免除主人公道德责任的方式,消弭了主人公坚持责任意识有可能招致的非善的后果。在琼斯和毛丽、珍妮以及贝拉斯顿夫人的关系中,琼斯按理说应该对这些女性负责任方才能够匹配他道德英雄的形象,但如果琼斯真的负起责任,那么就等同于放弃了和苏菲亚之间的爱情关系,以及以真爱为名的更高的道德责任。反之,如果琼斯不对这些与他有过肉体关系的女性负责任,那么他就会至少在这些关系中承担起不负责任的道德恶名。就此而言,菲尔丁通过讲述琼斯与苏菲亚之外的女性的交往故事,实际上已将琼斯置于了一个进退两难的道德困境。而他解决主人公道德困境的方法,就是通过描写女性人物的责任缺失,为琼斯免除了这种尴尬的道德责任。

在谈到自己和这些女性人物的关系时,琼斯说:"我在男女关系上并不装作比旁人干净。我承认在这方面我犯了过错,可是我想不起曾经损害过谁,我也决不肯为了自己的快乐而故意造成旁人的痛苦。"(第十四卷第四章,740)琼斯之所以如此问心无愧,盖因上述女性自身的道德堕落使然。是这些女性的道德沦落在先,琼斯才放弃了对于她们本应具有的道德责任。更进一步说,如果这些女性本身就是不道德的,那么琼斯也就不需要去承担自己的责任。从中可见菲尔丁某种强烈的道德辩护意识,他有意突出这些女性的不道德,只不过是为了以正义之名去合法化琼斯的不道德。而贬低这些女性人物的做法,无疑也体现了菲尔丁受时代制约所难以避免的一种男权思想。

问题是,如果免除琼斯的道德责任,琼斯自身也难以在这一过程当中构建自己的责任意识。不过,菲尔丁对琼斯的道德辩护,却并不意味着他对责任这一美德的忽视。事实上,如果意识到菲尔丁让琼斯放弃对于毛丽等女性的责任是为了坚守对于爱人苏菲亚的责任的话，那么我们就会理解菲尔丁在小说中其实设定了两个不同等级的责任概念——琼斯的那些艳遇，充其量只是在主人公生命原欲驱使下所犯的道德过错，由于女性本身不堪的道德状况，琼斯无须也不必对她们负责。但对于苏菲亚，情况则完全不同。由于苏菲亚是一个道德完善的人，同时她为了琼斯也付出了背叛父亲的道德代价，因此琼斯对苏菲亚负责就涉及"美德有报"的伦理原则问题。换言之，琼斯如果对苏菲亚不负责，那么就会使苏菲亚的完美道德不再具备现实功用，如此也就背离了菲尔丁对美德有报这一伦理原则的叙事实践。有鉴于此，可以说菲尔丁其实用两种不同等级的责任概念，重新诠释了他的伦理思想。在此情境下，琼斯和别的女性的关系也因此呈现出了新的道德意义。要言之，琼斯的每一次艳遇，实际上都成为他道德觉醒的重要契机。

首先来看看琼斯的第一次艳遇。早在天堂府之时，琼斯就和毛丽·西格里姆有了非比寻常的关系，问题的关键在于，琼斯和毛丽之间并非一种具有道德内涵的爱情关系，与其说这一关系意味着琼斯的情窦初开，倒毋宁说是他放纵自身原欲的结果。正是由于他对自我情感的放纵，才会过度沉迷于和毛丽的肉体关系中不能自拔。但是小说仍然写到琼斯有一定的责任意识。即使他后来发现自己真心爱慕的是苏菲亚，也并未马上和毛丽分手。在发现毛丽和哲学教师斯奎尔有染后，由于"他一想到当初是他先破坏了她的清白，仍不免十分震惊。看来这姑娘很可能正在堕落下去，而他把这一切都归罪于自己"（第五卷第六章，216），琼斯并未"立刻把她丢开不管"（第五卷第六章，216）。后来还是由于毛丽的姐姐贝蒂透露，毛丽的第一个情人并不是琼斯，而是一个叫威尔·巴恩斯的小子。"实际上，毛丽真心爱的只有威尔一个，琼斯和斯奎尔都不过是她的利益和虚荣心的牺牲品而已。"（第五卷第六章，217）至此，琼斯看清了毛丽的轻浮风流后，方才把毛丽完全丢开。小说写到这里,叙述者已经通过巧妙的情节设计为琼斯开脱了道德责任。按说,此时的琼斯又恢复了单身,有了追求苏菲亚的条件。"他的心此刻已别无他属,完全为苏菲亚所占据。"(第五卷第六章,217)峰回路转的是,琼斯的责任意识尚未真正成熟,仍然处于一种不稳定状态。虽然这段与毛丽纠缠的情感关系已经给琼斯带来了一次道德警示,它让琼斯初步领略爱情意味着对爱人的义务和责任感,懂得一旦失去忠贞美德,将会给自己和他人心灵带来怎样的严重伤害和后果。不过可惜的是,由于琼斯是一个充满了自然天性的人,况且他此时的高尚道德尚未完全形成,因此琼斯仍然克制不住内心的欲望,无法抵御自己生命原欲的勃发,屡屡做出有悖于忠贞美德的错误行为。

因此,琼斯一方面由于责任意识作祟,虽然"他一往情深地爱着她,同时也清清楚楚地觉出苏菲亚对他的柔情蜜意"(第五卷第六章,217)。但由于害怕给女方带来利益上的损害,他迟迟没有做出任何举动。另一方面,他由于奥尔华绥先生大病初愈而兴奋不已,喝了好些酒,就将这种爱情责任丢掷一边,和毛丽又鬼混在一起。小说写道,琼斯酒后在户外散步时,抒发自己对苏菲亚的思恋之情:"我的情怀充满了对你的爱慕,绝世美人在我眼里也显不出姿色,便是给她们搂在怀里,我也将比个出家人还冷若冰霜。"(第五卷第九章,238)可具有讽刺意味的是,他才刚刚发完这段感慨,就和穿着麻布衬衣、满身汗味的毛丽,躲到绿荫丛里去偷欢。小说中虽然用饮酒为琼斯做了一些道德辩护,说"琼斯生来就是个血气旺盛的人,如今藉着酒力,越发肆无忌惮地活跃起来"(第五卷第九章,233—234)。然而,无可否认的是,琼斯的这一行为是对苏菲亚爱情的背叛。他在言行上的矛盾不一充分说明,琼斯"此刻并不能自由运用理性这股神奇的力量"(第五卷第九章,239)。他对忠贞美德的理解还只是停留在情感体验的层次,他并未真正从道德自律的角度去思考忠贞品格所具有的道德内涵。更为重要的是,早在琼斯发现毛丽的偷情行为之前,他就已经意识到了自己对于苏菲亚的感情,正当他因此对毛丽怀有愧疚之心时,后者的偷情行为却给他提供了一个再合理不过的解脱途径:他既不用对毛丽负疚于心,也可以借此结束这段关系。虽然他仍旧不满于被背叛的感觉,但也因此获得了真正的解脱。这种隐含于潜意识之中的解脱感,显然无助于琼斯领悟偷情事件所暗含的道德警示作用。琼斯也因为这段道德瑕疵授人以口实,被奥尔华绥先生赶出了家门。

在经历了与毛丽的感情风波后,琼斯在旅途中又偶然从强盗手里救下了沃特尔太太。衣衫不整的沃特尔太太那裸露在外的白皙、丰满的胸脯不由得吸引了琼斯的目光。(第九卷第二章,476)这位沃特尔太太显然也并非良善之辈,她眼见琼斯已经被她吸引,就开始大大利用自己的姿色,如怎么也不肯穿上琼斯的大衣,又在酒店对琼斯暗送秋波。汤姆·琼斯再一次地放纵了自己的原欲,在这场情场激战中"背信弃义,不去充分衡量和美丽的苏菲亚缔结的盟约,将要塞双手献给了对方"(第九卷第五章 493)。在叙述者眼中,琼斯的这一行为"说来既可耻又可悲"(第十卷第二章,511),琼斯也必须从这次道德考验中得到教训。从苏菲亚愤而离开的决绝态度中,琼斯终于意识到了自己的鲁莽和过错,为了挽回爱情,琼斯马上起身去追赶苏菲,"发誓此生对苏菲亚永不变心"(第十卷第七章,536)。从琼斯的这一誓言中,庶几可见主人公内心因忏悔之情而生成的道德意识,他终于明白了对于自己情人应负的责任,以及忠贞美德在爱情关系中的重要地位。然而,倘若琼斯的忠贞美德就此形成,那么这一人物的转变过程就会显得太过突兀。试想一个无论从情感还是欲望都异常丰富的人,怎么可能因为一时的懊悔便痛改前非?但经过了两次诱惑考验的琼斯,或多或少都意识到了自己的人性弱点。问题是在琼斯还一时无法克服生命原欲的前提下,如果再遇到类似的诱惑考验,那么他将如何自处?假如依从欲望本能,琼斯就会在自我放纵中陷入深深的心理自责;反之,如果琼斯立意要做个真正的道德君子,那么他就必须经历一个与自我本能相抗争的痛苦过程。这就是说,琼斯无论怎样都会陷入一种进退两难的道德困境。从作家所设下的情节线索来看,菲尔丁对此道德现象显然有着深刻体察。他通过描写琼斯随后发生的艳遇事件,细致揭示了主人公为走出道德困境而展开的内心之旅。

在伦敦,汤姆·琼斯又遇到了一位道貌岸然的贵族太太——贝拉斯顿夫人。为了满足一己私欲,她用匿名的方式给琼斯送礼物,假意要帮助他与苏菲亚会面,但实际上不过是想诱使琼斯做她的情人。对于琼斯而言,和贝拉斯顿夫人如何相处显然不是那么简单,一方面,出于对苏菲亚的爱,琼斯就必须抵挡住贝拉斯顿夫人的诱惑;但另一方面,由于贝拉斯顿夫人答应琼斯要帮助他找到苏菲亚,那么为了自己的爱人,琼斯也只得与这位风流少妇周旋到底。情节发展至此,琼斯对于贝拉斯顿夫人的虚与委蛇尚未违背自身的道德要求——毕竟和贝拉斯顿夫人的周旋是琼斯为了爱情所必须付出的一种代价。

此时的琼斯尚未违背自己的忠贞誓言,"虽然他对苏菲亚的爱是坚贞不渝的,因而不可能分出一些给另外一个女人,可是他怎样迁就也无法酬答贝拉斯顿夫人对他的狂热"(第十三卷第九章,707)。从他与贝拉斯顿夫人周旋的行为动机上来看,仍是出于寻找苏菲亚的目的。但当琼斯后来发现贝拉斯顿夫人根本不会帮他的忙,而且一听到苏菲亚的名字就生气时,本应抽身而退的琼斯却仍旧举棋不定。因为他早已欠下了贝拉斯顿夫人的不少人情,而且还依赖她的资助,过上了"他平生从未享受过的富裕生活"(第十三卷第九章,707)。虽然贝拉斯顿夫人的慷慨行为隐含着不可告人的目的,不过生性质朴的琼斯却仍旧深怀感恩之心,而他也为自己进退两难的处境做出了一个合理解释:他"一方面看出种种令人扫兴的地方,另一方面仍旧深深感到自己欠夫人的情分。同时,他也清楚地看出夫人给他那许多好处是出自一种狂热的情欲,自知如果不用同样狂热的情欲去酬答,夫人必然会认为他忘恩负义——更糟的是,他也会认为自己是忘恩负义。他明白夫人在给他这一切好处时不言而喻的用意。可是既然他拮据得非接受夫人的恩泽不可,那么他认为从道义上着想,就必须付出代价"(第十三卷第九章,707)。

在这一情节中,琼斯实际上为自己的道德瑕疵预先寻找了借口。因为他固然有对贝拉斯顿夫人的感恩之心,但在明知对方不正当目的的前提下却依旧"奉献"自己,同时还极为牵强地给自己寻找借口,则不能不说他的道德状况令人担忧:琼斯实际上不仅在原欲驱使下做出了背叛苏菲亚的不道德行为,而且还在所谓遵循"公正"原则为自己寻求道德合法性的同时,犯下了一个称得上是"伪善"的道德过错。当然,与那些以伪善之名祸害别人的反面人物相比,琼斯的这种"伪善"在道德后果上并无大碍,因为他只是迎合了贝拉斯顿夫人的要求而已。但对于琼斯这样的一个道德英雄而言,这一道德过错也确实会招致读者非议。更耐人寻味的是,在这一事件中,其实是琼斯坚持寻找苏菲亚的初衷最终导致了他的道德过错——若不是琼斯出于寻找苏菲亚的目的,他也就不会和能够帮助他的贝拉斯顿夫人逢场作戏,也就不会被动地欠下贝拉斯顿夫人那么多的人情债。琼斯以报恩美德为口实而犯下的道德过错,反而将自己的出轨行为从常见的道德瑕疵推向了伪善这一更为危险的道德绝境。尽管他的过错并未造成伤害他人的道德后果,但对于琼斯这样一个道德英雄而言,从出轨到伪善的诸般举止,却足以说明原欲与责任冲突所形成的伦理结是何等复杂。而菲尔丁通过对这一伦理结的生动阐述,也揭示出了一个道德英雄所必须要经历的种种道德考验。

饶有意味的是,与琼斯以前无视忠贞美德的重要性相比,此时的琼斯尽管采用了一种自欺的方式去逃避良心的责难,但他至少已经在自欺行为中葆有了一种对于忠贞美德的敬畏心理:因为敬畏忠贞,所以才要千方百计地说服自己,相信为道义原则而做出的越轨行为可以被谅解。由于琼斯此刻终于将自我意识从和女性肉体的欢娱中解放出来,因此才会拥有一种道德完善的内心渴求。在这个意义上说,琼斯的自我辩白其实是一次将道德意识灌注于人之主体的伦理事件。它可以证明,不论琼斯距离忠贞美德的要求还有多远,他都已经意识到了自我道德主体的存在。与之前近乎蒙昧的忠贞意识相比,琼斯此刻的道德状况显然已有所改善。他在几个方面都坚持了自己的责任意识:第一,即使面临生存困境,汤姆·琼斯也没有用苏菲亚的钱夹中的钱,也没有接受亨特太太的求婚。第二,在贝拉斯顿夫人的性诱惑面前没有失足,而是接受了朋友的建议,用假结婚的方式巧妙地摆脱了这位贵妇人的纠缠。第三,在自身状况堪忧的情况下,还能急朋友之所急,热心助人,促成了密勒太太女儿的婚事,避免了密勒太太一家的悲剧。第四,琼斯也不愿意用阴谋诡计去追求苏菲亚,而是光明正大地表明自己的愿望,即,费兹帕特利太太出于对魏斯顿姑妈的仇恨,鼓动琼斯去追求姑妈,以此接近苏菲亚,但琼斯坚决不"使用这种欺诈手段"(第十五卷第九章,859),也对费兹帕特利太太的勾引视而不见,"下定决心不再来见她了","因为尽管他在本书中前次失过足,眼下他一心一意都在苏菲亚身上,我相信世上任凭哪个女人也不能再引诱他干负心的勾当了"(第十五卷第九章,861)。以上种种,从琼斯最终的选择行为来看,可以说责任意识和忠贞美德已在他身上逐步形成。

三、情感与理性之辩:威廉·布思

在菲尔丁小说中,除了利己与利人、原欲与责任这两对伦理结之外,人物的情感与理性也常常发生价值冲突,并构成了小说中较为常见的另一个伦理结。而这一伦理结的组成,主要体现在菲尔丁在《阿米莉亚》中对威廉·布思中尉这一形象塑造的道德书写上。作为《阿米莉亚》这部作品的男主人公,菲尔丁并未吝惜对他美德的赞赏:"他的性情确实很善良、温和。"(第一卷第三章,15)不仅在情人眼中是一位"天使般的男子"(第三卷第八章,133),而且也是"一个孝顺的儿子和感情深厚的哥哥"(第二卷第七章,86)。除此之外,他在爱情方面也具有为对方牺牲的献身精神。菲尔丁在书中借助哈里森博士之口,赞扬他具备"明白事理和崇高宽厚的精神"(第二卷第四章,71),阿米莉亚则说"他是他们男子当中最优秀、最亲切和最可敬的人。[……]从来没有什么人的心像他的心那样清白无邪,那样没有令人反感的东西"(第六卷第三章,271)。

不过,正如菲尔丁在塑造道德英雄时总要描写其道德瑕疵那样,他同样通过讲述布思的道德过错,为他的英雄成长设下了一些道德考验。如布思尽管拥有阿米莉亚这样一位美貌与智慧并重的妻子,但当他在监狱中见到了旧爱马修斯小姐后,却背叛了阿米莉亚。布思的这一道德过错,当然首先是为了烘托阿米莉亚出类拔萃的美德善行,布思自己也不得不承认与阿米莉亚相比,自己缺乏一种道德的"坚定性"(第四卷第三章,176)。而布思道德的不坚定,是指他作为道德主体在进行价值选择时,往往会因为自己性格的某些弱点去做出一些有悖于道德原则的事情来。具体地说,这一弱点其实就是他的情感问题。一开篇,被关在新门监狱的布思就与别人讨论了由于命运推动所造成的必然性和由于激情推动所造成的必然性问题,布思"不相信人们是在命运的任何盲目推动或指挥下行事的;他认为,每个人都只是受他心中主导感情的力量支配而行事,而不会做与此不同的事(that he believe men were under any blind impulse or direction of fate; but that every man acted merely from the force of that passion which was uppermost in his mind, and could do no otherwise [p.24])"(第一卷第三章,15)。布思在小说中多次强调他的这一哲学观念——"感情的学说一直是他喜爱研究的问题;他相信,每个人都是完全按照心中占据最主导地位的感情行事的(that the doctrine of the passions had been always his favourite study; that he was convinced every man acted entirely from that passion which was uppermost [p. 103])"（第三卷第四章，110）。"我的学说认为，所有人们都完全是按照他们感情行事的（… the truth of my doctrine, that all men act entirely from their passions [p. 108]）"（第三卷第五章，115），"我们用我们的头脑来推理，但却按照我们心中的感情来行动"（第八卷第十章，406），等等。当然，我们这里需要注意的是，英文原文用的是"passion"（激情）一词，并非泛泛而谈的"affection"（感情）。感情和激情经常相提并论，但在18世纪道德哲学家那里既有相通之处又有不同。哈奇森1728年出版的著作《论激情和感情的本性与表现，以及对道德感官的阐明》（*An Essay on the Nature and Conduct of the Passions and Affections and Illustrations on the Moral Sense*）由题名的两篇论文集合而成，第一篇论文即细致谈论了激情和感情的确切含义。感情指的是"不受这种刺激而产生的快乐或痛苦"，"当更强烈的混合感觉随感情出现并伴随身体的运动或延长时，我们用激情之名来称呼整体，尤其当它为天然行为倾向所伴随时"。① 也就是说，激情和感情都是感觉（feeling），但前者比后者更强烈持久、更复杂混合，也更具有行动的意向性。

由于布思相信行为中激情的主导性力量，而对宗教推动的命运（"神意"）感到不以为然，他的道德也带有相对主义色彩的摇摆不定。他和琼斯一样，对女性有着侠义心肠，认为"对妇女表示亲切体贴，根本不是减弱了，而是证明了一个真正男子汉的气概"（第三卷第八章，135），结果往往就容易陷入和女性的暧昧情网之中。作为一个与汤姆·琼斯类似的人物形象，在学界以往的菲尔丁小说研究中，布思一

---

① ［英］弗兰西斯·哈奇森：《论激情和感情的本性与表现，以及对道德感官的阐明》，戴茂堂、李家莲、赵红梅译，杭州：浙江大学出版社2009年版，第44页。着重号为书中原有，下同。

直被拿来和琼斯进行比较。① 不过这种比较式的研究方法,大多将他们归为同一类的人物形象,往往只注意到了布思与琼斯的某些共同特性,如性格外貌、美德善行,等等。但实际上,这一人物相对于汤姆·琼斯,已经有了较大的变化和发展:较之琼斯在两性关系中的风流任性,布思虽然也背叛了阿米莉亚,但他却具有汤姆·琼斯并不具备的责任意识。与其说是因为缺乏责任感才导致了布思的出轨,倒毋宁说是因为布思复杂的情感问题在作祟。可以这样理解,琼斯是因为个人生命原欲与责任之间的价值冲突才陷入了道德困境,而布思则是在其道德过错中表现出了情感与理性的两难。换言之,小说中围绕布思所形成的伦理结,主要是由他情感和理性的价值冲突所扭结而成。

关于布思的责任感问题,在这一人物甫一出场,便处处有暗示。比如,为了负责任,布思才因没有拒绝救助路人而锒铛入狱。同样也是出于责任,布思才会在爱慕阿米莉亚的同时极力克制着自己的个人情感,因为他生怕阿米莉亚会因自己家庭的贫寒而陷入生活困境。对他而言,不考虑结婚并"不是由于[……]缺乏充分的爱"(第二卷第一章,60),而是意识到由于自身财产的微薄,结婚很难保证阿米莉亚永远的幸福,也必然会遭到阿米莉亚母亲的反对。出于这种顾虑,布思不仅长时间地掩饰着自己的情感,甚至还一度让阿米莉亚相信他爱上了别人。此时的布思,可以说是一个理性大于情感之人,他责任意识优先的做法,虽然令自己的情感陷入了困局,但却贯彻了一个道德英雄应有的责任原则。从这个角度说,布思在和阿米莉亚结婚之前,已

---

① 如英国历史小说家沃尔特·司各特(Walter Scott),其对菲尔丁小说的态度虽难以判定,但认为《阿米莉亚》是"令人不快的(unpleasing)",总体上而言是《汤姆·琼斯》的续篇,展示了一个浪荡而欠考虑的丈夫可能给家庭带来的后果。See Henry Fielding, "Introduction," *Amelia*. Ed. David Blevett. Harmondsworth: Penguin Books, 1987, p. 1. 以及,黄梅先生在《推敲"自我":小说在18世纪的英国》一书中说:"从菲尔丁创作的发展看,布思夫妇在某个意义上可以说是琼斯和索菲亚的延续。布思听凭'主导激情'驱使随波逐流,和汤姆·琼斯很相像。"参见《推敲"自我":小说在18世纪的英国》,北京:生活·读书·新知三联书店2003年版,第262页。

经具备了责任大于情感的道德修养。这显然是一个痛苦的价值抉择，布思对阿米莉亚的爱慕这一情感和信念，此时都不得不让位于他的责任意识。但就是这样一个具有责任感的男主人公，又怎会犯下与琼斯相同的道德过错呢？这又是为了什么呢？

与琼斯的成长轨迹相比，布思虽然具备了高尚的责任意识，但这一美德在道德实践中却偶然性地带来了一个不道德后果。对布思来说，自从和阿米莉亚结婚以后，忠贞就成为双方都必须遵守的一个重要美德。这不仅仅是针对婚姻关系本身而言，同时更是爱人之间彼此信任的一个道德基础。然而，忠贞美德的获得对于布思来说却远非易事。尽管他深知忠贞的道德原则不可违背，但还是在婚后与马修斯小姐有了苟且之实。从法律的角度说，已婚的布思已然违法，只是由于妻子阿米莉亚的宽容，布思才侥幸逃过了法律的制裁。针对这一状况，菲尔丁同样以对待琼斯的方式试图为布思进行道德辩护。他的做法，就是不对布思违背忠贞的道德瑕疵进行过多审视，反而通过一些有意设置的情节，为布思免除了本应存有的道德审判。例如在讲述布思与马修斯小姐的私通事件时，菲尔丁就特意提到了两人的交往历史。原来作为一对旧时恋人，布思和马修斯小姐相识在前，而与阿米莉亚结合在后。布思是马修斯小姐"的第一位恋人，而且曾经在她年轻的心上留下了十分深刻的印象"(第四卷第一章，162)；而布思"是个无比温厚的人，而且以前曾经很爱这位小姐；说实话，大多数人对任何人都不可能怀有这样深切的爱"(第三卷第十二章，161)。马修斯小姐不仅"要求享有优先权"(第四卷第二章，167)，"以第一位恋人的姿态，对布思赐予了恩惠，并使用了各种手法来软化他，勾引他，赢得他，激发起他的情欲"(第四卷第一章，165)。凡此种种，皆可证明布思在婚后和马修斯小姐之间的私通，并非一种出于生命原欲的本能冲动，而是老情人之间旧情复燃的鸳梦重温和受制于感恩的道义原则。这一点可和琼斯大不相同，如果说琼斯和苏菲亚以外的女人的交往是一种出于生命原欲的风流任性的话,那么布思的婚后出轨则具有一些更为复杂的现实原因。

从菲尔丁的叙述来看,布思的出轨在行为动机上的确与他本能的生命原欲之间关系不大,而更多的是基于布思的一种顾念旧情和感恩心态,这一看上去具有道德意识的行为动机,才令布思做出了背叛妻子、有违忠贞美德的私通行为。除此之外,菲尔丁还以美酒乱性以及当时身处封闭的监狱房间等理由为布思进行了道德辩护。但是"在整整一个星期中,我们这位女士和这位先生都生活在这种有罪的私通状态中"(第四卷第二章,166),连叙述者也不由得感叹布思的行为"确实不符合道德和贞操的严格准则"(第四卷第一章,165)。

就此而言,作家的叙事焦点并不在于对主人公的个人品格进行某种道德审判,而是关注这一事件对主人公那种激情主导的人生哲学有何影响。事实上,布思这位从来不欠缺责任意识的人物几乎马上就对自己所犯下的过错感到后悔:"在他一时高兴之后的间歇时间中,他的忠贞观念警告他,提醒他,并把可怜的、受害的阿米莉亚的形象端出来,萦绕着他和折磨他。"(第四卷第二章,166)不过此时的菲尔丁却以叙述者身份对此加以了深入讨论,他认为布思"这时对犯下的罪恶感到后悔,但这次犯罪已成了他再次犯下同一个罪恶的原因,今后又会对这再次犯下的罪恶感到后悔;既然他已经开始犯罪了,于是他就继续犯下去。然而他的后悔却愈来愈沉重,最后他就得了忧郁症"(第四卷第二章,166—167)。而马修斯小姐以爱情和道义的名义要求布思所做出的"牺牲",他几乎无法拒绝。幸而,这时阿米莉亚闻讯赶来探望布思,才避免了布思再度沉沦下去。若按照菲尔丁对于忠贞美德的理解,出狱后的布思理应向妻子坦白,因为诚实本身就是忠贞的题中应有之义,但出于对失去阿米莉亚的担忧,布思隐瞒了自己的越轨行为,从而使得因负罪感而导致的"深沉的沮丧情绪"(第四卷第三章,174)完全吞噬了他,他也因此无法对妻子的热情爱抚做出任何回应。

由此可见，布思因为情感问题所导致的道德过错不仅伤害了阿米莉亚，而且也令自己陷入了痛苦的生存境地——这当然是他所必须承担的一个道德后果。

按菲尔丁的叙述模式，布思作为一位正在追求完善道德的英雄人物，只能化痛苦为力量，努力从自己的道德过错中吸取教训，并以此为契机去提升自己的道德修养。作为丈夫，布思一直表示，阿米莉亚的"利益和幸福"是他"所有愿望所企求的目标"，也是他"所有行动打算达到的目的"。（第六卷第六章，285）只不过由于他意志薄弱，所以他的行为多次背离了他的初衷。菲尔丁这种描写男性英雄形象因情感问题而导致道德瑕疵的情节模式，尤其是布思所信奉的激情主导理论，十分容易让人联想到曼德维尔的学说。因此有学者认为，"在18世纪30年代，菲尔丁曾比较青睐自由思想，对沙夫茨伯里的理性主义自然神论和曼德维尔的私欲激情主导行动论都有所涉猎，但从30年代末以后，他又逐渐与上述两种自由思想拉开了距离"[1]。曼德维尔曾在《蜜蜂的寓言——私人的恶德，公众的利益》中论述道："人乃是各种激情的复合体；由于这些激情皆可以被唤起并首先出现，它们就轮流支配着人，无论人是否愿意，都是如此。"[2]小说中，当布思表示人的行为由激情决定，与美德、宗教都无关时，马修斯小姐直接道出了曼德维尔的名字。但布思却又表示出对曼德维尔的鄙夷，认为"他以极为歪曲的形式描述了人性"（第三卷第五章，116）。那么，布思的理论究竟来源何处呢？笔者认为，这里实际上反映了作家所受哈奇森的道德理论的影响。

前文所述，哈奇森曾写过关于激情和感情学说的论文，他支持沙夫茨伯里的利公观点，明确反对曼德维尔的利己主义，多次在作品中

---

[1] 韩加明：《〈蜜蜂的寓言〉与18世纪英国文学》，《国外文学》2005年第2期，第77页。
[2] [荷]伯纳德·曼德维尔：《蜜蜂的寓言——私人的恶德，公众的利益》，肖聿译，北京：中国社会科学出版社2002年版，第31页。

明嘲暗讽曼德维尔的学说。哈奇森继承了斯多葛学派、西塞罗关于激情的分类,激情首先应"被分为爱和恨,其根据在于对象是善还是恶"①,然后再进一步细分类。哈奇森认为激情包括五类,其中除了关乎"自身利益"的"自私的激情"之外,也还有"由道德感官引起的、同我们自己的行为有关的激情"(喜悦或自我赞许、懊恼)、"抽象地考虑他人道德品质时与他人的幸福或不幸有关的公共激情"(同情、怜悯、祝贺)、"对主题的德性或恶行的道德知觉相关的我们的公共感情"(遗憾)以及"源于相同的道德感官和公共感情""基于对彼此关联主体的行为的观察而产生"的"多样化"的激情(混杂两种以上情感)。② 也就是说曼德维尔只关注了自私的激情,却忽视了其他和道德感官和公共感情有关的激情。正是由于此,布思不认为人性本恶,同时又认为激情能导致善恶的不同行为,应是哈奇森激情理论的完美证明。但小说刻意安排布思和马修斯在对道德行为的研讨后苟合,也在一定程度上反映了布思的迷误。也就是布思口口声声说曼德维尔忽视了人身上"爱"的成分,"以极为歪曲的形式描述了人性"(第三卷第五章,116),但小说描绘恰恰是因为"爱"的激情才导致布思犯下了道德过错。叙述者在描写私通事件前不无嘲讽地写道:"他[指布思]怀着亲切的深情说了最后的这几句话,因为他是个无比温厚的人,而且以前曾经很爱这位小姐;说实话,大多数人对任何人都不可能怀有这样深切的爱(He spake these last words with great tenderness; for he was a man of consummate good-nature, and had formerly had much affection for this young lady; indeed, more than the generality of people are capable of entertaining for any person whatsoever [pp. 144—145])。"

---

① [英]弗兰西斯·哈奇森:《论激情和感情的本性与表现,以及对道德感官的阐明》,戴茂堂、李家莲、赵红梅译,杭州:浙江大学出版社2009年版,第43页。
② 参见[英]弗兰西斯·哈奇森:《论激情和感情的本性与表现,以及对道德感官的阐明》,戴茂堂、李家莲、赵红梅译,杭州:浙江大学出版社2009年版,第三节"感情和激情的分类",第43—64页。

(第三卷第十二章,161)也就是说,布思因放纵激情犯下的罪过毫无疑义地是受到曼德维尔私欲激情主导行动思想的影响。他和马修斯小姐理解的爱并不是与道德相关的、"公共情感"的仁爱,而仍是和曼德维尔相仿的"私欲"之爱。从一个本身有道德缺陷的人嘴里说出这番宏论,显然反映了菲尔丁的讽刺之情。

但正如文中所说的那样,布思"并不绝对像约瑟那样坚贞不贰,然而他却不能事先有预谋地犯下对妻子不忠实的罪过"(第十卷第二章,487)。布思出狱三天后就接到了马修斯小姐的来信,他决定"除非去偿还她借给他的钱,他打定主意不再去拜访那位女士"(第四卷第三章,178),但是,马修斯小姐却不会轻易放过布思,她威胁将采取报复行动,"使阿米莉亚变得像她本人一样痛苦不幸"(第四卷第五章,186)。在这样的恐吓下,布思仍然时刻都活在因自己的罪孽所带来的恐惧之中。他一直都在担心妻子阿米莉亚会知道他出轨的事情,不得不求助朋友詹姆斯上校代为协调,"把他从这件可怕的事情中安然无恙地解脱出来"(第四卷第六章,189)。在一次假面舞会上,布思和马修斯小姐再度相遇,由于马修斯小姐赌咒发誓说要在假面舞会上揭露他们之间的关系,因此布思不得不答应再去拜访她一次。虽然这一次他是为了和马修斯小姐做最后的了断而去的,但结果又一次因欠债被捕入狱。与此同时,詹姆斯上校告知了阿米莉亚布思的出轨事实,并欲与之决斗……从中可见布思的道德成长之途委实充满了艰难险阻,而这一切的肇始之因,就来自布思在监狱中未能控制丰沛情感而和马修斯小姐犯下了私通的罪过。因此可以说布思在后来所经历的种种困难,其实都是他在为自己的情感放纵而付出代价。那么,是否菲尔丁就完全认为情感的放纵是危险的,而抛弃了早期信奉的情感主义伦理学思想呢?事实上并非如此。作家通过设置詹姆斯上校这样一个人物,尤其是通过评价他的道德状况,生动描绘了情感与理性之间的伦理冲突。

试图诱惑阿米莉亚的鲍勃·詹姆斯上校在人物形象上似乎有意与布思相对。他身上的情感与理性之辩同样非常明显。布思曾经认为，这位詹姆斯上校是情感主导理论的完美体现者。因为他在直布罗陀从军之时曾精心照料过受伤的布思上尉，日夜守候在布思身旁，"他无疑是一位令人极为愉快的同伴，而且也是世界上极为温厚的人之一。这位可敬的人有着聪明的头脑和善良的心地"（第三卷第五章，115）。布思同时看到，詹姆斯经常嘲笑美德和宗教，因此他认为詹姆斯上校的行为出自良好的情感愿望无疑，因为它"表明了很大程度的善心好意，不论是提倡美德的人们还是献身宗教的信徒，很少有人能比得上"（第三卷第五章，116）。

但是通过后文的讲述我们就可以知道，詹姆斯上校对朋友的仁慈、慷慨、大方其实并非出自他无私的友情。韩加明认为，菲尔丁描写的詹姆斯主要反映了作家受伦理学家曼德维尔"私欲激情主导行为"思想的影响。① 但在另一段论述中，菲尔丁又将詹姆斯与没有情感的斯多葛主义者相提并论。"上校虽然是一位十分慷慨大方的人，但在他的性情中没有<u>丝毫温柔体贴</u>的成分。他的心胸是由很坚硬的材料造成的，大自然以前就是用这种材料锤炼出斯多噶[即斯多葛]派的人，世界上没有一位男子的悲痛能对他产生影响。"（第八卷第五章，383）而如果没有怜悯之心，他的善行又从何而来呢？情感和道德意志的叠加才能导致道德行为。玛莎·努斯鲍姆（Martha Nussbaum）曾做过类似的论述："拒绝怜悯，正如斯多葛派所做的，就会没有动力去做怜悯驱动的行为[……]从效果上说，剥夺了怜悯中包含的评价，一个人似乎就被剥夺了伦理信息，而没有这些伦理信息，就不能充分和理性地评估情境。"② 因此，菲尔丁绝非简单地反对一切情感，事实上

---

① 韩加明：《〈蜜蜂的寓言〉与18世纪英国文学》，《国外文学》2005年第2期，第77—78页。

② [美]玛莎·努斯鲍姆：《诗性正义：文学想象与公共生活》，丁晓东译，北京：北京大学出版社2010年版，第100页。

在他的笔下,是有道德情感与世俗情感之分的。小说讲述詹姆斯上校是个斯多葛主义者,就志在表明,在詹姆斯身上欠缺的恐怕不是理性,而是善的道德情感。"人类的心如果基本上不是温柔体贴的,那就决不会是善良的。"(第九卷第四章,434—435)因为欠缺温柔体贴的性格,那种恶的私欲,也就是世俗情感在詹姆斯身上却不少见。他极大地放纵自己的情欲,"对待女人是个地地道道的浪荡子,这是他性格中的主要瑕疵"(第四卷第五章,190)。

因此,布思的伦理迷误并非证明哈奇森的理论是错误的,而在于他过于依赖他的情感,而忽视了情感的性质和方向。哈奇森界定激情就是一种"不带丝毫理性欲望而出现"的"行为倾向"①。他在论述激情的不同类型时,也充分考量了善恶两种情形,虽然,"每一种中等程度的激情或感情都是无罪的,其中,许多完全是可爱的,并具有道德上的善。我们拥有引领我们走向公共善和私人善、德性和外在快乐的感官和感情"②,但所有激情会"因自私性的激情而变得错综复杂"③。为了确保道德性,还需要理性的参与。善的情感不与道德理性违背,而且是能够协调统一起来的。从文学伦理学批评的观点看,"以理性意志形式表现出来的情感"才是一种"道德情感","伦理选择中的情感在特定环境或语境中受到理性的约束,使之符合道德准则与规范"。④虽然在一般人看来,情感是反理性的,但其实"在哲学传统中,对情感的标准定义包括情感也包括信念"⑤,而"完整的伦理洞识离不开情感"⑥。如《阿米莉亚》中作为道德权威的哈里森博士也并没有完全否

---

① [英]弗兰西斯·哈奇森:《论激情和感情的本性与表现,以及对道德感官的阐明》,戴茂堂、李家莲、赵红梅译,杭州:浙江大学出版社2009年版,第47页。
② 同上书,第64页。
③ 同上书,第51页。
④ 聂珍钊:《文学伦理学批评导论》,北京:北京大学出版社2014年版,第250页。
⑤ [美]玛莎·努斯鲍姆:《诗性正义:文学想象与公共生活》,丁晓东译,北京:北京大学出版社2010年版,第95页。
⑥ 同上书,第98页。

定布思所说的情感理论,而是评价说:"这确实是一个有价值的结论,但是如果人们凭感情行事(我相信他们是这样的),那就会合理地做出结论说,有一种宗教是正确的,这种宗教直接处理那些最强烈的感情,即希望与恐惧;它依仗这种感情所能得到的奖赏和惩罚来说明它的宗旨,而不是像古代的一些哲学家那样,向信徒们宣扬道德的朴素之美('A very worthy conclusion, truly,' cries the doctor; 'but if men act, as I believe they do, from their passions, it would be fair to conclude that religion to be true which applies immediately to the strongest of these passions, hope and fear, chusing rather to rely on its rewards and punishments, than on that native beauty of virtue which some of the antient philosophers thought proper to recommend to their disciples'[p. 522])。"(第十二卷第五章,607)凡此种种,皆能说明情感在道德成长中的存在价值。

如前所述,虽然在菲尔丁笔下,情感与理性之辩大多表现为情感对道德成长的破坏,但如果那些人物没有这些因情感冲动而导致的道德困境,他们就不会意识到自己的道德过错,同样也无法将被动情感转化为作为"道德的真正基础"的主动情感。而理性的形成,显然得益于情感的这样一种转化。休谟认识到人的科学不能总是谈到理性,并且他承认激情的终极重要性:"当我们谈到情感和理性的斗争时,我们的说法是不严格的、非哲学的。理性是、并且也应该是情感的奴隶,除了服务和服从情感之外,再不能有任何其他的职务。"① 启蒙思想家知道激情是人类行动背后的驱动力量,而理性只可指导和束缚但却从不排除它们。一个"有理性的"人必须承认这个事实。从这个角度说,情感丰富了人的道德生活,如果人能够控制自己的情感,并将它转化为道德成长的基础的话,那么情感与理性冲突所形成的伦理结反而会促

---

① [英]休谟:《人性论》(下册),关文运译,北京:商务印书馆1997年版,第453页。

进人的道德成长。布思在第三次被关入拘留所后,他把他的时间全部用在阅读伊萨克·巴罗博士(Issac Barrow,DD)的一系列讲道稿上。在宗教的感召下,布思的情感找到了合适的出口,"终于顺从了真理"(第十二卷第五章,606)。总体而言,菲尔丁对布思这一人物形象的塑造,充分体现了他对于情感和理性之复杂关系的深刻认知。

第三章

菲尔丁小说伦理的思想建构

尽管亨利·菲尔丁的小说是从对"道德假面"的批判开始的,但其"扬善举德"的创作初衷,决定了其叙述方向的道德特性——即对善的追求是菲尔丁创作的基本动力。他对恶的严厉批判最终是为了对比和映衬出善的美。这一点正如他在《汤姆·琼斯》中所说:"任何事物的美和卓越之处,除了它的反面还有什么能把它显示出来?就如白昼及夏日之美,正由于黑夜及冬天之可怖而相得益彰。"(第五卷第一章,195)。因此,菲尔丁在文学作品中不仅深刻批判了社会中的恶德恶行,而且积极倡导了各类善行善德。塞缪尔·约翰逊曾经说过,"作家有责任令这个世界更美好"[①]。亨利·菲尔

[①] Patrick Müller, *Latitudinarianism and Didacticism in Eighteenth-century Literature: Moral Theology in Fielding, Sterne, and Goldsmith*. Frankfurt: Peter Lang, 2009, p.212.

丁无疑就属于这样一类作家。受益于18世纪英国的经验主义哲学文化背景，菲尔丁不仅在小说中主要采用了一种借道德考验与诱惑促使人物心灵成长的叙述方式，而且也由此传达出其小说伦理的核心价值。尽管他的实践伦理学并不像伦理学家那样以搭建逻辑严密的知识体系为特征，但他对人物具体道德处境的考察，以及在此处境下讲述人物的道德成长史，却能典型地反映出菲尔丁伦理学思想的现实主义品格。除此之外，由于菲尔丁在善的发生、保障乃至报偿过程中都十分强调心理问题，故而其小说伦理也具有一种心理学的体系特征。

第一节 菲尔丁小说伦理的核心价值

在《约瑟夫·安德鲁斯》《汤姆·琼斯》和《阿米莉亚》这三部现实主义小说中，亨利·菲尔丁主要借忠贞、谨慎和仁慈这三种核心价值构建了他的伦理思想。其中，忠贞主要根植于菲尔丁对人物情爱故事的描写，是基于小说主人公爱人的伦理身份所提出的一种道德要求；谨慎强调个人道德理性参与的自我完善；而仁慈则隶属于社会道德层面。而这三种核心价值都有着深厚的宗教背景。虽然菲尔丁在自己的作品中提出了与理查森相似的新教观点，但他的伦理思想由于兼顾了个人具体的道德处境，也同时并不完全执持于那些抽象的道德概念，因此显得更有世俗化色彩；而这种世俗化，恰恰又使其成为重构社会伦理时急需的一种思想资源。

一、忠贞

在菲尔丁所描绘的各种美德中，忠贞品格似乎格外受到了作家的青睐。从表面上看，菲尔丁与理查森极为相似，两人都极力赞赏忠贞的美德内涵。如理查森在叙述帕梅拉的故事时就将忠贞视为女德的核心,"帕梅拉不只是'贞洁',她拥有众多的'美德'——理查逊在小说名称中使用单数'Virtue Rewarded',兴许只是想强调'贞洁'的异常重要"①。他还多次申明贞洁的重要性——"你的贞洁是任何财富,任何恩宠,这一生中的任何东西都无法向你补偿的。"(5)小说中,帕梅拉的父母几乎在每封信中都会教诲她要保持贞洁:"因为我们宁肯看到你穿着破衣烂衫,甚至跟随你到墓地,也不愿意听到人们说,我们的一个孩子贪图世间的利益而不看重自己的贞洁。"(5)"宁肯失去你的生命,也不能失去你的贞洁"(12),"只有贞洁与善良才产生出真正的美"(13),等等。

不过在谈到贞洁问题时,理查森似乎更倾向描写贞洁美德所带来的现实效益。由于他大多从婚姻角度描写贞洁,故而其笔下人物对贞洁的坚守就往往能获得现实回报。B先生曾解释自己为何改变了将帕梅拉收为情妇的念头,是因为"这会给你带来悲惨,也会造成我的不幸。如果我有了一个你生下来的孩子,假使我想让他继承我的财产,那我也没有能力让他取得合法的地位;由于我是家族中最后的一位后裔,那样一来,我所占有的大部分财产就必须传给一个新的家属系统,传给一些讨厌和卑劣的人们手中"(338—339)。不得不说,B先生的这一解释是有些牵强的,因为很难想象他愿意让帕梅拉生下来的孩子继承财产。作为一个和善富有,同时还兼任地方官的绅士,B先生怎么可能让自己继承人的母亲是一位女仆?但如果不考虑这些现实因素,那么从理查森的叙述逻辑中至少可以看到,保障后代血统的纯正才是对女性贞洁要求的合法性前提。这说明女性的贞洁观念并非天生,而是在男权社会中,男性出于保障自己子孙后裔的血统纯正性而提出的一种道德律令。小说中的B先生也因此在结婚后不久就适时提出了养育孩子的要求。如果说理查森是出于婚姻的目的提出了对

---

① 曹波:《人性的推求:18世纪英国小说研究》,北京:光明日报出版社2009年版,第112页。

女性贞洁的要求的话,那么,菲尔丁则是出于对爱情的颂扬去要求爱人坚贞。他固然也看到了资本主义社会中男女两性的性道德标准不平等的现象,并在作品中有所反映,但他仍从尊重爱情的角度出发,对身处恋爱关系中的男女两性都提出了忠贞的道德要求。菲尔丁甚至认为男性持守忠贞比女性有很多的便利条件,如写到约瑟夫·安德鲁斯拒斥了客店女仆蓓蒂的纠缠时,叙述者发感慨道:"身为男子汉的人该多么欣喜,他总能保持自己的节操;他只要立志坚定,自有足够的体力来保护自己,不会像一个可怜荏弱的女人,无可奈何地受人蹂躏!"(第一卷第十八章,80)

　　出于这样的创作动机,亨利·菲尔丁在《约瑟夫·安德鲁斯》中塑造了约瑟夫和范妮这一对完美的情人形象。范妮对约瑟夫情深义重,这一点可从她前去寻访约瑟夫的故事情节中加以证明,但她在生活中也是谨守礼法的人,虽然爱恋着约瑟夫,双方也已定下婚约,但范妮仍表现得含蓄矜持。小说写到他们遇到乡绅前来复仇和劫掠,在危急的情境下,范妮才不由得说出:"难道在我要丧失一个比全世界更宝贵的人儿时,我还不应该害怕吗?"(第三卷第九章,269)。约瑟夫也忍不住轻吻范妮的手,说"他几乎要感谢这个使她吐露真情的机会"(第三卷第九章,269)。此外,小说也写到了他们(主要在约瑟夫身上)的肉体欲望和性欲冲动,但他们却用自己坚强的意志力恪守了忠贞美德。如在给姐姐帕梅拉的信中,约瑟夫说道:"她[指鲍培夫人]把我撵出房间却叫我高兴:因为我有一刹那几乎把亚当姆斯牧师说过的话抛在脑后。"(第一卷第十章,38)虽然在和范妮相处时,约瑟夫也有多次欲望的萌动①,但他仍谨遵亚当姆斯牧师的教诲,静心等待婚姻仪式的完

---

① 第三卷第九章写道:"天色差不多快亮了,约瑟夫·安德鲁斯想着他亲爱的范妮,正睁着眼睛躺在那儿快乐地思念那可爱的人物……范妮跟约瑟夫一般清醒。"(268)第四卷第七章写约瑟夫救下歹徒手中的范妮,被她露出的雪白胸部吸引,又马上把目光移开。书中说:"视觉所能给他心灵的快乐,要算看到那块地方为最甚了。他多么害怕冲犯了她,他对她的热情多么配得上被称为高尚的恋爱。"(326)

成,他的这一美德,允分表现出他们的爱情并非建立在肉欲的基础上,而是出于对对方道德人格的尊重和喜爱。也正是因为这一点,当约瑟夫误以为他和范妮是一对失散多年的兄妹时,他们也还约定,"万一他们确是兄妹,他们就发誓永不嫁娶,一辈子厮守在一起,过着精神相爱的友谊生活(they vowed a perpetual Celibacy, and to live together all their Days, and indulge a *Platonick* Friendship for each other)"(第四卷第十五章,358)①。

除此之外,菲尔丁也和理查森一样强调了忠贞对于婚姻家庭的意义。他对这一美德的看重,实际上与自己所受的宗教影响有关。在菲尔丁看来,要是说一个人不具有忠贞品格,那么就会是一项十分严重的道德指控。基督教的十诫之一即为不可奸淫,而违反忠贞的通奸就是一个不可饶恕的恶行,"它公然违背了我们的教规和我主明确吩咐的旨意"(《汤姆·琼斯》第一卷第七章,27)。因此,菲尔丁认为忠贞也是出于对基督教教义的遵循,强调宗教不仅是个体道德的保障,而且也是成就爱情婚姻的必要仪式。如小说描写到约瑟夫终向范妮求婚成功以后,由于无法抑制内心情感的冲动,他立刻要求牧师亚当姆斯为他们举行婚礼。对于约瑟夫这一有悖宗教礼节和道德规范的行为,亚当姆斯甚为不满,责备约瑟夫说:"绝对不允许有任何违反教会仪注(the Forms of the Church)的事情;又说约瑟夫并没取得结婚许可证(Licence),而且也不劝他去申请;又说教会规定了一种仪注——宣布结婚预告(namely the Pulication of Banns)——那是善良的基督徒都该遵守的,他认为大户人家婚事产生种种苦恼就由于省略了这一点;煞尾又说:'许多不经上帝许可的办法而结合的男女,等于不由上帝结

---

① 英文参见 Henry Fielding, *Joseph Andrews. Shamela*. New York: Oxford University Press Inc., 1999, p.295. 伍光建译本为:"倘若他们两个真是兄妹,彼此都发誓不嫁不娶,两人住在一起,无情欲的相爱。"(卷四第十五回,248)

合,他们的婚姻也是不合法的'。"①(第二卷第十三章,162—163)②尽管官方发放的"许可证勉强可以通融;但是毫无疑问,毫无疑问,预告的办法要更正常,更合宜(a Licence may be allowable enough; but surely, surely, the other is the more regular and eligible Way [p.285])"(第四卷第十二章,346)。因为一再受到强盗的劫掠和骚扰,约瑟夫也曾求亚当姆斯"准许他去领一张许可证,说领证的费用很容易借到"(第四卷第八章,327),但仍遭到了亚当姆斯的拒绝,这是因为教堂婚礼在英国常被视为婚姻成立的关键仪式。1604年,英国国教会颁布教会法规,明确规定了宗教婚礼的严格程序。即在成婚之前,需预告三周,成婚需在新人之一定居地的教堂举行,婚礼必须在早上八点和中午间举行。③《约瑟夫·安德鲁斯》中描写的约瑟夫和范妮的婚礼仪式完全按照宗教的上述规范举行,也在一定程度上象征了他们的忠贞和成婚乃是受到了上帝的赞许和祝福。如对照《帕梅拉》中婚礼的描写,菲尔丁似乎也有对帕梅拉的婚姻并不正式的暗讽之意。④

但是,《约瑟夫·安德鲁斯》中对于忠贞的描写方式仍然偏向于理想化和浪漫化;在菲尔丁后来创作的《汤姆·琼斯》和《阿米莉亚》这两部小说中,忠贞道德的表现才更为复杂。对于菲尔丁来说,忠贞当然是对男女双方都适用的一条道德原则,但他对人物违背忠贞品德的动

---

① 出自通行祈祷书(*Book of Common Prayer*,1549)中的《结婚庆祝的宗教仪式》("The Form of Solemnization of Matrimony")一文。英文参见 Henry Fielding, *Joseph Andrews. Shamela.* New York: Oxford University Press Inc., 1999,第390页中对第140页的注释。

② 英文参见 Henry Fielding, *Joseph Andrews. Shamela.* New York: Oxford University Press Inc., 1999, p.140。

③ 参见李喜蕊:《16—18世纪英国婚姻法的变革与趋势》,《江淮论坛》2009年第6期,第121—124、140页。

④ 但瓦特仍出于对理查森的偏爱予以了辩护,他所持的依据是1753年大法官哈德威克伯爵(Earl of Hardwicke)才采用《婚姻法案》做了规定,但"在1740年,中产阶级的婚姻观念尚未完全确立"。参见[美]伊恩·P.瓦特:《小说的兴起——笛福、理查逊、菲尔丁研究》,高原、董红钧译,北京:生活·读书·新知三联书店1992年版,第164页。

机、过程以及后果,却都有着具体的道德考量。换言之,菲尔丁十分注重人物具体的道德处境,对于诸如通奸等违背忠贞的道德过错并非毫无体察地严厉斥责,而是通过描写人物在这些道德过错中的心理状况和价值选择,深刻反映了当时英国社会的伦理现实。忠贞虽然是对男女两性共同提出的道德约束,但是在18世纪的英国,社会舆论对男性的性过错显然要宽容得多。菲尔丁也在《汤姆·琼斯》中表示,"这种耻辱和它带来的一切可怕的后果,照例都只会落到女人头上"(第一卷第七章,28)。如果未婚失身,就将面临身败名裂的悲惨命运,很可能无法逃脱自我毁灭。这一点正如奥尔华绥先生劝诫珍妮·琼斯所言:

> "犯了这种罪过,你就会声名狼藉,像古时候的麻风病人一样,被人从社会上——起码也要从恶棍无赖以外的人当中赶出去,因为除了这号人,谁也不愿意跟你往来。"

> "你就是有财产,这样一来也就无从享受了;要是没有的话,也休想再得到什么——你几乎无法谋生,因为正经人家是不会让你进门的。这样,衣食无着,往往就会把你逼到耻辱和贫困的境地。最后,肉体和灵魂必然会同归于尽。"(第一卷第七章,27)

在18世纪的英国小说中,有不少作品都描写到了这种未婚失身的少女,她们不仅永远陷入了不能合法成婚的尴尬局面,而且还不得不在修道院孤独终老,或是远走他乡隐姓埋名①;如果婚后出轨,由于女性的贞操在当时被视为丈夫的私有财产,通奸获罪所受的惩罚也远比男性严重。可以说菲尔丁通过对男主人公违背忠贞品德的道德观察,真实反映了英国社会的这一伦理现实。尽管菲尔丁因时代所限,难免会具有一些男权思想,如在创作中为了免除男主人公的道德责任,刻意在道德上污化一些次要的女性人物等。我们如果拿琼斯、布

---

① 除了曾被疑为汤姆·琼斯生母的珍妮之外,另见理查森的《帕梅拉》中的萨莉·戈弗雷小姐,《克拉丽莎》中的同名女主人公,等等。

思和苏菲亚、阿米莉亚相比,就会发现男主人公在忠贞方面难称完美。与约瑟夫·安德鲁斯相比,琼斯与布思两人更是屡屡犯下了性道德的过错。比如琼斯和毛丽等女性人物的肉体关系以及布思婚后的出轨等等,皆是男主人公违背了忠贞美德的典型例证。

  需要区分的一点是,与理查森将忠贞美德和婚姻联系以及兼顾英国社会的等级观念的考察不同,菲尔丁在谈论忠贞美德时,总是涉及男女主人公之间的爱情问题。在菲尔丁笔下,爱情如果具备了充分的现实品格,它必定会以婚姻为目的,"爱情才是使夫妻生活美满的唯一基础。只有爱情才能产生崇高而真挚的友谊,夫妻关系永远必须靠它来加强"(《汤姆·琼斯》第一卷第十二章,47)。而追求美色或财产的世俗之见"产生于愚昧,它的力量也来自愚昧"(《汤姆·琼斯》第一卷第十二章,49)。如果考虑到菲尔丁反帕梅拉的创作初衷,则不能不说他对理查森将忠贞美德与婚姻中的现实回报联系在一起颇有微词。因为以菲尔丁的观点来看,婚姻是一种社会化行为,它必须建立在爱情的基础之上。"英国人的婚姻规范受宗教的影响很深,按照基督教会的观点,男女合意是婚姻缔结的唯一可能的原因。'我愿意'是完成婚姻圣礼的形式之一。"[①]这就是说,理查森虽然也看重婚姻的忠贞观念,但隐含其中的等级意识、物质回报等现实因素,却在一定程度上削弱了"男女合意"的爱情基础。就此而言,菲尔丁在男女主人公的爱情关系,以及在此关系基础上的婚姻关系中讨论忠贞问题,就在一定程度上反映了他伦理思想中的情感动机问题。问题的关键是,如果菲尔丁始终从爱情婚姻中的情感因素出发,那么他对忠贞美德的道德实践就有可能忽略一些世俗的道德偏见。举例来说,如果在一个以"男女合意"为基础的爱情和婚姻关系中,男主人公因为某些复杂的原因而背叛忠贞,但只要他始终以自己的爱人为中心,或者说在情感方面葆

---

① 王晓焰:《18—19世纪英国妇女地位研究》,北京:人民出版社 2007 年版,第 6 页。

有对女性的爱恋,那么他所犯下的道德过错,就不过是一种在成长过程中难以避免的道德考验。事实上,菲尔丁正是因为立足于爱情和婚姻关系中的情感因素去讲述男主人公的道德过错,才会在确证男主人公的内心忠贞方面免除了对于这些人物的道德审判。在菲尔丁看来,男主人公对女性的情感忠贞,甚至要比肉体关系的忠贞更为重要。那么,这样一种充分考虑了人物道德处境的忠贞价值,究竟如何体现于小说人物的情感经历中?

菲尔丁认为,"不管人们怎样歪曲、贬低爱情的意义,它总是值得赞美、因而也是富有理性的感情",真正的"爱情只能促使人为对方谋求幸福"。(第一卷第七章,28)如果丧失了其中的理性精神,则爱情也将混同于肉欲,和那些低等动物相比也毫无二致。在此前提下,菲尔丁大力批判了当时习见的爱情观,他说:"按照时下对这个字眼儿普遍的理解,爱可以毫无区别地应用于一切能满足我们情欲、食欲或官能的东西,也就是对某种食品的偏爱。"(《汤姆·琼斯》第九卷第五章,490)在《汤姆·琼斯》第六卷第一章中,菲尔丁还专门讨论了爱情与色欲之间的异同之处。爱情虽然常常也需要肉体欲望来加以满足,但"没有色欲它依然能存在,而在掺加了色欲之后,也遭不到破坏"(第六卷第一章,255)。这就是说,真正的爱情不是那种生命本能的原欲和直觉,而是一种建立在双方理性基础之上,以为对方谋求幸福为最高目标的情感关系。这显然是一种掺杂了浓重道德意识的爱情观,它强调恋人之间的理智与责任,但不完全排斥那种源于情感冲动的本能爱欲。从这个角度衡量,琼斯始终站在苏菲亚的立场考虑问题,甚至为了她的幸福不惧牺牲自己。与这种建立在尊重和感激基础之上的理性精神相比,琼斯和毛丽等人的逢场作戏似乎不值一提。

在讲述琼斯的道德成长时,菲尔丁可谓是完全体现了他这种充满了道德意识的爱情观念。不论琼斯在男女关系中如何风流不羁,他都试图全心全意地为苏菲亚谋求幸福。因此,汤姆·琼斯和毛丽分手后,尽管能够放手去追求苏菲亚,却因为担心苏菲亚的利益,故而迟迟不做出任何行动。本来活泼的琼斯变得闷闷不乐、怔忡不安。直至两人在花园水渠边的小径意外碰面,方才有了机会进行真正的情感交流。纯真敏感的苏菲亚在发现了汤姆的心事以后,"她心里就出现了所有男人最希望在爱人心中引起的两种情感——敬重和怜惜"(第五卷第六章,219)。这两种情感显然都具有一定的道德内涵:作为一个本身就具备高尚道德的女性人物,苏菲亚对琼斯的敬重之情,无疑首先来源于一种道德认同,是琼斯与苏菲亚可堪比拟的高尚道德,才会引起苏菲亚的注意。而苏菲亚对琼斯的怜惜,则是女性芳心所属后的一种情感依恋。通过"敬重"与"怜惜"这两个关键词,菲尔丁生动描绘出了一段饱含道德意识的爱情关系。这当然是他心目中真正的爱情。相比之下,琼斯和别的女性之间所发生的那些风流韵事,只是琼斯因无法克制自己的生命原欲而犯下的道德过错。由于他在和这些女性的关系中并不具备一种情感和理性的双重动机,兼之那些女性本就具有道德过错,故而琼斯的风流韵事与菲尔丁心目中真正的爱情关系毫无瓜葛。有鉴于此,可以说只要琼斯对于苏菲亚还保持着为对方谋求幸福的理性意识和情感依恋,那么他的偶尔出轨也就无碍于其忠贞美德的获得了。

从这个角度说,如果抛开菲尔丁对于琼斯的道德辩护,就可理解他对琼斯忠贞美德获得过程的描写,其实隐含着一种对比的写法:琼斯那些出自生命原欲的风流韵事,只不过是菲尔丁描写琼斯与苏菲亚之间充满道德意识的爱情故事的背景。菲尔丁借助这样的一些背景叙述,生动阐明了作为信念的爱情关系,如何支撑着琼斯跨过了这些风流韵事所设下的道德考验。读者倘若不是抓住琼斯的道德过错不放,而是关注男主人公所经历的道德考验和道德成长,当能明了菲尔丁对充满道德意识的爱情关系的描写,实际上恰恰体现了他对忠贞美德的倡扬。在伦敦和苏菲亚重逢后,琼斯为厄普顿客栈发生的事情自我辩白道:"啊,我的苏菲亚!我唯一的爱!关于在那儿发生的事,你怎么恨我,鄙视我,也比不上我对自己的恨和鄙视。不过还要请你承认这一点:我的心从来也没有不忠实于你过。我所干的一切荒唐事儿都和我的心不相干;甚至说在那时候,我的心也仍然没变过。"(第十三卷第十一章,714)

除此之外,菲尔丁也在宗教教义中找到了内心忠贞重于肉体忠贞的道德依据。《圣经·马太福音》记载:"可是我告诉你们,凡注视妇女而动淫念的,心里已经跟她通奸了。"(5.28)①亚当姆斯牧师曾用这一经文告诫约瑟夫·安德鲁斯:"如果你跟这个姑娘结婚的目的,除了满足肉欲之外,没有旁的,那你的罪孽可不轻。婚姻本身自有比这高尚的目的。"(第四卷第八章,328)值得注意的是,菲尔丁虽然看重坚贞,但又不像某些神学家那样带有禁欲主义色彩。菲尔丁同时也借亚当姆斯牧师之口说,这经文的"后面的一段,我打算略去,因为和我的本旨无关"(第四卷第八章,328)。那么这后半段记载的是什么呢?"要是你的右眼成了你的绊脚石,就挖出来扔掉。你失去身体的一部分,比整个身体都丢在欣嫩谷里,对你还有益处。要是你的右手成了你的绊脚石,就砍下来扔掉。你失去身体的一部分,比整个身体都落在欣嫩谷里,对你还有益处。"②菲尔丁之所以略掉经文中过于残酷的身体责罚,即是出于对人类天性的理解,肯定人对世俗欢乐的追求是合理的。他并不像大多数基督教神学家和伦理学家那样,认为婚姻的目的首先是生育和培养后代,其次才是相互情感的满足。恰恰相反,菲尔丁从爱情的视角出发,提倡和维护男女双方的忠贞美德,也因此反映出他的宗教自由主义思想立场。

---

① 参见《圣经》新世界译本,第1209页。
② 《圣经·马太福音》第五章第29、30节,参见《圣经》新世界译本,第1209页。

二、谨慎

菲尔丁还在作品中基于自己的生活经验,提出了更高的道德要求,那就是谨慎。他提及"谨慎"这一美德的重要性时说:"再善良不过的人,也离不开小心谨慎四个字。它们是道德的保护者,没有它们,道德就毫无保障。你单是居心好,行为好,这是不够的,还得叫别人看来也觉得好才成(Prudence and circumspection are necessary even to the best of men. They are indeed, as it were, a guard to Virtue, without which she can never be safe. It is not enough that your designs, nay, that your actions, are intrinsically good; you must take care they shall appear so [vol. 1, p. 92])。"(《汤姆·琼斯》第三卷第七章,121)而聪明人所遭到的种种不幸是因为他们"背离了谨慎的指导,听从了主导感情的盲目指引(… by quitting the directions of prudence, and following the blind guidance of a predominant passion [p. 13])"(《阿米莉亚》第一卷第一章,1)。亚当·斯密认为,"个人的身体状况、财富、地位和名誉,被认为是他此生舒适和幸福所依赖的主要的对象,对它们的关心,被看成是通常称为谨慎的那种美德的合宜职责"①。这就是说,谨慎美德的逻辑起点是人的生命机体及其衍生的自保需要,它来自人的自然权利。同时,谨慎造就了真诚,"谨慎的人总是真诚的"②,因为做到真诚而不虚妄,诚实而不鲁莽,随和谦逊而不傲慢,恰恰是人对自己的有意识保全。在此逻辑顺序中,谨慎和真诚其实都出于人的自利动机。亚当·斯密坚持谨慎的美德一方面源于对人的自利情感的考察,希望以谨慎增进个人幸福;另一方面更源于人们对利己情感的合理控制,因为利己情感的无节制不仅损害他

---

① [英]亚当·斯密:《道德情操论》,蒋自强、钦北愚、朱钟棣、沈凯璋译,北京:商务印书馆 2016 年版,第 274 页。
② 同上书,第 275 页。

人,也必将损害自己,而谨慎则是控制利己情感的最好的道德武器。在这个意义上,谨慎成为一种美德。这一美德的提出,无疑与小说人物的自我保全,即自然权利有着密切关系。而道德哲学家哈奇森在论及"通往我们本性的至上幸福之路"时,谈到公正(justice)、节制(temperance)、坚忍(fortitude)、审慎(prudence)等多种必备的德性。在其中,"尽管公正是其余一切德性都要从属的至高德性,但审慎在某个方面是其他三种德性恰当运用的先决条件,一般按照顺序应首先被提到"①。

在谈论谨慎美德的道德实践后果时,我们可以举琼斯为例,因为对菲尔丁来说,琼斯就是一个缺乏谨慎美德而屡屡遭遇道德困境的典型案例。他的道德成长史就是一段习得"谨慎"美德的经验史。在作品中,琼斯被女性的美色所引诱,进而犯下了一系列的道德过错,这当中固然有对手伎俩高超的原因,也与琼斯缺乏谨慎的个人美德有关。由于琼斯天性淳朴,不识人心险诈,故而就经常被对手逼入了违背忠贞的道德险境。如毛丽的情欲诱惑、贝拉斯顿夫人的工于心计等等,都让琼斯被自己的生命原欲冲昏了头脑。假如他足够谨慎,那么就会动用理性意识,细细思量每起艳遇事件中所暗含的道德风险。可惜的是,琼斯在这方面似乎有些先天不足,即便上了很多次的当,他还是本着一颗善心去看待旁人。正是因为他总不相信别人安了一副坏心眼,故而他的善良有时甚至会演变为影响其谨慎美德形成的一个道德障碍——可以想见,善良之人总是缺乏谨慎美德所应具备的警惕性。"他不够谨慎,丝毫不去怀疑旁人可能不诚实,这的确是个大可指摘的毛病。老实说,谨慎这种可贵的品质只有通过两条途径才能取得,一是长期的经验,二是天性;关于后者,我想往往指的是人的才能或者杰出的禀赋。这远比经验要好得多,因为我们不但很早就能应用得上,

---

① [英]弗兰西斯·哈奇森:《道德哲学体系·上》,江畅、舒红跃、宋伟译,杭州:浙江大学出版社 2010 年版,第 208 页。

而且它也更加准确可靠。"(第八卷第七章,411)也就是说,琼斯的善良品性,才是导致他犯下道德过错的直接原因。汤姆·琼斯正是因为欠缺谨慎,因此才导致有心之人的诬陷,"连奥尔华绥先生那样明达、忠厚的人也不能识破别人的毁谤,洞察你内在的美"(第三卷第七章,121)。

尽管琼斯的善良是其淳朴天性的自然流露,但从道德历练的角度来看,他的这种善良却无助于提升自身的道德境界。不过,琼斯并非一个天真得近乎蠢笨之人,当他屡屡被布利非少爷暗算以后,他也终于忍不住大发感慨:"他有多么恶毒阴险,直到最近我才发现了一半。坦率地说,我向来不大喜欢他。我认为他身上缺乏那种慷慨大方的气度,而那是人类一切伟大崇高的品质真正的基础。很早以前我就在他身上发现他能干出多么卑鄙下流的勾当。我终于发现他利用我生性坦率,处心积虑地布置了一连串的阴谋诡计来陷害我,最后他总算达到目的了。"(第十二卷第十章,641)琼斯的感慨说明,就连他自己也明白其实是"坦率"的天性害了他。如果考虑到琼斯在犯下出轨的道德过错时也是这般为自己辩护的话,那么就可以说他犯下的几乎所有不道德行为都与其谨慎美德的缺失息息相关。由此可见,琼斯若想获得忠贞的高尚美德,洞察对手那些不道德的阴谋诡计,就必须克服自己的"坦率"天性。从这个角度来看,琼斯获得谨慎美德的过程,其实就是一个他不断克服"生性坦率"这一自然天性的历史。

那么,这是不是就意味着琼斯的自然天性总是阻碍了他后天美德的习得? 对于菲尔丁来说,这个问题显然比较复杂。因为菲尔丁从来都是肯定人的自然天性的,甚至他认为葆有自然天性是人避免陷入伪善境地的一个重要因素。但另一方面,由于人的自然天性是先天自有,它在适应现实社会的伦理规范时难免会有些格格不入。就像琼斯这般葆有自然天性没错,但当对手利用他的自然天性,不断诱使其犯下道德过错时,那么从道德成长的角度说,琼斯就应该学会控制自己的某些自然天性。这就是说，人的自然天性本身无错，错的是这种自然天性无法抵御现实社会的种种人心险恶。就此而言，琼斯的道德成长就表现为他和自我天性之间的不断斗争。在此过程中，谨慎成为琼斯克服坦率天性、真正走向理性成熟的重要美德。从这个角度理解，菲尔丁所说的谨慎其实就是一种用理性控制人类天性的道德品质。

  从书中的情爱线索来看，虽然叙述者在一定程度上开脱了琼斯的道德责任，但他的不检点最终导致了严重的后果。如耐廷盖尔就指出贝拉斯顿夫人对他的另眼看待"要激起的并不是感恩，而是虚荣心"（第十五卷第九章，807）。由于汤姆·琼斯深陷贝拉斯顿夫人的道义陷阱，因此不得不用假求婚的方式来予以断绝。而这封信后来落到苏菲亚手中，导致了苏菲亚对琼斯的误解。与此同时，他又被费兹帕特利先生误认为是他妻子的情夫。结果在由费兹帕特利先生挑起的决斗中误伤对方，被押解到监牢里。他在此过程中虽然无辜，但其实与先前琼斯在厄普顿客栈行为不检以及与贝拉斯顿夫人的暧昧有莫大的关联。琼斯的放纵行径终于让他尝到苦果，也算得上是咎由自取。书中评论道，"由于他轻率行事，已陷入悲惨境地（即使在法律上还没判作重刑犯，他干的事至少已经使他自觉难逃法网）"（第十七卷第一章，867）。琼斯此时已经处于人生的低谷，不仅自己失去了人身自由，也无望获得苏菲亚的谅解。而对于这位以获得苏菲亚的爱情作为人生最高奖赏的汤姆·琼斯来说，不谨慎差点就让他错失了个人幸福，改变了他的命运。奥尔华绥先生和他相认后，郑重劝告他"处世不检点可以给人造成多么大的危害！谨言慎行确实是我们对自己应尽的责任。倘若我们轻率行事，贻误了自己，那么也就难怪世人不对我们克尽义务了；因为当一个人为自己的灭亡打下基础，旁人就会高高兴兴帮他完成这个工程了"（第十八卷第十章，954）。而在奥尔华绥的熏陶下以及和贤淑的苏菲亚结合后，汤姆·琼斯终于"在对过去糊涂行为的反省中，学会了在他这样生气蓬勃的人身上罕见的谨慎和稳重"

(第十八卷末章,977)。

　　同样,因为缺乏谨慎而导致犯下道德过错的情况也存在于布思身上。在《阿米莉亚》中,布思一样欠缺理性的判断力和控制力。比如在失掉哈里森博士这位贤明的顾问之后,布思负债累累,直至宣告破产。为了避免牢狱之灾,布思只身来到伦敦宫廷周围的王室司法官辖区居住,但在这里又被一些觊觎阿米莉亚美貌的贵族所陷害。他的落魄失意,固然有对手狡猾奸诈的缘故,但布思自己缺乏谨慎美德也是造成这一困境的重要原因。小说中写道,由于迷恋阿米莉亚美貌的詹姆斯上校拒绝替布思作保出狱,因而导致布思吃了不少苦头。其中詹姆斯对布思的批评虽说出于私心,但却正中布思谨慎美德缺失的要害。他说布思"至少是犯了不谨慎的罪过。为什么他不能靠他领取的半饷过日子? 他为什么要这样荒谬绝伦地让自己背上一身债?"(第八卷第八章,395)后来在特伦特上尉的有意引诱下,布思又染上了赌瘾。由于他并不精通这门"城市知识的高深学问"①,因而债务越积越多,让本不宽裕的家庭濒临毁灭。在看到给妻儿带来的悲惨境地后,布思诚恳地反省自己的罪过,打算节衣缩食、谨言慎行,依靠自己的双手逐步还掉债务。即便后来意外得到遗产,布思也遵从了他对家庭的承诺,除了去伦敦偿还债务之外,就再也没有离家远走过。

　　哈里森博士曾表示:"人类怀有恶意的本性:他们在摧毁别人声誉方面会感到一种冷酷无情的快乐,我们懂得这个情况之后所能做的事,就是不给他们提供任何可以非难我们的把柄,因为世界上的人们虽然很坏,对于别人的过失也许时常会夸大一万倍,但对于无懈可击的人,他们倒是很少去谴责的;当我们责备这种夸张攻击的恶意时,我们可别忘记,这事由于我们自己不谨慎,才给他们提供了非难的理由。"(第三卷第一章,98—99)因此,即使是菲尔丁笔下的道德英雄阿

---

① 第九卷第七章标题,参见《阿米莉亚》第447页。

米莉亚,也险些高估了自己的贞洁和错看了恶人的伪装而上当受骗。小说描写,勋爵邀请房东埃利森太太和阿米莉亚参加假面舞会。布思因为之前听到的一些关于勋爵为人的只言片语,而对此行表示出极度的不安。阿米莉亚虽然还未看清勋爵的真面目,但出于妻子的忠诚,也在埃利森太太面前极力维护了丈夫的意愿。但在埃利森太太走后,却对丈夫的这种怀疑表示出愤慨,一方面,她觉得布思怀疑自己的清白和贞洁是毫无缘由的,认为"一个女人贞洁自持,她就永远能充分地防卫自己"。另一方面,因为他们家承蒙勋爵的恩惠,勋爵还曾许诺帮助布思谋取一个职位,以缓解家庭的经济状况。阿米莉亚忍不住说:"你怀疑到勋爵头上,我不说这是忘恩负义,那也要说这是不公道的。"(第六卷第六章,287)因此,布思夫妇最后仍决定按约去参加假面舞会。幸而贝内特太太向阿米莉亚讲述了自己的故事,才使得阿米莉亚避免了可怕的命运。莫利·贝内特太太的历史,如同她自己所说,"不慎重,至少是极度的、不可原谅的不慎重,这是我将永远责备我自己所犯的过失"(第七卷第一章,305)。首先,她"犯下了一个违背谨慎与细心一切准则的极大罪过"(第七卷第二章,313),指责蓄谋嫁给她父亲的一个寡妇,以至于失掉了父亲的宠爱;然后又由于不谨慎的恋爱得罪了照拂她的姑妈;婚后虽然夫妻情深,但他们又在心情烦闷下每天看戏消遣,这种"考虑不周"(第七卷第五章,332)的生活方式也让贝内特太太一家几乎一贫如洗;最后贝内特太太被居心不良的勋爵诱奸,她从勋爵那里被传染了性病,又传染给了她的丈夫。而她出轨的事件也间接导致了她丈夫身体出现病痛,在不久之后就悲惨地死去了。而贝内特太太的孩子小查利后来也没能保全,夭折在她怀中。这一家破人亡的世间惨剧多多少少都是由于不谨慎导致的。

"没有自我克制便没有美德。"① 在菲尔丁的伦理学思想中,谨慎

---

① 曼德维尔多次表述过这句话,参见[荷]伯纳德·曼德维尔:《蜜蜂的寓言——私人的恶德,公众的利益》,肖聿译,北京:中国社会科学出版社2002年版,第120、199页。

美德之所以居于一个重要位置,皆因这一美德的具体内涵包容了菲尔丁对于理性、自然人性以及情感和宗教等问题的复杂看法。简要地说,由于菲尔丁认为谨慎美德的获得主要来源于人对自然天性和情感的理性控制,因此理性就成为道德成长的一个重要助力。这当然反映了菲尔丁启蒙主义的伦理思想。更为重要的是,虽然谨慎美德系出于人的自我保护,是一种利己主义的道德要求,但其实践后果却能够增进他人的幸福,亦即亚当·斯密所说的实现正义。因此可以说菲尔丁的伦理思想虽然立足于利己主义,但它同样可以催生正义和仁慈。在这当中要求人运用自己的理性,是一种以利己主义为核心的启蒙主义,它实际上反映了菲尔丁对人的自我意识和主体性价值的弘扬。

综上所述,与亚当·斯密这种从人的自然权利出发去论证谨慎的道德属性相类似,菲尔丁在小说中描绘了谨慎美德对于人的保护作用。这种保护,首先是一种道德意义上的美德捍卫,一个人如果不够谨慎,那么就有可能失去自身的其他美德。此外,菲尔丁除了对谨慎美德的道德内涵做出具体叙述之外,还为谨慎美德赋予了一种美学色彩。"道德如果不是用端庄恭谨来装扮,就显不出它的美来。"(《汤姆·琼斯》第三卷第七章,121)按他的话说,谨慎具有"端庄恭谨"之美,它可以用美的形式显示出一个人的高尚道德。他所说的谨慎的"端庄恭谨"之美,就是这一美德的外在形态。按菲尔丁的理解,他之所以提倡谨慎美德,不仅是因为这一美德可以帮助主人公避免道德陷阱,而且它自身所具有的外在形态也因其美学价值吸引了世人的关注。听闻贝内特太太讲述了自己的经历后,阿米莉亚马上从中汲取了道德教训,在为被关入监牢的丈夫感到忧心和痛苦时,还在贝内特太太面前谦卑地反思自己违背了许多宗教教义的过错——"首先,我违抗了上帝的意志与愿望;至少没有经他许可,任何人类的事故都是不会发生的;其次,夫人,如果有什么事情可以加重这种罪过的话,那就是我违背了友谊的准则和得当的行事方式,因为我把我悲痛的一部分负担投到您的身上了;另外我还违背了常识的要求;按照常识的要求,我不应当软弱地、沉重地悲叹我的不幸,而应当振作起全部精神来消除它们。[……]我现在觉得,没有什么很难的事是我承担不了的。"(第八卷第四章,371)因此,在菲尔丁笔下,阿米莉亚已经成长为完美的道德英雄形象:她兼有"妩媚的姿色与迷人的品质","一切女人所能具有的魅力她都具有了"(第二卷第一章,57)。"在所有合适的情况下",她都能做出"坚强的决定"。(第九卷第四章,430)她"处世谨慎"(第十卷第四章,495),极为严格地注意使她的"举止言行合乎正派的要求,注意保持良好的名声和高尚的荣誉"(第十卷第八章,524),从来不去假面舞会那样的场所。她身上的道德风度也使她的美貌更加光彩照人。换句话说,为突出谨慎的美学形态,菲尔丁刻意在描写具有谨慎美德的人物时,彰显了他们的端庄恭谨之美,并以这种散发着人格魅力的人物形象,感召着世人的倾心渴慕和道德追随,如是也就最大限度地发挥了作家弘扬谨慎美德的叙述功能。具体而言,菲尔丁在塑造具有谨慎美德的人物形象时尤为突出了其美的一面,诸如描写外貌与心灵之美,皆成为他弘扬人物谨慎美德的不二法门。阿米莉亚不仅天姿国色,而且她的美貌还伴有某种和蔼可亲的神态,心地也异常的单纯高尚,是"最值得尊敬、最宽厚和高尚的人"(第二卷第七章,86)。而这种外貌与心灵之美,不仅反映了一个拥有谨慎美德的人物由内向外所散发出来的人格魅力,而且也为谨慎美德赋予了一种极具感召力的美学形态。就此而言,菲尔丁其实将谨慎美德的自然属性赋予了一种社会属性。在这当中,美德捍卫是谨慎的道德功能,端庄恭谨是谨慎的道德形态。体现在菲尔丁笔下,前者就表现为菲尔丁对谨慎美德道德实践后果的描写,后者则为其道德叙事提供了一种含蓄内敛的美学形式。从讲述谨慎美德的具体内涵,到弘扬其"端庄恭谨"之美,菲尔丁可谓是殚精竭虑,充分实践了其道德救世的文学理念。

三、仁慈

在菲尔丁的小说伦理体系中，仁慈（charity）也是作家鼎力倡扬的一种核心价值。这一词包含了仁爱和慈善之义，因此在中译本中往往根据上下文的语境来确定含义。① 在菲尔丁看来，与上述两种需要主人公后天习得的美德有所不同，仁慈首先是来源于造物的一种先天之性。由于菲尔丁认为人性本善，因此人的善良本性也就包含了仁爱之心。从这个角度理解，仁慈首先是一种自然天性。他小说中的正面人物无一不是仁慈的代表。如叙述者介绍地方保安官奥尔华绥先生"是造物和命运的宠儿"，"奥尔华绥从前者得到的是堂堂的仪表，健壮的体质，卓越的见识和一幅仁慈的心肠（a benevolent heart）。后者为他安排下的，是继承郡里最大的家业之一"（第一卷第二章，12）。因此，奥尔华绥先生一直急公好义，"仁慈在他胸膛里一向是占上风的（as good nature had always the ascendant in his mind）"（第一卷第三章，14），而在苏菲亚身上，"天使般的性格，圣者一般仁慈的心肠——那要远远超过其他任何魅力"②（第五卷第六章，220）。中文译者将"好心性"翻译为仁慈，又给了它一个"圣者般的"形容词限定语，都旨在表明，仁慈应是根植人心中的先天之性。

菲尔丁的独到之处就在于，在弘扬仁慈的美德价值同时，也格外强调仁慈所蕴含的对于道德行为的引导作用。因为仁爱虽然无疑是一种美德，但它同时也具有道德的不稳定性，有时甚至会转化为毫无原则的空泛博爱。这就是说，自发的仁爱之心有时会受到行为主体的情绪、心理，乃至客观环境的影响，它往往会因这种主观性而影响到人对一些善恶原则的坚守。在《约瑟夫·安德鲁斯》和《汤姆·琼斯》中，

---

① 中译本对此词的翻译有仁慈、仁爱、慈善等，为了在此书中表述一致，笔者都用"仁慈"来囊括仁爱和慈善的双重含义。

② 原文为"Oh, I know too well that heavenly temper," cries Jones, "that divine goodness, which is beyond every other charm."

菲尔丁都借人物对话讨论了仁慈的话题。亚当姆斯牧师去找屈鲁力勃牧师借七个先令,这位牧师却一文钱都不肯借,亚当姆斯斥责道:"你不懂什么叫做慈善,因为你根本不知道实践的方法;我得告诉你,如果你自以为是,你就欺骗了自己,你即使再加上信心,也做不成好事。"(第二卷第十四章,170)后来,亚当姆斯牧师和鲍培夫人的管家彼得·庞斯(Peter Pounce)一起同车返乡。"彼得是个伪君子(Hypocrite [p.234]),亚当姆斯总是看不透他,其实亚当姆斯所尊重的是彼得外表的善良,彼得却以为人家尊重他的财富。"(第三卷第十二章,284)两人在路上谈到行善,亚当姆斯牧师认为,"如果财富不跟慈善结合起来,就等于没有;只有肯拿财富来施福于别人的人,有了财富方是幸福(… that Riches without Charity were nothing worth; for that they were only a Blessing to him who made them a Blessing to others [p.238])"(第三卷第十三章,289)。继而又说:"我对于慈善的定义是,扶危济困的慷慨大方的意向(my Definition of Charity is a generous Disposition to relieve the Distressed [p.239])。"(第三卷第十三章,289)彼得·庞斯答道:"那种定义本来有点道理,[……]我也相当赞成;如你所说的,它是一种意向——行善的愿望而不是行善。"(第三卷第十三章,289)他的意思只有善心就足够了,不用捐钱出来帮助穷人。"人类的困危大多是虚幻的,扶危济困是愚蠢,而不是善举。"(第三卷第十三章,289)"我们宪法里最大的弊漏,除了供应某些人的条款之外,要算数救济穷人的条款了。"(第三卷第十三章,289)这番谈话不仅让彼得·庞斯的伪君子形象暴露无遗,也通过二人的讨论反映了世人对于仁慈和行善的成见。

但对于这一问题的探讨,菲尔丁仍意犹未尽,所以到了创作《汤姆·琼斯》时,他专辟一章来谈论仁慈问题。[①] 小说叙述布利非大尉

[①] 第一卷第五章,其标题为"许多足以锻炼读者判断和思考能力的事物"(69)。

自从娶了白丽洁小姐后,看到奥尔华绥先生如此宠爱汤姆·琼斯,甚至把他们的孩子布利非和汤姆·琼斯一起抚养,不禁产生了对自己未来会继承多少财产的深重忧虑之情。为了委婉地劝说奥尔华绥放弃对汤姆·琼斯的收养,布利非大尉专门找了个时机和奥尔华绥先生谈谈何为真正的仁慈①,企图由此证明"在《圣经》里'爱'这个字没有一处是当作行善或慷慨解释的(He was one day engaged with Mr. Allworthy in a discourse on charity: in which the captain, with great learning, proved to Mr Allworthy, that the word charity in Scripture nowhere means beneficence or generosity [vol. 1, p. 52])"(第二卷第五章,71),"基督教的建立是为了更崇高的目的,而不是为了实行许多异教的哲人老早就传给我们的仁爱之道"(第二卷第五章,71)。在他看来,应该把这个词"理解为心地热诚,或是对同胞持友善的看法,对他们的所作所为给予宽厚的评价,这才接近《圣经》的意旨(came nearer to the Scripture meaning, who understood by it candour, or the forming of a benevolent opinion of our brethren, and passing a favourable judgment on their actions…[vol. 1, p. 52])"(第二卷第五章,72)。而布利非大尉所以将"仁慈"仅仅理解为"仁爱",而忽视其"慈善"之义,他提出了两个理由:一是从施行者来说,大多数人也很穷困,并没有施行慈善的条件;二是从接受者来说,"我们时常受骗,往往把最丰厚的恩惠施给不配享受的人",就不免"犯了助长罪恶、鼓励坏人的过失"。(第二卷第五章,72)

作为作家笔下的道德代言人,奥尔华绥先生显然并不认同布利非大尉的观点。针对布利非大尉的旁征博引,奥尔华绥先生表示"他没资格跟大尉争论希腊文方面的问题。因此,关于译作'爱'的这个字的

---

① 萧乾、李从弼译本为"爱",并在该页注释说明:"原文作 charity,《新约·哥林多前书》第十三章中,此字译为'爱'。本文根据情况,有时译作慈善行为。"参见[英]亨利·菲尔丁:《弃儿汤姆·琼斯的历史》(上、下),萧乾、李从弼译,北京:人民文学出版社1984年版,第71页。

真实意义，他不能表示意见，但他一向把这个字理解为由某些行动所构成，而周济施舍至少也构成这种德性的一个方面"（第二卷第五章，73）。不管"仁慈"是什么含义，"从《新约》的整个精神来看，它显然是一种责任"，也就是说，"行善是基督教的教规和自然规则所要求人们履行的一种义不容辞的责任（duty），[……]它本身就是一种报偿（be its own reward [vol. 1, p. 53]）"。（第二卷第五章，73）因此人不能从施行者的穷困和可能遭受的欺骗中摆脱这一道德责任，"妨碍一个好人去济弱扶贫"（第二卷第五章，73）。从奥尔华绥的回答中可以发现，由于仁爱在菲尔丁小说中已经是一种先天之性，所以菲尔丁格外注重描绘仁爱之心驱使下的慈善行为的美德价值。

因此，汤姆·琼斯曾从人性的角度高度评价"慷慨大方的气度"才是"人类一切伟大崇高的品质真正的基础（that generosity of spirit, which is the sure foundation of all that is great and noble in human nature [vol. 2, p. 132]）"（第十二卷第十章，641），而布利非上尉提到的"charity""beneficence""generosity"这三个意义近似的词及它们的衍生词在菲尔丁那里，不仅有程度的区别，也是有性质的区分的。客观上，《阿米莉亚》中的詹姆斯上尉曾多次救助布思的家庭，尽管叙述者也不得不夸赞他的慷慨，但由于他本身居心不良，叙述者并未用"charity"来形容他的善行，且看下段：

> 这位慷慨大方的上校（他确实是非常慷慨）就这样使这个小小的家庭恢复了安宁，并使它重新得到了安慰；由于这个慈善的行为，那两位极为可敬的夫妇在那天晚上成了两个极为幸福的人。（第四卷第四章，185）
>
> Thus did this generous colonel (for generous he really was to the highest degree) restore peace and comfort to this little family; and by this act of beneficence make two of the worthiest people, two of the happiest that evening. (pp. 164—165)

仁慈这一伦理价值在菲尔丁的伦理体系中之所以重要,在于它是基督教伦理思想的基本原则。《圣经·马太福音》记载耶稣的教诲说:

> "你要全心、全意、全智,爱耶和华你的上帝。"这是最大、最重要的诫命。其次的也相似,就是"要爱人如己"。全律法和众先知的话都系于这两条诫命。①

《罗马书》中也有类似的论述:

> 你们一点也不要亏欠人,只有彼此相爱才是你们要互相亏欠的。因为爱人的,就实现了律法。其实律法说的"不可通奸,不可杀人,不可偷窃,不可贪婪",或是别的诫命,都包括在"爱人如己"这句话里面。爱人就不伤害别人,所以,爱心完全体现了律法。(13:8—10)②

对于菲尔丁来说,"爱人如己"是仁慈美德的外在表现形式。和爱情关系不同,仁慈美德主要指向道德主体的邻人——不论是敌人还是朋友,作为道德英雄的人物都应在引导自然天性的基础上对邻人做到"爱人如己"。具体到小说叙述中,菲尔丁主要通过塑造主人公的密友角色,生动阐述了对"邻人"的仁慈美德的具体内涵。

在菲尔丁笔下,亚当姆斯牧师、奥尔华绥先生和哈里森博士集中体现了这种宗教式的仁慈形象。他们三人在小说里虽然具备多种伦理身份③,但最为重要的是,他们"都具有极为虔诚的宗教信仰。他们为人敬仰的伦理权威,即来自这种宗教特性"④。亚当姆斯和哈里森

---

① 《圣经·马太福音》22:37—40,《圣经》新世界译本,第1235页。
② 《圣经》新世界译本,第1417页。
③ "他们既是主人公的父亲代理人形象,又是作品中的伦理权威与道德法官,有时甚至还担当了故事的叙述者角色。而这多重身份的存在,又大大影响了主人公的道德完善。"参见杜娟:《亨利·菲尔丁小说的伦理叙事》,武汉:华中师范大学出版社2010年版,第144页。
④ 参见杜娟:《亨利·菲尔丁小说的伦理叙事》,武汉:华中师范大学出版社2010年版,第150页。

本来就是牧师,是上帝在世俗社会中的代言人。他们身体力行地宣扬何为真正的仁慈,因为仁爱之心和慈善行为是每一个基督徒应尽的义务。"诫命说的最明确的就是慈善,人生责任中讲得最频繁的也是慈善。所以,谁没有慈善心,我就毫不犹豫地管他叫作非基督徒(there is no Command more express, no Duty more frequently enjoined than Charity. Whoever therefore is void of Charity, I make no scruple of pronoucing that he is no Christian [p. 146])。"(《约瑟夫·安德鲁斯》第二卷第十四章,171)亚当姆斯牧师关爱自己教区的人,"全不顾自己的私利(opposing his own Interest [p. 282])"(卷四第十一回,236)①;哈里森博士管理的教区井井有条,"把他所有的教区居民都当作自己的孩子对待,而他们则把他看成自己共同的父亲。每个星期他都要到教区中每个家庭去访问一次,从不间断;他查问他们的情况,并根据具体情况对他们进行表扬和指责"(第三卷十二章,154)。在仁慈精神的指引和关怀下,哈里森博士的房子不啻"地上的天堂","居民们的争吵从来没有发展到打架或诉讼的地步;教区里看不到一个乞丐";在布思上尉居住在这里的整个期间,没有听到过一句十分亵渎神明的诅咒。(第三卷十二章,154)哈里森博士明智地担任了赏罚分明的道德仲裁者的任务,当他认为布思夫妇不当的虚荣心导致"荒谬绝伦的过错"(第九卷第一章,416)时,他控告了布思,导致他因为欠债被拘禁;但是看到他们的悲惨境遇并了解到真实情况后,他又保释了布思。而《汤姆·琼斯》中的奥尔华绥先生"在仁慈方面是个典范"(第六卷第三章,266),"老实说,无论根据哪种解释,慈善二字他都当之无愧,因为没有谁比他更知人的饥寒,更乐于济人之急,同时也没有谁比他更珍惜旁人的名誉,轻易不肯听信有损旁人声名的话"(第一卷第六章,75)。"只有奥尔华绥先生这位仁慈为怀的人,才能跟太阳比灿烂,争

---

① 据伍光建译本,王仲年译本未译出。

光辉。"(第一卷第三章,18)菲尔丁还从世人心理角度力劝大家多行慈善,如他借约瑟夫之口表示,"虽然一个人的良心不一定能促使他去解救同胞的苦难,我以为渴求荣誉①的心理应该能够打动他(for tho' the Goodness of a Man's Heart did not incline him to relieve the Distresses of his Fellow-Creatures, methinks the Desire of Honour should move him to it [p.203])。[……]一桩慈善的伟举,[……]诸如此类行好的例子,是不是比世上最华美的房屋、家具、绘画或者衣服更能替人招来名誉和尊敬呢?因为尊重他的不仅是身受其惠的人,人们只要听到他仗义疏财的名声谁都会尊重他,并且远超过尊重持有那些身外物的人"(第三卷第六章,245—246)。菲尔丁在《阿米莉亚》中也表示了相似的感慨——"仁慈的性情如今是很少看得到了;淫荡、虚荣、贪婪和野心正日益猖獗,并得意洋洋地击败了人类的愚蠢和软弱,造成了人类毁坏和没落;[……]现在高傲的人们正在不断地争强好胜,显露头角,但是却很少让我们从中领悟到,我们要高出别人,惟一可靠和可取的方法就是成为他的恩人。"(第四卷第四章,185)

　　菲尔丁还借小说情节的设置,表示出在劝人向善方面,仁慈比惩罚更有效果。如汤姆·琼斯偷猎了鹧鸪,挨了牧师屠瓦孔先生的一顿毒打,"汤姆抵死受刑,坚不改口"(第三卷第二章,103),不肯供认出同谋者是谁,可奥尔华绥先生好言好语地训诫,还送他一匹小马安慰他的冤屈,这几乎让琼斯吐露实情。"汤姆倒感到了内疚,这是任何严厉的责罚所办不到的。对他来说,屠瓦孔先生的鞭子比奥尔华绥先生的仁厚要容易忍受多了。"(第三卷第二章,104)在宗教的教义中,对他人道德过错的宽容是仁慈的应有之义。对于这一问题,菲尔丁却表示出与常见不同的对宗教诫命的个人理解,即对恶人不能讲求无条件的宽恕。仁善包含着宽容,也就是不仅要爱人如己,也要学会宽恕自己的

---

① 译文有修改,王仲年译本为"沽名钓誉"。

敌人。《圣经·路加福音》第六章记载:"你们听道的人,我告诉你们,总要爱你们的仇敌,向恨你们的人行善。咒诅你们的,你们要给他们祝福;侮辱你们的,你们要为他们祷告。人打你面颊的这一边,你连那一边也由他打;人拿你的外袍,你连内袍也任他拿去。凡求你的,你都要给他;人拿走你的东西,你不要向他讨回来。"(6:27—30)①从法官、律师的身份出发,菲尔丁认为虽然我们应该讲仁爱,但是仍要发扬惩恶扬善的精神,对于仇敌的仁爱与宽恕,也不能超越宗教教义。早在《约瑟夫·安德鲁斯》中,巴纳贝斯(Barnabas)问约瑟夫是否能饶恕打劫他的强盗的罪?约瑟夫初时回答不能饶恕,"他最希望听到他们[指强盗们]落网的消息"(第一卷第十三章,52)。"我要是再碰到他们,我一定会揍他们,办得到的话,还把他们宰掉。"(第一卷第十三章,52)巴纳贝斯劝解说:"打死强盗是法律许可的,但是你能不能说,你以基督教徒的胸襟饶恕了他们呢?"约瑟夫说"他尽他的能力饶恕他们"(第一卷第十三章,52)。也就是说,对于恶人的饶恕不可丧失原则,必要时也需要法律的匡正。约瑟夫的回答可代表菲尔丁对这一问题的基本看法。

同样,《汤姆·琼斯》中的奥尔华绥先生说:"尽管《圣经》吩咐我们要爱我们的仇敌,但那指的并不是我们必须待他们以对朋友的发自内心的挚爱,更不用说是为他们牺牲我们的生命以及我们理应看得比生命还要宝贵的东西——清白。"(第一卷第七章,28)奥尔华绥先生的仁爱与宽恕并不是没有原则的,"尽管奥尔华绥先生并不像晚近某些作家那样认为讲仁慈无非就是惩罚有罪者,然而他同样也不认为毫无理由地任意赦免犯有严重罪过的人就符合这一美德"(第二卷第六章,80)。因此,在琼斯的私生子案件中,一方面,他没有将被疑为生母的珍妮·琼斯关进教养所,"恩威并施"(第一卷第九章,35)地"采用了唯

---

① 《圣经》新世界译本,第1286页。

一能鼓励姑娘走上正路的办法"(第一卷第九章,36)。但另一方面,却取消了被疑为生父的理发匠兼塾师巴特里奇的年俸,因为在他看来,引诱者要比被引诱者的罪过大得多。同样,当布利非隐瞒母亲遗嘱、诬陷琼斯的罪行败露后,奥尔华绥先生不愿原谅布利非的恶行,他说:"对于恶行,我的宽恕只能在教义所规定的限度以内,而那既不包括对他施惠,也不要求我们还和他有什么往来。"(第十八卷第十一章,962)他责备琼斯对布利非过于宽大,"这样错误的仁慈不仅是软弱,而且近乎有失公道,因为它主张罪恶,从而贻害社会"(第十八卷第十一章,962)。

　　菲尔丁的最后一部小说《阿米莉亚》对这个问题有更多的阐述,这是菲尔丁第一部以女性人物为主人公的小说作品。虽然由于菲尔丁创作的男性气质,其中的男性主人公布思更让人印象深刻,但就其创作意图来说,阿米莉亚才是小说当仁不让的主角。作为妻子,她在作品里的主要美德便是忠贞与宽恕。她不仅一次又一次原谅布思的赌博恶习,而且后来我们才发现,虽然她早就知道布思背叛过她,但却一直没有表现出来,仍能勇于承担自己在家庭中的责任。她这种忠恕的美德,让人折服其身为妻子和母亲的宽容与坚强的同时,又不免让人感觉她的美德是没有原则的表现。

　　其实,对于这一问题,哈里森博士有更为清晰的表述,《阿米莉亚》第九卷第八章有很长的篇幅讨论对待敌人的博爱是否符合基督教原则,也就是如何理解《圣经》中"爱你的敌人,祝福那些诅咒你的人,对那些恨你的人做好事"。哈里森博士认为对敌人的"爱"只能理解为"心的喜欢满意"。"您可以把您的敌人当作上帝的敌人去恨,并为了上帝的荣誉,设法对他们进行应有的报复;为了您本人的缘故,您也可以设法从他们那里得到适当的满足;但是在这之后,您应当怀着一种跟这些事情不相矛盾的爱去爱他们;用更明白的话来说,那就是说,您将去爱他们和恨他们,既祝福又诅咒他们,为他们既做有益的事也做有害的事。"(第九卷第八章,457)这段话看似诡辩,其实哈里森博士的意思是不应该因为私人的意愿去报复他们,但为社会公义论,应该诉诸法律和道德手段谴责和惩罚恶人。也就是人们不应该"不会利用法律作为死人发泄恶意的工具,彼此报复相互之间的深仇大恨"(第九卷第八章,458)。从个体的角度,应该爱他们和祝福他们;从社会层面,应该仇恨他们和诅咒他们。他对布思的诉讼和绳之以法便体现了这一点,他并非因为布思欠他债务太多的私怨而提出诉讼,而是因为要约束他不当的奢侈行为,给他一定的道德警示才如此行事。为此,哈里森博士也赞扬了阿米莉亚小儿子的童稚之言。由于是哈里森博士亲手将布思送进了监牢,因此这个小孩子"声称他将很宽厚地恨他的敌人"(第九卷第二章,419)——"我会宽恕您,因为一个基督教徒必须宽恕每一个人;不过只要我活着,我就应当恨您。"(第九卷第二章,419)也是因为此,当阿米莉亚姐姐贝蒂·哈里斯小姐的阴谋败露后,阿米莉亚写信给姐姐让她逃跑的事例,菲尔丁也并不完全认同,说到底,菲尔丁对于仁慈美德的理解充满了法官和哲学家式的辩证思考,而非像保守的基督徒那样全盘接受。

第二节 菲尔丁小说伦理的心理学体系

从国内外的研究来看,为数不少的批评者认为菲尔丁小说存在着人物形象的类型化和心理描写的简单化等缺点。如有论者指出:"根据这部小说[指《约瑟夫·安德鲁斯》]的观点,各种出身、各种地位、各种信仰、各种文化的人物,都受到同样明晰的容忍,同样并不犀利的讽刺,对虚伪和虚荣的肆虐同样感到悲痛的对待。[……]这是一种不考虑心理学的假深刻的现实主义。"[1]那么,菲尔丁小说是否果真如批评

---

[1] [法]皮埃尔·勒帕普:《爱情小说史》,郑克鲁译,北京:商务印书馆2015年版,第116页。

者所言"不考虑心理学"呢？事实上,菲尔丁小说伦理并不立足于先验的、形而上的或共同的伦理体系,恰恰是从心理学的角度出发,关注了人物内心在道德行为中的重要作用,也因此具有了一种鲜明的心理学特征。从思想渊源上说,菲尔丁受到情感主义伦理学家沙夫茨伯里、哈奇森以及经验主义哲学家洛克的影响,并从对曼德维尔伦理思想的创造性转化中,从心理学视角描绘了善德的发生、保障以及报偿等问题。与此相对应,菲尔丁笔下的小说人物也往往是从心理层面上决定了自己的道德善举。在此过程中,他们自身的情感或理智需求都发挥了重要作用。

一、善的发生:道德情感

在菲尔丁小说的伦理叙事中,除了对核心伦理价值的宣扬之外,作家也格外重视对道德动机的描写。简单来说,菲尔丁塑造的各色人物,不论是品格高尚的道德英雄,还是道德败坏的宵小之辈,皆在行为动机上具有一种强烈的心理学色彩。一般而言,人为了满足自己内心的情感或理性要求,往往会在现实的社会生活中做出不同的价值选择。这些行为方式也因此具有了一种心理学色彩。对菲尔丁来说,这一点就主要表现为人物对于自身情感的主观诉求。

从作家的创作心理来看,菲尔丁之所以将笔触重点放在人物的情感层面,主要是出于他对伪善人格中冰冷理性的本能排斥。作为一部引发了菲尔丁创作灵感的小说,《帕梅拉》中的女主人公在对待B先生的求婚时明显欠缺一种确切的情感动机,因此她的美德善行才看上去更像是一种伪善,也招致了菲尔丁的无情嘲讽。曾有论者指出,从小说《帕梅拉》的前半部分难以察觉到她对B先生的爱慕之情:"读者只能听到她义正词严的批判,却听不到她爱情萌动的声音。"[①]只是在仆

---

① 曹波:《人性的推求:18世纪英国小说研究》,北京:光明日报出版社2009年版,第107页。

人奉命把她用马车拉回她父亲家里去的时候,帕梅拉才突然感受到"爱情"。虽然她自陈心迹:怎样"完全"被主人的宽厚坦率、"高尚正直"所"征服"(291),"这世界除了他,我将永远不能考虑其他任何人了!"(292)。但这种情感转变的时机把握如此得当,感情迸发如此极端强烈,大概就连理查森也觉得比较突兀,他在文中写道:

> 确实是这样;但是我想,爱情并不是一件想有就会有的事——爱情,我确实是这样说了!我希望它不要来,至少希望它不要发展到把我弄得十分焦急不安的地步!我不知道它是怎样来的,也不知道它是什么时候开始的;但它却像一个窃贼一样,偷偷、偷偷地爬进我的心窝;在我还不明白是怎么回事之前,它看来就像是爱情了。(292)

在后来的《克拉丽莎》中,理查森不仅修正了《帕梅拉》那种功利主义的故事结局,而且也设置了更加符合人物心理和社会文化的道德要求。菲尔丁对此曾大加赞赏,但这部作品却在读者中引发了完全相反的心理印象。读者一方面谴责女主人公在爱情中的冷漠和傲慢,另一方面又迷恋洛弗莱斯的那种落拓不羁的魅力。① 究其原因,还是作家未能处理好人物在情爱关系中自发自主的情感描绘问题。为了使女主人公符合社会上习见的道德规范,理查森有意凸显了帕梅拉和克拉丽莎理性的一面,难免使得她们的形象由于欠缺情感而显得过于做作和单薄,因而也无法确切反映出女主人公道德选择的正当性。在菲尔丁看来,世人其实并不缺乏对善的理性认知,而是缺乏对善的情感动力。换句话说,只有受到了内心情感的强大驱动,人才会有动力去追求美德善行,而不仅仅是在理性层面认识善的价值内涵。在菲尔丁的实践伦理学中,作为道德实践的前者,显然远比作为道德观察的后者

---

① 参见[美]伊恩·P.瓦特:《小说的兴起——笛福、理查逊、菲尔丁研究》,高原、董红钧译,北京:生活·读书·新知三联书店1992年版,第240页。

来得更为重要。也正是因为这一点,菲尔丁才会格外重视情感对善行的发生所起到的巨大的驱动作用。

在约翰·洛克看来,事物之所以有善恶之分,只是由于人们有苦乐的感觉。按他的理解,"所谓善,就是能引起(或增加)快乐或减少痛苦的东西;所谓恶,就是能产生(或增加)痛苦或减少快乐的东西"①。另一位伦理学家曼德维尔在总结之前的道德哲学时也说过,所谓善是一种幸福的观点已被世人所公认。"自古迄今,世上的正经人及绝大部分智者,还是赞同斯多噶[即斯多葛]主义者那些最切实的观点,即依赖于可逝去事物的东西绝非真正的幸福;内心的安宁才是最大的赐福;知识、克制、坚韧、谦虚及其他的心志修养,乃是最有价值的收获;惟有善者才能快乐;有道德者只享受真正的快乐。"②在《汤姆·琼斯》中,当奥尔华绥先生在自己的床铺上发现了一个不知名的婴儿之后,他几乎就立刻决定要收养他。促使奥尔华绥先生行善的原因,一方面是由于他天生就具有仁善之心,在面对婴儿时"很快就动了恻隐之心"(第一卷第三章,14);另一方面则是因为婴儿一直用小手紧紧捏着他的手指头,"仿佛在向他哀呼求救。纵使德波拉大娘的舌头再灵巧十倍,也抵不过这只小手恳求的力量"(第一卷第三章,16)。由此可以说明,奥尔华绥先生的高尚美德首先源于他内心深处的微妙情感,并且这种情感还能从最初行为的意向性,转变为能够导致道德善举发生的行动力。较之人在日常生活中喜怒哀乐的世俗情感,奥尔华绥先生这种可以导致道德善举的情感方式显然具有更为高尚的价值内涵,因此可以称得上是一种有别于世俗情感的道德情感,它无疑是诱发人道德善举的重要催化剂。除此之外,在汤姆身上也能看到这种道德情感的存在。书中写道:"琼斯先生具有某种气质,究竟应该称它什么,作家

---

① 宋希仁主编:《西方伦理思想史》,北京:中国人民大学出版社2004年版,第212页。
② [荷]伯纳德·曼德维尔:《蜜蜂的寓言——私人的恶德,公众的利益》,肖聿译,北京:中国社会科学出版社2002年版,第117页。

们还没取得一致的意见,然而它确乎存在于某些人的心中。这种气质的作用与其说是辨别善恶,倒不如说是激发人去行善,阻止人去作恶(Mr. Jones had Somewhat about him, which, though I think writers are not thoroughly agreed in its name, doth certainly inhabit some human breasts; whose use is not so properly to distinguish right from wrong, as to prompt and incite them to the former, and to restrain and withhold them from the latter [vol. 1, p. 118])。"(第四卷第六章,153)"Somewhat"究竟是什么?众多西方批评家都予以了辨析。如威斯里安版本的编辑在脚注里将之注释为"当然,良心(conscience)",因为文本强调它是"存在人类的心胸中"。他们补充道菲尔丁是在"先于洛克的(pre-Lockean)"意义上使用这个术语的。① B. 哈瑞森(B. Harrison)提出大卫·休谟的著作可能提供给菲尔丁这样的"行动准绳",但是他最后同意了贝特斯廷的看法,认为菲尔丁可能依靠"不拘泥于教义的牧师比如巴罗和霍德利②"主张的"基督教正统观念的传统"。③ 也有宗教阐释者如理查德·贝克斯特(Richard Baxter)认为"它可能指的是存在于精神之内的天意"④,而杰弗里·塞尔(Geoffrey Sill)则指出琼斯这种与众不同的优良特质无疑正是来源

---

① 转引自 Geoffrey Sill, *The Cure of the Passions and the Origins of the English Novel*. New York: Cambridge University Press, 2001, p.149。

② 本杰明·霍德利(Benjamin Hoadley),英国神学家兼辩论家,温切斯特地方的主教,为著名的主张不拘泥于信条的宗教自由派(latitudinarian)。菲尔丁在《约瑟夫·安德鲁斯》第一卷第十七章(75页)和《汤姆·琼斯》第二卷第七章都提过霍德利(萧乾、李从弼译本为赫德里,参见 82 页)。英国国教自 1688 年光荣革命起,因政治关系,宗教宽容派即为上层阶级所宠爱。乔治一世即位后,当时执政党人掌握教会授重职之权,更自认为应保持这一派,以维护汉诺菲王朝,故霍德利等人特受推重。

③ B. Harrison, *Henry Fielding's Tom Jones: The Novelist as Moral Philosopher*. London: Chatto and Windus, 1975, p.120.

④ 转引自 Geoffrey Sill, *The Cure of the Passions and the Origins of the English Novel*. New York: Cambridge University Press, 2001, p.149。

于哈奇森哲学的道德情感①，因为它并不能像理性那样辨别善恶，但却能使我们趋善避恶。"这东西坐在我们心灵王国的宝座上，就像英国大法官坐在审判庭里一样，它根据公道和正义来主持、审理、指挥、裁判各种案件，对被告判刑或作出免予起诉的决定。他的知识使他能洞察一切，明智不容他受任何人的欺骗，廉正不容他被任何人收买。"（第四卷第六章，154）这种道德情感引发的道德裁判，正是人类与禽兽的主要分野。因此，"尽管他[指琼斯]不是事事都做得对，然而每逢做了什么错事，他从没有不感到痛心疾首的"（第四卷第六章，154）。而哈奇森也曾比较公共感官、道德感官与荣誉感官的区别，认为公共感官和道德感官"对恶的所有憎恶要强于对明确的善的欲求"②。从菲尔丁对奥尔华绥先生和琼斯道德情感问题的肯定中，不仅可以见到作家对于洛克批判"天赋道德原则论"这一思想的价值认同，而且也能够反映出他所受到的情感道德哲学的深刻影响。

情感主义者"借助牛顿的科学理性，把情感视为博爱和健康心理的体现，视为贵族温良仁慈、乐善好施等美德的典型标志"③。菲尔丁接受了情感主义伦理学的观点，同时也间接批判了曼德维尔对情感的认识。曼德维尔从性恶论出发，认为"从人们的实际行为判断，所有人天生喜爱的真正快乐，乃是那些世俗的和感官的快乐"④。人类这种追逐快乐的本性，往往成为遮蔽道德情感的一个重要障碍。更令人遗憾的是，人即便依靠理性获得了对于美德的认知，也会因为对世俗和感官快乐的本能性耽溺，从而遗忘了道德实践的重要。换言之，"人性

---

① Geoffrey Sill, *The Cure of the Passions and the Origins of the English Novel*. New York: Cambridge University Press, 2001, p.152.
② [英]弗兰西斯·哈奇森：《论激情和感情的本性与表现，以及对道德感官的阐明》，戴茂堂、李家莲、赵红梅译，杭州：浙江大学出版社2009年版，第105页。
③ 曹波：《人性的推求：18世纪英国小说研究》，北京：光明日报出版社2009年版，第183页。
④ [荷]伯纳德·曼德维尔：《蜜蜂的寓言——私人的恶德，公众的利益》，肖聿译，北京：中国社会科学出版社2002年版，第129页。

中的这个矛盾造成了一种现象,即美德的理论虽然为人们透彻理解,但美德的实践却难得与理论相符"①。但菲尔丁从情感道德哲学角度出发,认为与道德相关的这种情感并不等同于一般的苦乐之感,它实际上是一种更为高级的情感类型。在《约瑟夫·安德鲁斯》中,菲尔丁还通过描写亚当姆斯牧师的矛盾言行,凸显了情感的伦理价值与理性约束的苍白无力。小说中写道,当范妮被劫走之后,亚当姆斯牧师劝约瑟夫要约束自己的情感,说:"你总得听天由命,假定她跟你破镜重圆,你应该感恩,即使不然,你也该如此;约瑟夫,如果你是聪明人,确实知道你自己的利益,你会安安静静地顺从上天的一切措施,彻底明白正人君子所遭受的一切不幸,不管多么严重,都是为他们的好。你不但为了自己的利益,而且也有责任,必须避免过分忧伤;如果你忧伤过份,你就不配做基督徒了。"(第三卷第十一章,280)这当然是从宗教精神的角度强调基督徒应理性控制自己的情感。亚当姆斯又说:"你明确了自己的责任,而不去实行,还不是空口说白话?[……]你的知识反而加重了你的罪孽。"(第三卷第十一章,28)知晓真理而不行动,恰恰是因为缺乏道德情感的驱动所致。亚当姆斯一方面对约瑟夫提出了约束情感的规劝;另一方面,又要求约瑟夫追求真理,两者之间因为道德情感的缺失显然形成了一对矛盾关系。

由于菲尔丁历来重视人的自然天性,那么情感这种源自人天性的心理投射,就不一定能够用宗教或理性加以完全克制。约瑟夫对此就有着切身体会,比如他用莎翁《麦克白》的戏文②回应说:"对,我要像男子汉那样忍受我的悲痛,/可是也得像男子汉那样激荡感动。/那些事情叫我哪能忘怀,/因为它们对我最最心疼。"(第三卷第十一章,281)不仅是约瑟夫,即便是以宗教精神约束自己的亚当姆斯,也会在

---

① [荷]伯纳德·曼德维尔:《蜜蜂的寓言——私人的恶德,公众的利益》,肖聿译,北京:中国社会科学出版社2002年版,第130页。

② 莎士比亚《麦克白》第四幕第三场200行。

一些非常时刻难以控制自己的情感。比如,当约瑟夫回乡后因为遇见了暴徒对范妮无礼,因此想着尽快结婚。亚当姆斯却为此责备约瑟夫"急躁",认为"七情六欲没有节制就成了罪恶;甚至爱情,如果不服从责任的约束,也会使我们有眼无珠地看不见责任了"(第四卷第八章,329),他还拿亚伯拉罕献祭儿子以撒的事情做例子,"作为基督徒你就不该像这样迷恋世上任何人和任何东西"(第四卷第八章,329)。

具有讽刺意味的是,正当这时,有人来告诉亚当姆斯牧师说他的小儿子①淹死了,亚当姆斯"他默默地站了一会儿,然后开始在屋子里踏着沉重的脚步乱转,痛不欲生地哀悼他的丧失"(第四卷第八章,329)。约瑟夫拿他之前的话来宽慰他,可亚当姆斯根本听不入耳。好在峰回路转,亚当姆斯后来又得知了儿子获救的消息,恩人正是之前曾救济过他们的那位小贩。亚当姆斯"现在的欢欣跟刚才悲不自胜的情况同样漫无节制;他把他的小儿子吻了无数次,拥抱了无数次,发疯似的在屋子里手舞足蹈"(第四卷第八章,330)。对比亚当姆斯听到消息的前后反应,就能理解他约束情感的主张实际上在现实生活中是很难实现的。从叙事功能上来说,菲尔丁之所以讲述亚当姆斯情感流露的故事,其意正在说明人的情感乃是天性使然,它无法被宗教教条或理性原则所轻易遮蔽。

而《汤姆·琼斯》中也叙述,当苏菲亚在孝道和贞洁的两难处境中时,"当她设想如果自己真地成为孝道的牺牲品或者殉难者时,自己将遭到怎样的痛苦,心头就荡漾起某种惬意的情感,尽管这种情感跟宗教或道德并无直接联系,对于执行这两种目标却能给以有力的帮助"(第七卷第九章,344)。菲尔丁对于情感问题的这一认识非常重要,因为只有明确了情感的本能特征,那么催生道德善举的道德情感也才有了立足之地。事实上道德情感的发生,在很多时候都是人世俗情感的

---

① 第四卷第八章说小儿子叫杰克(Jacky),第四卷第九章则为狄克(Dick)。

一种升华。这意味着菲尔丁作品中的伦理思想，本质上就是一种以道德情感为出发点的动机论伦理学。它正是基于道德主体的心理内容，才会以道德实践的形式不断催生出了令人感佩的高尚美德。从这个角度说，由于菲尔丁将人物的情感动力视为美德养成的源泉，故而在小说创作中也就格外重视人物的情感动力问题。甚至有时候为了突出人物的情感动力因素，菲尔丁还会以唯动机论的方式为主人公的道德瑕疵进行某种道德辩护，而这一切都只是为了维护道德情感。可以这样理解，只要人物的道德情感是正当的，那么即便他们犯下了某些道德过失也可以被原谅。《汤姆·琼斯》中的大量细节显示，琼斯"生来就是个血气旺盛的人"（第五卷第九章，233），显然非常容易受到人类情感天性的指引。比如当他听到病中的奥尔华绥先生已无性命之虞后，遂高兴得开怀畅饮。尽管醉酒是一种道德过失，但由于琼斯的这一行为在情感动机上完全正当——他是出于对奥尔华绥先生的关心才导致的醉酒，因此醉酒事件在菲尔丁看来是完全可以原谅的。为替琼斯辩护，菲尔丁甚至引用了古希腊演说家厄斯吉尼兹（Aeschines）的名言，所谓"对镜见真容，酒醉显真心"（第五卷第九章，232），说的正是琼斯情感的道德正当性。但问题就在于，在菲尔丁笔下，人物正当的道德情感却往往会与他们所肩负的道德义务相冲突。为突出情感的重要性，菲尔丁甚至阐明了道义相对于情感的某些先天劣势。这一劣势就具体表现为道德义务与伪善之间的一种微妙关系。可以这样理解，虽然人遵守自己的道德义务是一种美德，但若对道义的坚守不是来自内心的道德情感要求，而仅仅是就事论事的一种外在的理性判断的话，那么这样的道义坚守就有可能会陷入伪善。

如在比较布利非少爷和琼斯的道德品质时，菲尔丁说，若"论起仁慈这种可爱的品德，布利非少爷远远不及他的同伴；然而论起那更为崇高的品德，即公道来，他又大大超过了他（Master Blifil fell very short of his companion in the amiable quality of mercy; but he as greatly exceeded him in one of a much higher kind, namely, in justice…[vol.1, p.98])"(第三卷第十章,127)。布利非打着"万物都有享受自由的权利"和"己所不欲,勿施于人"的旗号,放走了汤姆·琼斯送给苏菲亚的一只小鸟。(第四卷第三章,142)布利非的举动,表面上看是一种崇高的对于万物生命的道德义务,但隐含其后的真正原因,却是他对琼斯和苏菲亚亲密关系的无比忌妒。从这个角度说,布利非所谓的道德义务,只不过是他用来遮掩自己伪善人格的一面漂亮旗帜罢了。类似的例子在这部作品中还有很多。更为重要的是,道德义务之于情感的先天劣势不仅体现于布利非这样的反面人物身上,即便是琼斯这样的道德英雄,也存在着一种道德义务可能导致伪善的状况。比如当琼斯在获知了毛丽的隐秘之后回心转意,开始"一往情深"地爱着苏菲亚。但与此同时,他也考虑到了自己的爱情势必会给苏菲亚带来不幸,因为如果他执意去追求苏菲亚,那么就必然会给魏斯顿先生带来"损害",以及给奥尔华绥先生造成"痛苦"(第五卷第六章,217)。这是琼斯理性认知和自身情感之间的矛盾,而理性认知的结果,就是他清醒地意识到了自己对于魏斯顿和奥尔华绥先生所负有的道德义务。也正是因为这一缘故,琼斯才会"不断在道义和个人愿望的矛盾中讨生活,这两者轮流在他心里占上风"(第五卷第六章,217)。与此同时,琼斯也对苏菲亚负有道德义务,他并不是因为胆怯才不敢正视自己的真实情感,而是出于对爱人利益受损的忧虑,才努力用道义克制着自己的情感。但从本质上说,由于琼斯的道义并不是基于内心情感的真实渴求——在他的内心深处,对爱情的向往远远超过了他对于苏菲亚所谓的道德义务——而是源自他对周遭境况的理性认知,因此这种道德义务就有可能令他陷入伪善的境地:试看琼斯一面爱着苏菲亚,另一面又与别的女性逢场作戏,尽管他也有着自己的苦衷,但正是道义令他远离了苏菲亚,并进而在放纵自己的风流际遇中逃避着内心的真实情感。由此可见,如果一个人不去正视自己的道德情感,一味追求所谓的道德义务，那么这种"美德"也难免会令他变得伪善。琼斯耽于风流韵事的经历足以说明，即便是一个道德英雄，也有可能在逃避自己道德情感的前提下陷入困境。就此而言，一个人若想获得高尚美德，就必须警惕那种并非出自内心情感，而是受制于工具理性的道德义务。

实际上，菲尔丁早已洞见了人物对于道义的不当理解所可能导致的不良后果。这一点尤其体现在琼斯的个人经历之中。作为一位深具道义感的英雄人物，琼斯为了自身的道德义务，宁可在很多时候都为此付出代价。但从他的动机上来看，这种并非出于自身道德情感的道德义务，却往往令他陷入了道德困境。琼斯既然认为坚守道德义务就必须付出代价，那么不论自己多么痛苦他也只能默默忍受。比如在写到琼斯和贝拉斯顿夫人的关系时，琼斯不仅因对道义问题的不当理解而导致了自己的道德困境，而且也犯下了一些近似伪善的道德过错。

在菲尔丁看来，如果一个人在道德义务与道德情感之间发生了矛盾，那么就应当本着后者去做出价值选择。以这一标准衡量，琼斯的行为动机显然缺乏说服力：他明知自己爱的人是苏菲亚，就该依据道德情感原则将自己的爱情奉献给对方，而不能凭借他所谓的道义原则去为自己的错误行为进行开脱。因此，琼斯的自欺方式无助于改变他有悖忠贞的事实。在经历了和贝拉斯顿夫人的短暂关系后，琼斯又遇到了一位寡居的亨特太太。这位亨特太太不过三十岁，热情虔诚，也有一笔小小的财产，足够二人舒适地生活。她对琼斯的追求也是正当的，仅仅作为一个婚姻对象而言，亨特太太几乎在任何方面都无可挑剔。而此时的琼斯不仅一文不名，而且"贞洁的情人已落到她父亲手里，他简直没希望把她救出来"，正处于人生的低谷。可怜的琼斯收到情书后，"差点从堂而皇之的道义角度（from a high point of honour）决定背弃苏菲亚了"，然而"这种高调唱了没多久，就被天性的声音

(the voice of nature)压倒了。这声音在他心里喊道:这种情谊其实是对爱情的背叛"。(第十五卷第十一章,816)此时的琼斯早已洗心革面,尽管还很难称其为忠贞之士,但他却因屡屡遭遇的诱惑考验,从而具备了一种清醒的道德反思意识,于是写信给亨特太太表示了委婉的拒绝。由此可见,造成琼斯道德困境的真正原因,就是他对道德义务的不当理解,以及对自身道德情感的逃避。

同样,在讲述琼斯因偷猎鹧鸪而被当场抓获的故事时,菲尔丁也借人物之口讨论了道义问题。作品中写道,琼斯宁愿撒谎和挨顿毒打,也坚决拒绝供出黑乔治,这一举动当然体现了琼斯的道义感。对于奥尔华绥先生来说,他相信琼斯有着自己的苦衷,认为琼斯"撒谎至多也只是出于对信义了解不当罢了"。这说明在奥尔华绥先生看来,琼斯是因为对道义问题理解得不够恰当,才会做出撒谎的不道德举动。由于琼斯为了隐瞒实情"也吃够苦头了"(第三卷第二章,104),因此奥尔华绥先生不仅不责备琼斯,还赠给了他一匹小马。这一事件说明,即便琼斯对道义的理解有问题,但由于是出于同情心这一正当的道德情感,故而琼斯犯下的撒谎这种道德瑕疵也就值得原谅。不过,比起琼斯因对道义的不当理解而导致的一些道德瑕疵,伪善者对于道义的理解不当就更具有危害性了。当奥尔华绥先生赠给琼斯一匹小马后,斯奎尔和屠瓦孔为此展开了一段有关"信义(honour)"的争论。屠瓦孔认为,"我所谓的信义乃是神恩的一种形式,它不但与这种宗教[指英国国教]一致,而还以它为依归"(第三卷第三章,107);斯奎尔则表示"真正的信义和真正的德行意思几乎相同,它们都是建立在不可变更的正义法则和事物永恒的适当性上"(第三卷第三章,107)。两人虽然都认为道义不能成为撒谎的借口,但却为道义的来源吵得不可开交。显然,这两人都忽视了人的"善良的天性(all natural goodness of heart [vol.1, p.81])"才应是催生道义的动机论问题(第三卷第四章,109),转而从外在的工具理性和结果去判定一个人是否善良和守信义,这无疑是一种唯结果论的做法。这么做的结果,很难让人判别所谓的道义之举,究竟是出于人的道德情感这一真心,还是伪善者用来做做样子的道德工具。就此而言,菲尔丁实际上认同了奥尔华绥先生的观点,即真正的道义应该植根于人内在的情感诉求,否则就将沦为伪善者的一种人格表演。

二、善的保障:理性与后天理智

作为一种动机论的伦理学,菲尔丁对于道德情感这一美德养成的心理动因自然是十分重视,有时甚至为了突出道德情感的重要价值,他还会不惜以描写理性弊端的方式去佐证其对心理动机的肯定。但这并不意味着菲尔丁就否定了理性在美德实践中的合理存在。事实上,菲尔丁在叙述自己的小说伦理学时,从来不乏辩证思维,正如在区分人性的本质与现象、天然世俗情感和道德情感之外,他也借助自己的作品表明:如果说道德情感是善行发生的动机,那么理性的矜持就是善行的保障。关于这一点,菲尔丁在《汤姆·琼斯》第七卷第一章用象征的笔法表示,在造物这座伟大的舞台上,"情感"是"舞台的导演及监督",而"理性"才是"演出的正式负责人,但他是有名的懒汉,轻易不肯卖点力气"①(313)。这里的情感显然是天然情感,而非道德情感。"正如在舞台上仅仅扮演一次坏的角色,并不能使一个演员成为反派人物一样。'情感'又如一个戏院老板,往往强迫演员担任某一角色,不问本人是否同意,有时候甚至不问与他们的才能相称不相称。"(第七卷第一章,313)事实上,由于天然情感"离奇古怪、喜怒无常"(第七卷第一章,313),菲尔丁笔下人物对善的实践往往都离不开理性的陪伴。在《约瑟夫·安德鲁斯》《汤姆·琼斯》以及《阿米莉亚》这几部作

---

① 原文为"but also with the fantastic and capricious behaviour of the Passions, who are the managers and directors of this theatre (for as to Reason, the patentee, he is known to be a very idle fellow and seldom to exert himself)", vol. 1, p. 255。

品中,菲尔丁就在正面女主人公的形象刻画中,生动描绘了理性对于善的保障功能。

在《约瑟夫·安德鲁斯》中,范妮便是作家倾力塑造的一位正面人物,她身上虽然充满了活泼的自然天性,但她却是一个足够理智之人,而这一点也保障了她对善的追求最终得以实现。比如范妮尽管从不掩饰自己对于约瑟夫的爱恋,同时也能够本于内心的情感去大胆追求自己的爱情,但她从来都不是一个轻率之人,相反,在范妮身上,理智的力量却几乎无处不在。小说中写道,范妮对约瑟夫情深义重,但在生活中却是谨守礼法,时刻都以理智指引着自己的现实行动。能用自己坚强的意志力去恪守忠贞美德,就此而言,范妮一方面本于内心道德情感的要求,敢于主动去追求自己的爱情,体现了善的一种心理动机;另一方面则在处理爱情关系时,始终保持了一种理智的态度,她对忠贞的理性遵循,显然愈发增进了约瑟夫对于她的深厚情感。这充分说明范妮对于自己矜持理智的维系,实际上是保障她实践忠贞美德的一个重要手段。从善的发生到善的实践,范妮这一人物可谓是完全符合菲尔丁心目中的道德英雄形象。

同样,《汤姆·琼斯》中的苏菲亚被冠以"矜持小姐(Miss Graveairs)"(第十一卷第四章,565)之名,也是一个以理智去保障其美德实践的典型人物。"一个女人所能有的温柔,苏菲亚都有了,然而她也具备了应有的果敢。"(第十卷第九章,541—542)如果说之前她曾经让爱情占了上风,主动去寻找琼斯的踪迹,那么,后来苏菲亚在途中遇到自己的堂姐哈丽特·费兹帕特利太太,她的故事无疑给苏菲亚敲响了道德警钟。这位与苏菲亚可资对比的"轻率小姐(Miss Giddy)"曾和苏菲亚一起受到姑妈魏斯顿的照顾。她因为自己的虚荣心轻率地嫁给了一个爱尔兰人,事后却发现丈夫不过是为了她的财产,遍尝了婚姻的冷遇和苦果。用她自己的话说,"如果费兹帕特利先生不是利用追求她[指魏斯顿姑妈]来打掩护,他永远也找不到充分的机会来赢得我的爱情的"(第十一卷第四章,570)。在费兹帕特利太太的讲述过程中,苏菲亚多次表现出"不自在"(第十一卷第六章,575)。虽然她一次也没有提到琼斯的名字,但从她"低沉的、有些异样的声调"(第十一卷第七章,586)中,暗示出她对表姐故事的感同身受和对自身的反省。之后,苏菲亚虽然倾慕琼斯,但始终不忘自己作为一位女性在爱情关系中的矜持之态,再也没有犯过"疏忽之过"(第十一卷第七章,581),道德上"没有丝毫可指摘的地方"(第十一卷第八章,588)。

和范妮相比,当然可以说苏菲亚的矜持有时会略显做作,但这种理智的矜持却在很多时候都保障了她美德的践行。道德情感固然重要,但在18世纪启蒙文化的大背景下,人们也不会过于偏废,仍表现出对理性的推重,理性不是善行的主导但应成为善行的保障(Reason is here no guide, but still a guard)①。比如在如何看待琼斯人品的问题上,苏菲亚就不会因为自己的主观情感而丧失对于道德原则的客观认知。她在评价琼斯的道德过错时说,尽管"在琼斯先生身上发现了一颗善良的心",并"因此而由衷地敬重过他",但同时也表示"全世界最善良的心也会被放纵无度的行径败坏掉哇。对一个好心肠的浪荡子,我们至多也只能在鄙夷、憎恶中夹杂几分惋惜"。(第十八卷第十章,957)在这当中,固然包含着苏菲亚某些恨其不争的情感因素,但她对琼斯道德过错的认识,却充分揭示了善良之心并不就等同于美德本身的道德真理。而这一认识,实际上也成为她以各种方式警醒琼斯,促使其踏上道德成长之路的重要诱因。此外,苏菲亚的宽容、仁慈和奉献精神,以及她强烈的荣誉感等高尚美德,均离不开理智的陪伴。凡此种种,皆能证明作为矜持小姐的苏菲亚,最是身体力行地诠释了理智对于善行实践的鼎力保障。

在《阿米莉亚》中,菲尔丁也集中对比描写了两位女性人物。首先

---

① Alexander Pope, "Epistle Ⅱ," *Essay on Man*. Pennsylvania: Pennsylvania State University Press, 1999, p. 16.

是女主人公阿米莉亚,这位具有完美道德的女性从来就不缺少矜持的理智。比如作为布思的妻子,阿米莉亚不仅绝对忠诚,而且在任何时候都非常谨慎。她没有一般人所具有的虚荣心,凡事都从大局着想。比如为了保护婚姻,阿米莉亚不仅多次原谅了布思的赌博恶习,而且还在得知布思出轨的前提下,继续承担着家庭的责任。她的隐忍与宽恕,可以说在很大程度上都来自一种理智的矜持。这是因为在阿米莉亚心目中,尽管布思有着这样或那样的道德过错,但她始终相信布思是一个具有高尚美德之人,丈夫的赌博和出轨,或多或少都有一些迫不得已的苦衷。因此阿米莉亚选择对布思的原谅,就体现了她理智看待丈夫品格的一面。而这样一种理智的矜持,也保障了阿米莉亚对于谨慎、仁爱以及忠诚等美德的践行。相比之下,小说里的另一位女性人物贝内特太太就不具有这种理智精神。她虽然在很多时候也显得自我克制、严肃庄重,但她的真实性格却是活泼随便,完全"不讲究礼节"(第四卷第九章,211)。这种理智的缺失也给她带来了恶果。小说中写道,贝内特太太虽然与阿米莉亚一样,都曾对勋爵的真实意图有所怀疑,但由于过度信赖自己的"贞洁"和"识别是非的能力"(第七卷第七章,341),最终只能是上当受骗,不得不吞下了缺乏谨慎的苦果。此外,像贝内特太太因为生活不检点而染上性病的遭遇,也能说明理性精神的匮乏究竟会导致怎样可怕的结果。由此可见,通过上述一系列人物对比的描写方式,菲尔丁也生动阐明了理性精神对于美德实践的保障功能。

  在18世纪整个启蒙思潮中,"理性"常常与启蒙运动的另一个关键词"自然"一起,同时受到赞美。但是这一极受推重的"理性"一词却并没有明确的定义。"'理性'可以表示不同的东西。它可以指强加于不羁的大自然的秩序,可以指常识(如用合理性这个术语表示的那样),它还可以指逻辑上有效的论证,就像数学中的论证那样。因为在这些含义中的任何一种意义上,'理性'都是知识和生活的宝贵指南,所以启蒙运动的哲学家们就把它用作战斗口号而不必为其精确的定义过于操心。"①由于菲尔丁在他的小说创作中十分重视对人物具体道德处境的考察,因此那些涉及理性问题的伦理叙事,也就因人物境遇的不同而被区分成了两类概念:其一是先天理性,亦即先验的理性形式。这种理性与生俱来,常常会以猜疑多虑的性格表现出来,并极易造成伪善人格,如理查森在小说中赞扬帕梅拉——"你极为小心谨慎;你有很强的洞察力,像你这种年纪的人一般是不会有的,而且我认为,你也不曾得到过培养这种能力的机会。"(253)但这种对于先天理性的遵循并不符合人物的情感历练,因此在菲尔丁看来极为虚假;其二则是源于后天道德经验的理性精神。这样的一种理性形式是基于人对外部世界的经历与观察之后所具有的认知方式的升华,它常以理智的形式表现出来。从菲尔丁的价值立场来看,他无疑认为只有源于后天经验的理性才能形成理智精神,并凭借它去实现对于善的有效保障。事实上,菲尔丁为批评先天理性,还特意赞扬了人性的朴拙。从道德意识上来说,朴拙的人性显然是一种未经道德教化的自然人性,它混杂了人性的简单淳朴与本能原欲,本身并无一种道德层面的价值高下。但对于那些具有先天理性的人来说,由于他时刻都以先验的主观理性去审视世界,故而也就会丧失这种人性的朴拙。由此可见,菲尔丁对朴拙人性的赞扬,其实暗含着他对先天理性的批评。更为重要的是,在弘扬理智精神时,菲尔丁同样以塑造人物的方式,将先天理性所造成的多疑性格或伪善人格,与理智对美德实践的有效保障进行了生动对比。这一点就集中表现在作家对主人公谨慎美德的描写之中。

在菲尔丁笔下,主人公谨慎美德的成长历史主要是一种以理性去控制自然天性的过程。阿米莉亚多亏了阿特金森太太(之前的贝内特

---

① [美]托马斯·L. 汉金斯:《科学与启蒙运动》,任定成、张爱珍译,上海:复旦大学出版社2000年版,第2页。

太太)的警告和提示,才能预见人生历程中的诸多陷阱,成为一个真正谨慎行事的人。对此,叙述者评论说:"不要责怪她领悟力迟钝[……]无辜的人时常掉进陷阱,并不是由于缺乏识别的能力,而是由于缺乏猜疑的心理。"(《阿米莉亚》第八卷第九章,403)用阿特金森太太的话说,阿米莉亚之所以显得盲目,是因为"感激、谦恭、虚心,各种美德却把您[指阿米莉亚]的眼睛给蒙蔽了"(第八卷第九章,402)。由于邪恶防不胜防,因此也进一步凸显了谨慎对于人物道德完善的重要性。但是,悖论就在于,一旦运用理性,就意味着他们有可能在控制自己坦率天性的基础上,背离诚信美德,转变为具有"讨厌的多疑的性格"(《汤姆·琼斯》第十一卷第十章,598)的家伙。对于这一潜在的道德陷阱,菲尔丁其实有着足够警惕,他为此特意在经验主义哲学基础上,阐明了谨慎美德与多疑性格之间的本质区别。这一区别也就是后天理智与先天理性之间的天然差异。在菲尔丁看来,伪善者的理性出自内心,是一种先验的理性形式;而善良者的理性则出自头脑,是一种来自人生经验的理智精神。用他的话来说,就是怀疑也可分两种,"第一种我看是来自内心。从内心观察事物极为迅速来看,似乎表明它具有某种预感。而当这种怀疑达到登峰造极的境界时,往往还会自己造出可怀疑的对象,无中生有,常看到一些多于实际存在的东西"。这种多疑虽然有时"洞察力最是犀利",但它很有可能"使得纯洁无辜的人遭了殃"。因此,菲尔丁将多疑这种先天理性看作是"十分恶劣的东西,它本身就是极其有害的恶行"。更为重要的是,多疑的人观察周围时"总是出自一颗坏心","我也从不曾见过善良人具有这种能力"。(《汤姆·琼斯》第十一卷第十章,598)与之相反,菲尔丁所称赞的第二种怀疑,亦即谨慎这种理智精神则"出自头脑",虽然有时也会发生失误,但与多疑相比却有着本质不同:"这种怀疑之嫉恶如仇,正如前一种怀疑之不利于清白无辜的人。"(《汤姆·琼斯》第十一卷第十章,599)这一点也暗含了对洛克反对"天赋道德原则论"的某种回应。也就是,所谓道德的原则"并不是天赋的,而是人们在经验的基础上,通过理性发现的"①。比如《大伟人江奈生·魏尔德传》(*Jonathan Wild*,1743)中为人诚实爽直的托马斯·哈特弗利先生就是一个具有理智精神的人物,因为"他这种人只有生活经验而不是天性使他知道世界上有所谓欺诈和伪善的事"②。从这个角度看,菲尔丁对于理性问题的理解可谓是入木三分:他不仅区分了先天理性与后天理智的差异,而且还描绘了两者所导致的不同的伦理后果。隐含其中的伪善批判,以及理智保障美德的伦理思想,不能不说是菲尔丁的一大发现。

菲尔丁对于后天理智的推重多少受到伊壁鸠鲁学派(Epicureanism)的影响。他曾表示,他"恨不得违背古今圣哲的主张",与其把人类的行为规范"称之为善行,倒不如称之为明智。对于现世的看法,我认为再没有比古代伊壁鸠鲁学派的体系更明智了,他们认为这种明智就构成了主要的美德"(《汤姆·琼斯》第十五卷第一章,771)。而在《阿米莉亚》中,布思固然在人生旅程中犯了不少错误,但叙述者对其处世哲学却多有肯定。在小说开篇,布思因救助他人被关入监牢后,他并未因冤屈而怨天尤人,一蹶不振,恰恰相反,"当他们向他宣布,他可以在监狱中随意走动,他已获得自由之后,他立即召唤他的处世哲学前来帮助(这种哲学就是逆来顺受、遇事不惊,他在胸中却是装得不少)(he summoned his philosophy, of which he had no inconsiderable share, to his assistant)③,而且决定在目前情况下尽量使自己安下心来"(第一卷第三章,11)。借用书中的话说,布思"接受了那另一种哲学的宗旨",即伊壁鸠鲁主义哲学的影响。(第一卷第三

---

① 宋希仁主编:《西方伦理思想史》,北京:中国人民大学出版社2004年版,第209页。
② [英]亨利·菲尔丁:《大伟人江奈生·魏尔德传》,萧乾译,北京:作家出版社1956年版,第49页。
③ 英文参见 Henry Fielding, *Amelia*. Ed. David Blevett. Harmondsworth: Penguin Books, 1987, p.20. 这里译者显然根据自己的理解对原文进行了添加式的翻译,但基本符合原文意思,因为后文说布思受到了伊壁鸠鲁主义哲学的影响。

章,14)

　　此外,从美德生成的情感动因出发,到描写理性对于美德实践的保障功能,菲尔丁其实也阐明了理性与情感之间的辩证关系。这一点显然也非常独特。因为在很多作家笔下,理智与情感似乎都存有一种天然的矛盾关系。菲尔丁对此也是认同的。琼斯被赶出家门,首先是痛苦、疯癫、激怒和绝望,"这样发泄了一阵情感之后,他才慢慢清醒了些[……]他终于冷静下来,凭理智来考虑起在这种凄惨的处境中,该采取些什么样的步骤"(第六卷第十二章,296)。于是"他决计宁可放弃苏菲亚,也不能断送她的终身"(第六卷第十二章,296—297)。"琼斯刚刚以理智战胜情感时他胸膛里的那种兴奋。也许有一种自豪感使得他颇为得意,因而感到心神为之一爽。然而这只是一刹那而已。转瞬之间苏菲亚又在他心头出现,胜利所带给他的快慰就为深切的悲痛所冲淡。"(第六卷第十二章,297)这一段充分说明了情感与理智之间的对立。但是,菲尔丁同时也认为,在一个真正具有道德价值的行为中,理智和情感并不违背,理智甚至可以促进情感的转化,更进一步说,即便在情感内部也有理智存在的空间。这其实是一种以情理相融为目标的人生和谐思想。①

　　不过,对于菲尔丁来说,这种和谐理念的实现虽然主要靠情感驱动和理智保障,但宗教信仰在这一过程中却起到了至为关键的作用。这是因为在菲尔丁笔下,人类的理智本身就是上帝神授才智的表现形式,故而上帝才是人类理性的最高代表,因为上帝是不会"逆着天理的首要原则及是非的起码概念行事的"(《汤姆·琼斯》第二卷第二章,59),他以终极性的宗教要求保障了人类对各种美德的躬身践行。例如在《汤姆·琼斯》中,当奥尔华绥先生自以为命不久矣之时就曾在病床上劝告汤姆·琼斯:"你的天性十分善良,你是慷慨和光明磊落的;

---

①　笔者在《亨利·菲尔丁小说的伦理叙事》中曾论述过这个问题,参见第二章第三节第四目。

如果这以外再加上稳健持重和笃信宗教,你就一定会幸福的。尽管前三种美德能够使你享受幸福,唯有后两者才能叫你的幸福持久下去。"(第五卷第七章,226)宗教对于幸福的永恒保障功能,充分说明了它在人们现实社会中的重要价值。此外,山中人亦明确提出过宗教高于道德的神圣价值,他认为尽管哲学使我们更加聪明,"但是基督教却使我们成为更好的人。哲学使我们的心灵高尚而坚强,基督教却使我们温和、敦厚。前者使我们获得人类的赞美,后者使我们蒙受上天的垂爱。前者保障了我们暂时的幸福,而后者却保障了我们永恒的幸福"(第八卷第十三章,451)。这就是说,倘若一个人不相信宗教,那么就会失去对某种绝对价值的信仰,从而形成相对主义的道德观。而这种道德观显然会导致人们对自我天性的纵容——那些假借天性所求而犯下的不道德之事皆来源于此。试看《约瑟夫·安德鲁斯》中威尔逊乡绅的观点,他年轻时曾参加一个俱乐部,这个俱乐部的成员"致力于探索真理,他们探索的时候排除了教育上的一切偏见,只用那个颠扑不破的人类理性作为指南针(Guide of Human Reason)。这个伟大的指南针给他们指出了那个非常古老而简单的说教——宇宙之间有个上帝之类的神灵——是谬误的,然后帮助他们树立一种正义的法则(Rule of Rights)来代替上帝,由于坚守那种法则,他们全体都达到了至善至美的道德境界"(第三卷第三章,223)①。

受他们影响,威尔逊"现在开始认为自己是一个矫矫不群的人物,有生以来从没对自己有过这么高的估价;这个正义的法则把我迷住了,因为我在自己的天性里实在找不出跟它相悖的地方(as I really found in my own Nature nothing repugnant to it)。那些不能由于德行内在的美而敦品励行,一定要有别的动机才肯循规蹈矩的人,我根本不放在眼里(I held in utter Contempt all Persons who wanted any

---

① 英文参见 Henry Fielding, *Joseph Andrews*. *Shamela*. New York: Oxford University Press Inc., 1999, p.184。

other Inducement to Virtue besides her intrinsik Beauty and Excellence [pp. 184—185]）；至于我现在的朋友们，我非常崇拜他们的道德，即使叫我把最亲切最珍贵的东西托付他们，我也相信得过"（第三卷第三章，223—224）。可接二连三的事件让他打消了这一念头，让他开始怀疑这一信条。因为这些唯理派主张"一件事情的善恶并不是绝对的；行为之被称为善或恶，全凭行事人的环境（there was nothing absolutely good or evil in itself; that Actions were denominated good or bad by the Circumstances of the Agent [p. 185]）"（第三卷第三章，224）。如此下来，就导致了道德的相对主义。威尔逊乡绅的这番长篇大论，恰恰说明了宗教的终极道德之于人类天性的重要价值。唯理派的形象在《汤姆·琼斯》中斯奎尔身上得到又一次展现。这位斯奎尔先生"用不可变更的是非法则和事物永恒的适当性来衡量所有的行为"（第三卷第三章，106），但是又"把一切德行都看作只是理论问题"（第三卷第三章，105），而他最后皈依宗教终于让他迷途知返。菲尔丁对此问题的思索理据主要来源于沙夫茨伯里有关自然神论者的争辩①，"应该是对象的卓越而非奖惩"②才是我们真实的动机。沙夫茨伯里在著作中驳斥了"神灵观上的现实主义者"③，这种现实主义者并不是"真心实意地归属于真实神学家"④，奖惩的动机会加重世人对宗教的误解，增添对其"唯利是图的责难"⑤。菲尔丁也认为，假如离开了宗教的监管，人就会沦为天性的奴隶。在这种情况下，即便是为善之人，也会因为失去对上帝所代表的神圣价值的敬畏而行种种不义之

---

① 参见：Henry Fielding, *Joseph Andrews. Shamela*. New York: Oxford University Press Inc., 1999, p. 395, note 184。
② 《道德学家》(*The Moralists, A Philosophical Rhapsody*, 1709)第二部分第三节，参见[英]沙夫茨伯里：《人、风俗、意见与时代之特征——沙夫茨伯里选集》，李斯译，武汉：武汉大学出版社2010年版，第289页。
③ 同上书，第286页。
④ 同上书，第287页。
⑤ 同上书，第289页。

事。正是基于这一认识,菲尔丁才会借亚当姆斯牧师之口说:"苏格拉底所能想出来说的庄言正论,万比不上基督教的话(the Christian Religion was a nobler Subject for these Speeches than any Socrates could have invented [p. 217])。"(卷三第七回,176)①

三、善的回报:理性的快乐与道德自救

在菲尔丁小说的伦理叙事中,除了讲述善的发生与保障,作家也写到了美德有报的价值回馈问题。尽管在《莎梅拉》这样的反帕梅拉之作中菲尔丁曾嘲讽过理查森将物质利益作为美德奖品的功利主义思想,但这并不就意味着他也否定了美德有报的思想价值。更准确地说,菲尔丁不满意理查森的地方,主要是基于后者对物质利益的简单推崇。他最不能认同的,就是帕梅拉奉行美德实践的结果,最终只是获得了B先生所赐予的富裕的物质生活。这一过于功利的物质奖励,不仅遮蔽了美德实践的崇高价值,而且也让帕梅拉的种种善行因此陷入了伪善。

作为一位现实主义者,菲尔丁深知美德有报乃是鼓励人们追求善行的一种价值期许。在18世纪英国社会的资本主义语境下,倘若完全排斥物质利益的因素,那么他也就很难推进自己扬善举德的创作理想。从这个角度说,菲尔丁对于美德实践的经济回报和物质奖励问题,从来都是采取一种既不鼓励也不否定的合理利己主义思想。对他而言,美德有报的本质,实际上就是一种以满足人道德情感为方式的情感报偿。

在《约瑟夫·安德鲁斯》中,菲尔丁首先借助亚当姆斯牧师的言论暗示了他对物质回报的看法。亚当姆斯牧师说:"但是我们将来的好处还有相当距离,对我们的影响不大,所以,如果能使大众彻底领悟,

---

① 此处引用据伍光建译本。王仲年译文为"至于演说,基督教便是一个很好的题目,远不是苏格拉底所能想出来的"(第三卷第七章,263)。

今世的幸福也不是财富所能买到的,对于人类不无裨益,我认为只要稍微认真地考虑一下,就能明白这一层道理。鄙见以为,这个道理不仅可以用形而上学(metaphysically),也可以用数学(methematically)来证明,如果我能那么说的话;我素来深信不疑,所以我最瞧不起的就是金银财宝。"(第三卷第八章,266)①这就是说,单纯地以物质利益回馈世人实际上并不现实,因为金钱并非万能,它解决不了人生命中的很多问题。这一点可以说真实反映了菲尔丁对于物质回馈这一美德有报思想的冷淡态度。但与此同时,如果在现实生活中没有物质利益的回报,那么也会令追求美德善行的人陷入窘迫。这一点就体现在亚当姆斯的经历之中。作为一位道德高尚、视钱财如粪土的牧师,亚当姆斯也常常陷入了无钱可用的尴尬境地。他四处举债,第一次跟人借钱,却忘了付草料钱,幸得史立蒲斯洛蒲出面解围。第二次无处借钱,只能靠侈谈慈善聊抒胸臆。当他身处困难之际,还是从前在爱尔兰军营里当过鼓手的一个小贩子,借给了他六个先令六个便士(第二卷第十五章,174),方才解了燃眉之急。通过亚当姆斯的遭遇,菲尔丁明确表达了他对金钱的看法。以他的道德理想来看,菲尔丁并不认同物质上的功利主义,但作为一位现实主义者,他也知道在18世纪的英国社会,财富仍是社会上层择偶时考虑的重点。正如汤姆·琼斯十分清楚,"财产即使不是唯一的条件,通常也是最主要的条件,连最贤明的父母也是要考虑到的"(第五卷第三章,203)。奥尔华绥"是个通情达理的人,也不会把财产看作粪土"(第六卷第三章,266)。这就如丹尼尔·笛福在1727年所抱怨的那样,这个时代"金钱和处女膜仍是我们考虑的目标"②。就此而言,菲尔丁既不是一位排斥物质奖励的禁欲主义者,也不是一位盲目崇尚物质利益的功利主义者。在《约瑟夫·

---

① 英文参见 Henry Fielding, *Joseph Andrews. Shamela*. New York: Oxford University Press Inc., 1999, p. 220。

② Lawrence Stone, *The Family, Sex and Marriage in England 1500—1800*. New York: Harper & Row, 1977, p. 326.

安德鲁斯》中,他通过一个信奉天主教的旅客①之口,更为准确地表达了自己的看法。这位旅客说:"当我想到一般人重视财富的时候,我也常常像你[指亚当姆斯牧师]这样惊奇;日常经验告诉我们,财富的权力是多么微小;因为,它们所能给与我们的东西之中有什么是真正值得想望的呢?它们能把美丽给与丑陋的人,膂力给与荏弱的人,或者健康给与患病的人吗?毫无疑问,假定它们能够的话,我们就不会在大人先生的集会里看到那么多的丑八怪,轿车和大厦里也不至于有那么多弱不禁风、奄奄一息的家伙了。不,倾天下之财富也买不到什么化妆品,能使丑陋的女人变得像这位姑娘那么美丽,更买不到什么药品,能使病弱的男人变得像这位少年那么强壮。财富给我们带来的不是安逸而是罣虑,不是好感而是妒忌,不是安全而是危险,可不是吗?它们能不能从一而终,或者延长那个享有它们的人的生命呢?完全相反,随它们而来的怠惰、奢侈和操心促短了千万人的寿数,用痛苦和烦恼使他们夭折。那么,它们既不能修饰或加强我们的躯体,又不能美化或延长我们的生命,它们的价值又在什么地方呢?——再说,它们能不能润饰我们的灵性呢(Can they adorn the Mind more than the Body [p. 221])?它们反而拿虚荣充满了人心,拿骄傲鼓起了脸颊,塞住我们的耳朵,不给听到任何德行的呼唤,填满我们的肚肠,不容产生任何怜悯的动机,可不是吗?"(第三卷第八章,265)从某种程度上说,若是以经济利益回馈人的美德践行,那么也会因此诱发人更大的贪欲,从而越发容不下道德的警世良言。其实,在菲尔丁看来,一个人如果坚持美德善行,那么就会获得一种满足了人道德情感的价值回馈。这种情感报偿显然比物质奖励更加符合菲尔丁美德有报的伦理思想。

在菲尔丁的小说中常常存在着一种身份发现的情节模式。身份未明的主人公在经历了艰难的道德成长之后,也往往会在获得高尚美

---

① 后文揭示他是"罗马教会的神甫(a Priest of the Church of Rome)"(第三卷第八章,266)。

德的同时,知晓了自己的身世之谜。从伦理学角度考察,这种身份发现显然具有一种独特的伦理价值。由于菲尔丁笔下的道德英雄大多出身于上层阶级,因此他们对自己身份的发现就会顺理成章地获得相应的财产补偿。从这个角度看,因上层身份获得物质回报,并不完全属于美德有报的范畴。说到底,读者其实很难判定他们究竟是因为自己的高尚美德,还是因为身份发现而获得了巨额财产。这就意味着菲尔丁有意弱化了以物质利益回报美德践行的伦理思想。为了避免伦理正义的某种虚伪性,菲尔丁并不像理查森那样总是给予人物多余的馈赠或惩罚。即便是理查森自己也在他的第三部小说中修正了那种为证明善恶有报而过度施加奖励或惩罚的做法,他让与男主人公订有婚约的女子主动退出,从而成全了主角情理兼备的爱情结局。理查森的这种解决方式与菲尔丁十分类似。因为菲尔丁从不主张过度的善恶有报,他在小说中描绘的主要是一种伦理正义的复位,即身世未明的主人公在身份发现后,获得了自己应得的一切。菲尔丁的这种美德有报思想虽然看似中庸,但却无碍于读者对社会秩序的认识与评价。

而菲尔丁这么做的目的,就是为了强化美德有报中的情感报偿。菲尔丁笔下的道德英雄到最后总能获得一种情感的归宿和情感的报偿,这一点通常表现为婚姻的美满。如叙述者强调,琼斯先生的幸福并非身份发现带来的财产继承权,而是与苏菲亚的爱情圆满——"琼斯先生在收场时成为最幸福的人了,因为我不得不老实承认,世上能与娶到苏菲亚为妻的这种幸福相比拟的,我还没发现过"(第十八卷末章,975)。不过,更为具体地说,菲尔丁以情感报偿为特征的美德有报思想,主要是以满足人物道德情感的形式出现。比如菲尔丁就充分描写了主人公琼斯由美德善行而生的满足感,他说:"世上如果竟有人不能从给旁人造福中感到喜悦,我打心坎上可怜他们,因为这种人无法享受野心家、贪婪者和酒色之徒永远也享受不到的那种更伟大的荣誉、更高尚的乐趣和更沁人肺腑的喜悦。"(第十三卷第十章,711)而琼斯这种内心的满足其实就来源于人对融合了情感与理性的美德的遵循。哈奇森认为:"所有人身上都可能存在道德感官,它使公开有用的行为和友善的感情令该主体感到愉快,也令每一个旁观者感到愉快。"①

值得注意的是,菲尔丁在重视善行动机主要来源于情感以及善德的报偿是情感满足的同时,又从个人的经验出发,对沙夫茨伯里、哈奇森等道德学家提出的"道德感所引发的情绪体验更为优越"②的观念并不完全赞同。比如在《约瑟夫·安德鲁斯》中,当亚当姆斯牧师目睹了约瑟夫和范妮的相遇之后,他内心便升腾起了一种神圣的欢乐感,禁不住在房里跳起舞来。书中写道:"某些哲学家或许会怀疑,在三个人中间,他是不是最快乐;因为他心眼儿真好,看到另外两个人胸中充满了幸福感,自己也就乐开了。但是这种探讨对我们过于深奥,我们把它留给那些创立某种臆说的人,他们为了创立和支持自己引为得意的臆说,什么形而上的垃圾也不放弃:拿我们来说,我们显然认为约瑟夫的快乐不但比亚当姆斯大,而且持久;因为亚当姆斯的头一阵高兴刚刚过去,朝炉火一望,发觉《厄思基勒斯》在里面已经不中用了;他立刻抢救遗骸,就是,他亲爱朋友的羊皮封面,那是他亲手抄写的、三十多年来朝夕相处的同伴。"(第二卷第十二章,157)也就是说,亚当姆斯牧师的情绪虽然是一种为他人着想的道德情感,也许更崇高更优越,但旁观者的快乐不可能比当事人的快乐更强烈或更持久。显然,菲尔丁在吸纳道德情感哲学观点的同时,也从个人经验出发提出了异议,并以此坚守了自己作为现实主义作家的主体立场。十余年之后,亚当·斯密才提出类似观点:"虽然我们对悲伤的同情一般是一种比我

---

① [英]弗兰西斯·哈奇森:《论激情和感情的本性与表现,以及对道德感官的阐明》,戴茂堂、李家莲、赵红梅译,杭州:浙江大学出版社2009年版,第168页。
② 如哈奇森认为"道德感官是最强烈的快乐之源",参见[英]弗兰西斯·哈奇森:《论激情和感情的本性与表现,以及对道德感官的阐明》,戴茂堂、李家莲、赵红梅译,杭州:浙江大学出版社2009年版,第112页。

们对快乐的同情更为强烈的感情,但是它通常远远不如当事人自然感受到的强烈。"①

但善行在菲尔丁看来无疑是具有道德意义的情感价值的。在《汤姆·琼斯》的"献辞"中,菲尔丁写下了一段关于情感报偿问题的话,他说:"除了展示这种道德之美以吸引人们憧憬之外,我还试图以一个更强大的动力来促使人们向往道德,使人们相信,从实际的利益着想也应当去追求它。"("献给财政五卿之一,尊贵的乔治·李斯顿先生",4)这种"实际的利益(true interest)"指的就是人内心"真正的安乐(solid inward comfort of mind [vol. 1, p. xv])"。反之,如果一个人心存恶念,则内心也将永远感到"恐怖和忧虑"("献给财政五卿之一,尊贵的乔治·李斯顿先生",4)。在这种状况下,菲尔丁相信每个人的道德选择都会像琼斯一样扬善举德,因为"富丽堂皇的宅第、众多的奴仆、丰盛的筵席以及其他随着财产而来的一切便利或排场所能带给人的那点微不足道的光彩,比起一颗善良的心灵在考虑着慷慨、善良、高贵和仁慈行为时所享受到的恬适的安宁、由衷的知足、惊心动魄的喜悦和兴高采烈的胜利感来,又算得了什么呢?"(《汤姆·琼斯》第十二卷第十章,643)类似的情感报偿在其他作品中也十分常见。奥尔华绥先生在自己的床铺上发现了琼斯后,他马上就做出了收养的决定,然后满意地沉入梦乡。"只有当一颗急公好义的心得到充分满足的时候,一个人才能睡得像他那么香。由于这样一种享受可能胜过一顿丰盛的筵席,我甚愿费点笔墨向读者介绍一番这种睡眠,但我只知道换个地方对改善胃口十分有益,我却不知道该到哪儿去才能增进善行欲。"(第一卷第三章,16—17)就此而言,菲尔丁对于情感报偿的认识显然更注重人的情感体验。不过在曼德维尔那里,他却认为善举所引起的快乐实为人性骄傲的确切标记:"对善举的报偿,即因善举引起的满

---

① [英]亚当·斯密:《道德情操论》,蒋自强、钦北愚、朱钟棣、沈凯璋译,北京:商务印书馆2016年版,第52页。

足,就是某种快乐,即他想到自己的价值时对自己产生的快乐。这种快乐,连同造成这种快乐的机会,均为骄傲的确切标记。"①从曼德维尔与菲尔丁的认识差异中可以充分看出小说家和理论家之间的思想分野。如果说曼德维尔看重人性标记是为了阐明美德有报思想的自我认识功能,那么菲尔丁就更看重情感报偿对道德主体内心情感的满足,这显然是一种以个人生命体验为标识的情感主义伦理学,只不过较之曼德维尔的理性认知,菲尔丁的这样一种情感主义伦理学更符合人在现实生活中的道德追求。

如果人们试图凭借自己的仁爱天性去获得现实回报,就有必要去发扬自己的这种仁爱美德。同样,也只有将仁爱看作是一个道德原则或核心价值,那么它才能最大限度地给道德主体带来现实回报。菲尔丁这一扬善举德的伦理思想就具体表现在小说人物的道德成长中。在考察琼斯的道德成长故事时,不难发现,琼斯的时来运转每次都与他的仁慈美德有关。自从苏菲亚离开厄普顿客栈后,琼斯本来无望追上她,也在失意中表示想去从军,结果在一个十字路口遇到一个衣衫褴褛的瘸子请求布施。对此,巴特里奇的态度是厉声责备这个可怜人:"每个教区都应该养活自己的穷人。"(第十二卷第四章,616)琼斯听了哈哈大笑,质问巴特里奇:"你嘴上那么多仁慈,而心里却一点仁慈也没有,难道你不害臊吗?你只是用宗教来掩盖自己的过失,却丝毫不以它来激发你的德行。一个真正的基督教徒能不帮助一下陷入这样悲惨境地的弟兄吗?"(第十二卷第四章,616—617)正是因为他毫不犹豫地给了这个汉子一个先令,他才拿出他捡来的一个皮夹子央求"这么好心肠的绅士"买下它,因为琼斯"对穷人这么慈悲",不会怀疑他是偷来的。(第十二卷第四章,617)而这个皮夹子正好是苏菲亚无意当中失落的,琼斯也得以知晓了苏菲亚的行踪。后来琼斯在客栈里

---

① [荷]伯纳德·曼德维尔:《蜜蜂的寓言——私人的恶德,公众的利益》,肖聿译,北京:中国社会科学出版社2002年版,第41页。

救下被戏班班主毒打的丑角,又从丑角那里打听到了苏菲亚的消息。虽然小说为了减轻这两件事的巧合色彩,喜剧性地借巴特里奇之口将之归功于上帝的恩惠,甚至还认为他们后来走错路耽搁了行程的原因是琼斯没有在上马的时候赏钱给门口的一个老妇人,但其中仁慈催生的道德自救功能是十分明显的。

叙述者戏谑地表示:"倘若善行指的是(我也几乎认为它应该是)某种相对的品德,它总是在外面四处奔走,对旁人的福利像对自己的福利一样热衷的话,那样要我同意这必然会引向人生幸福就没那么容易了。"(第十五卷第一章,771)但是从文中的叙述线索来看,"主人公帮助他人的美德善行,最终都会以不同的形式反过来帮助自己脱离了险境。主人公看似利他的助人行为,其实具有某种利己的美德后果"①。琼斯的人生反转(从阶下囚成为奥尔华绥先生的继承人)主要是因为两个关键人物,一是信教后的斯奎尔先生揭示出琼斯的孝心,二是承蒙了奥尔华绥先生恩泽的沃特尔太太,她不仅透露了琼斯的真实身世,还揭发了布利非派遣律师道林去资助费兹帕特利先生打官司试图置琼斯于死地的阴谋。如果说,这两个人物对琼斯的帮助主要是出于外部宗教道德②的感召的话,那么"密勒太太高贵的报恩举动"③,首先为奥尔华绥重新接纳琼斯起到了不小的作用。汤姆·琼斯在去伦敦的途中遇到抢劫,劫匪不敌琼斯的勇力被他擒获。这个劫匪供认说是因家庭贫困所逼才头一次出来抢劫,琼斯就不禁动了恻隐之心,不仅放了他,还从自己仅存的三个多基尼中拿出两个来,"接济他一家妻小的燃眉之急"(第十二卷第十四章,664)。在伦敦他寄居的公寓处,他听房东密勒太太说起她的表妹夫一家的艰难,又马上拿出贝拉

---

① 杜娟:《亨利·菲尔丁小说的伦理叙事》,武汉:华中师范大学出版社2010年版,第174页。

② 奥尔华绥先生的恩泽,"正如他[指沃特尔太太]所说的,近乎神性多于人性(savoured more of the divine than human nature)"。参见第十八卷第八章,第941页。

③ 参见《汤姆·琼斯》第十七卷第二章标题,第868页。

斯顿夫人给他的钱,施舍了十个基尼。等到密勒太太的表妹夫登门致谢时,琼斯才意外发现他就是之前劫掠过琼斯的那个劫匪。这两次行为充分说明琼斯"确实是全人类最可敬、最勇敢、最高贵的"(第十三卷第十章,710)。而琼斯却并不以他的施恩为意,表示"如果我不能敬爱一个为了保全自己的妻子儿女免予立遭毁灭而敢于冒最大风险的男子,那么老天爷就叫我的朋友在我落难时候不认我吧"(第十三卷第十章,710)。之后,当耐廷盖尔先生抛弃怀孕的南锡时,他又在中间调停,热心奔走,终于促成了耐廷盖尔和南锡的婚事,避免了一个家庭的沦落。琼斯无偿地帮助密勒太太一家,并未希图回报。但奥尔华绥先生初到伦敦,正是密勒太太在其中起到了情感斡旋的作用。她虽然并不明了事情的真相,但也为琼斯辩护说:"我并不硬说那个年轻人没有过失,但那完全是由于年幼冒失,不知检点,我相信他一定会改掉的;即使改不掉,他那颗最仁厚、温暖、诚实的心也足以弥补他这些过失而有余了。"(第十七卷第二章,870)不仅如此,密勒太太还为监牢中的琼斯充当信使去拜访了苏菲亚,为二人和解牵针引线。

对于利他道德也可以利己这一特点,菲尔丁在小说里通过对理想政体的设想表现了出来,他认为专制政体本身的结构原是极好的,唯一的缺陷就是要找到一个兼备节制、智慧和仁慈的君主。而他在讲到仁慈时说:"心地必须足够仁慈,能够维护旁人的幸福,不但使自己的幸福与旁人的幸福并存,并且还要使旁人的幸福有助于促进自己的幸福(Goodness sufficient to support the happiness of others, when not only compatible with, but instrumental to his own [vol. 2, p. 146])。"(第十二卷第十二章,655)"我相信我们对旁人积的德或造的孽,往往会回到我们自己身上来。正如善良人在施惠于人的时候会和受惠者同样感到愉快,恶人中间也很少有恶到良心上不为他们损害同类的烈性而略微感到刺痛的。"(第十四卷第七章,750—751)也就是说,菲尔丁相信,人物自身的仁善之心和慈善行为不仅是道德完善的标志,也终将带来他人善的回报。这也是哈奇森说到的,在自爱和公共感情的共同驱使下,人们最终会发现一条真理,即"他对公共善的恒常追求是提升他自己幸福的最可能的方式",这一"真正合理而长久的"追求将使人们的两种感情都得到满足,"他就与自己保持了一致"①,达成了私人善和公共善这两种终极性目的。

---

① [英]弗兰西斯·哈奇森:《论激情和感情的本性与表现,以及对道德感官的阐明》,戴茂堂、李家莲、赵红梅译,杭州:浙江大学出版社2009年版,第162页。

第四章

菲尔丁小说伦理的内在矛盾

　　作为一位以小说艺术传达自身思想的伦理学家,菲尔丁对于伦理体系是否完备、概念是否明晰并不十分在意。他在小说叙事中所描绘的人物的各种道德处境及其价值选择,由于大多建构在一些具体的生活事件和叙述情境中,故而借助这样一种伦理叙事所要表达出来的伦理思想,就具有一种先天的模糊性。另外,菲尔丁虽然基本出于现实主义精神展开小说创作,但其小说结局却体现了一种超越现实逻辑的传奇性。这种概念的模糊性和故事结局的传奇性都体现了菲尔丁小说伦理叙事独特的审美虚构特征。

第一节　伦理内涵指涉的模糊性

　　菲尔丁从人物具体道德处境中所阐发出来的伦理思想,

往往具有一种模糊乃至自相矛盾的特征。举例来说,情感这一人的自然天性,一方面是人展开道德追求的原始动机,另一方面又会阻碍道德成长中的理性力量;再如利己主义,既具有保全人自我道德的价值内涵,同时也与菲尔丁提倡的利他思想存有内在冲突……类似的例子还有很多。极端之处,甚至有些伦理思想还具有道德上的一种相对主义。这当然是以伦理哲学的视角去看待菲尔丁小说创作的结果。事实上,伟大的小说家并不一定要在创作实践中提出一些救世的伦理道德,反倒是他对人物现实道德处境的描绘,以及在这种道德处境下所做出的艰难的价值选择,更能反映人性的复杂与现实的广阔。如果以此标准去看待菲尔丁的话,那么我们可以说他的小说伦理虽然存在着诸多矛盾,但以悬置价值判断的眼光来看,这些伦理矛盾却颇能折射出菲尔丁伦理思想的现实主义特征。正是基于这一原因,本节将集中探讨同情、荣誉和自爱这三种伦理价值,并试图说明其文本表现与伦理内涵。

一、同情的误导性

作为人的一种情感,同情心不仅具有内在的道德属性,而且也往往具备一种先天的美德价值。譬如在菲尔丁小说的道德谱系中,同情就可归为人的一种仁爱美德。一般而言,这一人的天然情感往往能够催生出后天的道德善行。然而,在同情的道德实践过程中,人却会因为所处的道德处境不同而引发出截然相反的伦理后果——同情既可带来善行,也可造成恶果。菲尔丁对于这一问题可谓是明察秋毫,他通过对不同人物在道德实践过程中同情心理的描写,生动阐发了同情这一道德情感所具有的复杂内涵。

在菲尔丁的小说伦理谱系中,同情作为道德情感之所以重要,在于它是善行的天然情感动机。尤其是同情心与宗教意义上的仁慈(charity)如出一辙,因此自然被菲尔丁认为是德行的来源和体现,在很多时候都将同情视为一种美德。例如在《汤姆·琼斯》开篇,由于奥尔华绥先生的"仁慈在他的胸膛里一向是占上风的",因此当他看到还在襁褓里的琼斯这个小可怜时,便"很快动了恻隐之心"。(第一卷第三章,14)特别是当琼斯用小手紧紧捏着他的手指头,"仿佛在向他哀呼求救"时,由于"抵不过这只小手恳求的力量",奥尔华绥先生几乎当即就决定收养他。(第一卷第三章,16)这一情节说明,同情虽然只是人的一种天然情感,但这种近乎本能的自然天性却能够在道德实践中转化为美德善行。同情往往能够催生出后天的道德善行这一状况,在历代道德学家的论述中都不少见。如斯宾诺莎将同情界说为"由他人的不幸所引起的痛苦"①,并认为"仁爱(benevolence)""不是别的,只是由同情引起的欲望"②。也有不少伦理学家将同情视为人的根本属性,如亚当·斯密认为同情是人的原始情感,众人皆有。"不论一个人多么自私,在他的本性中都明显地存在着某种关心别人命运和幸福的情感,这种情感就是'同情'。"③即便在某些现当代伦理学家看来,同情或怜悯"这种情感在人们的道德行为中起着作为最初源头和动力的作用[……]它还有独立自足的价值以及连接道德原则规范与生命终极关切的意义"④。

菲尔丁持性善论,他将同情归为人的一种仁爱美德,将同情视为善良者所普遍具备的一种本性,并认为同情是区分人性善恶的标尺。他在《约瑟夫·安德鲁斯》的序言中讨论"真正的'荒唐可笑'的来源只是矫揉造作(The only Source of the true Ridiculous is Affectation [p.6])"(原序,5)时,曾提及"世上的不幸和灾祸,或生而有之的缺陷,

---

① [荷]斯宾诺莎:《伦理学》,贺麟译,北京:商务印书馆1983年版,第117页。
② 同上书,第121页。
③ [英]亚当·斯密:《道德情操论》,余涌译,北京:中国社会科学出版社2003年版,第1页。
④ 何怀宏:《道德·上帝与人——陀思妥耶夫斯基的问题》,北京:北京大学出版社2010年版,第112页。

固然可以作为嘲笑的对象,但只限于对那些矫揉造作者。毫无疑问,把丑陋、残废或者贫穷本身看成'荒唐可笑'的人,心地未免太坏;我不信有谁看到一个在街上赶车的邋遢家伙,竟会觉得好笑;如果他看到那个邋遢家伙从一辆六马轿车里款段而下,或者胁下夹着帽子从轿子里跳出来,那他尽可以发笑,而且笑得很在理上。同样的,如果我们走进穷人家里,看到他们饥寒交迫、苦恼可怜的样子,我们绝不至于哈哈大笑(除非我们丧尽天良、一无人性);可是如果炉格上不摆煤炭、反摆着鲜花,餐具架上放着空盆子空碟子,或者他们在身上、家具上虚有其表地装出富丽堂皇的样子,我们倒有理由,可以嘲笑那种莫名其妙的现象了"(原序,6—7)。"自然界的缺陷更不宜作为嘲笑的对象;但是碰到丑陋的人妄想争取美丽的盛誉,残废的人硬要表演矫健的能耐时,尽管这些不幸的情况开头打动了我们的恻隐之心,终究只能引起我们的嘲笑。"(原序,7)值得注意的是,伦理学家曼德维尔也曾以残疾人和污秽的人来举例说明人性兼有恶意和同情,他说:"有些人心怀恶意,会因看到一个男人摔坏了腿而笑;另一些人则心怀同情,即使对一个男人衣服上最不起眼的污点,亦会感到由衷的遗憾。然而,任何人都不会野蛮到毫无同情之心的地步,同样,谁都不会善良到丝毫不会产生恶意之乐的程度。"① 比较这两段论述,就可发现菲尔丁与曼德维尔之间观点的异同。

曼德维尔从人性本恶出发,认为恶意和同情都出自天生,但也并不认为同情是一种美德——按照曼德维尔的看法,"怜悯是一种天性冲动,它既不顾及公众利益,亦不顾及我们自身的理性。因此,怜悯既能导致善,亦可造成恶"②。而与曼德维尔相比,菲尔丁相信恶意不是天生的,如果看到一个残疾人,人们并不会心怀恶意而发笑;菲尔丁明

---

① [荷]伯纳德·曼德维尔:《蜜蜂的寓言——私人的恶德,公众的利益》,肖聿译,北京:中国社会科学出版社2002年版,第107页。
② 同上书,第41页。

确表达同情或怜悯是人性的根本属性之一,正常人不会那样嘲笑天然残缺的残疾人,除非是"有恶魔般的天性(have very diabolical Nature)"①。同情是善良者普遍具备的一种本性,而心怀恶意的人已经丧失了人的基本属性,所以并不具备同情心。由此,菲尔丁才在《汤姆·琼斯》中批判那些陷害了琼斯的坏人时说:"何以往往使才智卓越的诚实人吃亏上当的阴谋诡计,坏人却总是一眼就能识破?坏人之间无所谓同情,也不会像共济会那样,彼此有什么暗号互通声息。实际上,那只是因为他们脑子里装的东西毫无二致,他们的思路朝着同一个方向。"(第五卷第六章,218)正是因为坏人普遍缺乏同情心,所以他们才会对阴谋诡计这类事十分在行。至于持性恶论者的山中人,即便经过情变、牢狱之灾、赌博骗局后,"诚实心和羞耻感已经残留无几,但还有着几分恻隐之心"(第八卷第十三章,448)。这里所说的"恻隐之心"也暗示山中人并未彻底堕落,还保留了几分善良的天性。他救下了一个遭劫后浑身是血的路人,结果意外发现这个路人就是他的父亲,而这场救助也为山中人弃恶从善起到了很大的作用。这几段描写说明,同情心乃是人先天自有的一种情感,它往往取决于人的善恶本性。品德败坏者心中全无同情心理,故而对于坏事总是有着一种本能的直觉,这种直觉也是令坏人可以沉瀣一气的根源之所在。至于善良者,则不论后天经历了何种打击,就算美德也已丧失殆尽,但其内心深处的同情心,亦即菲尔丁所说的恻隐之心却依然存在。

菲尔丁认为,个体道德的纯粹性只能由那些出自天然情感的道德实践才能加以保障。由此也不难理解,菲尔丁为何会对奥尔华绥先生的同情心大加赞赏。行善者并非出于他人要求或胁迫自然而然地行

---

① 根据 Henry Fielding, *Joseph Andrews. Shamela*. New York: Oxford University Press Inc., 1999, p.7 译出。王仲年译本为"丧尽天良,一无人性"(原序,7)。

事,也就体现了亚里士多德所谓自愿与非自愿的区别①,由此做出的德行也就格外具有伦理价值。奥尔华绥先生并非没有考虑收养汤姆会给他带来的种种道德非议,但仍然出于同情心不改收养初衷,充分证明其道德的高洁,这当然是同情心带来善行的一个典型例证。在这个意义上说,那些出于个人道德情感的善行体现了人在理性之外的一种感性伦理。但善良者的同情心,有时也能遮蔽人对恶行的发现,导致不良伦理后果的产生。菲尔丁对于同情心所具有的伦理后果的观察,实际上已不自觉地部分受到了他所批判的曼德维尔的影响。曼德维尔说,怜悯这种同情心"乃是我们所有激情中最温和、最无害的感情,尽管如此,它依然是我们本性的一个弱点,如同恼怒、骄傲及恐惧一样。最弱者通常最具怜悯心[……]必须承认:在我们的所有弱点当中,怜悯乃是最令人亲近的弱点,乃是与美德最为相似的弱点"②。

这一点尤其体现在菲尔丁笔下的道德英雄身上。比如他们都会在道德成长中犯下一些道德过错,而这些不当之举大多与他们过于充沛的同情心有关,像"琼斯心肠最为仁厚,具有通称作同情心的一切弱点"(第十四卷第六章,746)。将同情心从美德养成的情感动机归为人性弱点,菲尔丁的这一看法本身就体现了他在道德认知方面的某些矛盾性。如果从菲尔丁小说伦理所具有的心理学特征加以观察,就会发现同情心原本是作为一种可以催生美德的道德情感而受到菲尔丁肯定的,但他又从曼德维尔的学说中意识到这一道德情感也可能导致恶行的发生,因此在对待同情心的问题上,菲尔丁显然陷入了一种矛盾。而这一矛盾看法体现在人物塑造上,就具体表现为这样一种情节模

---

① 亚里士多德在《尼各马科伦理学》第三章开篇说:"德性既然是关于感受和行为的,所以对于那些自愿的行为就赞扬和责备,对那些非自愿的就宽恕,有时候甚至怜悯。所以在研究德性的时候要对两类行为加以区别。立法者进行嘉奖和处罚时这也有用处。"参见《尼各马科伦理学》,苗力田译,北京:中国人民大学出版社 2003 年版,第 42 页。
② [荷]伯纳德·曼德维尔:《蜜蜂的寓言——私人的恶德,公众的利益》,肖聿译,北京:中国社会科学出版社 2002 年版,第 40—41 页。

式,即作家塑造的很多正面人物都容易受到同情心的影响,并为此犯下了道德过错。如前面已经论述过的汤姆·琼斯的醉酒事件,须知醉酒乃是一种道德过失,但由于这一行为是出自对奥尔华绥的关心,因此在菲尔丁看来是完全可以原谅的。同样,当琼斯因偷猎鹧鸪被当场抓住时,他宁可撒谎和挨顿毒打也不供出黑乔治。当然,对于琼斯因同情黑乔治而犯下撒谎的道德过错,菲尔丁照样为其进行了道德辩护,他借助奥尔华绥先生之口,认为琼斯"撒谎至多也只是出于对信义了解不当罢了",而"为了隐瞒实情他也吃够苦头了"。(第三卷第三章,104)因此奥尔华绥先生不仅不责备琼斯,还赠给了琼斯一匹小马。这一事件显现出了菲尔丁小说伦理的某种模糊性和矛盾性。

一方面,菲尔丁肯定了同情心是善行一种正当的情感动机,但另一方面,他又认为同情既会带来善行也会诱发道德过错。矛盾之处就在于,虽然菲尔丁描写了主人公因同情心所犯下的道德过错,但他通过美德有报的叙述模式,又免除了主人公在此道德过错中所应承担的道德责任。比如奥尔华绥先生奖励撒谎的琼斯,就说明菲尔丁将人物的道德情感动机看得比某些道德瑕疵更为重要。既然如此,菲尔丁又何必反复书写主人公因同情心所犯下的种种道德过错呢?因为这一描写方式,势必会让读者在感受同情这一正当情感动机所带来的道德过错的故事中,反感乃至疏离本应遵循的同情美德。由此可见,菲尔丁在小说叙述中凭借道德过错这一不良伦理后果去解构同情美德价值的内在悖论,只能反映出他某些伦理思想的模糊。正是这种价值的模糊性特征,才导致了同情心对于道德英雄判断力的扭曲与遮蔽,也因此导致他们犯下了道德过错。这样的例子在菲尔丁笔下可谓比比皆是。原因就在于,同情这一道德情感必然具有情感走向不稳定的特点,因此同情心有时又会遮蔽事物的本来面貌,让发生者产生不合理的推断。

过度的、矫枉过正的同情会歪曲对象的真实性,让道德主体对于事物产生错误的看法,这种判断失误,常常会影响人物的伦理选择。对此,经验主义哲学家休谟曾细致分析过同情心理的发生状态,"这些心理活动在我们心中首先出现为单纯的观念,并且被想象为属于他人的"①,"其次,[……]对别人感情所发生的观念被转化为这些观念所表象的那些印象本身,而且那些情感就照着我们对这些感情所形成的意象发生起来"②。同情由于具有邻近性原则,所以必然是想象的产物;而想象就有可能是空中楼阁,不符合事物真实状况的。《汤姆·琼斯》中,奥尔华绥先生之所以错看了布利非,起因就在于同情心对理智判断力的遮蔽。作品中写道:

> 所以他一看出小布利非显然为他母亲所厌恶(事实确是如此),单凭这一点,他就同情起这个孩子来。至于同情会在心地慈祥的善人身上产生什么效果,对大多数读者说来,这是无需讲明的。
>
> 从那以后,奥尔华绥先生总是用放大镜来看那个少年的每一优点,用缩小的镜头去看他的一切缺点。这样一来,缺点就几乎看不到了。单是这样,也许还值得称赞他心肠软;可是底下一步就只能用人类天生的弱点来开脱了,因为他一看出布利非太太对汤姆的偏向,她越喜欢汤姆,他就越对那个可怜的孩子(不管他是多么无辜)冷淡起来。(第三卷第七章,120)

奥尔华绥先生对待布利非和琼斯的不同态度,恰恰说明同情心可以误导人的观察和判断力,进而在错误印象中导致不良后果的发生。事实上,布利非之所以能在后来兴风作浪,很大一部分原因都要归咎于奥尔华绥先生对他的溺爱。"由于疼爱外甥,奥尔华绥的大智就这样被布利非的小聪明征服了。最清醒的头脑往往也正是这样败于最柔软

---

① [英]休谟:《人性论》(下册),关云运译,北京:商务印书馆1997年版,第355页。
② 同上书,第355—356页。

的心肠。"(第十六卷第六章,850)沙夫茨伯里对此早有论述。他虽然力主情感而非理性是道德的基础,将支配人行为的情感分为了天然情感、自我情感和非天然情感三类,但即使是导向公众的好处的天然情感也应适度,不能偏向极端,否则即变成非自然。①

另外,同情在一定程度上也出自人的一种自恋心理。当一个人同情于他所观察到的事物之时,就会自然而然地发生一种移情现象,因为同情的本质即为设身处地地为别人着想,将他人的痛苦想象为自己的不幸,才是引发同情的心理原因。"在同情中,一个观念显然转化为一个印象。这种转化发生于对象与我们自己的关系。我们的自我永远密切地呈现于我们。"②而这样的一种移情现象也是一种自恋心理:从感同身受他人的痛苦出发,进而以同情心理去解决这一痛苦,反映的其实是人的自我保护意识。在此过程中,同情者又会因这种情感而沉迷于自己心灵的高尚,那种做了好事之后的欣慰感,实际上就是人借助同情心而获得的自我认同,这毫无疑问就是心理自恋。

菲尔丁在《汤姆·琼斯》中曾认为那些否认人性善良的人们"恐怕主要是严重的虚荣心在作祟。这是我们恭维自己心灵的一个例子,并且几乎尽人皆然"(第六卷第一章,255)。而同情何尝不是出于一种虚荣心呢?"虚荣策动我们去冒充虚妄的身份,以骗取赞美",虚荣比起虚伪"更接近真实",因为"矫揉造作并不是绝对否定了那些伪装的品质;所以,当它产生于虚伪的时候,它跟欺骗很相似;可是当它产生于虚荣的时候,它的性质就近于夸示了"。(原序,6)如前面论述,琼斯因为同情黑乔治宁可撒谎和挨顿毒打也不供出他,而奥尔华绥同情汤姆·琼斯因为信义付出的代价,给予物质补偿。但客观而言,汤姆在受到责打后却获得了道德奖赏,很难说琼斯不"出卖"黑乔治,是否也

---

① 参见宋希仁:《西方伦理思想史》,北京:中国人民大学出版社2004年版,第218—219页。
② [英]休谟:《人性论》(下册),关云运译,北京:商务印书馆1997年版,第356页。

出自向往美德的虚荣心使然。

汤姆·琼斯和奥尔华绥先生的同情在自利的同时毕竟还是起到了关怀他人的结果,而并未考虑他人,只是迎合自身的同情心理就已然是纯粹的虚伪了。同情可"泛指我们人与人之间任何激情上的共鸣"[①]。如白丽洁小姐和布利非大尉经常交谈神学研究的话题,在婚前大尉总是处处迁就女方,"使得那位对他的诚意毫不怀疑的小姐在每次结束争论回屋去时,都大为赞赏自己的才识,同时也对他的才识也更加爱慕"(《汤姆·琼斯》第二卷第七章,82)。这段话充分说明他们的婚姻并非建立在互相欣赏上,而更多是出于男方维护了女方的自恋心理,这种同情抑或说是共鸣才是这对夫妻结合的真正原因。斯宾诺莎曾指出,"如果我们想象一个我们对他没有感情的人,对于与我们相同的对象感觉快乐,那么我们将会爱他"[②]。等到婚后恩爱的热潮过去后,两人就不再掩饰对对方的憎恨了。人物在自己的情感生活中,有时却会因同情的模糊性而无法判断出自己情感的真实属性——同情既会带来爱情,也会产生一种类似于爱情的情感迷误。在这样的情感误区中,主人公往往难以分辨同情与爱情之间的区别,进而导致了一些道德过错的发生。

在菲尔丁笔下,汤姆·琼斯的道德过错最能说明同情这一美德的误导性特征。同情既决定了琼斯的善良品性,也引发了他在寻爱过程中的不良行为。但作者的褒贬意味在人物塑造的对比中是非常明显的——汤姆·琼斯对他人的同情使得他通情达理、善解人意,从不因个人的利益来损害他人的利益;相反,布利非却是一个自私自利的人,或者说他冷酷无情的心只同情他自己。虽然如此,琼斯坦诚豪迈而不知检点,却是造成通往道德完善和人生幸福道路上的巨大障碍。

---

① [英]亚当·斯密:《道德情操论》,余涌译,北京:中国社会科学出版社2003年版,第5页。

② [荷]斯宾诺莎:《伦理学》,贺麟译,北京:商务印书馆1983年版,第120页。

按照琼斯的秉性,"即使出于利己的动机,却也表现出一定程度的高尚品德。也就是说,这种人如果从旁人身上得到任何快乐,就一定喜爱那个给予他们快乐的人,并把为这个人谋求幸福看作使自己的心情获得安宁必不可少的条件"(第四卷第六章,156)。琼斯和许多女性的关系大多起源于他的一种同情心理,这种同情心以及作为他同情对象的女性,往往会给琼斯带来快乐。在这样一种利己情感的驱使下,琼斯也会努力地为对方谋求幸福。换句话说,琼斯不论是为了满足自己的同情心理,还是为了维系从对方那里得到的快乐,都会尽力去经营这种男女关系。他和毛丽的关系即是如此。从琼斯这方面说,也许仅仅是毛丽的美貌吸引了自己,"可是由于考虑到毛丽显然对他十分钟情,以及这个姑娘为了他而陷入的境地,因欲望得到满足而出现在他心中的低潮,又开始回涨。毛丽对他的钟情使他感激,毛丽的处境使他同情;这两种情感之外,他还很喜欢毛丽的身子。这些在他心中产生了一种感情,便是称它作'爱情'也不为过甚(… but the little abatement which fruition had occasioned to this was highly overbalanced by the considerations of the affection which she visibly bore him, and of the situation into which he had brought her. The former of these created gratitude, the latter compassion; and both, together with his desire for her person, raised in him a passion which might, without any great violence to the word, be called love; though, perhaps, it was at first not very judiciously placed [vol. 1, p. 121])"(第四卷第六章,157)。由此可见,琼斯的同情心是这段情感关系的一个重要基础。

在菲尔丁看来,同情是爱情关系中一个重要的道德情感动机。由同情引发怜悯,进而产生爱情,基本上构成了菲尔丁笔下爱情故事的主线。但与此同时,主人公在自己的情感生活中,有时却会因同情的模糊性而无法判断出自己情感的真实属性。就像琼斯一样,他因为同情而喜欢上了毛丽,却无法分辨这种情感和爱情之间的本质区别。简单来说,菲尔丁所描绘的真正爱情,本质上是一种建立在双方相互道德认同基础之上的情感吸引,是一种充满了浓重道德意识的情感关系,它强调恋人之间的理智与责任。但琼斯对于毛丽,却只是一种建立在利己情感基础之上的同情使然。与其说琼斯爱上了毛丽,倒不如说他对毛丽的同情,以及从毛丽那里获得的快乐满足了他的自恋心理。因此可以说,同情既会带来爱情,也会产生一种类似于爱情的情感自恋。

  与此同时,由于琼斯对毛丽的同情还掺杂了他自身的生命原欲,因而这种同情就包含了一种以占有毛丽身体为目标的利己之心。作为一个血气方刚的年轻人,琼斯在同情心理的遮蔽下,显然还不具备足够的道德判断能力。他无法分清楚自己对于毛丽的情感,究竟是一种掺杂了自己爱欲冲动的同情与怜悯,还是建立在理性意识基础之上充满了道德意识的真正爱情。琼斯这种情感认同的混乱,充分说明了同情所导致的情感误区是何等强大,因为它不仅令琼斯丧失了理性判断,而且也让他犯下了背叛苏菲亚的道德过错。其实菲尔丁对于琼斯和毛丽的关系倒是有着清醒认识,他将这段双方都缺乏道德意识的情感关系,视为了一个掺杂着同情、怜悯和爱欲诸多情感因素的冲动产物。在第五卷第六章,他就用标题暗示读者说,"把本章和前一章对照一下,读者或许会矫正他以前滥用'爱情'这个字眼的毛病"(216)。与此相类似,小说中白丽洁小姐和布利非大尉之间的"爱情"也是一种因同情导致的情感迷误。菲尔丁对此评论说:"各种共鸣都容易产生爱情,经验更昭示我们,再也没有比宗教上的共鸣更能在男女之间促成好事的了(As sympathies of all kinds are apt to beget love, so experience teaches us that none have a more direct tendency this way than those of a religious kind between persons of different sexes [vol.1, p.26])。"(第一卷第十章,38—39)而白丽洁小姐和布利非大尉的"爱情"就是如此,他们之间的共鸣(sympathies),或者说同情(compassion),从表面上看似乎是一种情感或观点的心心相印,但究其实质,仍然只是双方自我欣赏和自私自利的结果。

同情心能够使人们站在别人的角度设身处地地感受他人的感情,其实质是一种移情,即将自我意识带入对方的世界中。这种移情的结果,是一种虚幻的自我认同,即将他人的悲惨境遇看作自己的境遇,不论同情心如何统一了利己与利人,都改变不了这一道德情感的脆弱性。关于同情这一问题,也许17世纪伦理学家斯宾诺莎的观点是个有益的借鉴。他一方面认为同情催生了仁爱;另一方面,又因为同情大多引发的是痛苦的感觉,"所以本身就是恶","由怜悯而产生的善"与同情或怜悯已没多大关联,因为"努力解除我们所怜悯的人的欲望,已经是纯出于理性的命令"。① 菲尔丁虽然没有这种认为同情是恶的观点,但他通过对不同人物在道德实践过程中同情心理的描写,生动阐发了同情这一道德情感所具有的复杂内涵。这一叙述模式不仅反映了菲尔丁对于同情问题的细致观察,而且再度解构了同情本应具有的美德价值。

由上述分析可见,菲尔丁对于同情问题的描写体现了同情所具有的道德双面性。他提供的丰富的道德例证,表现出不同于道德哲学家的鲜活生动的现实主义特点;而他在这一问题中所表现出来的叙述悖论,则充分说明其小说伦理思想的某些矛盾性特征。

二、荣誉的虚假性

在菲尔丁笔下,作为美德之一的荣誉,有时也会因为自身的虚假性问题而与同情一样,都反映了其小说伦理的内在矛盾。一般而言,大多数伦理学家都认可荣誉对于道德的促进作用,如弗里德里希·包

---

① [荷]斯宾诺莎:《伦理学》,贺麟译,北京:商务印书馆1983年版,第208页。

尔生（Friedrich Paulsen）就认为"荣誉是道德的卫士；对荣誉的爱首先推动着意志去发展自重的德性，然后又推动着它去获得社会的德行，或者至少是避免不公正的行为、谎言和犯罪"①。曼德维尔也认为荣誉能够吸引人们去追求美德，他说"最能将人类砥砺得文雅高尚者，莫过于爱情与荣誉。这两种激情与许多美德作用相当。因此，求爱与从军便是培育良好教养及风度的最佳学校。求爱能使女子臻于完美，而从军则能使男子速及精良"②。菲尔丁显然也将荣誉看作是一所道德的风雅学校。他在《汤姆·琼斯》中写道，当琼斯在被赶出家门、追求苏菲亚无望的情形下，立志去当一个志愿兵，"决计追随伟大的荣誉的道路（to pursue the paths of this giant honour [vol. 1, pp. 242–243]）"（第六卷第十二章，297）。揣测菲尔丁的写作计划，他实际上力图用求爱和从军这两方面的经历，砥砺琼斯的坚强意志，使其更具道德风度。而且按照《汤姆·琼斯》里所引的法国批评家皮埃尔·贝尔（Pierre Bayle）的说法，由于女人同样酷爱荣誉，因此"再没有旁的品质"比勇敢"更能使女人对一个男人倾心的了"（第四卷第十三章，183）。就此而言，对爱情与荣誉的渴望无疑是促使琼斯走向道德成长之路的重要动因。

在欧洲的文学传统中，有关荣誉问题的书写可谓是历史悠久。例如骑士传奇为了刻画人物的勇气，就常常表达对于荣誉的赞颂。这是因为荣誉作为一种道德名望，需要荣誉追求者拼死捍卫。而这一过程恰恰最能反映骑士英雄的无畏勇气和荣誉意识。正如米哈伊尔·巴赫金（Mikhail Bakhtin）指出："功勋这一因素使骑士传奇截然有别于希腊传奇，而接近了史诗传奇。声名、赞颂的因素同样与希腊小说完

---

① [德]弗里德里希·包尔生：《伦理学体系》，何怀宏、廖申白译，北京：中国社会科学出版社，1988年版，第492页。
② [荷]伯纳德·曼德维尔：《蜜蜂的寓言——私人的恶德，公众的利益》，肖聿译，北京：中国社会科学出版社2002年版，第92页。

全格格不入,同样使骑士小说向史诗靠拢。"①考虑到菲尔丁以散文体喜剧史诗对骑士传奇所进行的创造性转换,就不难理解他对荣誉问题的书写,其实就是对欧洲文学传统的伟大继承。

从基于骑士传奇的荣誉意识出发,菲尔丁在小说中也塑造了不少具有骑士风度的勇士形象。比如在《阿米莉亚》中,布思就坚持认为"任何人稍稍触犯了荣誉的法律,都是要以失职论处的。这里没有饶恕,没有原谅可说"(第二卷第八章,91)。布思婚后为了能够经常陪伴已有身孕的妻子,想调换到近卫骑兵队去。可是他原来所在的团已经接到命令要开往直布罗陀,而他与别人调换的两份任职令还没有国王陛下的签字,因而调换任务还没有完成。虽然布思爱护妻子,但是他也不愿牺牲荣誉,"爱情并不是理所当然地就能够被荣誉胜过"(第二卷第八章,91),最后还是离别阿米莉亚,前往直布罗陀。

对自我荣誉的珍惜,足证布思即使是身处逆境也绝不屈服的道德品质。但随着时代的变化,荣誉的虚假性也越来越显现出来。正像迈克尔·麦基恩(Michael McKeon)所说,荣誉本身蕴含着贵族意识,"荣誉是外在表现与内在本质的统一,这让英国名门或贵族阶层与广大平民主体区分。这种信仰暗中主导着贵族与平民,借助地位为社会分层正名"②。马克斯·韦伯(Max Weber)曾对阶级和等级做了这样的区分:"'阶级'是根据同货物的生产和获得的关系来划分的;'等级'则是根据其货品消费的原则来划分的,表现为'生活方式'的特殊形式。""阶级"划分的根源在"经济制度"里;"等级"真正的根源则在"社会的制度"里,即在"荣誉"分配的领域里。③ 也就是说,过于强调荣誉可能

---

① [俄]巴赫金:《小说理论》,钱中文主编,白春仁、晓河译,石家庄:河北教育出版社1998年版,第348页。
② [美]迈克尔·麦基恩:中文版序言,《英国小说的起源:1600—1740》,胡振明译,上海:华东师范大学出版社2015年版,第5页。
③ 参见马克斯·韦伯:《经济与社会》(下卷),约翰内斯·温克尔曼整理,林荣远译,北京:商务印书馆1997年版,第259-260页。

就意味着对社会等级秩序的过于看重和对贵族风尚的维护。

比如在菲尔丁所处的时代,很多人都将蕴含了深厚美德价值的荣誉简单地理解成贵族式的决斗。这一认识误区所导致的不良后果,就是荣誉的价值内涵的混乱。对于这一问题,菲尔丁其实是有着清醒认知的。比如他在 1752 年 1 月 14 日的《考文特花园杂志》(The Covent Garden Journal)上所发表的《现代误用词汇集》("A Modern Glossary of the Abuse of Words")一文,就认为将荣誉定义为决斗的看法是一种典型的词汇误用。① 换句话说,将荣誉视为决斗的偏见,已经令荣誉在这个时代变得愈发虚假。《约瑟夫·安德鲁斯》中的威尔逊是一个难得认识到荣誉并不等同于决斗的人物,而这一对待荣誉的态度也让他不再虚度人生。他在谈到决斗问题时说:"一方面,我看到结果不论凶吉总有危险:不是我自己送掉性命,就是一个和我无冤无仇的人把命送在我手里。另一方面,我很快下了决心,不冒这种危险是有好处的。"(第三卷第三章,216)但像威尔逊这样对于荣誉和决斗有着理性认识的人却并不多见。在菲尔丁看来,将荣誉等同于决斗的世俗偏见已成为一个时代的流行病,即便一些道德高尚之人在这种偏见的影响下也不能正确地看待荣誉和决斗之间的关系。如在《汤姆·琼斯》中,由于旗手诺塞顿侮辱了苏菲亚的名字,琼斯与他就此结下了仇怨。琼斯在吃亏之后虽然对于决斗是否违背了基督教义心怀疑虑②,但也是一门心思地想通过决斗来挽回荣誉。后来,旗手诺塞顿行恶之时恰被琼斯抓了个现行,诺塞顿对琼斯说:"要是你真敢像个绅士那样办事的话,咱们就走到一个我可以弄到一把剑的地方。我是个讲究荣誉的人,当然要来应战。"琼斯气急败坏之下,对此的回应是:"你这样的浑

---

① See Henry Fielding, *The Covent Garden Journal and A Plan of the Universal Register-office*. Ed. Bertrand A. Goldgar. Oxford: Clarendon Press, 1988, p. 37.

② 参见《汤姆·琼斯》第七卷第十三章,第 367 页:"可是对于任何一个真正的基督教徒说来,违背上帝的戒律,对人怀着怨恨,那该是多么可怕啊!我怎么能在卧床养病的时候这样做呢?我胸中存着这种对自己不利的东西,在末日审判的时候,我怎么对上帝交代呢?"

蛋也配讲什么荣誉！""恶人就得现世现报,饶不了你。"(第九卷第二章,477)同样,在《阿米莉亚》中,当巴思上校听信流言,诬蔑布思的"所作所为像个流氓"(第五卷第五章,233)时,布思也毫不犹豫地拔出剑,准备用决斗去捍卫自己的尊严。由此可见,无论是道德英雄还是恶人,都有着自己的荣誉意识;不管人物的道德状况如何,他们都将荣誉简单地理解成了决斗。而琼斯后来的态度才是对荣誉应有的态度。对菲尔丁来说,他并不赞成私人决斗,认为决斗"是基督教时代以后由一些野蛮的民族引入的",不仅违背了现代法律,而且"是对基督教准则直接与大胆的挑战"。(《阿米莉亚》第九卷第三章,426)

菲尔丁对于这一问题的认识,其实涉及英国人的国民性格。在他看来,"英国人之好酗酒闹事,骨子里也许还是由于我们对荣誉的爱好"(第五卷第九章,235)。由于这些普通人的看法错误,因而他们也常常以所谓的豪迈名义掩饰了自己的虚荣心,进而影响到整个社会的道德风气。和普通人相比,一些政治人物对于荣誉的追求更容易导致坏的结果。这是因为他们在追求荣誉的过程中往往不惜以牺牲所有臣民的安宁和幸福为代价。在《亨利四世》(*Henry IV*)第五幕第一场,福斯塔夫用功利主义的态度宣称他不要什么荣誉,因为荣誉不能解决任何实际的困难——"什么是荣誉？两个字。那两个字荣誉又是什么？一阵空气。(What is honour? a word. What is in that word honour? What is that honour? air.)"①菲尔丁从曼德维尔的学说中又看出了荣誉背后的贪婪和欲望。"永远激励着每一位英雄的最难满足的渴望,乃是对声誉的渴望;这种渴望,完全是一种无法驾驭的贪婪,即希图享有未来时代里的其他人对他的尊崇与赞美,就像享有其同代人的那样。并且(无论一位亚历山大或一位恺撒事后会对这个真理如何痛心疾首),巨大的报偿就在眼前,为得到他,连心地最高尚的人也

---

① ［英］莎士比亚:《亨利四世》,朱生豪译,北京:中国画报出版社2015年版,第129页。

如此乐于牺牲他们的安宁、健康、感官快乐以及自己的一切。这巨大报偿从来都不是别的什么东西,而只能是人类的气息,即赞誉的空幻钱币。"①因此,在《汤姆·琼斯》中提到的宗教战争观念的变化引发了山中人的激烈反应:"老人就一声不吭地在房里走了几圈,然后叫着,笑着,最后跪倒在地,大声祈祷,感谢上帝拯救了他,使他和这个荒唐透顶的人世绝缘。"(第八卷第十四章,458)这就能反映出这些战争并非真正出于对公平正义的真理的追求,而不过是虚假的荣誉罢了。值得注意的是,菲尔丁1740年曾将《瑞典国王查尔斯十二世的军事历史》(*The Military History of Charles XII, King of Sweden*)翻译为英文。② 这位国王15岁即登上王位,1697—1718年在位。为了向波兰国王奥古斯塔斯复仇,查尔斯十二世发动战争,屡次拒绝很有利于他的和平条件,结果在1709年被彼得大帝击溃。此后直到1714年,查尔斯十二世都待在土耳其,而瑞典军队却在继续作战。1718年他在一次攻坚战中头部中弹而亡。菲尔丁无疑对查尔斯十二世的生平经历十分熟悉,《阿米莉亚》里曾提到这位国王在他妹妹去世时表现得十分悲痛。而虚荣做作的马修斯小姐却认为这位瑞典国王是世上"最勇敢的、甚至是最凶猛的男子"(第三卷第八章,135)。曼德维尔也曾对此发表评论说:"多少世代以来,没有一位国王比当今的瑞典国王更崇尚煊赫与奢华了。他迷恋'英雄'的头衔,不仅牺牲了臣民,牺牲了王国的安宁,而且牺牲了自己的安逸和全部舒适生活(这在众多君主中倒并不多见),去满足他那难以平息的复仇心。他顽固地进行战争,使人民深受苦难,并几乎完全毁掉了他的王国。"③

---

① [荷]伯纳德·曼德维尔:《蜜蜂的寓言——私人的恶德,公众的利益》,肖聿译,北京:中国社会科学出版社2002年版,第39页。

② See "Chronology," *The Cambridge Companion to Henry Fielding*. Ed. Claude Rawson. Cambridge: Cambridge University Press, 2007, p. Xiii. 原著者为 M. Gustavus Adlerfeld。

③ [荷]伯纳德·曼德维尔:《蜜蜂的寓言——私人的恶德,公众的利益》,肖聿译,北京:中国社会科学出版社2002年版,128—129页。

正是考虑到荣誉的虚假性可能导致的严重后果,菲尔丁在书中多次写到世人对荣誉的误解。伊恩·P.瓦特曾引证过18世纪同时代人的观点,认为"勇敢的概念"后来"被弄得乱七八糟,在这个荒淫的时代,骑士的游侠行为就是尽他们所能摧残妇女";而在日常生活中,"荣誉和勇敢"一类词的用法上的模棱两可会带来危险。① 在菲尔丁的笔下,不仅是一些反面人物误解了荣誉,就连一些普通人也因为对荣誉的认识不清,从而以捍卫荣誉的名义,助长了虚荣心这样的恶劣品格。甚至像汤姆·琼斯和威廉·布思这样的道德英雄也不能免俗。他们对妇女的浪漫多情其实就是他们对骑士风度的理解有误。如琼斯"一向认为对妇女殷勤是保持荣誉的一个原则。他认为接受一次情场上的挑战,正像接受一次决斗场上的挑战一样义不容辞"(第十三卷第七章,699)。这种出于荣誉观念的征服欲显然并不具备道德的正当性,反映出汤姆·琼斯的道德迷误。而与他可资对照的耐廷盖尔先生也是一个追求虚假荣誉,亦即所谓名誉的人。他虽然对南锡怀有爱情,但又遗弃了南锡,"在体面上有些糊涂的顾虑(I had any foolish scruples of honour [vol. 2, p. 231])"(第十四卷第七章,754),不仅仅因为南锡出身较低微,而且因为南锡小姐未婚先孕的消息已经众人皆知,世人对此是认定为"不贞"的。琼斯规劝耐廷盖尔时说:"你说没脸见人,这是出于虚伪的爱面子——而这种感觉和虚伪的荣誉②总是形影不离的(Forgive me if I say such a shame must proceed from false modesty, which always attends false honour as its shadow [vol. 2, p. 230])。"(第十四卷第七章,753)"最光彩、最真实的荣誉③——也就是说,善行,要求你这样做(and the very best and truest honour, which is goodness, requires it of you [vol. 2, p. 230])。"(第十四卷第

---

① 转引自[美]伊恩·P.瓦特:《小说的兴起——笛福、理查逊、菲尔丁研究》,高原、董红钧译,北京:生活·读书·新知三联书店1992年版,第175页。
② 译文有修改,萧乾、李从弼译本为"体面"。
③ 译文有修改,萧乾、李从弼译本为"道义"。

七章,752)值得注意的是,耐廷盖尔先生爱面子,固然有他对荣誉理解错误的缘故,但这种对荣誉虚假性的追求也容易导致伪善。他对南锡小姐的遗弃正说明了伪善者的共同本质,即以崇高道德为名,却行不义之事。琼斯的规劝同样意味深长,对于耐廷盖尔先生来说,如果放下名誉,转而通过照顾南锡小姐去尽到自己的责任和义务,那么他就既可以避免伪善的境地,同时也以遵守承诺的方式去实践美德。就此而言,世人只有丢弃掉对于名誉的执念,才有可能获得"最光彩、最真实的荣誉"。不仅斯奎尔和屠瓦孔为荣誉①源于道德还是宗教争论不休,就连琼斯也曾产生错误的观念,"差点从堂而皇之的荣誉②角度(from a high point of honour [vol. 2,p. 284])"(第十五卷第十一章,816)背弃苏菲亚,后来才听从了天性的指引。

为了帮助世人辨析真假荣誉的区别,菲尔丁在思考荣誉(honor)问题时,经常会描写到人物对于名誉(reputation)或声誉(fame)的追求。其实,不论名誉还是声誉都是荣誉的衍生词。特别是那种既过度看重荣誉,又将荣誉视为手段之人,菲尔丁往往用"reputation"一词来表达他隐含的道德态度。如《约瑟夫·安德鲁斯》中的鲍培爵士夫人就将荣誉当成了她毁人名誉的手段。"夫人十分爱惜她的名誉,因为她知道,有了名誉才能享受生命中许多最可宝贵的幸福,尤其是玩纸牌啦,在公共场所叙礼啦,最后还有她特别喜爱的糟蹋别人名誉的乐趣(she had the utmost Tenderness for her Reputation, as she knew on that depended many of the most valuable Blessings of Life; particularly Cards, making Court'sies in public Places, and above all, the Pleasure of demolishing the Reputations of others, in which innocent Amusement she had an extraordinary Delight [p. 37])。"(第

---

① 原文为"that we have different ideas of honour", vol. 1, p. 80,萧乾、李从弼译本为"信义"(第三卷第三章,107)。

② 译文有修改,萧乾、李从弼译本为"道义"。

一卷第九章,35)从表面上看,鲍培夫人对名誉的重视符合世人的道德规范,但这一"美德"却不过是她借以毁坏别人名誉的有效手段。因为在鲍培夫人看来,毁他人的名誉的快乐"是她特别钟爱的清白的消遣"①。可见这位以毁人名誉为乐的贵妇人对自身名节的重视,不过是将荣誉视为了损害他人的一个手段而已,从中所反映出来的伪善人格,也歪曲了荣誉本身理应具有的道德内涵。《阿米莉亚》中的詹姆斯上校在为布思指点出路时说,布思可以通过献出妻子的方式去解决困难。对于极具道德意识的布思来说,这样的无赖行为无论如何他也做不出来。他对此表示说:"我感谢天主,我的荣誉是在我自己的掌握之中(but my honour, thank Heaven, is in my own power)。"詹姆斯的回应则是:"我同意您的意见:在一切事物中,那种事是最让人丧失荣誉的②(for I do agree with you, that considering all the things, it would be the highest instance of dishonour [pp. 226—227])。"(第五卷第九章,256—257)女性的贞洁在 18 世纪等同于荣誉,因此玛丽·阿斯特尔(Mary Astell)说:"照现如今这世道,我总爱想,丈夫并不处于理想境地,他的荣誉取决于自己妻子的妇道。"③菲尔丁在这里也未尝不是嘲讽这一世俗文化。但一个用真荣誉证明自己的道德感,另一个却用假名誉去掩饰自己的不道德。两相对照之下,布思和詹姆斯上校的道德差别不言而喻。作为一个本于良心和灵魂生活的人物,布思即便身处逆境,也时刻牢记着荣誉的道德要求。在他看来,出卖自己的妻子这等卑劣之事,无论如何不会发生在一个有荣誉感的人身上。他说荣誉在自己的掌握之中,也就是表明了一种道德自律的态度。可见,人只要坚持美德,那么荣誉就会被自然赋予。相比之下,体现荣誉

---

① 根据英文版 Henry Fielding, *The Adventures of Joseph Andrews*, London: Oxford University Press, 1945, p.37 译出,王仲年版本未译出。
② 译文参照英文有修改,吴辉译本为"最伤名誉的"。
③ 转引自[美]迈克尔·麦基恩:《英国小说的起源:1600—1740》,胡振明译,上海:华东师范大学出版社 2015 年版,第 251 页。

虚假性的名誉则要靠人去不断追求才能勉强维系。因此，菲尔丁在使用这几个词汇时，事实上设置了一个价值等级，即荣誉具有真正的道德内涵，只不过由于人们的误解，它的虚假性一面被无限放大，就变成了世人追求的名誉和声誉。对菲尔丁来说，荣誉有时更像一面道德明镜。通过这面镜子，庶几可映射出世人对于名誉和荣誉这两个概念的价值混同。尽管在菲尔丁笔下，名誉是荣誉虚假性的代名词，但很多人物都将两者混为一谈。比如伪善者正是将名誉等同于荣誉，才会在追求名誉的过程中，忽视荣誉感所隐含的勇气、自尊等真正有价值的道德内涵。魏斯顿女士斩钉截铁地表示，苏菲亚"是我们家的荣誉。她以后也会是我们家的荣誉，这一点我敢担保。我要拿我的全部名誉来保证她的品行(She is an honour to it; and she will be an honour to it, I promise you. I will pawn my whole reputation in the world on her conduct)"(第十六卷第七章，852)。这里的"honour""reputation"便表示了叙述者价值判断的高下之分：魏斯顿女士想把苏菲亚嫁给费拉玛勋爵，光大魏斯顿家族的门第，抬高家族的地位。因此，与其说对名誉的追求是一种道德上的自爱，倒毋宁说是人性中不可避免的虚荣弱点。

菲尔丁在《汤姆·琼斯》中曾描绘了一个类似于理想国的吉卜赛人的社会。他们虽然没有死刑，但刑法很严厉，"它使受罚的人自己感到耻辱，那才是最可怕的惩罚"(第十二卷第十二章，652)。"他们所以能过得那样幸福，也许完全由于他们和其他民族有一点不同：他们之间没有虚伪的荣誉，而且他们把耻辱当作世上最严峻的惩罚(… and to which perhaps this their happiness is entirely owing, namely, that they have no false honours among them, and that they look on shame as the most grievous punishment in the world [vol. 2, p. 146])。"(第十二卷第十二章，656)由此可见，在菲尔丁的道德辞典中，荣誉显然是更具道德内涵的词汇，而当他在运用到"名誉"或"声誉"一词时，往往指的就是虚假的荣誉,在叙述方式上也极尽揶揄和嘲笑之能事。就像《约瑟夫·安德鲁斯》中的鲍培夫人那样,名誉成为她损人利己的一个手段和工具,为了名誉,她可以行各种不义之事。就此而言,尽管荣誉这一传统价值已在现实社会中遭遇了曲解和误读,但它依旧是一个本于良知的人理应去珍惜的美德价值。人只要坚持行善,荣誉自会随之而来。至于名誉,则不过是世人贪慕虚荣和追逐物欲的结果。

从上述情节可见,其实菲尔丁从不排斥人们对荣誉的追求,只是因为世人的偏见,荣誉才会沦为充满了虚假性的名誉。卢梭也曾借书中人物表示:"我把人们所说的荣誉分为两种:公众所说的荣誉和自爱自重的荣誉。前一种荣誉,来自毫无意义的偏见,像水中激起的浪花一样,转瞬即逝;而后一种荣誉,则是以永恒的道德为基础的。世人所说的荣誉,有助于个人去争取名利,但它不能深入人心,对真正的幸福不产生任何影响。与此相反,真正的荣誉是幸福之本,因为它所体现的是永恒的内心的满足;只有这种内心的满足,才能使一个有思想的人感到幸福。"① 哈奇森也曾表示:"荣誉带来的满足感出自他人的认可、尊敬和感激。当基于德性且随德性而自然产生的时候,荣誉就是灵魂中最令人愉快的感受之一。"② 而《汤姆·琼斯》中那位"准亚里士多德式(quasi-Aristotelian)"③哲学家斯奎尔一向把荣誉(honour)看得高于一切,却走入了虚伪的误区,但也恰恰是他,而不是那位假道学的高教徒屠瓦孔,最后迷途知返,向奥尔华绥先生揭穿了真相,为奥尔华绥先生最后接纳琼斯起到了重要的作用。这个人设很明显能表明菲尔丁对于荣誉本身的肯定。但由于世人的迷误,为恢复荣誉本身具

---

① [法]让-雅克·卢梭:《新爱洛依丝》,李平沤、何三雅译,南京:译林出版社1994年版,第48页。
② [英]弗兰西斯·哈奇森:《道德哲学体系·上》,江畅、舒红跃、宋伟译,杭州:浙江大学出版社2010年版,第131页。
③ Richard A. Rosengarten, "Preface," *Henry Fielding and the Narration of Providence: Divine Design and the Incursions of Evil*. New York: Palgrave, 2000, p. xi.

有的价值,菲尔丁首先通过批判世人对名誉的贪婪,表达了一种致力于澄清美德价值的伦理思考。

但是,菲尔丁小说伦理的含混不仅仅体现在世人对真假荣誉的误读,也体现在他对名誉的矛盾态度上。也就是说,菲尔丁一方面认为名誉不过是昙花一现的幻影,具有很强的虚幻性。而这种虚幻性无疑会遮蔽追求名誉者的眼睛。另一方面,在菲尔丁看来,任何一个有见识的人,当然都不会完全忽视名誉。哲学家斯奎尔和毛丽的私情被琼斯意外发现后,斯奎尔担心琼斯宣扬此事,也害怕琼斯提出决斗,因此说:"好名誉也是一种美德,忽视它是决不相宜的。况且戕害自己的名誉就犹如自杀,而自杀是罪大恶极的(I would not be thought to under-value reputation. Good fame is a species of the Kalon, and it is by no means fitting to neglect it. Besides, to murder one's own reputation is a kind of suicide, a detestable and odious vice [vol. 1, p. 171])。"(第五卷第五章,215)考虑到斯奎尔与琼斯的某些同质性关系①,这番话恐怕不能完全当作讽刺来理解。

《汤姆·琼斯》第十一卷第一章名为"斥批评家"。作者在谈到批评家对作品的诽谤时说,"罪恶手下再也没有比诽谤更卑鄙的奴才","诽谤是比刀更加残酷的一种凶器,它所造成的创伤是永远无法治疗的"。(第十一卷第一章,552)它不仅给受害者造成严重的损害,而且对那些阴险恶毒的家伙也并无任何好处。正是由于名誉的损害,因此当山中人丧失了名誉之后,只能与忧伤和耻辱为伍,而"忧伤和耻辱是最有害身心的食品了"(第八卷第十二章,442)。因为"无端地诽谤人的命运就会使其处于最难堪的境地"(第八卷第八章,418)。而苏菲亚

---

① 蒂法尼·波特(Tiffany Potter)认为《汤姆·琼斯》中魏斯顿乡绅、山中人、贝拉斯顿夫人、斯奎尔和琼斯等都是乔治亚纨绔主义的代表,但其中,斯奎尔充当了琼斯老牌纨绔主义导师的角色,他们与毛丽的关系可引作证明。Tiffany Potter, *Honest Sins: Georgian Libertinism and the Plays and Novels of Henry Fielding*. Montreal, Kingston, London and Ithaca: McGill-Queen's University Press, 1999, pp. 127—128。

也是如此。在客栈听到琼斯是为了摆脱和她的恋爱才离乡背井的谣言,苏菲亚为此感到万分痛苦,并向女仆哭诉说:"我永远也不能饶恕他这样野蛮地糟蹋我的名字,这件事使我鄙视他。"(第十卷第五章,527)但对于琼斯的出轨这等道德过错,苏菲亚似乎却并不伤心。也就是说,"苏菲亚以为(也并非没有充分理由)琼斯任意同旁人说出她的姓名同人品,比他在目前情况下还随便跟旁的女人胡闹更为可恼"(第十二卷第八章,635)。由此可见,即便道德完美如苏菲亚,也不能不顾惜对于名誉的世俗看法。沃特尔太太虽然并不是琼斯的亲生母亲,但她冒认了这一"未婚产子"的罪行也就失去了道德舆论的支持,难以"悔过自新",重回清白的道路。她在小说的最后也现身说法表明了名誉的重要性——"一个丧失了名誉的衣食无着的女人还有什么力量?即使她满心想回到正路上来,善良的世人肯容许一只迷途的羔羊这样做吗?"(第十八卷第八章,940)

综上所述,尽管菲尔丁对于荣誉以及作为荣誉衍生物的名誉、声誉等问题都有着清醒的认知,在小说创作中表达了自己对于荣誉的一种辩证看法,即人不能没有荣誉感,否则就会丧失廉耻之心;但人也不能过度看重荣誉,否则就会导致对现实的认识出现偏差。菲尔丁据此认为,人只要践行美德,自会获得荣誉,荣誉因此是道德追求的目的,而非像有的人那样,将荣誉视为手段。但在其伦理叙事中,这种价值分野却未必能够得以完全澄清。这是因为小说这一文类的艺术形式决定了菲尔丁不可能像伦理学家那样,以逻辑性的思辨推演,阐明荣誉的传统价值,以及它在现今社会中的价值扭曲现象。由此造成的一个叙事后果,就是菲尔丁在讲述人物的荣誉感,以及他们对名誉的追求时,很难完全把握住两者之间的思想差别,由此也使其小说伦理呈现出了和同情相类似的一种价值矛盾。《阿米莉亚》中的哈里森博士也说,保护人的荣誉不如去保护他的灵魂:"荣誉能指点他不服从造物主的特别命令,而去依从一群傻瓜所建立起来的习俗吗?这种习俗建立在道德的虚伪原则之上,直接违背宗教朴素与明确的戒律,明显地倾向支持暴徒,对他们进行保护,让他们冒失无礼,胡作非为。"(第十二卷第三章,597)与宗教信仰对灵魂的庇护相比,无论是荣誉或名誉都是世俗文化虚假性的一个证明。

三、自爱的双重性

在菲尔丁的小说伦理中,除了同情的误导性和荣誉的虚幻性,自爱也因其双重性而构成了一种内在的矛盾。在辨析自爱的双重性这一问题之前,我们有必要先了解一下深刻影响了菲尔丁的曼德维尔的伦理思想。作为一部在经济学、政治学和伦理思想史领域内都具有重要参考价值的作品,曼德维尔的《蜜蜂的寓言——私人的恶德,公众的利益》一书从伦理学角度试图证明"人的道德行为,虽应当以理性和利他为重,但其动机则出于自爱或自利;人若除掉自爱,不但没有道德,连社会也不能存在"[①]。这就是说,自爱实际上构成了其道德哲学的一个核心概念。菲尔丁无疑受到了曼德维尔思想的影响,他在作品中表现的诸多伦理思想都有曼德维尔式思维的影子,其同中有异的差别,更能见出菲尔丁对于伦理问题的深刻思考。

在曼德维尔看来,"一切生灵皆爱自己,任何动物皆能够如此;天下没有比这种爱更普通、更诚挚的情感了"[②]。其实,"在霍布斯之后的伦理学家们,不论是门徒还是反对者们,都同意自爱是基本的激情,自爱过度就是人类恶行的主要原因"。但伯纳德·曼德维尔更为极端化,"认为任何一种恶行都诱发自自爱。按照这一标准推断出,在蜂箱

---

① 杨春学:《中译本序言——个人利益,社会经济繁荣与制度之形成:客观确定的善》,[荷]伯纳德·曼德维尔:《蜜蜂的寓言——私人的恶德,公众的利益》,肖聿译,北京:中国社会科学出版社2002年版,第4页。

② 同上书,第154页。

里的蜜蜂,和在社会的人类都是完完全全邪恶的"①。但是菲尔丁不认同曼德维尔将这种自爱视为人类一切激情的核心。② 尤其反感曼德维尔认为人类心目中并无其他无私的情感存在,这也就是曼德维尔所说的,"维护自己所爱的事物,除了意味着这种关怀的爱以外,世上并无其他的爱"③。对此,菲尔丁不仅在《汤姆·琼斯》中含沙射影地嘲讽了"某些哲学家"的学说④,还在《阿米莉亚》里借人物之口指名道姓地劝说不要信奉曼德维尔的思想,比如布思评论说:"人们心中能够具有极为善良的感情,他[指曼德维尔]却把它从他的体系中排除出去,而企图从高傲或恐惧的卑鄙冲动中来解释那种善良感情的作用或能力。然而,人们心中确实是存在爱的,就像人们心中确实是存在恨一样。存在爱的理由同样可以用来说明存在恨。"(第三卷第五章,116)

在曼德维尔的伦理思想中,有一个观点十分重要,即由于人的本质都是利己,为了获得他人的赞美和避免谴责,人才会去践行美德,自爱乃是美德养成的基础,也就是说美德实际出自自私的需要。"道德美德皆为逢迎骄傲的政治产物。"⑤一切利他的或仁爱的德行,因而不过是利己主义的伪装。如"分享所爱者的哀愁,这并非不可能,无论那哀愁是什么,因为我们若是诚心分担他人的不幸,自爱便会使我们相信:我们感到的痛苦将会减轻友人的痛苦"⑥。也就是说,人的一切行为归根结底都是出于人的自爱本能;自然也包括任何一种美德。与曼

---

① William Robert Irwin, *The Making of Jonathan Wild: A Study in the Literary Method of Henry Fielding*. Hamden, CT: Archon Books, 1966, p. 61.
② "一切激情又全都以自爱为核心。"参见[荷]伯纳德·曼德维尔:《蜜蜂的寓言——私人的恶德,公众的利益》,肖聿译,北京:中国社会科学出版社2002年版,第57页。
③ 同上书,第154页。
④ 参见《汤姆·琼斯》第六卷第一章,第253—256页。
⑤ [荷]伯纳德·曼德维尔:《蜜蜂的寓言——私人的恶德,公众的利益》,肖聿译,北京:中国社会科学出版社2002年版,第37页。
⑥ 同上书,第109页。

德维尔持相同观点的伦理学家不在少数,比如克洛德·爱尔维修(Claude Helvétius)也说过,人的全部善行都出于自爱这一利己主义思想,故而"爱邻人,在每一个人身上,只不过是爱自己的结果"①。这就是说,从行为动机上讲,人是因为爱自己才会爱他人,但就行为后果而言,却意味着爱人如己。按霍尔巴赫男爵(Baron d'Holbach)的说法,"爱别人,就是爱那些使我们自己幸福的手段,就是要求他们生存,他们幸福,因为我们发现我们的幸福与此相联系"②。可见,即便利己主义从本质上是为了自己的幸福,它却因自爱而使人们有了助人的美德行为。而卢梭也曾经想象:"只要把自爱之心扩大到爱别人,我们就可以把自爱变为美德。"③

但是,另外一方面,曼德维尔也承认不少恶德同样出自自爱。如谈及嫉妒时,曼德维尔说:"人人都愿意生活幸福,享受快乐,并尽可能地避免痛苦,因此,自爱便会吩咐我们将每一个看上去幸福快乐的生灵看做竞争幸福的对手。我们目睹他人的幸福受阻,便会心满意足。这虽然并不给我们带来什么益处,但我们这种快乐中迸发出来的东西,却可以被叫做'幸灾乐祸',而造成这个弱点的动机便是'怨恨',它亦来自嫉妒这同一个源头,因为没有嫉妒便没有怨恨。"④可以发现,曼德维尔所说的自爱既可导致善的行动,也可引发恶行,带有双重性。只不过在曼德维尔的笔下,这种善已然成为一种伪善,已经不能称其为美德了。

在18世纪中期,有一些"更和善和更积极"的思想家如沙夫茨伯里等,"他们反对霍布斯主义,维护人类本质的善良和仁慈,也不完全

---

① 转引自周辅成编:《西方伦理学名著选辑》(下卷),北京:商务印书馆1987年版,第65页。
② 转引自北京大学哲学系外国哲学史教研室编:《十八世纪法国哲学》,北京:商务印书馆1979年版,第650页。
③ [法]卢梭:《爱弥儿(论教育)》,李平沤译,北京:商务印书馆1996年版,第356页。
④ [荷]伯纳德·曼德维尔:《蜜蜂的寓言——私人的恶德,公众的利益》,肖聿译,北京:中国社会科学出版社2002年版,第107页。

否认过度的和破坏性的自爱的存在"①。菲尔丁也认同每个人都有这样的自我保护本能,"这使我们在一切关乎自己的事情上做出极不公正的判断"②。如琼斯在向巴特里奇叙述自己的经历时便有意无意地掩盖了事实真相。菲尔丁将之归为人性的弱点,他在小说中评述道:"不管一个人多么诚实,在叙述他自己的行为时,总难免会不期然而然地袒护自己,这样一来,某些污点经他一说就洗清了,好似劣酒过滤以后,所有的渣滓就都滤掉了。看来同一件事,由本人自述还是由一个仇人来叙述,在动机、情节和后果方面都可以有很大差别,使得我们几乎难以认出谈的是同一件事。"(第八卷第五章,404)而奥尔华绥驱逐琼斯出天堂府时,"由于不好意思,故意把牵涉到他自己的那部分略去,而那恰恰是构成琼斯罪过的主要情节"(第六卷第十一章,294)。所以说18世纪的这种合理利己主义也影响了菲尔丁,他对于自爱也多少有所肯定。不过对于习惯了独立思考的菲尔丁来说,自爱实际上有着更为复杂的内涵。他不同意曼德维尔的观点,即人的所有行为均出于自爱,但显然也与沙夫茨伯里全然否定自爱相反。"沙夫茨伯里将人分为三种类型的感情:一些对公德感兴趣,一些对私德感兴趣,还有一些对哪一种都不关心。前两种是自然的,第三种则不是。正确生活和幸福的方式是怎样维持公德和私人感情的平衡。"③当然,从某种意义上说,这也反映出菲尔丁在自爱这一问题上的含混不清,也许是他与那些伦理学家相比不太系统的地方。他并未严格限定自爱的性质,而是从合理利己主义出发,并不将自爱全盘否定。那么,菲尔丁如何看待自爱,以及自爱是否能导致好的结果呢?可以首先肯定的一

---

① William Robert Irwin, *The Making of Jonathan Wild: A Study in the Literary Method of Henry Fielding*. Hamden, CT: Archon Books, 1966, p.61.

② [荷]伯纳德·曼德维尔:《蜜蜂的寓言——私人的恶德,公众的利益》,肖聿译,北京:中国社会科学出版社2002年版,第61页。

③ 转引自 William Robert Irwin, *The Making of Jonathan Wild: A Study in the Literary Method of Henry Fielding*. Hamden, CT: Archon Books, 1966, p.61.

点,是菲尔丁注意到了自爱的某种双重性。

在《约瑟夫·安德鲁斯》中有这样一段对话:

——"喔唷,朋友",掌柜喊道,"请问你自以为一辈子没有说过一句谎话吗?""我敢说从没说过一句恶意的谎话(Never a malicious one, I am certain)",亚当姆斯答道;"也从没有存心破坏过谁的名誉(nor with a Design to injure the Reputation of any Man Living)。""啐!恶意!不,不,"掌柜答道:"当然不是恶意地存心送人家上绞台,或者使他背黑锅:但是一个人出于自爱,总得捧捧朋友,损损敌人(but surely out of love to one's self, one must speak better of a Friend than an Enemy)。"——"出于自爱,你得服从真理(Out of love to your self, you should confine yourself to Truth),"亚当姆斯说,"否则你就毁了你自己最高贵的东西——你的不朽的灵魂(for by doing otherwise, you injure the noblest Part of yourself, your immortal Soul)。我不能相信世界上会有那种白痴,为了微不足道的利益甘冒丧失灵魂的危险,今世最大的利益,跟来世将要出现的东西一比,简直是粪土尘灰"。(第二卷第三章,92—93)①

由此可见,在亚当姆斯和店主人那里,对于自爱其实有着两种看法。其一是亚当姆斯所说的,自爱是本于灵魂的情感,它要人保持公正,这显然接近于曼德维尔所说的自爱产生美德,是一种合理的利己主义思想;其二是店主人所说的自爱,它出于人自我保全的利己主义,衡量外界事物时始终遵循针对自我的有利原则而行事,因而显得圆滑世故,并不具备美德价值。正如掌柜所说,"他是着重现世的(he was for something present [p.85])"(第二卷第三章,93)。这就是自爱的

---

① 英文参见 Henry Fielding, *Joseph Andrews. Shamela*. New York: Oxford University Press Inc., 1999, pp. 84—85。

双重性,即虽然同样出自人的利己本心,但自爱主体却能够决定自爱是否具有美德价值。

菲尔丁在他的三部现实主义小说——《约瑟夫·安德鲁斯》《汤姆·琼斯》和《阿米莉亚》中,对自爱的理论认知其实有一个从批判曼德维尔出发,向哈奇森理论靠拢的过程。在《约瑟夫·安德鲁斯》中,菲尔丁已借店主和亚当姆斯牧师的讨论指出,自爱其实是一个中性词,并具有一种内在的矛盾性:它既是能够催生美德的合理利己主义,也是无视社会正义的世俗利己主义。这就是说,自爱乃是人的一种行事原则,它既可以带来美德,也能造成恶果,而这一切都取决于行为导致的客观结果。哈奇森虽然基本继承了沙夫茨伯里关于自爱/仁爱属于对立的两种情感的基本立场,但对自爱也并非一味否定。他认为,"一般而言,人们的道德邪恶来自过度的自爱(适当程度的自爱应该是无罪的);某些仁慈感情的极度欠缺也是不道德的"①。"人的恶行的常见根源,就必定是错误的自爱(这种错误非常严重,以至于战胜了仁爱)或因错误而草率地形成的对人类的看法(我们因仁爱的虚弱而相信了这些看法)而产生的感情。"②蒲伯在他的《人论》里也有类似的思路,他言说人性受自爱和理性两大行为原则控制,自爱驱策冲动,而理性抑制冲动,两者不好也不坏,共同推进或统率人的善行或恶行。③但同时又认为自爱需要理性的指引,而当理性增强时,自爱便会得到抑制。④

---

① [英]弗兰西斯·哈奇森:《道德哲学体系·上》,江畅、舒红跃、宋伟译,杭州:浙江大学出版社 2010 年版,第 224 页。
② 同上书,第 123 页。
③ "Self-love, to urge, and Reason, to restrain;/ Nor this a good, nor that a bad we call,/ Each works its end, to move or govern all;/ And to their proper operation still, Ascribe All Good; to their improper, Ill." See Alexander Pope, "Epistle Ⅱ," *Essay on Man*. Pennsylvania: Pennsylvania State University Press, 1999, p. 14.
④ 如诗句"What Reason weaves, by Passion is undone." "Each strengthens Reason, and Self-love restrains."

杰弗里·塞尔(Geoffrey Sill)在评述《汤姆·琼斯》时指出:"自爱的学说在布利非的形象上得到了具体化,他缺乏仁爱心,理性是自我感情的奴隶。山中人的形象是自爱的堕落影响的另一个例子,他的性格名字(Man of Hill)与曼德维尔(Mandevill)押韵,而且他抱有一种建立在他所认识的人类种族的一些坏榜样(包括他自己)之上的对人类的贬低看法。"①(第八卷第十五章)菲尔丁借山中人的讲述描绘了人性的自私卑污和社会的争权夺利、弱肉强食,山中人也正是因此产生了厌世之心,隐居山间。山中人对人性和社会的悲观看法颇能反映曼德维尔的学说。曼德维尔曾表示,如果将人看成是"社会的成员"和"文明化的动物",我们便会发现:"人一旦有机会展示自己的骄傲,嫉妒、贪婪和野心马上便会主宰他,他便会从其天生的天真和愚蠢中唤醒。"②但此时的菲尔丁主要是以批判的态度来面对曼德维尔的自爱问题。山中人看似无害,但厄普顿客栈老板谈及他时说"我知道有些人相信住在那儿的是个魔鬼"(第九卷第六章,496)。也就是说,自爱本质上是一种自私的情感,是不可能催生真正的善行的。小说刻意写到了琼斯和山中人面临一桩暴行的不同态度:琼斯本着天生的仁善之心,不顾个人安危,挥舞着手中的橡木棒去救助沃特尔太太。至于"善良的山中人却独自坐在峻峭的崖石上。尽管手里有枪,他却非常耐心而冷静地等待事情的结局"(第九卷第二章,477)。很显然,菲尔丁这时开始与曼德维尔的理论拉开了差距,自爱至多只能保障个体道德的自我完善,无法导致真正仁慈的道德实践。这也就是说,"有人也许会从自爱之心出发而产生希望他人幸福的从属性欲望。但是由于我们确信神从未给出过这样的警示。[……]这种从属性欲望不是我们赞许的高尚感情。高尚的仁爱必定是一种终极性欲望,在不考虑私

---

① Geoffrey Sill, *The Cure of the Passions and the Origins of the English Novel*. New York: Cambridge University Press, 2001, p.153.
② [荷]伯纳德·曼德维尔:《蜜蜂的寓言——私人的恶德,公众的利益》,肖聿译,北京:中国社会科学出版社 2002 年版,第 159 页。

人善时,它仍然存在"①。在哈奇森看来,自爱虽非全恶,然而至多也只能是一种私人善,并不等于终极意义的仁善。

至于《阿米莉亚》中的布思,在小说开始时完全是曼德维尔的信徒,虽然他表现出对人性恶学说的反感,但他所主张的激情主导论几乎就是曼德维尔理论的照搬。曼德维尔在《蜜蜂的寓言——私人的恶德,公众的利益》中也曾指出,"我们总是按照激情所指的方向去运用理性,所有的人尽管见解不一,自爱却总能为他们的见解分别做出辩护,并为每个人提供依据,以证明他们的欲望是合理的"②。哈奇森在自己的著作中把曼德维尔归为"自爱的某些精致的解释者们"③,说"某些道德家可把自爱曲解为上千种形式,也不会承认除利益之外的其他赞许原则"④。虽然布思最后皈依了国教,但是如前所述,作为道德权威的哈里森博士也并没有完全否定布思所说的激情主导理论,而是表现出若即若离,体现了菲尔丁对曼德维尔理论的矛盾性态度。"布思对自爱学说的批判维护了他的心灵中有好的成分,使他能够在小说结束时被阿米莉亚的爱和哈里森博士的忠告所挽回。它也表明当菲尔丁拒绝曼德维尔自私自利的感情总是占据支配地位的结论时,他也接受了霍布斯主义作为先决条件的假设——人类是被他们感情所驱动的。"⑤菲尔丁在小说里叙述了布思在宗教上从不信到信的转变,表现出很强的宗教道德色彩。这与时人对曼德维尔的理解不同。当时的评论家大多对曼德维尔的理论带有偏见,认为其学说是对传统

---

① [英]弗兰西斯·哈奇森:《论激情和感情的本性与表现,以及对道德感官的阐明》,戴茂堂、李家莲、赵红梅译,杭州:浙江大学出版社 2009 年版,第 17 页。
② [荷]伯纳德·曼德维尔:《蜜蜂的寓言——私人的恶德,公众的利益》,肖聿译,北京:中国社会科学出版社 2002 年版,第 206 页。
③ [英]弗兰西斯·哈奇森:《道德哲学体系·上》,江畅、舒红跃、宋伟译,杭州:浙江大学出版社 2010 年版,第 88 页。
④ 同上书,第 90 页。
⑤ Geoffrey Sill, *The Cure of the Passions and the Origins of the English Novel*. New York: Cambridge University Press, 2001, p.154.

宗教和道德的亵渎。如书中的马修斯小姐就表示她从没有对这种事情进行很多的思考，不过"时常听人们说，他[指曼德维尔]证明宗教和美德只不过是有名无实的东西罢了"（第三卷第五章，116）。《阿米莉亚》中的布思和阿米莉亚的对话也反映了这一点。当布思将人类的行为都归于自爱的双重性的时候，他说："所有的人，包括最好的和最坏的，都同样是按照自爱的原则行事的(that all men, as well the best as the worst, act alike from the principle of self-love [p. 458])。因此当仁慈是心中主导的感情时，自爱就会指导你做好事，解除别人的痛苦，来满足仁慈的要求。但是当野心、贪婪、高傲或任何其他感情主宰这个人的心，把他的仁慈打倒时，所有的人的悲惨不幸就不再引起他同情，就像不会引起一根木头或一块石头同情一样。因而这个人时常跟他的塑像一样，丝毫没有感情或怜悯心。"（第十卷第九章，531）阿米莉亚作为恭顺的妻子并未当面驳斥这一观点，但她表示："我时常希望听你和哈里森博士在这个问题上进行交谈；因为虽然我不能使你确信，但我相信，他会使你确信，确实有宗教和道德这样的东西。"（第十卷第九章，531）但是我们应该看到，曼德维尔其实并未否认美德，在他的作品中，他反复强调他所谈的"既非犹太人、亦非基督徒，而是处于自然状态、并不具备真正神性的人"①。也就是他对人性恶的看法是基于自然人性，并非基于对具备德性的人类的考察。他也曾在作品中自我辩护："使人提高警惕，防范自己，防范自爱的隐秘诡计，让他学会区分出于战胜激情的种种行为，与完全出于一种激情战胜另一种激情的种种行为，即让他了解真正美德与虚假美德的区别，我亦看不出这有什么亵渎可言。"②这也表现出菲尔丁不赞同他的人性恶观点，但又将其作为道德警戒予以多次借鉴，换句话说，菲尔丁是在对曼德维尔思想

---

① 参见[荷]伯纳德·曼德维尔：《蜜蜂的寓言——私人的恶德，公众的利益》，肖聿译，北京：中国社会科学出版社2002年版，第31、36页。

② [荷]伯纳德·曼德维尔：《蜜蜂的寓言——私人的恶德，公众的利益》，肖聿译，北京：中国社会科学出版社2002年版，第179页。

的驳斥中建立其小说伦理的。

另外,作为一部主要采用经济学视角的著作,曼德维尔是从社会的经济建设和政体完善角度,认为推动了社会进步的不是美德,而是恶德。"人类天生追求友谊的品性和仁爱的热情也好,人依靠理性与自我克制所能获得的真正美德也罢,这些皆非社会的基础;相反,被我们称作现世罪恶的东西,无论是人类的恶德还是大自然中的罪恶,才是使人类成为社会性动物的重大根源,才是一切贸易及各行各业的坚实基础、生命与依托,概莫能外。"① 美德并不会促进社会财富的增加和经济的进步。"诚然,一个人的欲望与希求愈少,就愈容易保持自我。……毫无疑问,他不但会被上帝悦纳,亦会被凡人悦纳。然而,我们却应当出言公道:在增进各个国家的财富与荣耀、使其伟大遍及天下方面,这些品德究竟能带来什么利益、什么实际的好处呢?"② 但菲尔丁作为一个具有忧患意识的作家,认为相对于夹杂了太多私欲的激情,宗教和道德才是维系人类社会的真正纽带。两者考察角度的不同(经济/伦理),决定了两人的结论也是存在差异的。

受创作心境的影响,《阿米莉亚》中对于人生的理解更加灰暗,也不复有菲尔丁早期对人性的乐观。虽然叙述者仍描绘善良的阿米莉亚"具有人性中各种最完美的东西(she hath every perfection in human nature [p.94])"(第三卷第一章,99),但里面的大多数人物都是自私自利的坏人,都受到自爱的影响。如《阿米莉亚》中第一个出场人物是个地方法官。他对英国法律一窍不通,但"在遵循人性规律形式方面倒是娴熟老练的"。他是罗哲福考德公爵(Duc de La Rochefoucauld)③的学说的信徒,这一学说有一条基本原理,"按照这个原理,

---

① [荷]伯纳德·曼德维尔:《蜜蜂的寓言——私人的恶德,公众的利益》,肖聿译,北京:中国社会科学出版社 2002 年版,第 235 页。
② 同上书,第 224 页。
③ 罗哲福考德公爵,法国思想家,著有《箴言集》(Maximes, 1665)。

他十分坚决地要求人们必须负起自爱的责任,并教导每个人都要把自己看作重心,把所有的事物都吸引到这个重心那里去(by which the duty of self-love is so strongly enforced, and every man is taught to consider himself as the centre of gravity, and to attract all things thither [p.16])"(第一卷第二章,6)。这位治安法官对这条基本原理理解十分透彻,也就是说,"他在判断案件时,除非从双方都得不到好处,否则他决不会是不偏不倚、公正无私的"(第一卷第二章,6)。而布思第二次入监牢时遇见的作家,"这个卑鄙小人虽然在品德、见识、学问、出身和财产方面都是低下的,可是他的虚荣心却绝不低下"(第八卷第十章,403)。"总而言之,他要求享有一种奇怪的权利:要么是从他所认识的所有人那里骗取赞扬,要么是从他们的口袋里扒走金钱;在后一种情况下,他就很大方地以颂词赞语来表示酬谢。"(第八卷第十章,404)更为典型的代表无疑就是詹姆斯上校,他对布思的慷慨友情和对女人的自私淫邪奇特地混杂在一起,除却用曼德维尔的私欲主导激情理论来解释,是无法从理性来予以理解的。这也就是曼德维尔曾在对沙夫茨伯里理论的拓展中表明的观点:"在沙夫茨伯里看来,只要先考虑别人、先考虑社会,个人的福利会自然而然地达成;而我则认为,只要从个人利益出发,全体和社会的礼仪就会自然而然达成;在沙夫茨伯里看来,公私利益的一致是由于开明的自爱,而我则认为这种一致完全是个人自我寻求的结果;在沙夫茨伯里看来,理性应该控制自己的情欲,在我看来理性不过是情欲的奴隶。"①詹姆斯上尉的仁慈只是一种不稳定的激情,"即使天下高雅的人,若不能使其自爱得到回报,若不能最终使自己成为社交圈的核心,使别人围着自己转,亦绝不

---

① 转引自杨春学:《中译本序言——个人利益,社会经济繁荣与制度之形成:客观确定的善》,[荷]伯纳德·曼德维尔:《蜜蜂的寓言——私人的恶德,公众的利益》,肖聿译,北京:中国社会科学出版社 2002 年版,第 6 页。

会将快乐给予别人"①。由此,马修斯小姐的虚荣善变却进一步激发了詹姆斯上校邪恶的情欲。"虽然马修斯小姐现在长得非常胖,外貌很不让人喜欢,但上校后来对她非常宠爱,他甘心让她以极为专横的态度来对待他。"(第十二卷第九章,631)

在对人类的恶行恶习进行批判时,菲尔丁不自觉地采用了曼德维尔对自私人性观察的视角。哈里森博士"透彻地了解人性",其思想"是古代和现代全部学问的宝库"。(第九卷第五章,438)小说通过哈里森博士主要抨击了人类身上的几大恶习。哈里森博士不仅谴责社会的奸淫风气,"人们沉溺于这种恶习,受到了法律的保护和风俗的纵容"(第九卷第五章,437),还认为每个人尤其是牧师都应当"遵从十诫,戒除臭名昭著的恶习"(第九卷第十章,468)。这些恶习"首先是贪婪;一个人有了贪婪,他在十诫中,违背的戒律就几乎会不止一个"(第九卷第十章,468),"野心是这一类的第二种恶习。基督告诉我们,不能同时侍奉上帝和财利"(第九卷第十章,468),"最后一个恶习就是高傲"(第九卷第十章,469)。"我所说的高傲,并不是指心中高贵的自尊心;自尊心适当的对象只能是善良;[……]我所说的高傲是指人们那种狂妄的感情。"(第九卷第十章,469)同样,曼德维尔也认为贪婪是"衍生出邪恶的根基","该诅咒的劣根的天生恶德"②,而"骄傲之心与人的本性便如此密不可分"③。更加值得注意的是,菲尔丁在《阿米莉亚》中对人类是否普遍具有怜悯心也显得不那么肯定了。布思曾表示,"如果我们彻底地考察一下怜悯心,那么我相信,它只是在等级相同、生活水平相同的人们彼此之间才会出现同情心,因为别人遭受到的苦难他们自己也容易遭受到"(第十卷第九章,531)。

---

① 转引自杨春学:《中译本序言——个人利益,社会经济繁荣与制度之形成:客观确定的善》,[荷]伯纳德·曼德维尔:《蜜蜂的寓言——私人的恶德,公众的利益》,肖聿译,北京:中国社会科学出版社2002年版,第213页。

② 同上书,第18页。

③ 同上书,第34页。

曼德维尔曾在自己的作品中引用法国作家的箴言——"充满自爱的世界上虽有过许多发现,仍留有广大的未知疆域。"①较之曼德维尔,菲尔丁对于自爱的看法更有矛盾性:一方面,他承认人有自利心理,自爱可能导致部分有益的、具有道德价值的后果;另一方面,他也看到自爱作为一种利己主义和功利主义伦理思想的道德原则极易成为恶德恶行的根由。总体而言,菲尔丁在排斥曼德维尔性恶论的同时,又不自觉地接受了曼德维尔自爱思想的影响,深刻洞察了由自爱所导致的自利行为究竟会具有怎样复杂的道德内涵。

第二节　伦理正义达成的传奇性

晚年的约翰逊博士与女作家范妮·伯尼(Fanny Burney)私交甚好,据说他曾经高度评价范妮道:"菲尔丁会害怕她。因为所有菲尔丁的作品绝无像《伊夫琳娜》(*Evelina*, 1778)那样精巧地结束。"②约翰逊的这段评述暗示了菲尔丁小说作品在结构自足性方面的一个缺陷。也就是小说情节的结束并不是人物性格或事件因果关系的自然发展,而往往体现了较为生硬的人为逆转。在菲尔丁的笔下,虚构的英雄传奇与真实的历史被兼收并蓄。菲尔丁在创作散文体喜剧史诗的过程中,不断参照和借鉴了传奇叙事的艺术结构。从小说文体所承担的叙事功能来看,历史叙述负责对英国社会伦理现实的真实反映,而传奇叙述则负责人物道德成长和故事情节的逆转。当传奇因素压倒历史叙述时,就会出现约翰逊博士所批评的结尾过于生硬的情形。具体到菲尔丁的小说创作中则主要体现在主人公的身份发现、"天意之手"的宿命安排以及家庭罗曼司等三方面。就此而言,传奇叙述虽在菲尔丁

---

① [荷]伯纳德·曼德维尔:《蜜蜂的寓言——私人的恶德,公众的利益》,肖聿译,北京:中国社会科学出版社2002年版,第179页。

② 转引自蔡田明:《活力影响:约翰生与鲍斯威尔:谁主先次?》,澳洲华文文学网, https://www.aucnln.com/article_15111.htm, 2020-4-7。

的文体革新中未必完全成功,但它却担负起了伦理救赎的重要使命。

一、发现与突转:各安其道的身份伦理

在亚里士多德的《诗学》中,曾有一段关于情节模仿行动的看法。他认为情节模仿依据行动的简单和复杂程度而有所区别。"所谓'复杂的行动',指通过'发现'或'突转',或通过此二者而到达结局的行动。但'发现'与'突转'必须由情节的结构中产生出来,成为前事的必然的或可然的结果。两桩事是此先彼后,还是互为因果,这是大有区别的。"①所谓"发现","如字义所表示,指从不知到知的转变,使那些处于顺境或逆境的人物发现他们和对方有亲属关系或仇敌关系"②。而"'突转'指行动按照我们所说的原则转向相反的方面。这种'突转',[……]即按照可然律或必然律而发生的"③。作为一个颇有古典文学素养的作家,菲尔丁也充分运用了"发现"和"突转"的表现手法,叙述了一个个富有戏剧性的情节故事。如《约瑟夫·安德鲁斯》中,正当约瑟夫和范妮准备结婚时,一个小贩披露了范妮的身世,原来她是帕梅拉的妹妹。如此一来,约瑟夫和范妮很可能是亲兄妹而无法顺利成婚,这也激起了大家不同的反应。等到安德鲁斯老婆子到来时,情节又一次发生逆转,她说明约瑟夫并非她的亲生孩子,因为害怕自己丈夫知晓才一直未透露秘密。而约瑟夫身上的胎记和年纪,正和威尔逊乡绅曾丢失的那个孩子吻合。这样,不仅约瑟夫和范妮的婚姻顺理成章,也因为约瑟夫出身上层,范妮因为姐姐帕梅拉高嫁被抬高了家世,也是一桩门当户对的婚姻。按照亚里士多德的说法,"'发现'如与'突转'同时出现(例如《俄狄浦斯王》剧中的'发现'),为最好的'发现'。[……]因为那种'发现'与'突转'同时出现的时候,能引起怜悯

---

① [古希腊]亚理斯多德、[古罗马]贺拉斯:《诗学 诗艺》,罗念生、杨周翰译,北京:人民文学出版社1962年版,第32页。
② 同上书,第34页。
③ 同上书,第33页。

或恐惧之情,按照我们的定义,悲剧所模仿的正是能产生这种效果的行动,而人物的幸福与不幸也是由于这种行动"①。虽然菲尔丁创作的并非悲剧,而是"散文体喜剧史诗",但《约瑟夫·安德鲁斯》的"发现"显然就是亚里士多德所说的亲属关系的发现,而这种亲属关系的发现也导致了情节的两次"突转"——从顺境到逆境,再由逆境到顺境。同样,《汤姆·琼斯》中叙述者对于汤姆·琼斯身份谜团的揭示也属于亲属关系的发现,导致琼斯命运由逆境转向顺境。琼斯原来是白丽洁小姐和萨默先生(奥尔华绥先生的朋友的儿子)的私生子,因此他是奥尔华绥先生的亲外甥,也是布利非同母异父的兄弟。琼斯的身份问题早在其母的遗嘱里得到了揭露,却被布利非隐藏了起来,因此奥尔华绥先生愤而取消了布利非的财产继承权,将财产全都留给琼斯。魏斯顿乡绅本就乐见自己土地和财产的增值,于是也就把苏菲亚许配给了琼斯。《阿米莉亚》的结局较为不同,主人公得以摆脱财产危机的方式属于亚里士多德所说的"他种'发现'"——"例如无生物,甚至琐碎东西,可被'发现',某人作过或没有作过某事,也可被'发现'"②。某个证人良心发现披露了在阿米莉亚母亲的遗嘱中,阿米莉亚也是其母亲财产的继承人。这笔遗产的获得不仅解决了阿米莉亚、布思夫妇的经济困境,也为布思洗心革面奠定了生活基础。甚至我们也可以说,虽然《阿米莉亚》结局的发现不是以身世大逆转展开的,但也是一种继承人身份的揭示。而这类身份峰回路转的揭示,最终都确保了小说情节的圆满结局。

"在文学文本中,所有伦理问题的产生往往都同伦理身份相关。伦理身份有多种分类,如以血亲为基础的身份、以伦理关系为基础的身份、以道德规范为基础的身份、以集体和社会关系为基础的身份、以

---

① [古希腊]亚理斯多德、[古罗马]贺拉斯:《诗学 诗艺》,罗念生、杨周翰译,北京:人民文学出版社1962年版,第34页。

② 同上。

从事的职业为基础的身份等。"①对于菲尔丁笔下的主人公,他们的身份谜团不仅仅是瓦特所说的社会阶级身份问题,而且也主要表现在他们与别人的人际关系的断绝和伦理身份的不确定上:比如约瑟夫·安德鲁斯不仅家世不明,祖先"只能追溯到他的曾祖为止,教区里一个老汉记得他的父亲说过,这位曾祖是个出色的棍术家"(第一卷第二章,8);而且不久后他自己也被鲍培夫人扫地出门。而琼斯则是来历不明的私生子,全仰仗奥尔华绥先生的好心收留。在这个意义上说,约瑟夫·安德鲁斯和汤姆·琼斯的伦理身份都具有一种先天的不确定性。至于《阿米莉亚》,小说始终没有交代男主人公布思的父母,只是说他有一个妹妹,年纪轻轻就死去。菲尔丁特意砍断了布思的一切家庭人伦关系纽带,让他孑然一身地存活于人世之间。布思结婚以后,由于阿米莉亚的姐姐藏匿和更改了母亲的遗嘱,从而使得布思和阿米莉亚失去了阿米莉亚母亲的继承人的身份,而这一身份的失去却偏偏引发了布思和阿米莉亚夫妇后来一系列的生存困境。这种悬置小说主人公家庭伦理关系的做法,显然令读者无法从一开始就掌握其道德成长所必需的内在的生命逻辑。

总体而言,菲尔丁在进行小说文本和理论建构时,侧重的是以伦理关系为基础的身份意识,因此采用了逃婚的主要伦理线,并提出了以坚贞为代表的伦理思想。但他在进行社会批判和小说情节的结局走向上,却侧重于以阶级地位为基础的身份伦理要求。这种阶级身份伦理与关系身份伦理在菲尔丁的小说中表现出相当的割裂性,需要细致加以区分。如丽奥诺拉本来已经与霍雷休订婚,但又想当富豪的夫人,贪恋六匹马拉的马车,移情别恋贝雅铭。文中交代就有好事者写信给丽奥诺拉的父亲,不仅指明丽奥诺拉的所作所为有伤风化,而且"道明"贝雅铭的身家还比不上她之前的未婚夫霍雷休。这里叙述者

---

① 聂珍钊:《文学伦理学批评导论》,北京:北京大学出版社2014年版,第263—264页。

对于丽奥诺拉的道德批判主要是从关系身份伦理角度予以揭示的。而约瑟夫在鲍培夫人和范妮之间的伦理两难、汤姆·琼斯由于不洁的私生子身份①引发与苏菲亚爱情的不确定问题,以及阿米莉亚由于遗嘱被隐瞒引发的继承人身份无果等等,都是属于关系伦理身份问题。

但是,无可否认的是,《约瑟夫·安德鲁斯》和《汤姆·琼斯》的情节逆转主要是身世的揭示和由之带来的社会阶级的变化。对此,不少批评者都颇有微词,盖因约瑟夫·安德鲁斯和汤姆·琼斯等人,最后被揭示出其出身都属于英国社会的上层阶级。在有的批评者看来,菲尔丁"温和的双重反讽只针对抽象的人性,从不涉及社会的不公和等级的背离"②。伊恩·P.瓦特也说,"出身"问题是《汤姆·琼斯》中铺演故事情节发展的决定性因素,其重要性"几乎相当于笛福作品中的金钱或理查逊作品中的道德"③。

当然,如果引入文学伦理学批评中的"伦理建构"(ethical construction)一词,尚能发掘身份谜团在菲尔丁小说建构方面的功能和作用。④聂珍钊教授曾指出:"伦理建构是对伦理结构的重新演绎,是人物在文本伦理结构中给读者留下的伦理期待,是伦理矛盾与冲突形成的过程。伦理结构同文本相联系,伦理建构同阅读相联系。"⑤从读者的伦理期待来讲,自然希望那些堪称道德楷模的英雄人物身世清白,因为在一个尚未完全脱离阶层决定论影响的前现代社会,读者的接受心理无疑会受到时代因素的影响。倘若菲尔丁笔下的道德英雄

---

① "不管私生子本身多么清白无辜,他总归是淫乱行为的一个活见证啊。"(第二卷第二章,58)
② 曹波:《人性的推求:18世纪英国小说研究》,北京:光明日报出版社2009年版,第192页。
③ [美]伊恩·P.瓦特:《小说的兴起——笛福、理查逊、菲尔丁研究》,高原、董红钧译,北京:生活·读书·新知三联书店1992年版,第311页。
④ 笔者已经专节论述过身份谜团"主要是出于深入思考社会和建构家庭伦理的需要"。参见杜娟:《亨利·菲尔丁小说的伦理叙事》,武汉:华中师范大学出版社2010年版,第40页。这里不再赘述,主要是想阐明菲尔丁的身份伦理的建构和局限性问题。
⑤ 聂珍钊:《文学伦理学批评导论》,北京:北京大学出版社2014年版,第261页。

身世不明,那么他们的道德成长和行为方式就会与其出身问题紧密相连。可以设想,如果主人公身世未明,那么他们一些讲求道德的价值选择就会被所谓的上层人士讥为伪善,而这种因主人公出身问题给读者所带来的道德疑虑,显然形成了一种身份意义上的伦理冲突——道德英雄的美德善行不可能不受到其未明身世的颠覆与解构,随之所产生的道德困局,无疑会困扰读者及小说人物的道德观察与实践。然而,菲尔丁似乎却偏偏要挑战读者的接受心理,他刻意从主人公的身份谜团入手去讲述他们的英雄成长故事。这么做的目的无非有二,其一是作家受启蒙时代社会思潮的影响,有意以反对阶层决定论的创作心态去塑造道德英雄;其二则是从身份谜团出发所进行的道德观察与实践,更能令读者信服道德状况的后天习得。这对于倡导扬善举德的菲尔丁来说至关重要,因为唯有阐明英雄人物在道德成长过程中所付出的努力(这一点当然也包括他们对自己身份伦理问题的克服),那么才能让主人公以道德英雄的形象去感染和召唤读者,并最终实现菲尔丁扬善举德、重塑社会伦理体系的创作雄心。从这个角度说,菲尔丁对主人公身份谜团问题的叙述,实际上恰恰反映了他以身份伦理视角去建构伦理的努力,反而"具有一种不以出身论英雄的进步思想"[①]。

不过,菲尔丁设置主人公身份谜团的做法却是一把双刃剑:一方面,它固然可以起到建构小说中道德观察者与实践者双重伦理结构的叙事功能,但另一方面,菲尔丁作品仍表现出较强的阶级意识和道德风俗受制于阶级的社会身份伦理思想。18世纪的英国是个井然有序的社会,各个阶层都有着自己独特的生活方式。譬如笛福就把英国人分为绅士、商人和劳动人民三类。绅士指的是"靠地产生活、不受人雇用的人,还包括教师、律师和内科医生等文人";"商人"意指"大商人、各种店主、商业和制造业中的各类雇主、农场主以及酒商、旅馆老板、

---

① 杜娟:《亨利·菲尔丁小说的伦理叙事》,武汉:华中师范大学出版社2010年版,第41页。

啤酒店主、咖啡店主、酿造商等活跃在公共活动场所的人"；"劳动人民"则是"依靠他们双手维持生存的人，如纺织工、屠夫、木匠、鞋匠、各种制造业的劳动者、牧民等，还包括学徒、各种仆人、流浪汉、闲汉和不负责任的人"。① 劳伦斯·斯通在做了大量社会调查后指出："早期的英国社会是由一些非常独特的地位集团和阶级组成的：宫廷贵族、郡绅、教区贵族、商人和职业精英、城镇和乡村的小业主、可敬和挣扎的工薪阶层，以及依靠慈善和智慧为生的赤贫者。他们或多或少构成了一种自治的文化单位，有自己的交流网络、价值体系和可接受的行为模式。"② 与笛福格外推崇商人阶层③不同，菲尔丁认为高等商人与低等缙绅出于对名利的虚荣追求败坏了社会风气，因此对他们怀有偏见。如威尔逊乡绅曾在自述中表示："我不知道你有没有观察到，人性总带着恶意(but there is a Malignity in the Nature of Man)，一个人如果不把它除去，或者至少给它蒙上一层良好教育和礼貌的外衣的话，就喜欢捉弄别人，使他不安不满。除了时髦人所聚集的地方之外，各种机会场所都有这种现象，尤其是在男女青年之中，他们的出身和财产把他们排列在上流社会之外；我指的是高等商人和低等缙绅，他们实在是人类中教养最坏的一群人了(I mean the lower class of the Gentry, and the higher of the mercantile World, who are in reality the worst bred part of Mankind [p. 189])。"(《约瑟夫·安德鲁斯》第三卷第三章,228)菲尔丁固守了传统公众意见中对社会阶层的划分观念。正如尼古拉斯·赫德森(Nicholas Hudson)考察到的，1707年，

---

① ［英］丹尼尔·笛福：《英国国情评论》("A Review of the State of the British Nation")，转引自 W. A. Speak, *Stability and Strife: England 1714—1760*. London: Edward Arnold, 1984, p. 32. 参见舒小昀：《分化与整合：1688—1783 年英国社会结构分析》，南京：南京大学出版社 2003 年版，第 37—38 页。

② Lawrence Stone, *The Family, Sex and Marriage in England 1500—1800*. New York: Harper & Row, 1977, p. 9.

③ 如笛福说："比起任何人来，商人更加依靠智慧生活。"参见［英］丹尼尔·笛福：《〈计划论〉导言》，《笛福文选》，徐式谷译，北京：商务印书馆 1997 年版，第 68 页。

盖·米耶热(Guy Miège)预先将阶层传统地划分为"贵族、绅士和平民(*Nobility*, *Gentry*, and *Commonality*)"。将近五十年后这一等级划分又在菲尔丁的《探讨近年来盗贼增多的原因》(*Enquiry into the Causes of the Late Increase of Robbers*, 1752)中得到回应——"我们知道这个国家阶层划分为贵族、绅士和平民"①。

在18世纪的英国,身份伦理观念是普遍存在的。在理查森的作品中其实也未能免俗,如果考虑培养帕梅拉的老夫人向B先生介绍帕梅拉时的遗言有种临终托孤的意味的话,B先生和帕梅拉的婚姻也并没有表现出超越阶级界限的身份伦理。而帕梅拉的父母也反复在信中提醒帕梅拉,"担心你受到的待遇大大超越了你的身份"(4)。聂珍钊教授也看到了社会身份的伦理属性问题:"由于社会身份指的是人在社会上拥有的身份,即一个人在社会上被认可和接受的身份,因此社会身份的性质是伦理的性质,社会身份也就是伦理身份。"②正像有的研究者注意到的那样,"菲尔丁自己所谓合法的'绅士'由出身决定,特别是他父亲这边所具有的道德上的高贵血液所决定"③。他虽然敏锐地注意到了18世纪英国社会的阶级变化,且这种阶级变化并非发生在最上层或最底层,而是社会等级中的中间阶层,但有意思的是,菲尔丁又常常错误地把"中间阶层"(特别是商人)归入平民中。也就是说,菲尔丁焦虑地意识到英国的社会阶层开始由财产而并非出身界定,但他还是固守了传统的阶层观念。④ 在笔者看来,菲尔丁用道德谴责"转嫁"了自己的阶层危机感,尤其对财产导致经济上奢华的社会风潮颇多讽刺和抨击。具体而言,一个人若不安守自己的社会身份决

---

① Nicholas Hudson, *Samuel Johnson and the Making of Modern England*. Cambridge: Cambridge University Press, 2003, p. 13.
② 聂珍钊:《文学伦理学批评导论》,北京:北京大学出版社2014年版,第264页。
③ Nicholas Hudson, *Samuel Johnson and the Making of Modern England*. Cambridge: Cambridge University Press, 2003, p. 13.
④ Ibid., 13—14.

定的伦理要求,必然会引发旁人的争议。这在菲尔丁的作品里都有为数不少的反映。

如《汤姆·琼斯》中的女仆珍妮·琼斯仗着自己"多才多艺","当然不乐意跟那些身分虽与她相当、然而教育却远不如她的姑娘们交往,这原是不足为奇的。珍妮高出大家一头,从而在举止言谈上也势必同旁的姑娘们两样,这样,在别的姑娘们当中引起一些嫉妒和反感更是很自然的事"(第一卷第六章,23)。"这种嫉妒心情起初还只是暗自埋在大家心里",但在某个礼拜天,"可怜的珍妮居然穿上一件新绸衫,带上一顶镶花边的帽子,还配搭上相称的装饰品,公然在大街上露面了"(第一卷第六章,24),这就公开引起了大家的嫉妒,认定她做了什么不可告人的勾当。当德波拉大娘受命追查汤姆·琼斯的生母的时候,珍妮首先就遭到了大家的怀疑。而她由于事先接受了白丽洁小姐的贿赂,也对此事供认不讳。而毛丽生性风流,珠胎暗结。为了掩盖毛丽的肚子,毛丽的母亲让毛丽穿上了苏菲亚送来的长衫。到了星期日,毛丽就穿上这件长衫,带上汤姆送她的镶花边的新帽子和旁的装饰品,摇晃着扇子上礼拜堂去了。毛丽的装扮"在身份跟她不相上下的人们中间显然引起了妒忌"(第四卷第八章,159),并因此引发了一场混战,菲尔丁用模拟英雄史诗的滑稽笔法描写了这场争斗。① 珍妮和毛丽都是下层女仆,她们的社会身份有一定的伦理属性,对她们的穿着打扮、生活方式都有一定形式的伦理要求。如果有悖于这一要求,就表现出她们在个人伦理方面的严重缺陷。如她们的穿着虽然华丽,但并不得体,因此招致了对她们行为不检点、个性轻浮的怀疑。

在《阿米莉亚》中,我们的道德英雄布思也一时未能谨慎自处。小说描写他与生活导师哈里森博士分开后犯了不少错误:其一是不顾自己财力许可,用较贵的价格租用了一块农场,一年就负债将近四十镑;

---

① 参见《汤姆·琼斯》第四卷第八章,第 160—164 页。

其二是和副牧师一家合住,结果给对方家庭增添了不少摩擦和冲突;其三则是出于"一种孩子气的虚荣心"(第三卷第十二章,159)购买了一辆旧马车,而这一自抬身份的行为也招致了邻人的妒忌与痛恨。就连哈里森博士也来信批评说:"虚荣心一直是卑鄙的;虚荣心加上不正直,那就成为丑恶和可憎了。"(第四卷第三章,179)虽然叙述者对之进行了道德辩护,说布思购置马车主要是因为他"从孩子的时候起就一直喜爱驾驶马车"(第三卷第十二章,159),并非像旁人认为的那样是企图妄想抬高地位和身份,但这一显然有悖于阶级伦理的行为导致了舆论的批评,是道德英雄不应为之的过错。菲尔丁也在小说里多次强调人们应该安贫乐道,恪守社会道德规范。如《汤姆·琼斯》里写到的一位客栈老板娘,"这种乐天知命纯粹出于她天性的谨慎自重和知情达理"(第八卷第八章,414)。

综上所述,从菲尔丁的整体创作来看,他在小说中表现出的与其说是一种狭隘的阶级出身论,毋宁说是一种倡导关系伦理和阶级伦理的身份伦理观念。但其中强烈的戏剧性安排,以及关系伦理要求和社会阶级伦理要求的矛盾混杂性风貌,也难免使得部分批评者认为菲尔丁具有阶级成见,在作品中表现出对主流意识形态妥协的局限性。

二、"天意之手"的干预与宿命

除了戏剧性较强的身份发现外,在菲尔丁的小说中,我们还可隐隐发现一种宗教宿命力量的显现,从而体现出传奇的色彩。前面论述的对人物之间亲属关系的发现尚属于合乎行动内在发展逻辑的情节模仿方式,可以造成后来情节发展的合乎逻辑的转变;而宗教力量的干预并不合乎事件的发展逻辑,其中充满着历史的偶然性和作家的主观意志力。在这方面,菲尔丁创作的最后一部小说《阿米莉亚》可堪作为典型的代表。

按照安德鲁·赖特(Andrew Wright)的说法,《阿米莉亚》是一个对艺术丧失了信心的基督教宿命论者所写的作品,是一个背弃了自己小说创新的伟大小说家的有缺陷的艺术成果。① 在《阿米莉亚》中,赌棍鲁滨逊先生在当铺偶遇穷困潦倒的阿米莉亚,后者的悲惨遭遇激起了他的良心和道德义愤。为了帮助阿米莉亚,鲁滨逊先生挺身而出,试图以证人的身份去揭露隐藏在遗嘱中的阴谋。他明确地说:"通过这件事情,我清清楚楚地看到了上帝的手(as things have fallen out since, I think I plainly discern the hand of Providence)②。"(第十二卷第六章,613)换言之,鲁滨逊先生帮助阿米莉亚这件事,其实并不符合故事的发展逻辑。他之所以愿意出面,是因为冥冥之中"天意之手"的指引。也正是因为他的作证,阿米莉亚的命运发生了转折。在《汤姆·琼斯》中,汤姆·琼斯命运的逆转也被叙述者归功给了上帝。"在这里,发生了一件十分不平凡的事,善良而严肃的人从这类事中得出结论:无论坏人在罪恶的邪途上走得多么诡秘,造物也往往把最隐蔽的恶行揭露出来,以便忠告世人不可背弃诚实的道路。"(第十八卷第三章,915—916)只靠着全知全能上帝的奇妙安排,奥尔华绥不仅意外发现了黑乔治曾侵吞琼斯的五百镑,还收到了斯奎尔先生的来信,原来这位哲学家信教后就说出了琼斯酗酒的真相,说明琼斯"从未犯过对您[指奥尔华绥]不敬不义的过失"(第十八卷第四章,921)。

　　作为一个无所不知的叙述者,菲尔丁在作品中往往扮演了一个上帝的角色,他可以按照自己的意愿去改变小说的故事发展,也可以逆转人物在道德成长过程中的道德状况。但亚里士多德早在模仿论的基础上有所阐明:"刻画'性格',应如安排情节那样,求其合乎必然律

---

　　① Andrew Wright, *Henry Fielding*: *Mask and Feast*. Berkeley and Los Angeles: University of California Press, 1966, p.50.
　　② 英文参见 Henry Fielding, *Amelia*. Ed. David Blevett. Harmondsworth: Penguin Books, 1987, p.527. 按照原文,应翻译为"天意之手"更为恰当。

或可然律:某种'性格'的人物说某一句话,作某一桩事,须合乎必然律或可然律;一桩事情随另一桩而发生,须合乎必然律或可然律。([……]情节中不应有不近情理的事,如果要它有,也应把这种事摆在剧外[……])"①菲尔丁在创作中也有足够的自觉,他曾在《汤姆·琼斯》第八卷第一章区分了可能的(the possible)和盖然的(the probable)两种原则,并且极为郑重地把盖然性原则视为小说创作的基本准则。他认为作家"不但应该严守可能性的界限,并且也不可超出盖然性的范围"(385)。如果放弃这条原则,"他也就写不成人物,而改写起传奇了"(385)。"真正的离奇"是人物行动违背了"性格的协调"的结果。(388)这就是说,只要不超出人们经验所及的范围,不妄写神怪,所写对象符合事物的发展和历史规律,那么在盖然的原则下进行的写作,即便写得多么离奇都是允许的,这样就"越能吸引读者,因而也就越能使他神往"(389)。但是,鲁滨逊"这位先生是个他们所说的自由思想者,那就是说,一个自然神论者,或者也许是个无神论者;因为他虽然并不绝对否认神的存在,但他完全否认有神意;这样一种学说如果不是彻底的无神论,那也是直接趋近于它了,而且就像克拉克博士②所指出的,可能不久就会被驱使到那里去了"(《阿米莉亚》第一卷第三章,13)。从鲁滨逊在监狱与布思的交谈中可看出,这位先生拥护自由思想者的宿命论,他认为"所有的事情之所以发生,都是受一种不可避免的命运支配(for all things happen by an inevitable fatality [p.22])"(第一卷第三章,13)。正是这位"自由思想者"鲁滨逊先生受到神启,从不信到信,充当了神意的传达者。这种不太符合人物性格发展逻辑的情节逆转表明了作家对作品情节发展较为生硬的主体性

---

① [古希腊]亚理斯多德、[古罗马]贺拉斯:《诗学 诗艺》,罗念生、杨周翰译,北京:人民文学出版社1962年版,第49—50页。
② 塞缪尔·克拉克(Samuel Clarke),英格兰神学家和哲学家,1706年为女王安妮的随身牧师,1708—1729年为圣詹姆斯(St. James)教区的教区长。参见吴辉译:《阿米莉亚》第13页注释。

介入,但更为重要的是,菲尔丁对小说的这种干预,除了叙述层面的需要之外,还更多来源于他的宗教意识。他借助这一情节模式暗示出只有上帝的安排,才能拯救阿米莉亚于水火之中。

蒲伯在《人论》中谈到"天意"(Providence)时,认为它是至善、公正而明智的(all good and wise),几乎等同于自然秩序(Nature Order)。① 而结合《阿米莉亚》的整个叙事结构,菲尔丁笔下的"天意"仍与宗教相关,《圣经》中对"上帝的手"的描绘出自《诗篇》中大卫的诗歌:"你前后围绕着我,你按手在我身上。② 这样的知识太奇妙,非我所能理解;这样的知识太高超,非我所能企及。我到哪里去躲避你的灵?我往哪里去逃避你的面?"③对于基督徒来说,我们无法预测神意,但神的手会给真正的基督徒带来确据和安全感。人永远不会失去"上帝的手"的看顾和保守,甚至在我们反叛他和尝试逃离他时,神仍不断地寻找我们,"审查我,了解我""引导我""扶持我"④。就像世间父母慈爱的手按在儿女肩上时,孩子便感到安心;同样,基督徒作为神的儿子,因为神慈爱的手按在我们身上,我们也并不为未来表示担忧。无论是斯多葛哲学还是基督教神学,"人都被看成宇宙的目的。两种学说都深信,存在着一个普遍的天道,它统治着世界和人的命运"⑤。而菲尔丁对这两种哲学都较为了解,尽管对斯多葛哲学不太信任。

很明显,亨利·菲尔丁在小说中这样安排,是希望以宗教的上帝之名,引领人物走出尴尬两难的道德困境,进而成长为具有崇高美德的道德英雄。而全知全能的上帝也因此承担了终极伦理救赎的叙述

---

① "Who finds not Providence all good and wise,/Alike in what it gives, and what denies?" See Alexander Pope, "Epistle Ⅰ," *Essay on Man*. Pennsylvania: Pennsylvania State University Press, 1999, p.10.

② You hem me in—behind and before; you have laid your hand upon me.

③ 《圣经·诗篇》139.5—7,参见《圣经》新世界译本,第 819 页。

④ 《圣经·诗篇》139.1 以及 139.10,参见《圣经》新世界译本,第 819 页。

⑤ [德]恩斯特·卡西尔:《人论:人类文化哲学导引》,甘阳译,上海:上海译文出版社 2013 年版,第 24 页。

功能。在18世纪多元的宗教文化传统中,菲尔丁对时下流行的卫理公会(Methodism)颇多不满,如《约瑟夫·安德鲁斯》中的书商表示讲道集的"作者如果不是惠脱菲尔特、卫斯雷、或者主教之类的大人物,我实在没有胃口(That really unless they come out with the Name of Whitfield or Westly, or some other such great Man, as a Bishop, or those sort of People, I don't care to touch [p.69])"(第一卷第十七章,72)。在这里,菲尔丁故意将卫理公会牧师的姓氏"Whitefield(怀特菲尔德)"改写为"Whitfield(Whit 的意思是一点也不)","Wesley(卫斯理)"为"Westly(偏西的)",充分表示对卫理公会的嘲讽和不屑,尽管他也赞成卫斯理教派"极端反对牧师阶级的奢侈和豪华"(第一卷第十七章,74),但认为其危害大于功绩。① 书中主要的反面角色——虚伪阴沉的布利非后来也加入了卫理公会。除此之外,菲尔丁还尖刻地批评过长老会派(Presbyterian)②,也温和地嘲笑过罗马天主教(the Church of *Rome*)③。但这并不意味着他放弃了对上帝的信仰。菲尔丁笔下的亚当姆斯曾激愤地表示,他宁可让孩子做个饭桶,也不愿让他做"无神论者或者长老会教徒"(第三卷第五章,241)。菲尔丁相信死后彼岸世界的存在,并认为那是对此岸世界的道德奖赏和惩罚。他在《约瑟夫·安德鲁斯》的序言中谈及亚当姆斯牧师的形象时说:"尽

---

① 乔治·怀特菲尔德(George Whitefield)、约翰·卫斯理(John Wesley)、查尔斯·卫斯理(Charles Wesley)都是英国监理会派的传教士,监理会派由约翰·卫斯理于1728年创立,18世纪时所起的反动作用颇大。参见王仲年译本第72页注释。另外,《汤姆·琼斯》说琼斯投宿格洛斯特城的那家旅店的"东家是当今大传道士怀特菲尔德之弟,但是此人丝毫也没受到卫理公会或任何其他旁门左道的熏染"(第八卷第八章,414)。

② 如《汤姆·琼斯》中对苏菲亚姑妈的丑化,以及《约瑟夫·安德鲁斯》中威尔逊隐居乡间后,因不肯与牧师随意喝酒打猎,被看作是长老会教徒,参见王仲年译本第三卷第三章,第235页。长老会派是英国1640年至1660年间国会革命时由清教徒分出的一派。长老会派主张政教划分,非宗教性的事归政府主管,宗教性的事则以教会为最高权威,政府不得干涉。参见王仲年译本第235页注释。

③ 参见《约瑟夫·安德鲁斯》第三卷第八章对那个满口说金钱无用,但马上找亚当姆斯借钱的天主教牧师的描绘,这位罗马教会的牧师甚至不愿承认他的牧师身份。

管他身经种种粗野的意外事件,他们一定会原谅我把他写成牧师的苦衷;因为再没有别的职位能给他那么多的机会来表现高尚的性情了(since no other Office could have given him so many Opportunities of displaying his worthy Inclinations [p. 9])。"(原序,8)

与笛福相比,难以找到非常确实的证据证明菲尔丁宗教信仰的来源。虽然从其小说作品来看,他塑造的正面主人公代表了当时英国宗教的正统——国教,如琼斯"十分希望代表自由和新教的这一方取得胜利"(第七卷第十一章,352)。琼斯对巴特里奇说天主教神父"往往是靠不住的"(第八卷第九章,422),"国王乔治所主张的是自由和真正的宗教,也就是理性"(第八卷第九章,423)。至于《阿米莉亚》的男主人公布思,尽管之前"他是个对宗教表示极为良好祝愿的人(因为他是个诚实的人),但他对宗教的概念是很淡薄的,而且是不确定的。说实话,他正处于摇摆不定的状态"(第一卷第三章,13-14),但到最后他还是皈依了国教。

但是,菲尔丁在小说中表现出的对国教之外的宗教信仰的态度是比较宽容的。当时保守的国教信徒以安立甘宗(Anglicanism)为正统,其他统称为"不信奉国教教派"(non-conformism)。菲尔丁虽然在文中让布思皈依了被视为正统的国教,但他自己的思想却深受新教各流派的影响,表现出不拘一格的自由主义宗教气息。菲尔丁曾借亚当姆斯牧师之口表示:"我一贯认为,在造物主看来,善良的土耳其人或者异教徒,比邪恶的基督徒更加中意,尽管后者的信仰跟圣保罗的一样正统(Or I should belye my own Opinion, which hath always been, that a virtuous and good *Turk*, or Heathen, are more acceptable in the sight of their Creator, than a vicious and wicked Christian, tho' his Faith was perfectly Orthodox as St. *Paul's* himself [p. 71])。"(第一卷第十七章,75)而早期在《大伟人江奈生·魏尔德传》中的哈特弗利也说过:"一个真诚的土耳其人可以得救。"①也就是说,菲尔丁否认了"因信称义"(antinomianism)的宗教思想,主张一定有道德行为,才是对宗教信仰的践行。这也是典型的阿米纽斯主义的信仰体现:救恩是上帝的拣选和人的自由意志的配合。救恩是通过上帝(主动提供)和人(必须回应)的联合努力成就的,人的回应是决定性的因素。上帝为每一个人预备了救恩,但只有对那些出于自由意志,选择与上帝合作及接受他所赐恩典的人,这恩典才有效果。关键在人,他的自由意志起决定性的作用。因此是人,而不是上帝,决定谁是救恩礼物的接受者。在这方面,菲尔丁明显受到新教中偏向自由思想的一派——阿米纽斯主义的影响。

阿米纽斯主义与加尔文主义同属新教传统,但却质疑和否定上帝在人的救恩上拥有绝对主权。在这两派的宗教论争中,双方都逐步将自己的宗教理论进一步严谨化,各自形成了五点信条。阿米纽斯主义的五点信条来源于牧师约翰·武屯博加特(John Uytenbogaert),他将阿米纽斯派的概念编纂成文,称为抗辩文(Remonstrance),将阿米纽斯派教义的《圣经》真理总结为五大要点:(1)上帝在创世以前就拣选一部分人得救,是基于他预见这些人会回应他的呼召。(2)基督为所有的人死,但只有那些相信他的人才得了救恩。(3)人必须使用自由意志,以信心去接受上帝的恩典。(4)上帝的恩典不是不可抗拒的,且常为人所拒绝。(5)得救的人会否因为不能持守信仰而失去他们的救恩?这问题需要更深入去探讨。这里的第五条便表现出持守信仰并非得到救恩的必要条件。这点在菲尔丁笔下早有论述。亚当姆斯牧师认为,"要人们想象全智的上帝将来会对善良的人说:'尽管你生活纯洁,尽管你一生奉善行好,但是因为你的信仰不符合纯粹的正教方式,你就该定罪。'还有比这更毁损上帝的荣耀吗?或者,从另一方面

---

① [英]亨利·菲尔丁:《大伟人江奈生·魏尔德传》,萧乾译,北京:作家出版社1956年版,第138页。

来讲,教唆恶棍在末日审判的时候振振有词地申辩说,'主啊,不错,你的训诫我一条没有遵奉,可是别责罚我,因为我全都相信',还有比这种更败坏世风的教义吗?"(第一卷第十七章,74—75)菲尔丁也在《汤姆·琼斯》中表示:"光有信仰而没有善行,信仰就是空的。"(第四卷第四章,145)奥尔华绥先生也在屠瓦孔之后延请了亚当姆斯牧师在他的教区传教。

事实上,纵观英国国教的发展历程,英国国教内部也是教派林立,教义有别。16世纪末期以后,英国本土的教会和宗教观念受到了阿米纽斯主义的直接影响。虽然阿米纽斯主义在诞生之初遭到了压迫、误解,但他们却在艰难的情境下继续坚持传教。阿米纽斯教派人士(Arminians)被驱出改革宗教会后,成立了自己的教会,成为卫斯理主义循道派(Wesleyan Methodism)、浸信会及其他非改革宗和抗改革宗教派的根基。在英国,阿米纽斯主义也逐渐盛行开来。英国国教(安立甘宗)在罗马天主教和更正教的救恩概念中难以取舍,希望能找到一个中间立场。阿米纽斯教派的"神人合作论"(synergistic)便为国教所吸收,即视恩典和信仰为人的行为,救恩需要神和人的共同参与,神主动向人提供救恩,但人又有接受或拒绝的自由。多特会议之前,神学家和护教者理查德·胡克尔(Richard Hooker)接受阿米纽斯派的观念,使其在英国教会奠定根基。他坚称人得以称义都是神的作为,因为耶稣基督的功德使其成为可能,但他也声称信徒要负个人的责任。此外,约翰·黑尔斯(John Hales)为著名的牧师、牛津大学的希腊文教授,奉英王雅各一世差派,出席多特会议。黑尔斯在该处归信阿米纽斯立场,返回母国,倡导阿米纽斯主义。1622年,坎特伯雷大主教威廉·罗德(William Laud)①指出,使人得救的信心,意指人与神合作,成就他们的救恩。1625年查理一世即位,他在宗教上支持当时英

---

① 1625年查理一世即位后,罗德担任了英王顾问。

国教会的阿米纽斯派,还在当时长老派信仰占主流的苏格兰推行,也为阿米纽斯主义的传播奠定了合法性前提。① 1699 年,主教吉尔伯特·伯内特(Gilbert Burnet)出版了《三十九条注释》(*Exposition of the Thirty-nine Articles*),信条以加尔文派立场为主,但在有关赎罪、拣选、称义的立场上则大部分采用阿米纽斯派的立场。在伯内特主教的推广下,神人合作的救恩论成为 18 世纪广为接受的概念。饶有趣味的是,伯内特主教的历史著作也是菲尔丁笔下道德英雄阿米莉亚十分有限的阅读来源之一。阿米莉亚是个虔诚谦虚的人,她的"阅读范围仅限于英国的喜剧和诗歌",除此之外,"只阅读过伟大和博学的巴罗博士的神学著作以及卓越的伯内特主教的历史著作"。(第六卷第七章,292)也就是说她的精神支柱大部分源于受阿米纽斯主义思想影响的英国国教。另外,菲尔丁在 1728 年曾在荷兰的莱顿大学求学,这段求学经历在 1729 年便中断,菲尔丁旋即从荷兰返回伦敦,其原因说法不一,有的说是因为债务,有的说是爱情。这段经历时间尽管不长,也给我们留下了追踪其宗教信仰的一丝线索,因为荷兰的莱顿正是阿米纽斯主义的发源地和主要活动论争地。值得注意的是,菲尔丁虽然极度反感卫理公会,但主要是针对卫理公会当时的宗教领袖怀特菲尔德。而隶属于该教派的另一神学家约翰·卫斯理早年宗教思想的形成却受到阿米纽斯派的影响②,他在 18 世纪中期的英国十分活跃,是最有影响力的神学家之一,也是信奉和推动阿米纽斯信条成为英国国教会核心信条的中坚人物。③ 而他的布道宣讲稿是菲尔丁阅读涉猎的书籍之一,因此菲尔丁笔下也就对他稍许留情了。如前所述,在《约

---

① 参见王觉非主编:《近代英国史》,南京:南京大学出版社 1997 年版,第 31 页。

② Richard A. Rosengarten, "Preface," *Henry Fielding and the Narration of Providence: Divine Design and the Incursions of Evil*. New York: Palgrave, 2000, p. xiv.

③ 卫斯理与怀特菲尔德私交甚笃,但与怀特菲尔德倾向加尔文主义不同,"尽管卫斯理在清教徒的家庭中长大,但他的神学思想更倾向阿米尼乌斯教派[即阿米纽斯派]"。参见[美]理查德·W. 科尼什:《简明教会史》,杜华译,兰州:敦煌文艺出版社 2010 年版,第 214 页。菲尔丁曾在《约瑟夫·安德鲁斯》中指名道姓地讽刺怀特菲尔德对人性善的不信任。

瑟夫·安德鲁斯》第一卷第十七章中,菲尔丁故意将"Whitefield"改写为"Whitfield",但仅将"Wesley"改为"Westly"①,讽刺的力度还是有区别的。

"宗教作为一个群体的共同信仰具有与道德同样的社会功能。"②多数伦理学派都承认宗教对道德原则有很大的影响。"人从来就不仅仅是单纯的道德行为者,不是道德律令的机械执行者,道德意识和其他知识一起构成行为者的信念体系的整体,而构成整体的部分之间必定是既互相影响又保持融贯的关系,整体中某一部分的调整将引起其他部分的相应调整,否则行为者不论在信念上还是在行为上都无法保持自身的同意,从而出现分裂和反常。"③但是菲尔丁并没有持道德必须依赖于宗教的观点,他更强调人在善行中体现的主体性价值。在他的笔下,宗教和道德是两个相互关联但又各自独立的领域。这一点倒和阿米纽斯主义思想自由和宽容接纳的精神气质是吻合的。阿米纽斯主义是在压迫下发展而成的,此派人士抗拒严谨的教义测试,他们主张宽容接纳,倾向扩大正统信仰的边界,对广泛不同的意见兼容并蓄。阿米纽斯主义在 18 世纪已经有广泛的影响力,本身却没有十分坚稳的立场。许多人加入阿米纽斯派,便是因为受到浓厚神学自由气氛的吸引。这一带有自由气氛的阿米纽斯主义同时使得菲尔丁的文学作品虽然有很强的宗教性,却不固守宗教教义和传统,表现出较为稀薄的宗教气氛。

因此,菲尔丁笔下的宗教救赎也带有比较强烈的人性悲观论色彩和宿命论色彩。不仅亚当姆斯牧师、奥尔华绥先生、哈里森博士这三位有着坚定宗教道德信仰的人士对人世间的恶现象认识不够且无能

---

① 英文参见 Henry Fielding, *Joseph Andrews. Shamela.* New York: Oxford University Press Inc., 1999, p.69.
② 刘时工:《爱与正义——尼布尔基督教伦理思想研究》,北京:中国社会科学出版社 2004 年版,第 5 页。
③ 同上书,第 7 页。

为力,而且在《约瑟夫·安德鲁斯》中,范妮被恶霸乡绅抢走后,约瑟夫捶胸顿足,痛哭不已,亚当姆斯牧师却仅仅让他用宗教的忍耐顺从接受命运的安排:

"你是一个基督徒;我们遭遇横祸,自有天意,作为一个人,就不应该逆天行事,更不用说基督徒了。创造我们的不是我们自己,而是那个天神,他统治着我们,我们绝对受他的支配;他要我们怎样就怎样,我们也没有权利怨天尤人。我们不能怨尤的第二个理由是因为我们愚昧无知;我们既不知道未来的事情,也就说不上任何事情最终是凶是吉;开头仿佛对我们不利的事情,结果可能产生好处。我其实应该说,我们的愚昧无知是双重的(但是目前我没有功夫仔细分析),因为我们既不知道任何事情的祸福凶吉,也就不能肯定它原始的缘由。你是一个人,因之也是一个罪人,眼前这件事可能是对你的罪恶的惩罚;的确,如果这样讲的话,我们可以把它当作一件好事,对呀,一件莫大的好事,可以平平上天的怒气,扭转天罚,不然的话,它终要毁灭我们的。第三,我们既然无能自救,也就说明了我们的怨尤是多么愚蠢和荒唐:因为冥冥中的权力是无坚不克、无远不届的,任我们的甲胄有多么坚厚,任我们的脚步有多么快速,总还躲不掉它的矛头,那么我们又能跟谁抵抗,向谁抱怨呢?我们除了顺从那种权力之外,不可能另谋出路。"(第三卷第十一章,279)

返乡后,由于又受到鲍培夫人和贵族狄达伯的破坏,约瑟夫急于结婚。亚当姆斯牧师又训诫约瑟夫清心寡欲,不要畏惧。因为"畏惧表示我们对于应该寄予信托的上帝起了怀疑,这个罪孽可真不轻,因为我们大可以放心,他不但能够摧毁我们敌人的阴谋,甚至能够使他们回心转意。所以,我们不应当采取不合理的或者不顾一切的手段去排除畏惧,在这种时候只应该求助于祷告;我们自有把握可以得到对我们最有益处的结果。当祸患威胁我们的时候,我们切不可失望,当祸患临到我们头上时,也不必忧伤;我们行事必须顺从上帝的意旨,切不可爱好尘世上的任何东西,落到恋恋不舍的地步"(第四卷第八章,328—329)。按亚当姆斯牧师所说,凡事只好听天意,"神圣的上帝随时有了需要,或者不管怎么样拿走,在任何情况之下,基督徒应该平心静气、安之若素的撒手放弃"(第四卷第八章,329)。由于这一主张坚信上帝对人们的命运安排具有某种先验的合理性,从而传达出了在冥冥之中自有上帝神意存在的宗教意识。在这个意义上说,菲尔丁"美德有报"的传奇笔法,本身就印证了基督教的因果报应说。

应该注意到,菲尔丁在后期创作中越来越多地流露出对于人性的悲观看法。一方面,他认为人性是不能考验的,因此因果报应的说法往往不能在现实中得到确认。"野心和贪欲这类重病复发的情形格外显著。"(《汤姆·琼斯》第四卷第十二章,180)"有一班宗教(或者说得更确切些,伦理)作家教导我们说,世上的善行必然引向幸福,罪恶必然导致不幸。这个学说颇有教益,而且也大快人心。可惜我们只在一点上不能同意:它并不符合事实。"(《汤姆·琼斯》第十五卷第一章,771)另外,尽管世事无常,菲尔丁仍劝诫世人诚心向善,"您在命中得到的其他好东西不论多少,但清白无辜这所有事物中最好的东西却永远是您本人所能掌握的;虽然命运女神可能会使您时常不幸,但不经您同意,她是永远不能使您完全地、不可挽回地陷于悲惨不幸的境地的"(《阿米莉亚》第八卷三章,370)。菲尔丁还借《阿米莉亚》中贝内特太太之父之口说出:"各类人类的事故,不论多么可怕,一定至少是经过上帝的许可才会在我们面前发生的;我们对于伟大的造物主应当怀着应有的责任感,这种责任感一定会教导我们绝对地顺从他的意志。"(第七卷第二章,309)正是出于这种对现实的悲观看法,坚韧的阿米莉亚成为一个菲尔丁小说中最接近宗教道德的人物。哈里森博士盛赞阿米莉亚"有一位真正基督教徒的性情",堪称"上帝的选民"(第九卷第八章,454)。阿米莉亚命运的转变是上帝有意的拣选。因此,虽然在阿米莉亚身上似乎存有比其他人物更多的道德洞察力,但在命运发生转变前,这种明智却被阿米莉亚一味地用来开解逆境中产生的愁绪,反而带有一定的虚无主义色彩。这也是评论者曾经论及的:"菲尔丁一方面极力肯定人们的道德自律,认为这是唯一通达伦理正义的正确道路;但另一方面,他又对人性持一种悲观态度,在洞察了人性的奥秘之后,菲尔丁反而对人们的道德自律产生了一种不信任感,他也因此不自觉地将一切希望归于上帝。"①

三、家庭罗曼司与田园乌托邦

小说这一概念一直到18世纪晚期才真正确立。在约翰逊博士的笔下,他仍然沿用了"传奇的喜剧"来指称当时的小说②,结果这一点使得约翰逊提出要求,"小说应该承担传奇的理想化的功能——虽然他纯粹是在道德的意义上来解释理想的"③。亨利·菲尔丁的小说便是其中的典型代表——他的小说中传奇与历史混杂的叙事景观反映了18世纪欧洲小说的渐趋成熟,留下了文类变革的深刻印迹;而"传奇"与"历史"之关系,则构成了菲尔丁文学思想的核心内容。作为一位在运用虚构文本去重构现实方面具有自觉意识的作家,菲尔丁曾经表示:"精神筵席的优劣与其说是在于题材本身,毋宁说是在于作者烹调的技术。"(《汤姆·琼斯》第一卷第一章,10—11)可以这样说,菲尔

---

① 杜娟:《亨利·菲尔丁小说的伦理叙事》,武汉:华中师范大学出版社2010年版,第159页。
② 原文为:"这类作品可以并非不恰当地称之为传奇的喜剧,它受近乎于喜剧诗的规则的支配。它的范围是以简单的手段产生自然的事件,不借助奇迹而保持传奇:正因为如此,它排除了英雄传奇的布局和试验,它既不采用巨人,以从婚礼仪式上夺走小姐,也无需骑士将被俘的她带回;它决不会让它的人物在沙漠中手足无措,也不会把他们置于想象中的城堡。"转引自吉利恩·比尔:《传奇》,邹孜彦、肖遥译,北京:昆仑出版社1993年版,第75—76页。
③ [英]吉利恩·比尔:《传奇》,邹孜彦、肖遥译,北京:昆仑出版社1993年版,第76页。

丁小说创作的成熟，实则是一个借助传奇结构不断将小说历史化或现实化的演变进程。菲尔丁小说对传奇文学的创造性转化，不仅是为了解决其伦理思想的矛盾和保障伦理正义的实现，而且也深刻影响了小说的叙述模式。具体而言，如果从文学史渊源和艺术形式上看，菲尔丁小说秉承传奇文学的艺术手段，建立起了一种圆熟的家庭罗曼司文学的结构形式。这一结构对后来奥斯汀的爱情小说、19世纪狄更斯和勃朗特姐妹为主的一系列英国文学都产生了重要影响，并进而形成了英国小说中的家园传统。如果从伦理批评的角度考察，那么这一家庭罗曼司文学的结构形式十分有利于作家伦理立场的呈现，同时也能更好地施行其道德教化功能。

　　菲尔丁小说的这种家庭罗曼司结构，首先属于一种典型的文学想象。正如瓦特考察到的，对于18世纪的男人来说，"经济和道德的美德没有一种有益的婚姻投资可作保证"[①]。能够兼顾爱情和经济的婚姻是比较少见的，甚至也不与个人的道德修养挂钩。但是，菲尔丁对爱情和婚姻的理解主要建构在一种道德意识之上，因此其笔下的家庭也成为对人物的一个奖赏。可以这样理解，菲尔丁小说中的大部分人物，包括琼斯和布思这样的道德英雄在内，一开始都并不能称为道德英雄，是他们在后天冒险旅程中的道德历练，才使他们以道德成长的方式逐步获得了理想的高尚美德。按照菲尔丁美德有报的创作观念，家庭实际上就是一种道德奖品，它往往被用来奖励那些不畏道德困境、深具道德勇气的主人公们。琼斯和布思等人美满幸福的家庭生活，就充分印证了作家以家庭生活进行道德奖励的创作用心。这样的结局当然标志着主人公物质和情感的双丰收，而财富的获得与家庭关系的美满也印证了菲尔丁文学想象的罗曼司本质。不过对于饱经现实生活磨难的读者而言，他们未必会相信这样完美的家庭罗曼司。伊

[①] ［美］伊恩·P. 瓦特：《小说的兴起——笛福、理查逊、菲尔丁研究》，高原、董红钧译，北京：生活·读书·新知三联书店1992年版，第70页。

恩·P.瓦特对苏菲亚突兀地接受了汤姆也感到惊讶,认为"结局被赋予了某种喜剧性的生命力,然而却损害了感情的真实性"①。设若如此,那么菲尔丁以家庭为奖品的美德有报,以及借此所展开的伦理诉求就难以被读者所接受。但事实恰恰相反,菲尔丁乌托邦式的家庭罗曼司对于当时的读者却有着巨大的道德感召力。这就意味着虽然家庭罗曼司只是菲尔丁的一种文学想象,但它仍然具有不容忽视的道德力量。那么,该如何看待菲尔丁的这种文学想象呢?

玛莎·努斯鲍姆曾经说过,文学想象是公正的公共话语和民主社会的必需组成部分:它一方面"是一种伦理立场的必需要素,一种要求我们关注自身的同时也要关注那些过着完全不同生活的人们的善的伦理立场"。另一方面,"读者或旁观者的情感是良好伦理判断的必需部分。[……]他们还是包含了一种即便不完整但却强大的社会公正观念,并且为正义行为提供了驱动力"②。这就是说,尽管文学想象有时看似是空中楼阁,但由于它暗含了作家的伦理立场,以及足以唤起读者道德意识的情感力量,因而其现实性也不容小觑。特别是以小说为载体的文学想象,不仅"仍然是我们文化中普遍的、吸引人的以及道德严肃的最主要虚构形式"③,而且更能在小说这样一个包容了巨大社会历史含量的文体形式中发挥其道德感召的现实力量。以菲尔丁的小说为参照,可以看到以家庭罗曼司结构为形式的传奇性结局,虽然在一定程度上违背了现实逻辑,却通过道德感召之力,在保证作家与读者之间有效互动的同时,极大地激发了读者的向善之心,而作家也借此传达了追求伦理正义的道德理念。从这个意义上看待菲尔丁小说的家庭罗曼司结构,就可将其视为一种道德判断的载体。作家通

---

① [美]伊恩·P.瓦特:《小说的兴起——笛福、理查逊、菲尔丁研究》,高原、董红钧译,北京:生活·读书·新知三联书店1992年版,第316页。
② [美]玛莎·努斯鲍姆:前言,《诗性正义:文学想象与公共生活》,丁晓东译,北京:北京大学出版社2010年版,第7页。
③ 同上书,第18页。

过好人有好报的故事,用美满幸福的家庭为奖赏,传达了美德有报的伦理诉求,并借此去实践文学的道德净化功能。更为重要的是,家庭作为人类社会一种最基本的单元结构,一旦被菲尔丁赋予了道德奖品的价值意味,那么小说就会建立起一种"往返于普遍与具体之间的活动"的"伦理推理风格的范式"①——从个人的道德成长到美德获得,再到家庭罗曼司的奖励,直至以家庭为单位将美德观念推广至全社会,因此传达了社会正义的道德理念。由此也可以看出菲尔丁的创作用心,他其实是通过对主人公道德成长历程的描绘,以及以家庭罗曼司为道德奖品的美德有报观,试图去改善现实社会的道德状况,这就是努斯鲍姆所极力推崇的一种艺术观念,即通过以人类繁荣的普遍观念去分析具体情境,使读者能够得到具体的道德指引。②同时,这也暗合了贺拉斯提出的古典诗学主张:"诗人的愿望应该是给人益处和乐趣,他写的东西应该给人以快感,同时对生活有帮助。"③

其次,菲尔丁小说的这种家庭罗曼司结构还具有一种批判现实的叙事功能。尽管作为一种文学想象,家庭罗曼司更多寄寓了菲尔丁乌托邦式的道德理想,但他却在描写主人公家庭生活的幸福美满时,在这一乌托邦式的叙事话语中注入了强烈的现实主义精神。为理解这一问题,有必要从乌托邦的概念谈起。

"乌托邦"一词来源于托马斯·莫尔(Thomas More)的长篇小说《关于最完美的国家制度和乌托邦新岛的既有益又有趣的金书》(*Concerning the Best State of a Commonwealth, and the New Island of Utopia, A Truly Golden Little Book, No Less Beneficial than Entertaining*,1516),原本只是莫尔虚构出来的一个词,但后来

---

① [美]玛莎·努斯鲍姆:《诗性正义:文学想象与公共生活》,丁晓东译,北京:北京大学出版社 2010 年版,第 21 页。
② 同上。
③ [古希腊]亚理斯多德、[古罗马]贺拉斯:《诗学 诗艺》,罗念生、杨周翰译,北京:人民文学出版社 1962 年版,第 155 页。

这个词汇却有了一定的文学意义,它"泛指客观世界中不存在的完美的理想社会,也可以理解为一种理想,是现实中并不存在的一方净土,是人们的一种精神寄托"①。如果仅从概念的这一界定出发,那么菲尔丁笔下的家庭罗曼司无疑就属于一种乌托邦:不论是约瑟夫与范妮、琼斯与苏菲亚、布思和阿米莉亚,都是具有高尚美德的道德英雄。他们的家庭关系,也是一种建立在强烈道德意识之上的爱情结晶。这种逾越了谎言和背叛、伤害与纷争的家庭关系,显然暗含着作家的一种"精神寄托"。但菲尔丁所描绘的家庭罗曼司并不是先天形成的,而是主人公们经过了艰难险阻的道德历练之后才获得的一份道德奖品。在此之前,为建构这样一种理想化的家庭关系,琼斯、布思等主人公们可谓是经历了千难万险,冲破了层层阻挠,依靠着虽九死而不悔的道德信念才终成正果。从这个角度说,家庭罗曼司既是菲尔丁对主人公美德的一种道德奖励,也是他用以映射残酷现实的一个参照物:只有当主人公置身于美满的家庭生活中,回望那些自己所经历的冒险生涯时,才会备感现实的磨难与幸福的不易。菲尔丁就是用这种对比的艺术手法,真实反映了现实社会的种种道德危机。实际上,如果我们不局限于上述概念设定的话,那么就会发现在漫长的文学叙事历史中,乌托邦早就脱离了其超现实和理想化的虚幻本性,进而在被作家设定为现实参照物的同时,成为批判社会现实的一个有力武器。从思想根源上来说,乌托邦本身就承载着特定的政治理念,18 世纪的乌托邦思想孕育了后来的空想社会主义、无政府主义和共产主义等等。德国社会学家卡尔·曼海姆(Karl Mannheim)就认为,乌托邦思想对于人类社会的发展有着重大意义,因为如果没有对这一思想的追寻与想象,"人类将失去塑造历史的意志,从而也失去理解历史的能力"②。如果

---

① 转引自赵渭绒:《试分析世界文学中的乌托邦现象》,《南宁师范高等专科学校学报》2005 年第 3 期,第 30—32 页。
② [德]卡尔·曼海姆:《意识形态与乌托邦》,艾彦译,北京:华夏出版社 2001 年版,第 302—303 页。

以此来衡量菲尔丁小说中具有乌托邦性质的家庭罗曼司的话，那么我们就会发现在作为道德奖品的价值之外，家庭罗曼司还在映射现实社会的同时成为菲尔丁道德理想的精神家园：它标志着作家重塑道德的意志，以及理解正义的能力。

乌托邦因表现形式的各异，可分为政治乌托邦、田园乌托邦、两性乌托邦等等。在这方面，菲尔丁的家庭罗曼司书写因其本意并非对两性理想关系层面的探讨，其创建的理想家园也不像 D. H. 劳伦斯那样基于两性关系基础，而是以乡村和土地等文学意象所营构起来的家庭景观，吸引着那些饱受现实磨难的人们的精神回归，显然隶属于田园乌托邦传统。有的评论者则相信，菲尔丁在描写奥尔华绥先生统辖下的天堂府时显然受到了文艺复兴时盛行的传奇散文《达芙妮与克洛伊》(*Daphnis and Chloë*, 1581)以及《阿卡狄亚》(*Arcadia*, 1590)的影响。[①] 阿卡狄亚位于希腊伯罗奔尼撒半岛中部，气候适宜，土地肥沃，富饶多产。山地使之与希腊其他地方分隔，因而在文人墨客笔下成为一处田园文明的梦幻之境，逐渐发展成为牧歌文学的经典背景。阿卡狄亚不仅在古希腊罗马诗人如荷马、维吉尔等笔下被反复吟哦，而且菲利普·锡德尼(Philip Sidney)创作的《阿卡狄亚》是英国18世纪之前发表的最重要、最富有独创精神的散文小说，在不到十年的时间里就重印了十次。如果说锡德尼，甚至莎士比亚《皆大欢喜》(*As You Like It*, 1599)中对田园牧歌的描绘还带有或多或少的意大利风情的话，那么在菲尔丁笔下，这一"阿卡狄亚"式的田园乌托邦则沾染上了更为鲜明独特的英伦乡土色彩。

在18世纪的英国社会，乡村有着人们赖以生存的全部资源，可以说"土地财产是18世纪英国社会的基础"[②]。在工业文明的变革尚未

---

① Makoto Sakuma, *The Divided Mind: The Fall of the Myth of Fielding*. Tokyo: Seijo University Press, 1975, p. 7.

② G. E. Mingay, *English Landed Society in the Eighteenth Century*. London: Taylor & Francis, 1976, p. 3.

席卷全社会之前,乡村和土地始终是英国社会的本位性结构,社会人群也据此分化出了不同的阶级与阶层。土地对于18世纪的英国人来说并不仅仅是一种具备经济价值的财富,它还在某种程度上影响了英国社会的阶层构成。譬如"贵族集团之所以保持相对稳定,是因为长期以来占有土地是进入贵族等级的必要条件"[①],因此就不难理解魏斯顿乡绅对土地的坚持。有人说,真正的英格兰人都是乡下人。英国社会的这一经济基础决定了菲尔丁小说家庭罗曼司的叙事模式必定与土地问题有着千丝万缕的联系。事实上,他所塑造的那些道德英雄,包括一些次要人物,都视乡村和土地为自己的精神家园。菲尔丁对乡绅阶层有极大的认同感,而"乡绅也应该属于农村中间阶层的代表,包括从男爵、骑士、缙绅,他们的经济实力差别极大,是介于自由持有农和有称号的贵族之间的社会集团"[②]。按照这一理解,菲尔丁笔下的家庭概念有时会辐射至整个乡村世界。他对都市文明的伦理批判,对乡村世界的价值认同,也因此具有让人物回归家庭的叙事指向。

"这种以乡村生活置换都市探险的思想,既表达了作家祛除道德罪恶的某种生活理念,也预示了主人公的某种共同归宿。"[③]既然家庭罗曼司是现实社会的参照物,那么在菲尔丁笔下就必然会存在着这样的一种叙事模式,即人物在和现实的抗争过程中向家庭的回归。前者通过人物的冒险经历反映了现实社会的复杂与残酷,而后者则暗示着人物以家庭为避风港湾的精神路向。譬如菲尔丁笔下的女主人公范妮本就是出身下层的女仆。她和约瑟夫·安德鲁斯成婚后,"鲍培先生以一种前所未有的慷慨送了范妮一份两千镑的嫁奁,约瑟夫用来在

[①] 舒小昀:《分化与整合:1688—1783年英国社会结构分析》,南京:南京大学出版社2003年版,第62页。

[②] 同上书,第162页。

[③] 杜娟:《亨利·菲尔丁小说的伦理叙事》,武汉:华中师范大学出版社2010年版,第185页。

他父亲的教区里买了一宗小小的地产,就住在那儿(他的父亲替他购置了农具和家畜);范妮把牛奶棚主持得井井有条"(第四卷第十六章,367)。两人在乡间过得琴瑟和谐、其乐融融,不久约瑟夫就决意学他的父母归隐田园,"不管书商也罢,作家也罢,谁也说不动他涉足上流社会,去凑热闹啦"(第四卷第十六章,368)。琼斯成婚后则回到了奥尔华绥先生的庄园,至于布思夫妇更是选择了乡村作为他们幸福生活的理想之地。

英国文学的"阿卡狄亚"传统不仅仅是一种经济上自给自足、与自然和谐相处的生活方式,而且更为重要的是在道德上崇尚淳朴自然。《汤姆·琼斯》中,菲尔丁将善的人性类比为"乡村习见的那种较为平凡、朴质的人性",这种人性不同于"宫廷和都会所提供的那些造作、罪恶等等法国和意大利式的上好佐料"。(第一卷第一章,11)因此,琼斯"过于迟疑不决,所以看不到小姐对他表露的情怀——这种缺憾只有依靠眼下盛行的早期城市教育可以弥补"(第五卷第二章,202)。作家比拟为花神弗罗拉的苏菲亚是个乡村美人,若硬要挑出什么缺陷,"只是她的谈吐举止之间也许还缺乏一种潇洒的风度,那只有靠上流社会的耳濡目染来养成了。然而老实说,为了取得这种风度而付出的代价往往是太高了。……而一个有见识和生性温柔的人是永远不需要靠这种潇洒风度来装点的"(第四卷第二章,140)。菲尔丁认为,苏菲亚矜持的"性子和城市是格格不入的"(第十一卷第十章,601)。乡村美人不需要城市的虚荣风气的装点,自有一种道德纯朴的完美。"在乡村美人当中,有许多是值得人们倾倒的,完全符合我们笔下所能描绘的十全十美的理想女性的形象。"(第四卷第一章,136)

为了描绘出乡村世界的家庭属性,菲尔丁还特意以都市文明为对比,通过批判都市文明的种种弊端,试图映衬出乡村世界的美好。菲尔丁有意将伦敦的广场生活和乡间的宁静生活作为对比。在山中人看来,伦敦"这里是忧伤或耻辱(除了一些名声显赫的人物)最妥善的隐身之所。在这里,你可以享受孤独的好处,而不会感到不便,因为你既能独处,同时又是生活在人群中间。你或坐或行,都无人理会。嘈杂、匆忙、不断涌现的事物都能为你消闲解闷,免得精神受折磨——说得更确切些,免得受忧伤或耻辱的折磨"(第八卷第十二章,442)。这完全不同于18世纪某些爱好城市生活的拥城主义者的论调。

与此同时,菲尔丁并没有表现出他对现实残酷和多元化是麻痹不自知的。相反,他通过穿插的次要人物故事暗示了现实的复杂性。约瑟夫的父亲威尔逊在经历了一系列变故后认识到,"建筑在知足上的静谧悠闲的幸福,跟尘世的匆迫和扰攘是水火不相容的"(第三卷第四章,238),于是决定和妻子赫丽德·哈堆归隐乡间。威尔逊说,"我声明即使在我的同性里面,也从没有像她那么洞察世故、婉转陈辞的人;我也不能相信谁有比她更忠实、更勇敢的伴侣。这种情谊由于双方的温存体贴而更加甜蜜;由于亲切的誓约而越发巩固,绝不是在最亲密的男朋友之间所能树立的;说到头,我们共同的兴趣在于我们爱情的结晶,还有什么结合能比我们的更其坚固呢?"(第三卷第四章,237)。他也唯愿自己的女儿嫁给一个像他这样性格的人,去过隐居的生活。在亚当姆斯牧师看来,这种自给自足的淡泊生活"才是人们以前在黄金时代所过的生活"(第三卷第四章,240)。但是小说在描绘这种乡间田园理想时仍有一丝不和谐音。威尔逊大女儿养的一只小狗被村里庄园主的儿子一枪打死,这个少年乡绅(the young Squire)是地方上的一个恶霸,"除了天性暴戾(Illnature)之外,不可能有别的动机",威尔逊哀叹"他也没有开罪过少东家,想不到少东家竟下这种毒手;不过少东家的父亲有财有势,自己斗不过他"。(第三卷第四章,239)菲尔丁清醒地意识到,乌托邦式的乡村世界其实并不会真实存在。就像山中人曾慨叹说:"即使在这里隐居,我也仍然躲不开人类卑鄙的行为。"(《汤姆·琼斯》第八卷第十五章,463)作为一个写小说的伦理学家,菲尔丁通过文学想象所建构起来的家庭罗曼司与乡村田园乌托邦只不过是他对价值应然性的一种艺术诉求。换句话说,家庭和乡村这一道德理想国,仅仅是菲尔丁用来承载其伦理思想的一个艺术世界。虽然这个艺术世界可以烛照现实世界里的种种丑恶,但深具现实主义精神的菲尔丁,又怎能不知道德理想与残酷现实之间的遥远距离?正如他在《汤姆·琼斯》里表露的,"世上的善行必然引向幸福,罪恶必然导致不幸"这一学说虽然"大快人心",但"并不符合事实"。(第十五卷第一章,771)"我们不认为它是符合基督教义的,也不相信它是真实可靠的。而且这个学说足以破坏一个极为崇高的论点:只有理性能提供对永生的信念。"(第十五卷第一章,772)菲尔丁对家庭罗曼司和乡村乌托邦的浪漫想象,蕴涵的其实正是一种"虽不能至,然心向往之"的无奈与悲哀。由此出发,菲尔丁也正视了乡村生活与家庭罗曼司的某些残缺,这一点就具体表现为他对乡村世界日趋失落的担忧,以及用宗教去弥补这一缺憾的价值救赎。

因此可以说,菲尔丁小说以对传奇文学的创造性转化,通过家庭罗曼司结构的设置,很好地解决了其伦理思想的矛盾性,也起到了保障伦理正义实现的创作目标。从建构家庭罗曼司的叙事模式起步,菲尔丁不仅充分传达了美德有报的伦理思想,而且也在这一叙事模式中弥合了其伦理思想中的价值冲突。而以乡村乌托邦反观现实的方式,也同样反映了作家强烈的现实主义精神。菲尔丁对家庭罗曼司的书写是出于一种审慎的道德判断,也就是说通过好人有好报的故事传达出正面的道德诉求,以实现文学的道德净化功能。不得不说,只有通过这种结局设置,才能激起读者对于正义的认同和热爱。但又不同于简单的乌托邦式故事,菲尔丁还表达了对天下皆善的担忧。努斯鲍姆在谈论狄更斯的《艰难时世》引发的读者愉悦时说:"这部小说的读者的愉悦还有更深一层的道德向度,这就是为生活中的许多种道德活动提供了一种预备",能将生命中重要的东西"看作因为自身而有益和令人愉悦的能力"。① 在菲尔丁的小说里,我们同样有着这样的感受。菲尔丁的小说不仅提供了道德范式,而且促使读者去追求幸福的现实生活。他的真实兴趣在于人生本身,所以才在作品中说:"几乎我们所有追求的目标,我们所有辛勤努力的通常报酬,就是家庭的幸福。"(《阿米莉亚》第十卷第二章,484)

---

① [美]玛莎·努斯鲍姆:《诗性正义:文学想象与公共生活》,丁晓东译,北京:北京大学出版社2010年版,第68页。

结语

"小说"道德:菲尔丁小说伦理的艺术之维

"菲尔丁是最具有公民意识的英国小说家之一,也是奥古斯都时代公众形象活生生的典范。"① 在18世纪的英国文坛,亨利·菲尔丁并不是唯一一位专注于伦理问题的小说家。与他同时代的笛福、理查森等人都曾在其创作中生动描绘了英国社会的伦理现实与道德状况。但相较之下,能够将艺术审美与伦理之辩结合得如此完美的作家,则非菲尔丁莫属。一般认为,现代意义上的小说起源于18世纪。在此之前,小说一直难以摆脱"低下、粗鄙的体裁形象"。直至菲尔

---

① Ronald Paulson, "Introduction," *Fielding: A Collection of Critical Essays*. Ed. Ronald Paulson. Englewood Cliffs: Prentice-Hall Inc., 1962, p.1.

丁的出现,凭借着他对小说道德功能的确立和对"散文体喜剧史诗"的形式探索,小说才终能以"高尚体裁"的面貌在英国文坛登堂入室。在这个意义上而言,高尔基称菲尔丁是"现代小说之父"实不为过。更为重要的是,菲尔丁对于小说这一艺术体裁的重要变革,始终都立足于欧洲文学的伟大传统——与那些在历史巨变中常见的虚无主义者相比,菲尔丁历来都重视对欧洲传奇文学的创造性转换。他对现实主义文学传统的继承与革新,对启蒙主义和人文主义等时代精神的汲取,无一不显示出了这位作家超乎同侪之上的历史及艺术眼光。如果具体到他的创作实践,那么"小说"道德一语,便可反映其艺术审美与伦理之辩的完美结合。

严格来讲,所谓"小说"道德乃是针对欧洲伦理学家的"大说"方式而言。进入18世纪以后,随着启蒙运动中科学理性精神的影响不断扩大,欧洲伦理学界也愈发注重知识学的研究方法,那种精密的理性主义和科学主义言说方式,越来越让伦理学趋于专业化和理论化。在此背景下,欧洲伦理学家所构筑的思想体系就会以某些伦理思想的共同价值为名,颁布世人所必须谨守的绝对道德律令。而支撑起这类伦理思想体系的言说方式,即为哲学化、思辨化和逻辑化的一种"大说"方式,它往往从概念的解释出发,在解析伦理思想之历史传承的同时,以逻辑推演的理论思辨,提出了人们应当遵守的道德法则。尽管这类自成体系的伦理学大多以当时流行的经验主义哲学为依据,但因其对道德应然性问题的过度关注,却也造成了某些形而上学的思想通病。这当然不仅仅是欧洲伦理学家的问题,自近现代社会以来,无数的知识精英尽管以哲学和科学的方式构造了形式理性的观念世界,但他们对人类生活世界的遗忘却也成为一个不争的思想史病灶。若以此为标尺,当能发现菲尔丁"小说"道德的特殊价值,正在于他不仅反拨和纠正了欧洲伦理学家"大说"伦理的形而上学,而且也通过询问个人奇遇、探究心灵奥秘、揭示隐秘情感、解除历史禁锢和缠绵于生活事件这一类的"小说"方式,真正走入了作品中每一位人物的道德困境。而作家据此提出的伦理诉求,自然也会因为这样入乎其内的道德观察,从而具有了一种强烈的现实主义色彩。就这一点来说,菲尔丁这位现代小说之父也堪称是伦理学界的马丁·路德(Martin Luther),他以艺术审美推进伦理之辩的思想方式,深刻影响了传统伦理的现代转型。

一

18世纪,正是英国伦理学多家流派的孕育发展期。菲尔丁以自己的小说创作参与了当时的伦理大讨论,并在此基础上实践了自己的独特思考。首先,菲尔丁接受了弗朗西斯·培根(Francis Bacon)、洛克的观点,批判性地形成了他的现实主义文论观。培根是经验主义方法论的始祖。这一方法论认为,道德应从人的本性的事实和人的生活事实中引申出来,伦理学要概括人的经验事实。菲尔丁的小说伦理学归纳的正是人的经验事实,即从人物的具体道德处境(生活事实)出发,描写人物的伦理和道德经验。培根把经验分成自然发生的偶然事件,以及有意寻找的实验两类,而后者是达到真理的唯一途径。在批判以前的伦理学说时,培根指出,过度注重研究德性本身,忽视从现实的个人与他人、个人与社会的关系上去揭示德性的来源和获得美德的方法是错误的,应当以人与人的关系为核心。这就是说,过去的伦理学强调对先验德性的寻求,是一种形而上学的伦理学,现今强调从人与人关系的考量中去寻找德性,是一种实践伦理学。而洛克也认为,道德原则不是天生的,而是从经验中获得的,是被每日的经验所证实的,它们发生的方式和步骤受到了生活经验、传统教导、国家教育、习俗熏染和权威的深刻影响。瓦特说:"为了改善一个人生来注定的命运而离家出走,是个人主义生活模式的一种必不可少的特征。这可以被看作洛克的'不安定'心理的经济和生活形式的体现,而这一心理正是洛克的动机形成体系的中心。"①

但笔者以为,与其说是菲尔丁接受了经验主义哲学的影响,还不如说他接受的是经验主义方法论。菲尔丁在《汤姆·琼斯》中,两度列举洛克关于盲人觉得红色"像喇叭的声音"这一充满了反讽意味的经验主义哲学比喻。(134,256)在1943年写给朋友詹姆斯·哈里斯的信中,菲尔丁提到了培根、洛克关于人的才智(wit)、判断力(judgement)的不同看法②,联想到《汤姆·琼斯》中对才智的定义,说明菲尔丁实际上更倾向培根的看法,即才智与判断力指代相同,都是一种创造力。而菲尔丁小说伦理学的发生,就是从人与人的关系中进行道德思考,这既是菲尔丁描写人物道德处境的基本动机,也是其经验主义方法论的体现。毫无疑问,这就是一种实践伦理学。

在菲尔丁小说的情节模式中,人物的流浪和历险经历是塑造其道德观念的核心要素,人物所受到的生活历练反过来又塑造了他特殊的道德状况。菲尔丁认为经验是道德习得的重要方式,因此他在作品中设置了英雄成长模式,强调人生挫折可以帮助人的道德完善,同时也十分注重风俗对人的影响,并强调文学移风易俗的社会功用。这就难怪约翰逊博士虽然尊理查森而贬菲尔丁,但又不得不承认菲尔丁刻画了令人愉悦的"风俗人物(characters of manners)"③。同时,对于作家的创作来说,生活经验也极为重要,菲尔丁在《汤姆·琼斯》里表示,如果作家缺乏上流社会的生活经验,"对上流社会根本一无所知",那么"在描写上流社会的风俗习尚方面"就会"彻底失败"(第十四卷第一章,726),"按着书本和舞台上的原型塑造出来的人物自然也站不住

---

① [美]伊恩·P.瓦特:《小说的兴起——笛福、理查逊、菲尔丁研究》,高原、董红钧译,北京:生活·读书·新知三联书店1992年版,第68页。
② Martin C. Battestin and Clive T. Probyn, eds., *The Correspondence of Henry and Sarah Fielding*. Oxford: Clarendon Press, 1993, p.32.
③ 转引自[美]迈克尔·麦基恩:《英国小说的起源:1600—1740》,胡振明译,上海:华东师范大学出版社2015年版,第604页。

脚"(第十四卷第一章,727)。从英国伦理思想史的角度来看,菲尔丁对经验主义方法论的继承与培根、洛克的影响不无关系,而真正决定菲尔丁经验主义方法论乃至其实践伦理学的根本因素,则是菲尔丁的现实主义,这一认识论强调真实,真实即来自生活真实,唯有回到真实(实践)当中,菲尔丁对人类道德的考量才会具体展开。

其次,在道德的根源与基础、动机论还是效果论上,菲尔丁主要受到了当时风行的沙夫茨伯里、哈奇森、休谟等情感道德哲学家的影响。他认为情感才是善行的起源和基础,一个行为的善恶不取决于行为的后果,而是取决于行为者的情感动机。理性固然也很重要,但只是起到善行的保障功能。菲尔丁的小说创作由理查森小说所引发的伦理思考出发,确定了抨击伪善这一基本的伦理探索方向,其主人公的情爱故事中蕴含美德有报的伦理主题也深受理查森的影响。但与理查森不同的是,菲尔丁在人物塑造和善的报偿方面都更强调情感特征。与此同时,菲尔丁坚决的动机论也与丹尼尔·笛福的效果论不同。像笛福就认为,"每一行动的是否道德将取决于它的目的"[①]。

18世纪中期,沙夫茨伯里、哈奇森、休谟的情感主义道德观念在英国十分盛行。"休谟的《人性论》(1738)挑战了道德哲学家如约翰·洛克和萨缪尔·克拉克的统治地位,质疑理性并不是道德判断可行的根据,因为我们所谓的一些善行或恶行并不以此作为自然动机(natural motives)。"[②]当然,这三位哲学家之间也有区别。如沙夫茨伯里侧重客体对主体的评价基础,休谟强调主体对客体的评价基础。[③] 从前文的论述我们也可以知晓,菲尔丁对于激情(passion)、感情(affection)、

---

① 参见[英]丹尼尔·笛福:《〈计划论〉序》,《笛福文选》,徐式谷译,北京:商务印书馆1997年版,第65页。
② Tiffany Potter, *Honest Sins: Georgian Libertinism and the Plays and Novels of Henry Fielding*. Montreal, Kingston, London and Ithaca: McGill-Queen's University Press, 1999, p.32.
③ 黄伟合:《欧洲传统伦理思想史》,上海:华东师范大学出版社1991年版,第206页。

自爱(self-love)、道德感官(sense of moral)等重要的伦理学概念的认知,无论在推演思路还是呈现方式上都受到了哲学家哈奇森的影响。

但需要注意的是,菲尔丁毕竟是一个文学家,他小说中的道德观察大多源于他自身鲜活的现实经验,因此对哈奇森、休谟等哲学家来说,道德判断究竟来自感官领域还是人性的认知要素等争辩,菲尔丁其实并不十分在意。他摒弃了情感道德哲学家们的专业术语,转而用了一个较为含混的词语——"善心(good nature)"来表达人类善行的根源。用波特的话说,"这是一个既根植于流行意义上,又在情感主义者、理性主义者之间不断引发纷争的概念"①。但正是这种含混招致了批评。约翰·豪金斯(John Hawkins)爵士宣称菲尔丁的道德体系是"沙夫茨伯里勋爵的体系的通俗化",抛弃了"道德义务和责任感",菲尔丁(就像卢梭和斯特恩)将美德(virtue)化为心灵的德性(goodness of heart),其价值只相当于"比一匹马和一条狗的美德多一点"。② 彼得·盖伊(Peter Gay)也转述道:"身为治安法官的亨利·菲尔丁同情被告,因为发明了'善心(goodness of heart)这个习语'而受到指责。"③

显然,这一论断对于菲尔丁是不公正的。也许作为文学家,菲尔丁在理论术语的选择上表现得十分犹疑,甚至暧昧,但他对现实世界道德生活的描写却都源于他对生活的细致观察,而非简单地对18世纪道德哲学的重新演绎。可以确定地说,菲尔丁的小说伦理体现了一个现实主义作家负有责任感的主体意识,在一定程度上补足了哲学家们在道德实践领域的不足,甚至推进了英国情感主义道德哲学的进

---

① Tiffany Potter, *Honest Sins: Georgian Libertinism and the Plays and Novels of Henry Fielding*. Montreal, Kingston, London and Ithaca: McGill-Queen's University Press, 1999, p. 32.

② Ronald Paulson and Thomas Lockwood, eds., *Henry Fielding: The Critical Heritage*. London: Routledge & Kegan Paul; New York: Barnes & Noble Inc., 1969, p. 446.

③ 参见[英]彼得·盖伊:《启蒙时代(下):自由的科学》,王皖强译,上海:上海人民出版社2016年版,第35页。

程。例如哈奇森就在讨论公正、节制、坚忍、审慎这四种通往幸福的德性时说:"审慎在某个方面是其他三种德性恰当运用的先决条件,一般按照顺序应首先被提到。不过,我们还是把它留给对这些东西详加阐述的更有实践性的研究吧。"① 在《汤姆·琼斯》和《阿米莉亚》中,菲尔丁重点呈现的核心价值观便是审慎。当然,菲尔丁的贡献也远非继承这么简单,比如他对情感主义伦理学就有所拓新。早于亚当·斯密之前,菲尔丁就提出即使是像亚当姆斯这样仁慈的好心人,他感受到的同情、快乐等道德情感都不可能比当事人更强烈和持久。因此,有评论家指出,"菲尔丁决不是一个'哈奇森主义者',但在哈奇森澄清了沙夫茨伯里的道德感不是一种审美能力,也不仅仅是一种感受状态,而是通过激情(passion)使我们做出趋向道德行为的手段之后,菲尔丁显然利用了这一关于激情的对话成果"②。

再次,在价值标准和行为路线上,菲尔丁的小说伦理带有功利主义色彩,反映了作家受培根、托马斯·霍布斯(Thomas Hobbes)等影响而产生的合理利己主义思想。培根说,善德的价值就在于"利人"和"爱人",认为善德具有利他的本质。利人的品德就是善,而利人来自人的自爱心,即"繁殖自己的本质并把它扩展于他物之上的欲望"③。这种欲望其实就是自爱欲望的外化,其本质仍然是一种利己主义。菲尔丁在《约瑟夫·安德鲁斯》中曾提及霍布斯的《利维坦》④,尽管霍布斯的人性恶观念不能得到菲尔丁的赞同,但菲尔丁身为法官所受到的

---

① [英]弗兰西斯·哈奇森:《道德哲学体系·上》,江畅、舒红跃、宋伟译,杭州:浙江大学出版社 2010 年版,第 208 页。
② Geoffrey Sill, *The Cure of the Passions and the Origins of the English Novel*. New York: Cambridge University Press, 2001, p.155.
③ [英]弗朗西斯·培根:《广学论》(*The Advancement of Learning*, 1605),参见周辅成编:《西方伦理学名著选辑》(下卷),北京:商务印书馆 1987 年版,第 583 页。
④ 参见《约瑟夫·安德鲁斯》第一卷第十七章第 76 页,第三卷第三章威尔逊转述俱乐部成员的话"一件事的善恶并不是绝对的;行为之被称为善或恶,全凭行事人的环境"(224)也是来源于霍布斯的《利维坦》和曼德维尔的《蜜蜂的寓言——私人的恶德,公众的利益》。

教育文化背景却让他不可能忽视霍布斯的社会契约论。按照霍布斯的理论,人在自然状态中可以用一切方法保全自己,对所有物有无限的权利。这种自然权利乃是每一个人保全自己的生命追求幸福的自由。每一个人都有权依照自己的理性判断去做他认为最有利于自己的事情,这就是所谓"自然权利"。但自然权利并不能保证社会的和谐,因此需要自然法,以更高的社会法律、现代国家去制约人自然权利的无限膨胀。所谓自然法,就是理性所提出的一种普遍法则,一种道德戒律,用来禁止人做伤害自己生命的事,并且命令人们去做他所认为的可以保全生命的事。人通过自然法使社会得以和谐,树立仁爱等美德。说到底,在霍布斯那里,自然法就是自然权利的自我限制。菲尔丁的小说就人的自然状态做了许多描写,写到了人的自然性,也涉及道德的自然法。出于保全生命的自然权利的要求,人的道德处境也因此复杂起来,如某些人物出于保全生命的欲望而做坏事(因生存而抢劫),因其是一种自然权利而被作家放弃了道德谴责,这种状况正是菲尔丁对自然权利的肯定。

在菲尔丁笔下,人物的利他行为和利己行为的动机和效果都比较复杂。如在《约瑟夫·安德鲁斯》中,作家借人物的主要遭遇讨论了利己还是利人的哲理问题。《汤姆·琼斯》里也写到了黑乔治想私吞钱款时对法律惩罚的畏惧,这最终决定他并未全部中饱私囊。在菲尔丁的小说中,大量人物的利他行为其实都具有利己的本质。菲尔丁强调自利的道德合法性是对培根伦理学的极大推进,其中自然与18世纪启蒙运动的某些成果有关。在《汤姆·琼斯》的献辞中,菲尔丁提到追求美德的回报:"从实际利益的着想也应当去追求它。"(4)实际利益既包括物质利益,也包括非物质的精神利益,后者指的是人内心的生命感觉(或曰生命体验、生命欲求)。唯有生命体验的价值即菲尔丁所说的安乐等,才是他所看重的实际利益。换句话说,追求美德的终极目的是满足人类内心的安宁快乐。这是一种自我意识,即在18世纪的英国,建立具体的新道德秩序虽然也是菲尔丁的创作目的,但对自我生命体验的价值满足,或曰维护自我的生命体验同样重要。在一定程度上,菲尔丁以文学的叙述方式重复思考了霍布斯等人提出的伦理问题,即如何解决利己与利人的价值冲突。菲尔丁强调善行的情感报偿也是功利主义伦理学的体现,因为功利主义伦理学所有的德行均来自利己的冲动,如杰里米·边沁(Jeremy Bentham)所谓的对于快乐的寻求。可以说菲尔丁早在边沁之前就已经提出了功利主义伦理学的一些基本原则。他在继承培根、霍布斯等人的伦理思想的同时,也创造性地提出了某些功利主义的伦理思想。从时间上看,菲尔丁比边沁等功利主义伦理学家似乎更有远见一些。

最后,"小说"道德的艺术表达方式决定了菲尔丁小说伦理的复杂性和含混性。如菲尔丁这一贴近人物道德困境的现实主义写法,却也容易因为人物存在状况的复杂性,从而造成某些伦理思想的内在矛盾。又如菲尔丁主要受情感主义伦理学影响,但也不排斥萨缪尔·克拉克、约瑟夫·巴特勒(Joseph Butler)带有理性主义精神的道德学说。其中,菲尔丁小说理论复杂性最为典型的一点,就是菲尔丁以自己的小说创作参与了 18 世纪的人性大讨论。菲尔丁并不赞同霍布斯、曼德维尔的人性恶的观点,他认为决定道德行为的直接动机和原因必定是对人类普遍仁爱的情感,而不是狭隘的自爱和自利。他在人性观念的本质上靠近沙夫茨伯里、哈奇森的性善论;但是,菲尔丁的法官、律师身份使得他有更多机会看到社会的恶行和阴暗面,看到众多屡犯不禁、累教不改的罪行,因而在涉及现实人性的考察时,他又抱持唯心主义的先天决定论和多样化倾向。笛福笔下的"恶行者"大多是环境的牺牲品,并非本性使然。但菲尔丁似乎相信保持天性说,认为环境也不会改变这种天性,只是抑制或增强了他的本性而已。再如,一方面,菲尔丁承认自然人性的合法性,即承认人的自然权利;另一方面,自然人性在恶得不到制约的情况下就会走向道德的反面,这时,不论自然法还是现代民主国家的法律观念,都必然会成为制约自然人性的力量。不过,在菲尔丁看来,这种制约是否有效,以及是否矫枉过正,扼杀人的自然人性,就演变成为作品中一些复杂的道德局面了。菲尔丁刻画人的自然性,希冀人保有活泼的自然生命,但又警惕恶的膨胀,要求人们遵守法律等道德规范。因此,就当时的伦理学思想的来源来说,菲尔丁既受到沙夫茨伯里、哈奇森等伦理学家的正面影响,又在对霍布斯、曼德维尔的批判和若即若离中对人性恶习确立了自身的伦理学体系,其伦理建构相对于抽象系统的伦理学思想而言,更富有具体性、实践性和心理性相融的伦理学特点。

文学伦理学批评认为,人是伦理的存在,与飞禽走兽相比有着天生的道德感和道德意识。文学作为虚拟艺术,不仅带来相当程度的创作自由感,而且,也能将人类的伦理困境设置到极致,极为方便地讨论人性的发展和道德规范之间的模糊地带。因此,文学相对于其他艺术形式,能够以一种特殊的方式踏入道德禁区,表达人类隐秘而痛苦的伦理意识,有些还常常表现出与主流意识形态和道德规范不大相同的伦理思想。文学伦理学批评主要是对文本进行研究,以避免过于主观化的分析,但并不排斥作家自身经历、学养、个性对其伦理表达的影响。作者借文学创作达到与主流意识形态对话、沟通,甚至反抗、颠覆的目的,并最终达到一种宽容、自由、人性化的理想伦理境界。所以,我们不能粗暴简单地分析所谓"高大全"的英雄形象或脸谱化的假恶丑们,而是更注意那种伟大下的渺小、卑微中的尊严,特别是作者在自身伦理表达中令人困惑,甚至是矛盾的地方。从这个角度看,菲尔丁小说伦理学中对同情、荣誉、自爱等伦理价值的含混表达,其实也是他小说伦理的特色之所在。

也许D. H. 劳伦斯对此的认识可以帮助我们理解菲尔丁笔下含混复杂的伦理建构。劳伦斯认为,我们与周围万物之间存在着生机勃勃的关系,"而道德,它就是我与我的周围世界之间一架永远颤动着、永远变化着的精密的天平,它是一种真实的关系的先导又与它相伴相随"①。同样,利维斯在《伟大的传统》中表示,作品中的道德固然代表某种作者自身或作者试图尝试的价值取向,但这种道德趣味只是对生活的某个层面的真实呈现,它并不是对生活进行筛选的过滤器,也不是教化民众的工具或所谓的大众文明行为规则。② 菲尔丁的小说即隶属于利维斯颇为推重的"道德寓言"式的小说一类。尤其难能可贵的是,菲尔丁在其小说中并未止步于对前代哲学家的继承式思考,而是形象展现道德实践领域内的问题,对于抽象的道德哲学而言也是一种有益的补充和推进。

二

菲尔丁的小说中,宗教问题始终是若隐若现的"阿里阿德涅之线"。不仅是因为菲尔丁小说提出的核心价值——坚贞、谨慎和仁慈脱胎于基督教伦理学观念,而且其中塑造的道德楷模和叙述线索也都部分表现出宗教的深刻影响。"在前现代的社会,规范伦理主要是由宗教提供的。"③在18世纪的英国,宗教仍在人们的社会生活文化中发挥重要影响。英国哲学家休谟认为,尽管在哲学领域中宗教是错误的,但在道德领域中宗教却是必要的。人们的生活要安静而有秩序,就必须相信有个至高无上的上帝在最后主持公道。

尤其值得注意的是,《汤姆·琼斯》中写到了一个真实的历史事件,即斯图亚特家族的查理·爱德华·斯图亚特(Charles Edward Stuart)领导的1746年的苏格兰叛乱。他是英国国王詹姆斯二世的孙子、老王位觊觎者詹姆斯的长子,也被称为小王位觊觎者。这位叛军领袖自称是查理三世,他和拥护他的雅各宾党人一起获得了法国的支

---

① [英]劳伦斯:《劳伦斯读书随笔》,陈庆勋译,上海:上海三联书店1999年版,第30页。
② 苏娜娜:《激流中的守望——评利维斯的〈伟大的传统〉》,吉林大学文学院比较文学与世界文学硕士学位论文,2003年,第38页。
③ 刘小枫:《引子:叙事与伦理》,《沉重的肉身》,上海:上海人民出版社1999年版,第6页。

持,率一支苏格兰军队南征,一心想要恢复光荣革命前君主专制的英国,叫嚣为斯图亚特王朝和天主教夺回英国王权。值得注意的是,由于查理·斯图亚特年幼时的家庭教师是一位天主教徒和一位新教徒,长大后才成为一名天主教徒,他也曾在叛乱时发表宣言说,他对待英国国教徒和长老会教徒不会像信奉路德派的乔治一世统治时期那样迫害,但并未被英格兰人取信。英格兰境内虽然几乎没有人起来反对他,但也没有人支持他。叛乱在卡洛登被粉碎,查理逃回法国。菲尔丁在小说中写道,汤姆·琼斯"十分希望代表自由和新教的一方取得胜利"(第七卷第十一章,352),因此打算加入英王乔治二世的次子昆布兰公爵(Duke of Cumberland)指挥的军队。但追随他的巴特里奇却是个雅各宾派,他在潦倒之时兼任理发师和外科医生的职责。他认为"查理王子像所有的英国人一样,也是个虔诚的新教徒,只是为了拥护王位的合法权利,才使他和别的一些天主教徒成立了雅各宾派"(第八卷第九章,422-423)。后文中苏菲亚又因出众的容貌被误认为是查理的情妇珍妮·加美隆夫人(Madam Jenny Cameron)。(第十一卷第三章,562)考虑到菲尔丁在沃波尔事件中的作用,不难发现这些设置主要是作者即兴对政局所发的议论。在宗教上,菲尔丁总体上仍是个正统派,即英国国教徒。亨利·菲尔丁除了在小说中表达宗教立场外,他还于1745年11月—1746年6月间主编了《真正的爱国者》(*The True Patriot*),1747年12月—1748年11月间又主编了《詹姆斯二世党人报》(*The Jacobite's Journal*),坚定地表达了自己的政治立场,站在汉诺威王朝和国教一方。

  菲尔丁信奉英国国教毋庸置疑,但是由于他所受影响的国教牧师较多,且思想倾向和来源又比较多元,很难判断他对国教的推崇究竟是出于政治的立场还是伦理的考虑。① 所以,他隶属的宗教流派和宗

---

① 如《汤姆·琼斯》中对魏斯顿女士形象的丑化很大程度上是政治讽刺。

教倾向历年来也成为诸位批评家争论不休的话题。罗纳德·鲍尔森曾争辩道,菲尔丁是一个追随沙夫茨伯里的"批判性的自然神论者","质疑神职人员强加于《圣经》之上的解读权威,《圣经》自身的证据和教义在理性的面目下飞走了"①。可是,马丁·贝特斯廷否认沙夫茨伯里的影响,因为他发现自然神论与菲尔丁艺术之下的精神气质极不协调。② 但大多数菲尔丁的研究专家都认可,菲尔丁是宗教思想的自由主义者(latitudinarian)。他在文本中多次宣称,一个诚信的异教徒要好过虚伪的基督徒。作为注重生命感觉和人性宽容的作家,菲尔丁的作品并不教条化,不可能受限于宗教的规范伦理,其宗教文化因素并没有得到生硬的呈现。

相较于那些以理论体系和逻辑思辨"大说"伦理的伦理学家,菲尔丁对于道德问题的"小说"方式,可以通过道德观察去呈现人物的道德实践过程,并据此提炼出一些可堪效仿的美德价值。菲尔丁小说伦理的核心价值——贞洁和仁慈都受到了宗教教义的维护和保障。"许多现代基督徒坚信'基督教慈善事业'是最高贵的宗教美德,亨利·菲尔丁只是其中之一。"③但是需要注意的是,菲尔丁小说的伦理价值虽然大多来源于宗教道德,但也部分受到古希腊哲学的影响。菲尔丁笔下的宗教楷模亚当姆斯牧师便是一位希腊学专家。这一细节足以表明,菲尔丁对古希腊道德哲学,如亚里士多德、苏格拉底、柏拉图的学说,乃至斯多葛派、伊壁鸠鲁主义都非常熟悉。菲尔丁对于斯多葛学派十分反感,对伊壁鸠鲁主义则采取批判的接受态度:"对现世的看法,我认为再没有比伊壁鸠鲁学派的体系更为明智了,它们认为这种明智就

---

① Ronald Paulson, *The Life of Henry Fielding: A Critical Biography*. Oxford: Blackwell Publishers Inc., 2000, p. 74.
② Qtd. in Geoffrey Sill, *The Cure of the Passions and the Origins of the English Novel*. New York: Cambridge University Press, 2001, p. 151.
③ [英]彼得·盖伊:《启蒙时代(下):自由的科学》,王皖强译,上海:上海人民出版社 2016 年版,第 7 页。

构成了主要的美德;同时,也再也没有比反对这个学派的现代伊壁鸠鲁学派更愚蠢的了,它们把全部幸福都寄托于使各个感官欲望充分得到满足"(《汤姆·琼斯》第十五卷第一章,771)。也就是说,他反对伊壁鸠鲁学派的及时享乐思想但又推重其明智。菲尔丁的妹妹莎拉·菲尔丁(Sarah Fielding)对希腊文化颇有研究,还曾将色诺芬(Xenophon)的《苏格拉底回忆录》(*Memoirs of Socrates*)由希腊文翻译为英文。① 因此,也不难理解菲尔丁在小说中多次援引苏格拉底的名言,以及菲尔丁小说伦理对谨慎的强调也自然接受了苏格拉底把"自制看作是一切德行的基础"的观点。色诺芬为苏格拉底的"不敬神"进行了辩护,但毕竟在宗教正统观念里,这些古希腊先贤都生活在耶稣基督诞生之前,是异教徒。

正因为此,菲尔丁对于宗教的态度既与他所处的 18 世纪中期活跃的宗教论争相关,又在一定程度上能超脱其时的哲学家曼德维尔、休谟乃至神学家威廉·劳(William Law)、约翰·卫斯理等的观点,表现出不拘一格的自由主义宗教态度。菲尔丁在《约瑟夫·安德鲁斯》第一卷第十七章和《汤姆·琼斯》第二卷第七章都提到过霍德利②。本杰明·霍德利(Benjamin Hoadley)是当时著名的主张不拘泥于信条的宗教自由派,也是菲尔丁的好友。亨利·菲尔丁在《约瑟夫·安德鲁斯》中曾借亚当姆斯牧师与书商的话说:"请看那本叫作《圣礼之性质与目的浅论》(*A Plain Account of the Nature and End of the Sacrament of the Lord's Supper*)的好书;如果我能冒昧这么说的话,它是用天使的笔写成的,旨在恢复基督教及其神圣制度的效用:一个社会的成员常常愉快地集合在一起,在服侍上帝的那个共同目标下,互相勉励做好人,讲友爱,广行方便,还有比这更能增进宗教的崇高目

---

① See "General Introduction," *The Correspondence of Henry and Sarah Fielding*. Eds. Martin C. Battestin and Clive T. Probyn. Oxford: Clarendon Press, 1993, p. xvi.
② 萧乾、李从弼译本为赫德里,参见第 82 页。

的吗?这本杰出的书却遭到一群人攻击①,不过没有受到什么影响。"(第一卷第十七章,75—76)

如前所述,《阿米莉亚》是一个对艺术丧失了信心的基督教宿命论者所写的作品。② 因此,与《约瑟夫·安德鲁斯》《汤姆·琼斯》相比,菲尔丁在《阿米莉亚》中表现出的宗教色彩更为鲜明,而不是像早期作品那样仅仅通过宗教隐喻或类型化的宗教人物形象体现。菲尔丁在《阿米莉亚》中指名道姓的宗教神学家主要有三位:萨缪尔·克拉克③、伊萨克·巴罗④和吉尔伯特·伯纳特(Gilbert Burnet)⑤。塞缪尔·克拉克是17世纪末18世纪初英国的哲学家和神学家,在神学上,他主张三位一体"从属论(Subordination)",认为圣父高于圣子、圣灵,具有至高无上的地位;在道德理论方面,他主要提出了"道德适宜性(moral fitness theory)"学说,推动了英国伦理学中理性主义的发展。在某种程度上而言,克拉克的道德学说与沙夫茨伯里、哈奇森的道德情感理论完全相反。但值得注意的是,克拉克一方面主张上帝是至高无上理性的代表,另一方面又坚持人是有自由意志的。"克拉克认为,灵魂中的理性、情感和动机都是被动的,但是此外它还具有行动或自我运动的能力。理性等并不是行动的原因,即使它们总是在行动之前,因为理性的判断等和行动之间没有任何联系。"⑥因此菲尔丁也部分汲取了克拉克博士的观点。

---

① 王仲年译本原注为:牧师界攻击此书的有劳、华仑、惠脱雷、韦斯登、力特雷、赖斯雷、柏力脱、史塔宾(Law, Warren, Wheatley, Whiston, Ridley, Leslie, Britt and Stebbing),英王乔治二世也曾痛骂此书。参见第76页。
② Andrew Wright, *Henry Fielding: Mask and Feast*. Berkeley and Los Angeles: University of California Press, 1966, p.50.
③ 参见《阿米莉亚》第一卷第三章,第13页。
④ 巴罗博士在《阿米莉亚》中被提及两次,分别见于第六卷第七章和第十二卷第四章。
⑤ 参见《阿米莉亚》第六卷第七章,第292页。
⑥ 管月飞:《萨缪尔·克拉克的道德理论及其在近代英国道德哲学中的地位》,《世界哲学》2012年第4期,第135页。

而伊萨克·巴罗博士是菲尔丁"最喜爱的神学家(favourite divine)"①。巴罗博士是17世纪著名的数学家,也是科学家牛顿的老师,1672—1677年间曾任剑桥三一学院的院长。巴罗博士在神学上也颇有建树,他是17世纪著名的安立甘神学家之一,也是英格兰教会自由主义教派(latitudinarian or liberal school)的领袖。菲尔丁曾在《考文特花园杂志》1752年4月11日号上通过信件的形式援引了巴罗布道词中的多段论述,论证对他人行善不仅值得赞赏,而且比接受他人的善行更快乐(To do Good to others is not only laudable, but more DELIGHTFUL than to receive it from them)。② 布思在监牢中也反复阅读巴罗博士的讲道稿,第一篇就是《论夫妇不忠实的罪恶和不合情理》("Of the Evil and Unreasonableness of Infidelity")。至于另一位国教牧师吉尔伯特·伯纳特,之前谈及英国国教的阿米纽斯主义时曾提到他的《三十九条注释》(*Exposition of the Thirty-nine Articles*)起到了重要作用,在英国民众中间广为传播。因此,笔者认为,菲尔丁在宗教流派上虽然更亲近于阿米纽斯主义的国教,但也接受了部分理性主义伦理学的影响,表现出以人为本的宗教立场。如他的性善论也并不是否定原罪说,而是追根溯源到人的起源上,认为既然人由神造就,必然依据神性,人性的败坏是因为人不仅具备灵体,还有肉体,因此没有办法完全避免肉体的欲望和冲动。在他笔下,所谓"人性的弱点"更像是美玉蒙尘,只要勤于道德的锤炼,便可臻于完善。这就是巴罗博士所说的:"让我们改进和推动自己的人性到尽可能的极完美境地(Let us improve and advance our Nature to the ulmost Perfection of which it is capable)。"③

---

① 转引自 Henry Fielding, *Amelia*. Ed. David Blevett. Harmondsworth: Penguin Books, 1987, p. 563,第16条注释。
② See Henry Fielding, *The Covent Garden Journal and A Plan of the Universal Register-office*. Ed. Bertrand A. Goldgar. Oxford: Clarendon Press, 1988, pp. 183—187.
③ Sermon xxxi, qtd. in Henry Fielding, *The Covent Garden Journal and A Plan of the Universal Register-office*. Ed. Bertrand A. Goldgar. Oxford: Clarendon Press, 1988, p. 187.

菲尔丁是个"天才型的独立的宗教思考者(a geniunely independent religious thinker)","凡是力图证实菲尔丁支持还是反对宗教或支持还是反对某个特殊宗教流派的批评,毫无疑问是忽视了他在思考探索中的复杂性及其成果"。① 菲尔丁十分注重具体伦理情境的呈现,分析人物的伦理两难,从中探讨人性角度的完满达成的可能。其创作中始终存在着一个基督徒的菲尔丁与世俗化的、充满喜剧色彩的艺术家菲尔丁之间的论争,统摄其上的是宗教人文主义的宽容。他并不强调在作品中推行新教信仰,而只是让普罗大众也承认的道德观点通过伦理故事贯彻其中,达到潜移默化的效果。

另外,菲尔丁的宗教立场也受到他法官—律师身份的影响。菲尔丁的外祖父是一位法官,耳濡目染之下儿时就已经在书房看过不少法律书籍。为了争夺孩子的监护权和财产继承权,菲尔丁的外祖母与他父亲打了多年的官司,菲尔丁也不得不经常出入法院,和律师打交道。在菲尔丁的戏剧创作生涯因1737年6月21日通过的《戏剧审查法》强行中断后,为了生计考虑,他于1737年11月至1740年6月间在伦敦米德尔坦普法学院学习,并取得律师资格,正式成为一名律师。1748年菲尔丁接受了治安法官的委任状,在伦敦威斯敏斯特区任法官,并担任伦敦首任警察厅长。1749年,由区级法官升为郡级法官。直到1754年4月,他才因病辞去法官职务。在职期间,菲尔丁写过两篇社会调查论文——《关于最近盗匪剧增之原因的调查报告书》("An Enquiry into the Cause of Late Increase of Robbers, etc.: With Some Proposals for Remedying this Growing Evil", 1751)和《关于切实为穷人提供生计以改进其道德并使之变为社会有用成员的建议书》("A Proposal for Making an Effectual Provision for the Poor, for Amending their Morals, and for Rendering them Useful Members of

---

① Richard A. Rosengarten, "Preface," *Henry Fielding and the Narration of Providence: Divine Design and the Incursions of Evil*. New York: Palgrave, 2000, p. xii.

the Society",1753)。这些经历和背景使得菲尔丁在面对某些道德问题时并不一味在宗教领域内寻求出路,而是从社会公义出发,一方面主张用宗教来净化社会道德,"真正的宗教显然会增加个人和社会的幸福。消除一切宗教,你就消除了对所有社会职责中忠诚和热情的一些最有力的约束和一些最高尚的动机"①;另一方面又不主张无原则的宗教博爱原则。作为文学家,菲尔丁避免了过于生硬的宗教说教,而往往借人物形象的宗教特性表达自己看法。如三篇小说中作为道德仲裁者和宗教典范的亚当姆斯、奥尔华绥和哈里森,菲尔丁除了强调他们身上的宗教特性——国教牧师(vicar)外,也写到他们的身上也不无弱点。如他们过于轻信,无法洞悉社会中的欺骗和虚伪,同时他们也不够强大,面对邪恶的势力除了道德谴责外往往束手无策。因此菲尔丁主张用法制来予以匡正,保障社会中的正义原则。

三

"英国小说的起源以18世纪40年代理查逊与菲尔丁之争为高潮标志[……]"②理查森与菲尔丁共同致力于小说的娱乐性与教诲性,不仅合力使英国现实主义小说这一新型文体样式趋于成熟,而且两人在创作形态上也表现出不同的风貌。相对于理查森"写至即刻"的拖沓冗长,菲尔丁的小说呈现出近乎几何对称的古典美学设计原则(《约瑟夫·安德鲁斯》略松散,但章节也是经过精心设计的)。正如有评论者指出,菲尔丁的每一部小说都或多或少表现出黑留都勒斯式小说本质上属于"爱情史诗"的叙事格局:"其中英雄和女英雄两者都获得了相对对等的叙述兴趣。它的通常格局是由两个已经订婚和采用伪装(经常作为兄妹)的恋人的旅程构成。他们旅行通往一个目的地,在那

---

① [英]弗兰西斯·哈奇森:《道德哲学体系·上》,江畅、舒红跃、宋伟译,杭州:浙江大学出版社2010年版,第203页。
② [美]迈克尔·麦基恩:《英国小说的起源:1600—1740》,胡振明译,上海:华东师范大学出版社2015年版,第593页。

里他们身份被揭露,订婚立誓得以完成。在旅程中他们常遭受很多我们可以在冒险虚构故事中期待的事件:分离、竞争者的追求、劫持、被信以为真的死亡、奇迹般的复活、谣传的不忠实、温柔的重逢与和解。在旅程的最后,恋人们经历一次最后的考验,考验的结果是他们身份的揭露和他们的婚礼。另外,黑留都勒斯式小说反映出史诗中常见的修辞方法:直入主题的开局、幕后或先前活动的冗长的叙述、战斗或人物角色的程式化描写、关于命运的浮夸矫饰的抱怨以及英雄诗体的明喻和类比。"[1]从文学伦理学批评的视角观察,则表现为相当规整的伦理结构、伦理线和伦理结等的文本脉络。

一般而言,作家的伦理之辩与艺术审美之间存在着某种天然的矛盾关系。所谓因文害义、质胜于文等看法,颇能说明这种矛盾关系的难以调和。可以设想,假如作家在创作中一味致力于表达自己形而上学的伦理思辨,那么就会损害艺术审美的浑然天成;反之,以追求美学趣味为主旨的艺术游戏,也常常会遮蔽理性思想的澄明与再现。有鉴于此,哲理小说的晦涩抽象、艺术美文的柔弱清浅,便成为思想和艺术难以兼容的一种常见格局。然而,这一现象在菲尔丁笔下却很少见到,尽管有人曾批评菲尔丁小说的叙事结构过于简单,议论也常常阻碍了故事情节的发展,但就其美学效果而言,读者却不难感受到菲尔丁小说在再现英国社会伦理现实时的磅礴大气。更可观瞻的是,即便在如此宏阔的历史叙述之中,菲尔丁仍将世态人心表现得活灵活现,那些小说人物的机智俏皮与狡黠圆滑,无一不与作家笔下波澜壮阔的宏大叙事契合无间。

而这一艺术审美效果的形成,首先就来自菲尔丁对小说中道德观察者与实践者的双重结构形式的娴熟运用。这一双重结构的缘起主

---

[1] James J. Lynch, *Henry Fielding and the Heliodoran Novel: Romance, Epic, and Fielding's New Province of Writing*. Rutherford, NJ: Fairleigh Dickinson University Press; London: Associated University Presses, 1986, p. 15.

要来自作家的伦理之辩——为表达自己对人物道德成长的看法以及宣扬自身的道德理想,菲尔丁才会在作品中营造一个以道德实践者的成长故事为本,以道德观察者的价值评判为辅的结构形式。前者是作家"小说"道德的框架结构,而后者则是作家"扬善举德"这一创作初衷的直接显露。从这个角度说,作为一种文本形式的双重结构,其功能主要是为了满足菲尔丁主体性伦理思想的表达:正是作家为了讲述自己的道德理想和表现美德养成的艰难,才会一面以叙事的形式讲述英雄成长,一面又以议论的形式为人物,甚至是读者进行价值指引。这种叙事与议论共存的叙述方式,在菲尔丁小说中就具体体现在逃婚这一情节模式上。

  作为菲尔丁小说中一条最为重要的伦理线,逃婚情节既承载了作家主张爱情自由和婚姻自主的进步思想,而且也有利于他借此考察人物的道德状况及讲述人物的道德成长。因此可以说,对逃婚情节的叙写本身就蕴涵了菲尔丁的一种道德观察。而主人公的逃婚经历,也是实践作家道德理想的一个重要途径。因为在菲尔丁笔下,逃婚故事基本上也构成了一个考验人物道德状况的试验场。只有在经历了逃婚过程的种种艰难险阻之后,主人公才能克服自身的道德瑕疵,进而以道德实践的形式去获得高尚美德。在书写逃婚故事时,菲尔丁对于男女主人公道德状况的观察可谓是细致入微。如前所述,假如按照伦理学家"大说"伦理的方式,菲尔丁笔下的逃婚故事就往往违背了孝道和忠贞等高尚美德,这显然是为道学家们所唾弃的一种恶行。但在菲尔丁的"小说"方式中,人物的道德状况却往往呈现出了一种反转的现象。例如阿米莉亚和布思的私奔,主要就是源于父辈对诚信美德的背弃。同样的反转还存在于苏菲亚的逃婚事件中,叙述者并不讳言苏菲亚背叛父亲的真实动机是为了寻找琼斯,但又刻意安排苏菲亚和琼斯擦肩而过,将其主要意图立足在逃避包办婚姻上。小说将看似不道德的事件赋予道德内涵,同时又为主人公在逃婚事件中的道德瑕疵进行道德辩护,菲尔丁在叙写逃婚故事时显然抛开了先验的道德律令。对他来说,一个人究竟是否有道德,并不取决于他有没有绝对遵从那些道德律令,而在于他身处道德困境时所做出的价值选择。这是菲尔丁秉承现实主义精神,对人物进行深入道德观察的结果。比起同时代伦理学家对于普遍主义道德规范和道德原则的倡导,菲尔丁的这种道德观察已然具备了人文主义的伦理关怀。从这个角度说,菲尔丁叙写逃婚故事,实际上就是为了将人物置于一种两难的道德困境中去展开道德观察,而他对人物设身处地的伦理关怀则充分反映了菲尔丁作为一位现实主义者的人文情怀。

与此同时,逃婚故事还成为菲尔丁"小说"道德时展开其叙事宽度的一个重要契机,因为正是通过对这些逃婚情节的描写,菲尔丁才能揭开主人公踏上冒险生涯之后的宏伟篇章。相对于骑士文学中英雄流浪的叙事结构,菲尔丁对主人公冒险生涯的描绘真正达到了一种现实主义的文学高度。在他笔下,英国社会的分化与对抗、世态人心的矛盾与冲突,以及宗教精神的巨变与堕落等等,皆被菲尔丁纳入了波诡云谲的叙述笔端。在这当中,菲尔丁秉承对道德主题的"小说"方式,重点描写了道德英雄们的身份伦理与道德困局问题。从叙事策略上讲,这其实是菲尔丁小说中伦理叙事的一种现象描写:他从揭露伪善的道德堕落开始,通过道德观察发现了主人公们在这个堕落世界中的尴尬处境,那就是作为一个个充满了自然天性的普通人,琼斯和布思等人其实极易受到诸般道德恶行的诱惑,他们也因此常常深陷于无数个进退两难的道德困境之中。菲尔丁只有首先描绘出这样的道德困境,才能最终以扬善举德的道德实践,让主人公们实现从普通人到道德英雄的巨大转变。就此而言,从逃婚情节中引申出人物的冒险生涯,并在其中发现那些影响人物道德状况的道德困境,无疑是属于菲尔丁"小说"道德的一种叙事策略——他不似伦理学家那样直接对人们提出道德要求,而是通过描写道德困境中成长的艰难,以及道德英雄们为此所付出的坚韧努力，借此彰显道德本身的价值正义。

在描写人物的道德困境时，菲尔丁也充分发挥了"小说"道德的艺术审美之力。他的方法就是以主人公的身份谜团为基础，建构起了一套扑朔迷离的悬念叙述。在这样的一种叙述方式中，菲尔丁大胆挑战了读者的接受心理，他试图让读者明白，高尚美德的形成并不取决于道德主体的阶层属性，而是来自道德主体后天的道德实践。在这个意义上说，菲尔丁设置主人公的身份谜团，其叙事功能首先就是对道德世袭现象的颠覆与解构。这当然是18世纪英国启蒙思潮的影响结果，过去那种以阶层划分人群进而制造道德等级的做法，显然已背离了启蒙时代的理性认识。就此而言，菲尔丁对主人公身份谜团的悬念叙述，无疑强化了作为道德主体的人的主观能动性。其次，菲尔丁对主人公身世谜团的设置，还是他对传奇文学进行创造性转换的一个必然结果。如果了解菲尔丁对于传奇文学叙事结构的承继与创新，就可发现他对小说人物身份谜团的设置，实际上仍是为了方便导入道德观察的视角。菲尔丁从描写主人公的出身问题展开小说叙述，不仅可以充分借鉴传奇文学中的英雄史诗结构，完整讲述道德英雄的冒险故事，而且也能在逐步揭开主人公身份谜团的叙事进程中，插入自己种种扬善举德的道德议论。最后，尽管菲尔丁对主人公身份谜团的设置属于一种叙事的艺术，其目的也主要是为了制造悬念和营造出人意表的美学效果，但这一艺术审美却同样承担起了一种道德警示的伦理功能。由于小说主人公大多身世未明，故而在他们的爱情关系中就时刻面临着乱伦的危险。譬如约瑟夫·安德鲁斯和汤姆·琼斯两人由于无从知晓自己的身世，再加上谨慎美德的尚未养成，因此在处理两性问题时也就不得不面临着乱伦的威胁。有鉴于此，那些身世未明的主人公们如何在道德成长的过程中去避免乱伦后果，便成为菲尔丁有意设置的一个道德警示。与伦理学家不可乱伦的道德要求相比，菲尔丁这样的一种道德警示恰恰反映了他对道德问题的"小说"方式。如果说伦理学家对乱伦这一道德禁忌的警示是通过规定人"应当怎样"或"不许怎样"的行为规范,在伦理哲学意义上"大说"了道德的应然性问题,那么菲尔丁就以"可能怎样"的"小说"方式,警告了主人公们可能要面对的道德陷阱。如果说按现代伦理学家的看法,"应当怎样"或"不许怎样"以先验和绝对的道德律令规范了人们的价值选择,属于一种无视个人道德境遇的应然要求的话,那么菲尔丁讲述人物"可能怎样"的道德陷阱,就以深切体察人物道德困境的方式,再度反映了他伦理之辩的现实立场和人文关怀。

在菲尔丁小说道德观察者与实践者的双重结构中,除了逃婚这一伦理线的建构,还存在着大量的伦理结。具体来说,利己与利人、原欲与责任以及情感与理性之间的价值冲突,分别构成了作品中最主要的三类伦理结。尽管从叙事功能上讲,菲尔丁设置一系列伦理结是为了强化单一伦理线的结构张力,但更重要的是他对道德实践复杂属性的一种观察。可以这样理解,为了达到"小说"道德的审美效果,菲尔丁不会直接对人物的道德实践提出明确的道德要求,他的做法,就是通过揭示道德实践中所存有的种种矛盾冲突,以建构小说伦理结的方式,力图再现主人公们道德实践的复杂。由此可见,菲尔丁在"小说"道德时并不直接提出自己伦理主张,而是通过描绘人物的道德困境,生动阐明了理性对于情感道德内涵的提升功能。

从批判伪善人格的道德假面起步,通过建构道德观察者与实践者共存的双重文本结构,在讲述逃婚伦理线和伦理结冲突的叙事进程中,菲尔丁表达了他对 18 世纪英国社会伦理现实的认知与隐忧。对他来说,批判道德堕落的社会现象、厘清伦理冲突的价值内涵,仅仅是其伦理诉求的一个方面。比起这种对道德状况的批判与反思,重建伦理道德的核心价值显然更为重要。不过,作为以小说形式表达其思想观念的伦理学家,菲尔丁对于核心伦理价值的重构也寄托在他的艺术审美之中。具体而言,通过讲述小说人物,尤其是道德英雄的道德成长故事,菲尔丁最终提出了包括坚贞、谨慎和仁慈在内的几个重要的核心伦理价值。

"在《现代小说趋势》一文中,沃顿[指伊迪斯·沃顿]暗示:'小说家如果将人物变成某种主题思想,他就不再是艺术家;但如果不考虑描写内容的道德意义,那他同样不是艺术家。'"①当然,相较于道德哲学家和宗教训诫者,文学作品中隐含的道德伦理含义要更为复杂,这很大程度上是由文学的审美特性决定的。除了之前谈论道德哲学的多方面影响了菲尔丁小说伦理的含混性外,文学独特的结构样式和审美语言也会引发读者更加微妙的情感反应。例如读者在阅读《阿米莉亚》时考虑菲尔丁运用了《埃涅阿斯纪》作为潜在模仿的史诗结构,那么马修斯小姐在监牢中对布思既施与恩惠,又加以引诱的情节描写,自然会让人联想到狄多女王对埃涅阿斯的引诱,这就是欧文·艾伦普雷斯(Irvin Ehrenpreis)所说的"平行诗学(parallel poetry)",即先前的"文学的典范和来源会在后来的文学作品中放置基础意义(无论是同情的还是反讽的)"②。有文学素养的读者不仅会留意这一事件对布思的英雄养成旅程中的道德考验意义,史诗叙事同时也会在一定程度上削弱这一通奸事件的恶劣性,为布思犯下这一过错提供一定的道德辩护和心理支持。

前文谈到的道德哲学和宗教因素对菲尔丁小说也产生了文体样式的影响。从另一角度来看,菲尔丁对宗教问题的看重也和前代宗教训诫文学,如约翰·班扬(John Bunyan)的《天路历程》(*The Pilgrim's Progress*,1678)等文体的发展和继承相关。同样,"诗人必然可以从

---

① Edith Wharton, "Fiction and Criticism," in Edith Wharton: *The Uncollected Critical Writings*. Ed. Frederick Wegener. Chechister: Princeton University Press, p. 296. 转引自申丹、韩加明、王亚丽:《英美小说叙事理论研究》,北京:北京大学出版社 2005 年版,第 150 页。

② Irvin Ehrenpreis, *Literary Meaning and Augustan Values*. Charlottesville: University Press of Virginia, 1974, p. 16.

哲学家那里借来许多东西,因为他们是道德共同话题的大师"①。需要补充说明的是,由于18世纪道德哲学与经验论哲学密不可分,所以道德哲学家们对美的认识也在一定程度上影响了菲尔丁。毫不夸张地说,菲尔丁的现实主义美学观念、艺术技巧也部分来源于他对道德学家理论的辩证思考。早在《约瑟夫·安德鲁斯》的序言里,菲尔丁就引用沙夫茨伯里的话说:"我发现夏甫兹柏雷[指沙夫茨伯里]勋爵对于纯粹的游戏文章(Burlesque)的见解跟我的意见相同,他说,古人的著作中找不出那一类的东西。但是我或许不像他那么表示厌恶:并不是因为我这一类的著作在舞台上小有成就,而是因为它比任何东西更能引起无限的欢笑;这些欢笑很可能是心灵的良药,有助于破愁解闷,化除不愉快的心情,功效之大远超过一般人的想象。"(序言,3—4)这里所说的观点来源于沙夫茨伯里《论智慧及幽默的自由》("Sensus Communis: An Essay on the Freedom of Wit and Humour",1709)一文,1711年又收入《人、风俗、意见与时代之特征》(*Characteristics of Men, Manners, Opinions, Times*)一书第一卷中,原文为:"重负越是大,人的嘲笑劲头就越是足(The higer the Slavery, the more exquisite the Buffoonery)。"②沙夫茨伯里认为古代的人根本没有发现滑稽表演和讽刺诗文,"他们处理严肃话题的那种庄重方式,跟我们这个时代确有不同。他们的文章一般来说属于自由和随便的风格[⋯⋯]"③菲尔丁并不完全赞同沙夫茨伯里这一美学观念,而是认为喜剧比悲剧更能体现移风易俗的教诲功能。

又如哈奇森在他的《论美与德性观念的根源》(*Inquiry into the Original of Our Ideas of Beauty and Virtue*,1725)中论述:

---

① [英]沙夫茨伯里:《人、风俗、意见与时代之特征——沙夫茨伯里选集》,李斯译,武汉:武汉大学出版社2010年版,第121页。
② 同上书,第41页。
③ 同上书,第42页。

> 我们对具有全部激情的不完善的人拥有更加生动的观念,[……]进一步说,通过意识到我们自己的状态,我们会更容易地为不完善的性格所触动和感染,因为在他们以及其他人身上,我们看到了心理意愿的对比,而且,那些我们常常在我们自己胸中所感受到的自爱的激情与荣誉和德性之情之间的斗争得到了描绘。这就是美的完善,荷马因为这个原因以及人物性格刻画的多样性而获得了公正的敬仰。①

菲尔丁曾在小说中论辩何以会用一个不完美性格的人做主人公:"因为那些缺陷会造成一种惊骇之感,比起邪恶透顶的坏蛋所犯的过失对我们更能发生作用,长久在我们脑际萦回。"(《汤姆·琼斯》第十卷第一章,509)二人在表述上极为类似。

"的确,'英国文学研究'的兴起几乎是与'道德(moral)'一词本身的意义的历史转变同步的,[……]道德(morality)不应再被理解为一套公式化了的规范或明确的伦理体系:毋宁说它是对生活本身的整体性质,对间接的、具有细微色调差别的人类经验细部的一种敏感的全神贯注。"②作为一位对伦理问题有着独特思考的作家,菲尔丁的伦理思想主要受到了近代以来众多伦理、宗教、哲学的深刻影响。他对人物道德实践的描写,尤其是从心理学视角所讲述的善行的发生、保障和报偿等问题,最终为其小说的伦理叙事赋予了一种鲜明的心理学特征。"阅读奥古斯都文学的快乐之一即观察文学样式如何影响了人性观(how style thus reflects a view of human nature)"③,即展现善恶的公众标准的认知、理解等的具体过程。因此,菲尔丁小说伦理贡献不仅仅是为道德、宗教哲学家们提供了实践支持,更为重要的是其作品

---

① [英]弗兰西斯·哈奇森:《论美与德性观念的根源》,高乐田、黄文红、杨海军译,杭州:浙江大学出版社2009年版,第33页。
② 同上书,第26页。
③ Irvin Ehrenpreis, *Literary Meaning and Augustan Values*. Charlottesville: University Press of Virginia, 1974, p.47.

中对道德现象的考察和鲜活的文学案例同时也反过来影响了社会公众的伦理认知和人生抉择,并至今能给我们带来对于现实人生和伦理思考的诸多启示。

参考文献

一、菲尔丁作品类：

[英]亨利·菲尔丁:《约瑟·安特路传》,伍光建译,北京:作家出版社1954年版。

[英]亨利·菲尔丁:《约瑟夫·安德鲁斯的经历》,王仲年译,上海:上海文艺出版社1962年版。

[英]亨利·菲尔丁:《大伟人江奈生·魏尔德传》,萧乾译,北京:作家出版社1956年版。

[英]亨利·菲尔丁:《弃儿汤姆·琼斯的历史》(上、下),萧乾、李从弼译,北京:人民文学出版社1984年版。

[英]亨利·菲尔丁:《阿米莉亚》,吴辉译,南京:译林出版社2004年版。

Fielding, Henry. *The Adventures of Joseph Andrews*. London: Oxford University Press, 1945.

Fielding, Henry. *Amelia*. Ed. David Blewett. Harmondsworth: Penguin Books, 1987.

Fielding, Henry. *The Covent Garden Journal and A Plan of the Universal Register-office*. Ed. Bertrand A. Goldgar. Oxford: Clarendon Press, 1988.

Fielding, Henry. *An Enquiry into the Causes of the Late Increase of Robbers and Related Writings*. Ed. Malvin R. Zirker. Middletown, CT: Wesleyan University Press, 1988.

Fielding, Henry. *The History of the Adventures of Joseph Andrews, And of His Friend Mr. Abraham Adams; An Apology for the Life of Mrs. Shamela Andrews*. Ed. Douglas Brooks-Davies. Revised with a New Introduction by Thomas Keymer. New York: Oxford University Press, 1999.

Fielding, Henry. *The History of Tom Jones*, 2 vols., introduction by George Saintsbur. London: J. M. Dent & Sons Ltd.; New York: E. P. Dutton & Co. Inc., 1909.

Fielding, Henry. *Joseph Andrews. Shamela*. New York: Oxford University Press Inc., 1999.

Fielding, Henry. *A Journey from This World to the Next* and *the Journal of a Voyage to Lisbon*. Ed. Ian A. Bell and Andres Varney. Oxford and New York: Oxford University Press, 1997.

二、中文著作类：

［苏联］阿尼克斯特:《英国文学史纲》,戴镏龄等译,北京:人民文学出版社1980年版。

［俄］爱利斯特拉托娃:《费尔丁》,李从弼译,上海:新文艺出版社1957年版。

［荷］米克·巴尔:《叙述学:叙事理论导论》(第二版),谭君强译,北京:中国社会科学出版社2003年版。

［俄］巴赫金:《小说理论》,钱中文主编,白春仁、晓河译,石家庄:河北教育出版社1998年版。

［德］弗里德里希·包尔生:《伦理学体系》,何怀宏、廖申白译,北京:中国社会科学出版社1988年版。

［美］汤姆·L.彼彻姆:《哲学的伦理学——道德哲学引论》,雷克勤、郭夏娟、李兰芬、沈珏译,北京:中国社会科学出版社1990年版。

［英］吉利恩·比尔:《传奇》,邹孜彦、肖遥译,北京:昆仑出版社1993年版。

曹波:《人性的追求:18世纪英国小说研究》,北京:光明日报出版社2009年版。

［意］但丁:《神曲·地狱篇》,田德望译,北京:人民文学出版社1990年版。

邓晓芒:《灵魂之旅——九十年代文学的生存境界》,武汉:湖北人民出版社1998年版。

［英］丹尼尔·笛福:《笛福文选》,徐式谷译,北京:商务印书馆1997年版。

杜娟:《亨利·菲尔丁小说的伦理叙事》,武汉:华中师范大学出版社2010年版。

傅新球:《英国社会转型时期的家庭研究》,合肥:安徽人民出版社2008年版。

［英］彼得·盖伊:《启蒙时代(上):现代异教精神的兴起》,刘北成译,上海:上海人民出版社2015年版。

［英］彼得·盖伊:《启蒙时代(下):自由的科学》,王皖强译,上海:上海人民出版社2016年版。

［英］弗兰西斯·哈奇森:《论美与德性观念的根源》,高乐田、黄文红、杨海军译,杭州:浙江大学出版社2009年版。

［英］弗兰西斯·哈奇森:《论激情和感情的本性与表现,以及对道德感官的阐明》,戴茂堂、李家莲、赵红梅译,杭州:浙江大学出版社2009年版。

［英］弗兰西斯·哈奇森:《道德哲学体系》(上、下),江畅、舒红跃、宋伟译,杭州:浙江大学出版社2010年版。

韩加明:《菲尔丁研究》,北京:北京大学出版社2010年版。

［美］托马斯·L.汉金斯:《科学与启蒙运动》,任定成、张爱珍译,上海:复旦大学出版社2000年版。

胡振明:《对话中的道德建构:十八世纪英国小说的对话性》,北京:对外经济贸易大学出版社2007年版。

黄梅:《推敲"自我":小说在18世纪的英国》,北京:生活·读书·新知三联书店2003年版。

黄伟合:《欧洲传统伦理思想史》,上海:华东师范大学出版社1991年版。

黄振定:《上帝与魔鬼——西方善恶概念的历史嬗变》,长沙:湖南大学出版社2003年版。

［德］恩斯特·卡西尔:《人论:人类文化哲学导引》,甘阳译,上海:上海译文出版社2013年版。

［美］凯利·詹姆斯·克拉克:《重返理性:对启蒙运动证据主义的批判以及为理性与信仰上帝的辩护》,唐安译,北京:北京大学出版社2004年版。

赖骞宇:《18世纪英国小说的叙事艺术》,北京:中国社会科学出版社2009年版。
[英]劳伦斯:《劳伦斯读书随笔》,陈庆勋译,上海:上海三联书店1999年版。
[法]皮埃尔·勒帕普:《爱情小说史》,郑克鲁译,北京:商务印书馆2015年版。
[德]沃尔夫·勒佩尼斯:《何谓欧洲知识分子:欧洲历史中的知识分子和精神政治》,李焰明译,桂林:广西师范大学出版社2011年版。
[英]塞缪尔·理查森:《帕梅拉》,吴辉译,南京:译林出版社1997年版。
李家莲:《道德的情感之源:弗兰西斯·哈奇森道德情感思想研究》,杭州:浙江大学出版社2012年版。
[英]F. R. 利维斯:《伟大的传统》,袁伟译,北京:生活·读书·新知三联书店2002年版。
刘时工:《爱与正义——尼布尔基督教伦理思想研究》,北京:中国社会科学出版社2004年版。
刘小枫:《沉重的肉身》,上海:上海人民出版社1999年版。
刘小枫:《走向十字架上的真》,上海:华东师范大学出版社2011年版。
刘亚猛:《西方修辞学史》,北京:外语教学与研究出版社2008年版。
刘意青主编:《英国18世纪文学史》(增补版),北京:外语教学与研究出版社2006年版。
[法]卢梭:《爱弥儿(论教育)》,李平沤译,北京:商务印书馆1996年版。
[法]让-雅克·卢梭:《新爱洛依丝》,李平沤、何三雅译,南京:译林出版社1994年版。
[美]约翰·罗尔斯:《道德哲学史讲义》,张国清译,上海:上海三联书店2003年版。
罗国杰主编:《伦理学》,北京:人民出版社1989年版。
罗国杰、宋希仁:《西方伦理思想史》(下卷),北京:中国人民大学出版社1988年版。
[英]洛克:《人类理解论》,谭善明、徐文秀编译,西安:陕西人民出版社2007年版。
[英]洛克:《论宗教宽容——致友人的一封信》,吴云贵译,北京:商务印书馆2002年版。
[英]罗素:《西方哲学史》(下卷),马元德译,北京:商务印书馆2008年版。
[德]马克斯·韦伯:《经济与社会》(下卷),约翰内斯·温克尔曼整理,林荣远译,

北京:商务印书馆1997年版。

[美]迈克尔·麦基恩:《英国小说的起源:1600—1740》,胡振明译,上海:华东师范大学出版社2015年版。

[荷]伯纳德·曼德维尔:《蜜蜂的寓言——私人的恶德,公众的利益》,肖聿译,北京:中国社会科学出版社2002年版。

[德]卡尔·曼海姆:《意识形态与乌托邦》,艾彦译,北京:华夏出版社2001年版。

[法]安德烈·莫洛亚:《拜伦传》,裘小龙、王人力译,杭州:浙江文艺出版社1985年版。

聂珍钊:《文学伦理学批评导论》,北京:北京大学出版社2014年版。

[美]玛莎·努斯鲍姆:《诗性正义:文学想象与公共生活》,丁晓东译,北京:北京大学出版社2010年版。

[英]平玲女士(Valerie Grosvenor Myer):《英国十大著名小说家》,吴平、任筱萌译,武汉:武汉大学出版社1994年版。

钱乘旦、陈晓律:《英国文化模式溯源》,上海:上海社会科学院出版社、四川人民出版社2003年版。

[英]安德鲁·桑德斯:《牛津简明英国文学史》(上、下),高万隆等译,北京:人民文学出版社2000年版。

[英]沙夫茨伯里:《人、风俗、意见与时代之特征——沙夫茨伯里选集》,李斯译,武汉:武汉大学出版社2010年版。

申丹、韩加明、王亚丽:《英美小说叙事理论研究》,北京:北京大学出版社2005年版。

舒小昀:《分化与整合:1688—1783年英国社会结构分析》,南京:南京大学出版社2003年版。

[荷]斯宾诺莎:《伦理学》,贺麟译,北京:商务印书馆1983年版。

[英]亚当·斯密:《道德情操论》,蒋自强、钦北愚、朱钟棣、沈凯璋译,北京:商务印书馆2016年版。

[英]劳伦斯·斯特恩:《多情客游记》,石永礼译,北京:人民文学出版社1990年版。

宋希仁主编:《西方伦理思想史》,北京:中国人民大学出版社2004年版。

苏娜娜:《激流中的守望——评利维斯的〈伟大的传统〉》,吉林大学文学院比较文学与世界文学硕士学位论文,2003年。

[美]伊恩·P.瓦特:《小说的兴起——笛福、理查逊、菲尔丁研究》,高原、董红钧译,北京:生活·读书·新知三联书店1992年版。

王晓焰:《18—19世纪英国妇女地位研究》,北京:人民出版社2007年版。

[英]维吉尼亚·吴尔夫:《普通读者——吴尔夫随笔》,刘炳善译,北京:中国国际广播出版社2009年版。

吴景荣、刘意青:《英国十八世纪文学史》,北京:外语教学与研究出版社2000年版。

萧乾:《菲尔丁——英国现实主义小说奠基人》,上海:上海译文出版社,1984年。

[英]休谟:《人性论》(上、下册),关文运译,北京:商务印书馆1997年版。

[古希腊]亚理斯多德、[古罗马]贺拉斯:《诗学 诗艺》,罗念生、杨周翰译,北京:人民文学出版社1962年版。

杨乃乔主编:《比较文学概论》,北京:北京大学出版社2002年版。

[英]特里·伊格尔顿:《文学原理引论》,刘峰等译,北京:文化艺术出版社1987年版。

[英]特雷·伊格尔顿:《二十世纪西方文学理论》,伍晓明译,北京:北京大学出版社2007年版。

《英国古典小说五十讲》,缪华伦、王国富译,成都:四川文艺出版社1987年版。

周中之、黄伟合:《西方伦理文化大传统》,上海:上海文化出版社1991年版。

三、英文著作、论文类:

Alter, Robert. *Fielding and the Nature of the Novel*. Cambridge, MA: Harvard University Press, 1968.

Banerji, H. K. *Henry Fielding, Playwright, Journalist and Master of the Art of Fiction: His Life and Works*. Oxford: Basil Blackwell, 1929.

Bartschi, Helen. *The Doing and Undoing of Fiction: A Study of "Joseph Andrews"*. Berne, Frankfort on the Main and New York: Peter Lang, 1983.

Battestin, Martin C. *The Moral Basis of Fielding's Art. A Study of Joseph Andrews*. Middletown, CT: Wesleyan University Press, 1956. Second Printing, 1964.

Battestin, Martin C, ed. *Twentieth Century Interpretations of* Tom Jones: *A Collection of Critical Essays*. Englewood Cliffs: Prentice-Hall Inc., 1968.

Battestin, Martin C. *A Henry Fielding Companion*. Westport, CT: Greenwood Press, 2000.

Battestin, Martin C. and Ruthe R. Battestin. *Henry Fielding: A Life*. London and New York: Routledge, 1989.

Battestin, Martin C. and Clive T. Probyn, eds. *The Correspondence of Henry and Sarah Fielding*. Oxford: Clarendon Press, 1993.

Bell, Ian A. *Henry Fielding: Authorship and Authority*. London and New York: Longman Group UK Limited, 1994.

Bellamy, Liz. *Commerce, Morality and the Eighteenth-century Novel*. New York: Cambridge University Press, 1998.

Bender, John. *Imagining the Penitentiary: Fiction and the Architecture of Mind in Eighteenth-century England*. Chicago and London: The University of Chicago Press, 1987.

Bertelsen, Lance. *Henry Fielding at Work: Magistrate, Businessman, Writer*. Houndmills and Basingstoke, Hampshire; New York: Palgrave, 2000.

Bissell, Frederick Olds. *Fielding's Theory of the Novel*. Ithaca and New York: Cornell University Press; London: Humphrey Milford Oxford University Press, 1933.

Blanchard, Frederic T. *Fielding the Novelist: A Study in Historical Criticism*. New Haven: Yale University Press, 1926.

Boheemen, Christine van. *Novel as Family Romance: Language, Gender and Authority from Fielding to Joyce*. Ithaca and London: Cornell University Press, 1987.

Braudy, Leo. *Narrative Form in History and Fiction: Hume, Fielding & Gibbon*. Princeton: Princeton University Press, 1970.

Butler, Gerald J. *Fielding's Unruly Novels*. Lewiton, New York and Salzburg, Austria: The Edwin Mellen Press, 1995.

Butt, John. *Fielding. Writers and Their Work: No 57*. London, New York and

Toronto: Longmans, Green & Co., 1954.

Butt, John, ed. *The Poems of Alexander Pope*. London: Methuen & Co. Ltd., 1963.

Castle, Terry. *Masquerade and Civilization: The Carnivalesque in Eighteenth-century English Culture and Fiction*. Stanford: Stanford University Press, 1986.

Cleary, Thomas R. *Henry Fielding: Political Writer*. Waterloo, Ontario: Wilfrid Laurier University Press, 1984.

Cross, Wilbur L. *The History of Henry Fielding*. 3 vols. New Haven: Yale University Press, 1918.

Dudden, D. D. and F. Homes. *Henry Fielding: His Life, Works and Times*. 2 vols. Hamden: The Clarendon Press, 1966. 1952.

Dircks, Richard J. *Henry Fielding*. Boston: Twayne Publishers, 1983.

Donaldson, Ian. *World Upside Down: Comedy from Jonson to Fielding*. Oxford: Oxford University Press, 1970.

Downie, J. A. *Henry Fielding in Our Time: Papers Presented at the Tercentenary Conference*. Newcastle upon Tyne: Cambridge Scholars Publishing, 2008.

Downie, J. A. *A Political Biography of Henry Fielding*. London: Pickering & Chatto, 2009.

Ehrenpreis, Irvin. *Fielding: Tom Jones*. London: Edward Arnold (Publishers) Ltd., 1964.

Ehrenpreis, Irvin. *Literary Meaning and Augustan Values*. Charlottesville: University Press of Virginia, 1974.

Elgin, Don D. *The Comedy of the Fantastic: Ecological Perspectives on the Fantasy Novel*. Westport, CT: Greenwood Press, 1985.

Empson, William, "Tom Jones," *Using Biography*. Chatto & Windus: The Hogarth Press, 1984.

Fox, Christopher, ed. *Psychology and Literature in the Eighteenth Century*. With illustrations by Michael de Porte. New York: AMS Press, 1987.

Gautier, Gary. *Landed Patriarchy in Fielding's Novels: Fictional Landscapes, Fictional Genders (Studies in British Literature)*. Vol. 35. Queenston: The Edwin Mellen Press, 1998.

Green, Emanuel. *Henry Fielding, His Works; An Independent Criticism*. London: Harrison & Sons, St. Martin's Lane, 1909.

Han, Jiaming. *Henry Fielding: Form, History, Ideology*. Beijing: Peking University Press, 1997.

Harrison, Bernard. *Henry Fielding's Tom Jones: The Novelist as Moral Philosopher*. London: Sussex University Press, 1975.

Hatfield, Glenn W. *Henry Fielding and the Language of Irony*. Chicago and London: The University of Chicago Press, 1968.

Hudson, Nicholas. *Samuel Johnson and the Making of Modern England*. Cambridge: Cambridge University Press, 2003.

Hume, Robert D. *Henry Fielding and the London Theatre 1728—1737*. Oxford: Clarendon Press, 1988.

Hunter, J. Paul. *Occasional Form: Henry Fielding and the Chains of Circumstance*. Baltimore and London: The Johns Hopkins University Press, 1975.

Hunter, J. Paul. *Before Novels: The Cultural Contexts of Eighteenth-century English Fiction*. New York and London: W. W. Norton & Company, 1990.

Hunter, J. Paul and Martin C. Battestin. *Henry Fielding in His Time and Ours: Papers Presented at a Clark Library Seminar, 14 May 1983*. Los Angeles: William Andrews Clark Memorial Library, 1987.

Hutchens, Eleanor. *Irony in Tom Jones*. Alabama: University of Alabama Press, 1965.

Irwin, William Robert. *The Making of Jonathan Wild: A Study in the Literary Method of Henry Fielding*. Hamden, CT: Archon Books, 1966.

Johnson, James William. *The Formation of English Neo-classical Thought*. Princeton: Princeton University Press, 1967.

Johnson, Maurice. *Fielding's Art of Fiction: Eleven Essays on Shamela,*

Joseph Andrews, Tom Jones and Amelia. Philadelphia: University of Pennsylvania Press, 1961. Second Printing, 1965.

Jones, Steven E. *Satire and Romanticism*. New York: St. Martin's Press, 2000.

Kay, Donald, ed. *A Provision of Human Nature: Essays on Fielding and Others in Honor of Miriam Austin Locke*. Alabama: University of Alabama Press, 1977.

Keymer, Thomas and Peter Sabor. *Pamela in the Marketplace: Literary Controversy and Print Culture in Eighteenth-century Britain and Ireland*. Cambridge: Cambridge University Press, 2005.

Knight, Douglas. *Pope and the Heroic Tradition*. New Haven: Yale University Press, 1951.

Lawson, Jacqueline Elaine. *Domestic Misconduct in the Novels of Defoe, Richardson, and Fielding*. San Francisco: Mellen Research University Press, 1994.

Levine, George R. *Henry Fielding and the Dry Mock: A Study of the Techniques of Irony in His Early Works*. The Hague and Paris: Mouton & Co., 1967.

Liesenfeld, Vincent J. *Licensing Act of 1737*. Madison: The University of Wisconsin Press, 1984.

Lynch, James J. *Henry Fielding and the Heliodoran Novel: Romance, Epic, and Fielding's New Province of Writing*. Rutherford, NJ: Fairleigh Dickinson University Press; London: Associated University Presses, 1986.

Mace, Nancy A. *Henry Fielding's Novels and the Classical Tradition*. Newark: University of Delaware Press; London: Associated University Press, 1996.

MacDermott, Hubert. *Novel and Romance: The Odyssey to Tom Jones*. London: Macmillan Press, 1989.

McCrea, Brian. *Henry Fielding and the Politics of Mid-eighteenth-century England*. Athens: The University of Georgia Press, 1981.

McKeon, Michael. *Origins of the English Novel, 1600—1740*. Baltimore and London: The Johns Hopkins University Press, 1987.

McSpadden, J. Walker. *Henry Fielding*. New York: Croscup & Sterling Company, 1902.

Michie, Allen. *Richardson and Fielding: The Dynamics of a Critical Rivalry*. Lewisburg, PA: Bucknell University Press; London: Associated University Presses, 1999.

Miller, Henry Knight. *Essays on Fielding's Miscellanies: A Commentary on Volume One*. Princeton: Princeton University Press, 1961.

Miller, Henry Knight. *Henry Fielding's Tom Jones and the Romance Tradition*. B. C., Canada: English Literary Studies, Department of English, University of Victoria, 1976.

Mingay, G. E. *English Landed Society in the Eighteenth Century*. London: Taylor & Francis, 1976.

Müller, Patrick. *Latitudinarianism and Didacticism in Eighteenth-century Literature: Moral Theology in Fielding, Sterne, and Goldsmith*. Frankfurt: Peter Lang, 2009.

Pagliaro, Harold. *Henry Fielding: A Literary Life*. Houndmills and London: Macmillan Press Ltd. ; New York: St. Martin's Press, Inc. , 1998.

Parker, Jo Alyson. *The Author's Inheritance: Henry Fielding, Jane Austen, and the Establishment of the Novel*. DeKalb: Northern Illinois University Press, 1998.

Paulson, Ronald, ed. *Fielding: A Collection of Critical Essays*. Englewood Cliffs: Prentice-Hall Inc. , 1962.

Paulson, Ronald. *Satire and the Novel in Eighteenth-century England*. New Haven and London: Yale University Press, 1967.

Paulson, Ronald. *Popular and Polite Art in the Age of Hogarth and Fielding*. Notre Dame: University of Notre Dame Press, 1979.

Paulson, Ronald. *Sin and Evil: Moral Values in Literature*. New Haven and London: Yale University Press, 2007.

Paulson, Ronald. *The Life of Henry Fielding: A Critical Biography*. Oxford: Blackwell Publishers Inc. , 2000.

Paulson, Ronald and Thomas Lockwood, eds. *Henry Fielding: The Critical Heritage*. London: Routledge & Kegan Paul; New York: Barnes & Noble Inc., 1969.

Pope, Alexander. *Essay on Man*. Pennsylvania: Pennsylvania State University Press, 1999.

Potter, Tiffany. *Honest Sins: Georgian Libertinism and the Plays and Novels of Henry Fielding*. Montreal, Kingston, London and Ithaca: McGill-Queen's University Press, 1999.

Preston, John. *The Created Self: The Reader's Role in Eighteenth-century Fiction*. London: Heinemann Educational Books Ltd., 1970.

Price, Martin. *To the Palace of Wisdom: Studies in Order and Energy from Dryden to Blake*. Carbondale and Edwardsville: Southern Illinois University Press; London and Amsterdam: Feffer & Simons, Inc., 1964.

Rawson, Claude. *Henry Fielding and the Augustan Ideal Under Stress*. London and Boston: Routledge & Kegan Paul, 1972.

Rawson, Claude, ed. *Henry Fielding: A Critical Anthology*. Harmondsworth: Penguin, 1973.

Rawson, Claude. *Order from Confusion Sprung: Studies in Eighteenth-century Literature from Swift to Cowper*. London: George Allen & Unwin, 1985.

Rawson, Claude. *Satire and Sentiment 1660—1830*. Cambridge: Cambridge University Press, 1994.

Rawson, Claude, ed. *Henry Fielding (1707—1754): Novelist, Playwright, Journalist, Magistrate: A Double Anniversary Tribute*. Newark: University of Delaware Press, 2008.

Reilly, Patrick. *Tom Jones: Adventure and Providence*. Boston: Twayne Publishers, 1991.

Ribble, Frederick G. and Anne G. Ribble. *Fielding's Library: An Annotated Catalogue*. Charlottesville: The Bibliographical Society of The University of Virginia, 1996.

Richter, David H., ed. *Ideology and Form in Eighteenth-century Literature*.

Lubbock: Texas Tech University Press, 1999.

Rivero, Albert J., ed. *Critical Essays on Henry Fielding*. New York: G. K. Hall; London: Prentice Hall International, 1998.

Rivero, Albert J. *Plays of Henry Fielding: A Critical Study of His Dramatic Career*. Charlottesville: University Press of Virginia, 1989.

Rosengarten, Richard A. *Henry Fielding and the Narration of Providence: Divine Design and the Incursions of Evil*. New York: Palgrave, 2000.

Sakuma, Makoto. *The Divided Mind: The Fall of the Myth of Fielding*. Tokyo: Seijo English Monographs. No. 16, 1975.

Sherburn, George. "Fielding's *Amelia*: an Interpretation," *Fielding*. Ed. Ronald Paulson. Englewood Cliffs: Prentice-Hall Inc., 1962.

Sill, Geoffrey. *The Cure of the Passions and the Origins of the English Novel*. New York: Cambridge University Press, 2001.

Simpson, K. G, ed. *Henry Fielding: Justice Observed*. London and Totowa: Vision Press Ltd., Barnes & Noble Books, 1985.

Smallwood, Angela J. *Fielding and the Woman Question: The Novels of Henry Fielding and Feminist Debate 1700—1750*. New York: Harvester Wheatsheaf, St. Martin's Press, 1989.

Speak, W. A. *Stability and Strife: England 1714—1760*. London: Edward Arnold, 1984.

Stevenson, John Allen. *Real History of Tom Jones*. New York: Palgrave Macmillan, 2005.

Stoler, John A. and Richard D. Fulton. *Henry Fielding: An Annotated Bibliography of Twentieth-century Criticism, 1900—1977*. New York and London: Garland Publishing, Inc., 1980.

Stone, Lawrence. *The Family, Sex and Marriage in England 1500—1800*. New York: Harper & Row, 1977.

Thomas, Donald Serrell. *Henry Fielding*. London: Weidenfeld, 1990.

Thornbury, Ethel Margaret. *Henry Fielding's Theory of the Comic Prose Epic*. Madison: University of Wisconsin Studies, Number 49, in *Language and*

Literature. No. 30 (December 1931).

Tillyard, E. M. W. *The English Epic and Its Background*. New York: Oxford University Press, 1954.

Toker, Leona. "Oppositionality in Fielding's *Tom Jones*," *Towards the Ethics of Form in Fiction: Narratives of Cultural Remission*. Columbus: The Ohio State University Press, 2010. pp. 35—48.

Uglow, Jenny. *Henry Fielding*. Plymouth: Nothcote House Publishers Ltd., 1995.

Varey, Simon. *Henry Fielding*. Cambridge: Cambridge University Press, 1986.

Varey, Simon. *Joseph Andrews: A Satire of Modern Times*. Boston: Twayne Publishers, 1990.

Watt, Ian. *The Rise of the Novel: Studies in Defoe, Richardson and Fielding*. Berkeley, Los Angeles and London: University of California Press, 1957, 1971.

Welsh, Alexander. *Strong Representations: Narrative and Circumstantial Evidence in England*. Baltimore and London: The Johns Hopkins University Press, 1992.

Willcocks, M. P. *A True-born Englishman: Being the Life of Henry Fielding*. London: George Allen & Unwin Ltd., 1947.

Williams, Ioan, ed. *The Criticism of Henry Fielding*. London: Routledge & Kegan Paul, 1970.

Williams, Murial Brittain. *Marriage: Fielding's Mirror of Morality*. Alabama: University of Alabama Press, 1973.